Maya Banks

Deep Desire –
Ungezähmtes Feuer

Habe ich dich schon mal geküsst?

Unvergesslich wie deine Leidenschaft

MIRA® TASCHENBUCH
Band 25839
1. Auflage: Juni 2015

MIRA® TASCHENBÜCHER
erscheinen in der HarperCollins Germany GmbH,
Valentinskamp 24, 20354 Hamburg
Geschäftsführer: Thomas Beckmann

Konzeption/Reihengestaltung: fredebold&partner GmbH, Köln
Umschlaggestaltung: pecher und soiron, Köln
Redaktion: Mareike Müller
Titelabbildung: Thinkstock/Getty Images, München
Autorenfoto: © Ben Riley Johnson, Jr/Harlequin Enterprises S.A., Schweiz
Satz: GGP Media GmbH, Pößneck
Druck und Bindearbeiten: CPI books GmbH, Leck – Germany
Printed in Germany
Dieses Buch wurde auf FSC®-zertifiziertem Papier gedruckt.
ISBN 978-3-95649-182-5

www.mira-taschenbuch.de

Werden Sie Fan von MIRA Taschenbuch auf Facebook!

Maya Banks

Habe ich dich
schon mal geküsst?

Roman

Aus dem Amerikanischen von
Gabriele Ramm

*R*afael de Luca hatte sich schon in schlimmeren Situationen befunden. Er konnte damit umgehen und würde sich von diesen Leuten hier nicht ins Schwitzen bringen lassen. Sie würden nie erfahren, dass er keinerlei Erinnerungen an irgendeinen von ihnen besaß.

Er sah sich im überfüllten Saal um und nippte an dem geschmacklosen Wein, um die Tatsache zu überspielen, dass er sich unsicher fühlte. Nur aufgrund seiner starken Willenskraft hatte er so lange durchgehalten. In seinem Kopf hämmerte der Schmerz so gnadenlos, dass es schwierig war, den Wein hinunterzuschlucken, ohne dass sein Magen ihn gleich wieder hinaufbeförderte.

„Rafe, du kannst jetzt verschwinden", murmelte Devon Carter neben ihm. „Du hast lange genug durchgehalten. Niemand vermutet irgendetwas."

Rafael drehte sich zu seinen drei Freunden um. Devon, Ryan Beardsley und Cameron Hollingsworth gaben ihm sozusagen Rückendeckung. Und das schon, seit sie zusammen das College besucht hatten und entschlossen gewesen waren, Karriere zu machen.

Sie waren zu ihm geeilt, als er im Krankenhaus gelegen und sich an nichts hatte erinnern können. Sie hatten ihn nicht verhätschelt, sondern ihn behandelt wie immer, und dafür war er ihnen äußerst dankbar.

„Ich hab mir sagen lassen, dass ich nie eine Party vorzeitig verlasse", sagte Rafael und führte noch einmal das Glas zum Mund. Als ihm jedoch das Aroma des Weins in die Nase stieg, senkte er es wieder.

Cameron, von seinen Freunden nur Cam genannt, lächelte verächtlich. „Wen interessiert, was du normalerweise tust? Es ist deine Party. Sag ihnen, sie sollen sich zum …"

Ryan hob die Hand. „Es sind wichtige Geschäftspartner, Cam. Wir wollen ihr Geld, vergiss das nicht."

Devon beugte sich hastig vor und flüsterte: „Der Mann, der jetzt auf uns zukommt, ist Quenton Ramsey der Dritte. Seine Frau heißt Marcy. Er ist einer derjenigen, die in den Moon Island Deal investieren."

Rafael nickte, machte einen Schritt aus dem Schutz seiner Freunde und lächelte das sich nähernde Paar an. Es stand eine Menge auf dem Spiel, und von daher war es wichtig, dass die Investoren nicht nervös wurden. Rafael und seine Geschäftspartner hatten einen fantastischen Ort für ihren Hotelkomplex gefunden – eine winzige Insel vor der Küste von Texas, direkt gegenüber der Bucht von Galveston. Das Land gehörte ihm. Jetzt mussten sie dort nur noch das Hotel errichten und ihre Investoren bei Laune halten.

„Quenton, Marcy, wie schön, Sie beide wiederzusehen. Sie sehen bezaubernd aus, Marcy. Quenton kann sich wirklich glücklich schätzen."

Die ältere Frau errötete erfreut, während Rafael ihre Hand nahm und sie an seine Lippen führte.

Er nickte höflich und heuchelte Interesse, doch sein Nacken kribbelte erneut, und er musste den Drang unterdrücken, ihn zu massieren. Er hielt den Kopf gesenkt, als würde er jedem Wort der beiden lauschen, doch gleichzeitig ließ er den Blick hastig durch den Saal schweifen auf der Suche nach der Ursache für sein Unbehagen.

Anfangs strich sein Blick über sie hinweg, doch abrupt richtete er seine Aufmerksamkeit zurück auf die Frau, die am anderen Ende des Saals stand und ihn grimmig ansah. Wenn Blicke töten könnten, dachte er und musterte sie abschätzend. Sie ließ sich davon nicht beeindrucken, sondern starrte ihn weiter an.

Rafael konnte nicht einmal sagen, warum sie ihn so in den Bann zog. Normalerweise stand er auf große, langbeinige Blondinen. Und wenn sie dazu noch blaue Augen und weiche helle Haut besaßen, war er meist verloren.

Diese Frau war klein, trotz ihrer hohen Absätze, und ihr Teint eher südländisch. Dichte schwarze Locken fielen ihr bis auf die Schultern, auch ihre Augen waren dunkel.

Sie musterte ihn, als hätte sie bereits ein Urteil über ihn gefällt und ihn für schuldig befunden. Er dagegen hatte sie noch nie gesehen. Oder vielleicht doch?

Erneut verfluchte Rafael die Lücke in seinem Gedächtnis. Er erinnerte sich an nichts, was in den Wochen vor seinem Unfall vor vier Monaten geschehen war. Und auch die Erinnerungen an die Zeit davor waren nicht vollständig. Es war alles so … willkürlich. *Selektive Amnesie.* So ein Quatsch. Abgesehen von hysterischen Frauen in schlechten Seifenopern bekam kein Mensch Amnesie – hatte er bisher zumindest geglaubt. Sein Arzt vermutete, dass es einen psychologischen Grund für die fehlenden Teilchen seines Gedächtnisses geben könnte. Rafael hatte das weit von sich gewiesen. Er war nicht verrückt. Wer zum Teufel wollte schon sein Gedächtnis verlieren?

Er erinnerte sich sehr gut an Devon, Cam und Ryan und an alles, was sie während der letzten zehn Jahre erlebt hatten. An die Jahre im College. Ihre Erfolge im Geschäftsleben. Er erkannte auch die meisten Menschen, die für ihn arbeiteten. Allerdings nicht alle, und das bereitete ihm im Büro ziemlich viel Stress. Vor allem, da er dabei war, den Vertrag für den Bau des Resorts unter Dach und Fach zu bringen, der ihm und seinen Partnern Millionen einbringen würde.

Jetzt erkannte er die Hälfte seiner Investoren nicht, und dabei konnte er es sich in diesem Stadium wirklich nicht leisten, einen von ihnen zu verlieren.

Die Frau starrte ihn immer noch an, aber sie machte keine Anstalten, sich ihm zu nähern. Je länger sie sich ansahen, desto kälter wurde ihr Blick.

„Entschuldigen Sie mich bitte", murmelte er den Ramseys zu. Mit einem freundlichen Lächeln löste er sich aus der Gruppe, die sich um ihn herum gebildet hatte, und bahnte sich einen Weg zu der mysteriösen Frau.

Sein Sicherheitsteam folgte ihm in kurzem Abstand, doch Rafael ignorierte die Männer. Sie klebten an seinen Fersen, nicht, weil man um seine Sicherheit fürchtete, sondern weil seine Partner Angst hatten, dass sein Gedächtnisverlust bekannt werden könnte. Die Sicherheitsleute waren ein ungewohntes Ärgernis, doch sie hielten andere auf Abstand, was ihm im Augenblick nur recht war.

Die Frau blickte ihm mit stolz erhobenem Kopf entgegen, und der Trotz, der sich in ihrer Miene spiegelte, faszinierte ihn.

Einen Moment lang stand er schweigend vor ihr und betrachtete die zarten Linien ihres Gesichts, während er überlegte, ob dies wirklich ihre erste Begegnung war. Doch an solch eine Frau würde er sich erinnern, oder?

„Entschuldigen Sie, kennen wir uns?", fragte er betont einschmeichelnd.

Vermutlich würde sie kichern und eine Begegnung leugnen. Oder sie würde frech lügen und ihn davon überzeugen wollen, dass sie eine wunderbare Nacht zusammen verbracht hatten. Was definitiv nicht sein konnte, da sie absolut nicht sein Typ war.

Sein Blick wanderte über ihren üppigen Busen, der von der Empiretaille ihres schwarzen Cocktailkleides noch betont wurde.

Sie verhielt sich jedoch nicht so, wie er es erwartet hatte. Als er ihr wieder ins Gesicht schaute, funkelte sie ihn wütend an.

„Ob wir uns kennen?" Ihre Stimme war kaum mehr als ein Flüstern, doch Rafael kam jedes Wort wie ein Peitschenhieb vor. „Du elender Mistkerl!"

Er hatte den Schock über ihre Schimpftirade noch nicht verdaut, da verpasste die Frau ihm einen rechten Haken. Rafael taumelte rückwärts und hielt sich die Nase.

„Verdammt …"

Ehe er sie fragen konnte, ob sie wohl den Verstand verloren hatte, trat einer der Sicherheitsleute zwischen ihn und die Frau, und in dem Durcheinander traf er sie versehentlich so, dass sie ins Straucheln geriet. Sie stolperte und fiel auf ein Knie, wobei sie instinktiv die Hände auf den Bauch legte.

Erst jetzt bemerkte Rafael, was der weite Rock verborgen hatte: die sanfte Wölbung eines Babybauchs.

Sein Leibwächter wollte die Frau gerade unsanft wieder auf die Füße ziehen, als Rafael dazwischen ging.

„Nein!", rief er. „Sie ist schwanger. Tun Sie ihr nicht weh!"

Der Bodyguard trat zurück und sah Rafael überrascht an. Die Frau kam hastig auf die Füße und rannte dann den Flur entlang, wobei ihre spitzen Absätze auf dem Marmorboden klapperten.

Rafael starrte ihr hinterher, zu überrascht, um irgendetwas tun oder sagen zu können. Bevor sie sich abgewandt hatte, hatte er der Frau noch einmal in die Augen geschaut. Sie hatte nicht mehr wütend ausgesehen, sondern verletzt und den Tränen nahe. Irgendwie hatte er dieser Frau wehgetan, und er wollte verdammt sein, wenn er wusste, wodurch.

Der stechende Schmerz in seinem Kopf war vergessen, als er den Flur entlang hinter ihr hereilte. Er stürmte aus der Hotellobby, und als er die Stufen erreichte, die hinunter auf die geschäftige Straße führten, entdeckte er zwei Schuhe im Mondlicht glitzern.

Er bückte sich und hob die mit Strasssteinen verzierten Riemchensandalen auf. Eine schwangere Frau sollte nicht solche hohen Absätze tragen, dachte er stirnrunzelnd. Wenn sie nun gestolpert und gefallen wäre? Warum war sie überhaupt davongelaufen? Ganz offensichtlich hatte sie ihn zur Rede stellen wollen, nur um dann bei erster Gelegenheit zu fliehen.

„Verdammt, was geht hier vor, Rafe?", wollte Cam wissen.

Nicht nur Cam, sondern sein gesamtes Sicherheitsteam sowie Ryan und Devon waren ihm hinaus in die kühle Herbstnacht gefolgt. Jetzt scharten sie sich um ihn und musterten ihn besorgt.

Frustriert stieß er den Atem aus und drückte Ramon, dem Chef seiner Sicherheitsabteilung, die Sandalen in die Hand.

„Sehen Sie zu, dass Sie die Frau finden, die diese Schuhe getragen hat."

„Was soll ich mit ihr machen, wenn ich sie gefunden habe?", fragte Ramon mit ruhiger Stimme und ließ bei Rafael keinen Zweifel aufkommen, dass er auch diese Aufgabe wie immer schnell, diskret und zuverlässig erledigen würde.

„Gar nichts. Erstatten Sie mir einfach Bericht. Ich kümmere mich um alles Weitere."

Mit diesen Worten erntete er nur weiteres Stirnrunzeln.

„Das gefällt mir nicht, Rafe", meinte Ryan. „Das sieht alles zu sehr nach einem abgekarteten Spiel aus. Es ist durchaus möglich, dass dein Gedächtnisverlust schon bis zur Presse durchgesickert ist, ohne dass sie es bis jetzt an die große Glocke gehängt haben. Eine Frau könnte dich auf tausend Arten manipulieren und die Sache gegen dich verwenden."

„Ja, das könnte sie", erwiderte Rafael ruhig. „Allerdings hat die Frau irgendetwas an sich, was mich beunruhigt."

Cam hob eine Augenbraue. „Kennst du sie?"

Rafael schüttelte den Kopf. „Ich weiß es nicht. Noch nicht. Aber ich finde es heraus."

Bryony Morgan trat aus der Dusche, schlang sich ein Handtuch um den Kopf und zog dann ihren Bademantel an. Nicht einmal eine warme Dusche hatte ihren rasenden Puls beruhigen können. So sehr sie es auch versuchte, aber sie kam nicht über die unbändige Wut hinweg.

Kennen wir uns?

Rafaels Frage erklang wie eine Endlosschleife immer wieder in ihrem Kopf, bis sie nur noch den Wunsch verspürte, auf irgendetwas einzuschlagen. Vorzugsweise auf ihn.

Wie hatte sie nur so dumm sein können? Eigentlich neigte sie nicht dazu, den Kopf wegen eines gut aussehenden Mannes zu verlieren. Meist war sie immun, sogar wenn jemand mit Charme und Humor punkten konnte.

Aber von dem Moment an, als Rafael de Luca auf ihre Insel gekommen war, hatte sie nur noch Augen für ihn gehabt. Sie hatte gar nicht erst versucht, dagegen anzukämpfen oder ihm zu widerstehen, denn er verkörperte alles, was sie sich immer gewünscht hatte. Er war die Vollkommenheit in Person in den seriösen Anzügen, die er trug. Oh, aber es war ihr schnell gelungen, ihn daraus zu befreien. Als er schließlich abgereist war, hatte ihn nicht einmal mehr sein Pilot erkannt.

Aus dem ernsten, nervösen Geschäftsmann war ein entspannter und gut erholter Urlauber geworden.

Der verliebt gewesen war.

Bryony schloss die Augen, als der Schmerz sie unvermittelt wieder traf.

Offenbar war er doch nicht verliebt gewesen. Er kam. Er sah. Er siegte. Sie war einfach nur so unglaublich naiv und selbst zu verliebt gewesen, um seine wahren Motive zu begreifen.

Doch das hieß ja noch lange nicht, dass er mit seinen Lügen und seinem Betrug durchkommen würde. Es war ihr egal, was sie tun musste, aber er würde das Land, das sie ihm verkauft hatte, nicht mit einem riesigen Schickimickihotel bebauen und die gesamte Insel in einen Spielplatz für den gelangweilten reichen Jetset verwandeln.

Sie hatte all ihren Mut zusammennehmen müssen, um heute Abend in seine Party zu platzen, aber nachdem sie von dem Anlass erfahren hatte – eine Zusammenkunft der potenziellen Investoren für das Projekt, mit dem er plante, ihre Insel zu ruinieren –, war sie entschlossen gewesen, ihn zur Rede zu stellen. Direkt dort, inmitten der Investoren. Sollte er es doch wagen, sie anzulügen, wenn alle im Saal von seinen Plänen wussten.

Womit sie nicht gerechnet hatte, war, dass er es leugnen würde, sie jemals getroffen zu haben. Aber besser hätte er sie ja gar nicht zum Bauerntölpel abstempeln können. Oder als weltverbessernde Ökofanatikerin, die sich gegen den Fortschritt stemmte.

Es haute sie fast um, wie sehr sie sich in ihm getäuscht hatte. Seufzend schüttelte sie den Kopf. Sie musste sich endlich wieder beruhigen, sonst würde ihr Blutdruck noch weiter in die Höhe schießen.

Wo blieb denn der Zimmerservice? Sie war halb verhungert. Entschuldigend rieb sie sich den Bauch und versuchte ganz bewusst, all die aufgestaute Wut und den Stress loszulassen. Es konnte nicht gut für das Baby sein, wenn die Mutter ständig so auf der Zinne war.

Sie biss die Zähne zusammen, bevor sie merkte, dass sie sich schon wieder verspannte. Noch einmal zwang sie sich loszulassen, ehe sie sich der mühevollen Aufgabe widmete, die Haare durchzubürsten und trocken zu föhnen.

Gerade als sie fertig war, klopfte es an der Tür.

„Endlich etwas zu essen", murmelte sie und stellte den Föhn ab.

Sie eilte zur Tür und riss sie auf. Aber im Flur standen weder ein Wagen mit Essen noch ein Hotelangestellter, sondern Rafael. In den Händen hielt er ihre Schuhe.

Hastig machte Bryony einen Schritt zurück und versuchte, die Tür wieder zuzuschlagen, doch Rafael schob blitzschnell einen Fuß dazwischen.

Unbeugsam wie immer bahnte er sich einen Weg ins Zimmer und baute sich vor ihr auf. Bryony hasste es, wie klein und verletzlich sie sich in seiner Gegenwart fühlte. Oh, sie hatte es nicht immer gehasst. Im Gegenteil, sie hatte es genossen, wie geborgen und geliebt sie sich gefühlt hatte, wenn sie ihren viel kleineren Körper an seinen geschmiegt hatte.

„Verschwinde oder ich rufe den Hotelsicherheitsdienst", zischte sie ihn an.

„Tu das", erwiderte er gelassen. „Doch da mir dieses Hotel gehört, könnte es schwierig werden, mich hinauswerfen zu lassen."

Bryony kniff die Augen zusammen. Mist, wieso musste sie sich ausgerechnet eins von seinen Hotels aussuchen?

„Dann rufe ich eben die Polizei. Es ist mir egal, wer du bist. Du kannst nicht einfach in mein Hotelzimmer eindringen."

„Ich bin hergekommen, um dir deine Schuhe zurückzubringen. Bin ich deshalb ein Verbrecher?"

„Ach, komm schon, Rafael! Hör auf, diese dummen Spielchen zu spielen. Das ist unter deiner Würde. Oder sollte es zumindest sein. Ich verstehe schon. Glaub mir – ich verstehe! Ich hab's schon verstanden, als du auf der Party direkt durch mich hindurchgesehen hast. Obwohl ich sagen muss, dein ‚Kennen wir uns?' war einfach unbezahlbar. Man könnte auch sagen, damit hast du den Vogel abgeschossen."

Es kostete sie große Kraft, nicht noch einmal zuzuschlagen, und offenbar merkte Rafael das, denn er wich zurück.

Sie ging auf ihn zu, nicht willens, ihm die Kontrolle über die Situation zu überlassen. „Weißt du was? Ich habe dich nie für einen Feigling gehalten. Du hast mich ausgetrickst. Das ist mir schon klar. Ich war ein großer Dummkopf. Aber dass du dich vor der unausweichlichen Konfrontation drücken würdest, wie du es getan hast, macht mich ganz krank."

Sie bohrte einen Finger in seine Brust und ignorierte den erstaunten Ausdruck auf seinem Gesicht. „Außerdem kommst du mit deinen Plänen für *mein* Land nicht davon. Und wenn es mich den letzten Cent kostet, aber ich werde dich bekämpfen. Wir hatten eine mündliche Vereinbarung, und an die wirst du dich halten."

Er blinzelte und sah aus, als wollte er etwas sagen.

Bryony verschränkte die Arme vor der Brust. „Was ist? Hast du etwa gedacht, du würdest mich nie wiedersehen? Dass ich mich irgendwo verstecken und schmollen würde, weil ich herausgefunden habe, dass du mich gar nicht liebst und nur mit mir geschlafen hast, damit ich dir das Land verkaufe? Dann irrst du dich aber gewaltig."

Rafael reagierte, als hätte sie ihn erneut geschlagen. Sein Gesicht wurde ganz blass, und der Blick, den er ihr zuwarf, war eisig. Wenn sie nicht so wütend wäre, bekäme sie es jetzt wahrscheinlich mit der Angst zu tun. Aber Mamaw sagte immer, die Vernunft ist das Erste, was schwindet, wenn man wütend ist. Leider hatte sie recht.

„Willst du damit andeuten, dass wir miteinander geschlafen haben?", fragte er mit gefährlich leiser Stimme, die ihr – wieder – Angst einflößen sollte. Aber inzwischen war sie über die Angst hinaus. „Ich kenne nicht einmal deinen Namen."

Warum tat es so weh? Ihr war doch schon seit Langem bewusst, warum Rafael sie auserkoren hatte. Warum er sie verführt und ihr all die Lügen aufgetischt hatte. Sie konnte ihm nicht allein die Schuld zuschieben. Sie war viel zu leicht zu erobern gewesen.

Trotzdem, dass er jetzt vor ihr stand und vehement leugnete, auch nur ihren Namen zu kennen, versetzte ihr einen Stich ins Herz, der wohl niemals verheilen würde.

„Du solltest gehen", brachte sie mühsam heraus. Wenn er jetzt nicht ging, würde sie die Beherrschung verlieren.

Er zog die Brauen zusammen und neigte den Kopf, um Bryony ausgiebig zu mustern. Sehr zu ihrem Entsetzen streckte er dann die Hand aus und wischte mit dem Daumen eine Träne aus ihrem Augenwinkel.

„Du bist durcheinander."

Heilige Muttergottes, dieser Mann war wirklich ein Idiot. Sie konnte nur hoffen, dass ihr Kind ihren Verstand und nicht seinen erbte. Fast hätte sie laut aufgelacht, doch heraus kam nur ein unterdrücktes Schluchzen. Es war ja wohl sinnlos, darauf zu hoffen, dass ihr armes Baby auch nur einen Funken Verstand geerbt hatte, wenn es so offensichtlich war, dass beide Eltern schwachsinnig waren.

„Verschwinde!"

Stattdessen umschloss er ihr Kinn und hob es ein wenig an, sodass er ihr in die Augen schauen konnte. Mit einer überraschend zärtlichen Geste wischte er ihr die Tränen von der Wange.

„Wir können nicht miteinander geschlafen haben. Abgesehen von der Tatsache, dass du nicht mein Typ bist, kann ich mir nicht vorstellen, dass ich solch ein Ereignis vergessen haben könnte."

Ihr klappte der Mund auf, und die Tränen versiegten abrupt. Sie befreite sich aus seinem Griff und gab es auf, den Mann aus ihrem Zimmer zu bekommen. Sollte er doch bleiben. Sie würde gehen.

Sie zog den Aufschlag ihres Bademantels weiter zusammen und stapfte um Rafael herum. Sie kam bis in den Flur, als sich seine Hand um ihr Handgelenk schloss.

Genug war genug. Sie öffnete die Lippen, um laut aufzuschreien, doch er riss sie an seinen harten Körper und legte ihr eine Hand auf den Mund.

„Verdammt, ich tue dir nicht weh", zischte er.

Er drängte sie zurück ins Hotelzimmer, schlug die Tür zu und verschloss sie. Dann drehte er sich um und funkelte Bryony wütend an.

„Du hast mir schon wehgetan", brachte sie zwischen zusammengebissenen Zähnen hervor.

Seine Miene wurde wieder weicher, und Verwirrung zeichnete sich darauf ab.

„Offensichtlich hast du das Gefühl, dass ich dir in irgendeiner Weise unrecht getan habe. Ich würde mich ja entschuldigen, aber dafür müsste ich mich an dich erinnern und an das, was ich dir angeblich getan habe, um Wiedergutmachung leisten zu können."

„Wiedergutmachung?" Fassungslos sah sie ihn an, verwirrt angesichts des Unterschieds zwischen dem Rafael de Luca, in den sie sich verliebt hatte, und dem Mann, der jetzt vor ihr stand. Sie riss den Bademantel auseinander, sodass ihr runder Bauch unter dem dünnen Satinnachthemd zu erkennen war. „Du bringst mich dazu, mich in dich zu verlieben. Du verführst mich. Du erzählst mir, dass du mich liebst und dir eine gemeinsame Zukunft mit mir wünschst. Du bringst mich dazu, meine Unterschrift unter Papiere zu setzen, mit denen ich dir das Land verkaufe, das seit einem Jahrhundert im Familienbesitz ist. Du tischst mir Lügen über unsere Beziehung auf und über deine Pläne bezüglich des Baulandes. Aber das reicht dir noch nicht. Nein, du musst mich zu allem Überfluss auch noch schwängern!"

Er wurde kreidebleich und zusehends wütender. Er machte einen Schritt auf Bryony zu, und zum ersten Mal bekam sie es jetzt doch mit der Angst zu tun. Sie wich zurück und stützte sich am Fernsehtisch ab.

„Willst du damit sagen, dass wir miteinander geschlafen haben und dass ich der Vater deines Kindes bin?"

Sie starrte ihn an. „Willst du etwa behaupten, dass wir es nicht getan haben? Dass ich mir die Wochen, die wir zusammen verbracht haben, nur eingebildet habe? Willst du etwa leugnen, dass du mich verlassen hast, ohne dich je wieder zu melden?" Ihre Stimme triefte vor Sarkasmus, aber leider war auch ihr Schmerz nicht zu überhören, und das ärgerte sie. Es war hart genug, dass er sie verraten hatte. Jetzt wollte sie nicht noch weiter gedemütigt werden.

Rafael zuckte zusammen und schloss die Augen. Langsam machte er einen Schritt von ihr fort, und einen Moment lang hoffte sie, dass er endlich das tat, worum sie ihn schon die ganze Zeit gebeten hatte, nämlich gehen.

„Ich erinnere mich nicht an dich", sagte er rau. „Ich habe keine Erinnerungen an all das. An dich. An uns. An das." Er deutete auf ihren Bauch.

Etwas an seiner Stimme ließ Bryony innehalten. Beschützend legte sie die Arme über ihren Bauch und schluckte.

„Du erinnerst dich nicht."

Er fuhr sich mit der Hand durchs Haar und fluchte leise. „Ich hatte einen … Unfall. Vor einigen Monaten. Ich erinnere mich nicht an dich. Wenn das, was du sagst, die Wahrheit ist, dann haben wir uns während der Zeit getroffen, die in meinem Kopf ein schwarzes Loch ist."

*R*afael sah, wie sämtliche Farbe aus ihrem Gesicht wich und sie ins Schwanken geriet. Fluchend streckte er die Hände nach ihr aus, und dieses Mal wehrte sie sich nicht dagegen. Widerstandslos ließ sie sich von ihm zum Bett führen.

„Setz dich, bevor du mir umkippst", forderte er sie auf.

Mit gequältem Gesichtsausdruck schaute sie zu ihm auf. „Du erwartest von mir, dass ich dir glaube, dass du unter Amnesie leidest? Mit etwas Besserem kannst du nicht aufwarten?"

Er zuckte zusammen, denn auch er fand den Gedanken an Amnesie absurd. Wenn all das, was sie gesagt hatte, der Wahrheit entsprach und ihre Rollen vertauscht wären, hätte er sie aus dem Zimmer gejagt.

„Ich frage das jetzt nicht, um dich noch wütender zu machen, aber kannst du mir sagen, wie du heißt? Ich fühle mich in der Hinsicht etwas benachteiligt."

Sie seufzte und strich sich mit der Hand abwesend durch das dichte dunkle Haar. „Du meinst es wirklich ernst."

Als er nur ungeduldig schnaubte, fuhr sie leise fort: „Ich heiße Bryony Morgan."

Sie senkte den Kopf, und die schwarzen Locken fielen nach vorn und verhüllten ihr Profil. Rafael konnte nicht widerstehen und strich mit dem Finger über ihre Wange, um ihr das Haar hinters Ohr zu streichen.

„Okay, Bryony, wie es scheint, haben wir beide eine Menge zu bereden. Ich habe, wie du dir vielleicht vorstellen kannst, viele Fragen."

Sie hob den Kopf. „Amnesie. Beharrst du wirklich weiterhin darauf, mir diesen Unsinn auftischen zu wollen?"

Rafael versuchte, daran zu denken, wie skeptisch er an ihrer Stelle wäre, doch die Tatsache, dass sie ihm überhaupt nicht glaubte, ärgerte ihn. Er war es nicht gewohnt, dass jemand sein Wort infrage stellte.

„Glaubst du, mir hat es gefallen, auf einer öffentlichen Veranstaltung von einer Frau geschlagen zu werden und zu erfahren, dass sie angeblich mit meinem Kind schwanger ist, obwohl es meines Wissens das erste Mal ist, dass wir uns treffen? Versetz dich doch mal in meine Lage. Wenn ein Mann, den du noch nie gesehen hast oder an den du dich nicht erinnern kannst, auf dich zukäme und dir die Dinge erzählen würde, die du mir erzählt hast, meinst du nicht, dass du auch ein bisschen misstrauisch wärst? Vermutlich hättest du schon längst die Polizei gerufen!"

„Das ist verrückt", murmelte sie.

„Pass auf, ich kann das mit meinem Unfall beweisen. Ich kann dir die medizinischen Berichte zeigen. Ich erinnere mich nicht an dich, Bryony. Es tut mir leid, wenn das schmerzhaft ist, aber es ist eine Tatsache. Ich habe nur dein Wort, dass wir uns mal etwas bedeutet haben."

Sie verzog den Mund. „Ja, wir dürfen ja nicht vergessen, dass ich nicht dein Typ bin."

Autsch. Natürlich hatte sie sich diese Bemerkung gemerkt.

„Ich möchte, dass du mir alles erzählst, von Anfang an. Sag mir, wann und wo wir uns kennengelernt haben. Vielleicht löst irgendetwas von dem, was du sagst, mein Erinnerungsvermögen wieder aus."

Es klopfte an der Tür. „Erwartest du um diese Uhrzeit noch Besuch?", fragte er grimmig.

Bryony stand auf. „Das ist der Zimmerservice. Ich bin halb verhungert, weil ich den ganzen Tag lang nichts gegessen habe."

„Das kann nicht gut für das Baby sein."

Ihr Blick verriet, dass sie auf diese Bemerkung hätte verzichten können. Sie ließ den Kellner herein, unterschrieb die Rechnung und bedankte sich mit einem halbherzigen Lächeln bei dem Mann, als er das Zimmer wieder verließ.

Anschließend schob sie den Wagen mit dem Essen zum Bett. „Tut mir leid, mit Gesellschaft hatte ich nicht gerechnet. Ich habe nur Essen für eine Person bestellt."

Er hob eine Augenbraue, als sie anfing, die Deckel von den Gerichten zu heben. Es war genügend Essen da, um eine kleine Armee zu versorgen.

„Setz dich, entspann dich und iss. Unterdessen können wir reden."

Während sie es sich gemütlich machte und nach einem Teller griff, musterte Rafael das Gesicht der Frau, die er vergessen hatte.

Sie war hübsch, das konnte er nicht leugnen. Nicht die Art von Frau, von der er sich normalerweise angezogen fühlte. Für seinen Geschmack war sie viel zu unverblümt. Er mochte es lieber, wenn Frauen nett waren und – jedenfalls behaupteten das seine engsten Freunde – unterwürfig.

Verdammt, das klang so, als wäre er ein Mistkerl. Aber er konnte nicht abstreiten, dass er seine Frauen lieber ein bisschen fügsam mochte. Er fand es faszinierend, dass er sich angeblich Hals über Kopf in Bryony Morgan verliebt haben sollte, die das genaue Gegenteil von all den Frauen war, mit denen er sich in den letzten Jahren eingelassen hatte.

Okay, dass er sich zu ihr hingezogen fühlte, war möglich. Und er konnte sich auch vorstellen, mit ihr ins Bett zu gehen. Aber sich verlieben? Innerhalb von wenigen Wochen?

Lächerlich.

Doch sie war eine Frau, und Frauen neigten dazu, emotional zu reagieren. Vermutlich hatte sie wirklich geglaubt, er wäre in sie verliebt. Ihr Schmerz und ihre Empörung wirkten jedenfalls nicht gespielt.

Und dann war da noch die nicht unerhebliche Tatsache, dass sie mit seinem Kind schwanger war. Es wäre verrückt, nicht auf einem Vaterschaftstest zu bestehen. Es war ja auch denkbar, dass sie sich das alles nur ausgedacht hatte, nachdem sie von seinem Gedächtnisverlust erfahren hatte.

Am liebsten hätte er sofort seinen Anwalt angerufen, um zu erfahren, wessen Unterschrift auf dem Vertrag stand, den er vor seinem Unfall abgeschlossen hatte. Er hatte die Papiere seitdem nicht mehr gesehen, denn sobald er einen Deal abgeschlossen hatte, bestand für ihn kein Grund mehr, sich um die Einzelheiten zu kümmern ... dafür hatte er seine Leute.

Verdammt, das war alles ein unglaubliches Durcheinander. Aber morgen früh würde er als Erstes Erkundigungen einziehen.

„Was denkst du?", fragte Bryony direkt.

„Das ist alles ein ziemlicher Sch..."

„Wem sagst du das", murmelte sie. „Allerdings weiß ich nicht, warum es aus deiner Sicht so schlecht sein soll. Du bist reich wie Krösus. Du bist nicht schwanger, und du hast nicht dein Land verkauft, das seit Generationen in der Familie war, und zwar an einen Mann, der es zerstören will, um eine Touristenfalle darauf zu bauen."

Der Schmerz in ihrer Stimme verursachte ein merkwürdiges Gefühl in Rafaels Innerem. Es kam ihm fast so vor, als nagten Schuldgefühle an ihm, aber weshalb sollte er sich schuldig fühlen? Das war doch alles nicht seine Schuld.

„Wie haben wir uns kennengelernt?", fragte er. „Ich muss alles wissen."

Sie spielte mit der Gabel und verzog das Gesicht.

„Als ich dich zum ersten Mal sah, hattest du einen spießigen Anzug an, Schuhe, die mehr kosten als mein Haus, und zu allem Überfluss hattest du noch eine Sonnenbrille auf. Es hat mich geärgert, dass ich deine Augen nicht sehen konnte, also habe ich mich geweigert, mit dir zu reden, bis du sie abgenommen hattest."

„Und wo war das?"

„Moon Island. Du hast mich nach einem Stück Land direkt am Strand gefragt und wolltest wissen, wem es gehört. Es war meins, und mir war sofort klar, dass du so ein typischer Städter bist, mit großen Plänen, die Insel zu einem Ferienparadies zu machen, um alle Einheimischen vor einem Leben in Armut zu bewahren."

Rafael runzelte die Stirn. „Stand es denn nicht zum Verkauf? Ich meine mich zu erinnern, dass es verkauft werden sollte. Sonst wäre ich ja gar nicht auf die Insel gekommen."

Sie nickte. „Stimmt. Ich … ich musste es verkaufen. Meine Großmutter und ich konnten uns die Grundsteuer nicht mehr leisten. Aber wir waren uns einig, dass wir es niemals an einen Bauunternehmer geben würden. Es war schon schlimm genug, dass wir uns überhaupt davon trennen mussten."

Sie brach ab, weil es ihr ganz offensichtlich unangenehm war, das preiszugeben.

„Wie auch immer, ich hielt dich für einen typischen steifen Geschäftsmann, also hab ich dich auf eine sinnlose Suche über die ganze Insel geschickt."

Er warf ihr einen wütenden Blick zu und sah zum ersten Mal die Andeutung eines Lächelns auf ihren Lippen.

„Du warst schrecklich wütend auf mich. Du hast an meine Tür gehämmert und wolltest wissen, was zum Teufel ich mir dabei gedacht hätte. Du meintest, ich würde mich ja nicht gerade wie jemand verhalten, der dringend ein Stück Land verkaufen müsste."

„Das klingt nach mir", gab er zu.

„Ich habe dir erklärt, dass ich nicht daran interessiert wäre, an dich zu verkaufen. Als du wissen wolltest, warum nicht, habe ich dir erklärt, dass ich meiner Großmutter versprochen hätte, nur an jemanden zu verkaufen, der uns garantiert, dass dieser Strandabschnitt nicht kommerziell genutzt wird. Daraufhin hast du darauf bestanden, sie kennenzulernen."

Ein unangenehmes Prickeln rann ihm über den Rücken. Das klang so gar nicht nach ihm. Er war niemand, der persönlich wurde. Jeder hatte seinen Preis. Er hätte einfach sein Angebot erhöht.

„Der Rest ist ziemlich peinlich", fuhr Bryony fort. „Ich habe dich mit zu Mamaw genommen, und ihr zwei seid erstaunlich gut miteinander ausgekommen. Sie hat dich eingeladen, zum Abendessen zu bleiben. Anschließend haben wir einen Strandspaziergang gemacht. Du hast mich geküsst. Ich habe den Kuss erwidert. Du hast mich zu meinem Cottage gebracht und mir gesagt, dass du mich am nächsten Tag wiedertreffen würdest."

„Und habe ich das?"

„Oh ja", flüsterte sie. „Aber es hat drei Tage gedauert, bis ich dich endlich aus dem blöden Anzug heraus hatte."

Er hob eine Augenbraue.

Sie wurde rot und schlug eine Hand auf den Mund. „Oh, so habe ich das nicht gemeint. Du hast diesen Anzug überall am Strand getragen. Du bist aufgefallen wie ein gestrandeter Wal. Also bin ich mit dir Strandklamotten einkaufen gegangen."

Das hörte sich immer mehr nach einem Albtraum an. „Strandklamotten?"

Sie nickte. „Shorts, T-Shirts, Flip-Flops."

Vielleicht hatte der Arzt doch recht gehabt. Er hatte sein Gedächtnis verloren, weil er alles vergessen wollte. Flip-Flops? Unwillkürlich blickte er auf seine sehr teuren Lederschuhe und stellte sich vor, Flip-Flops zu tragen.

„Und das habe ich angezogen?"

„Ja. Wir haben dir natürlich auch Badehosen gekauft. Ich weiß wirklich nicht, wie jemand auf eine Insel fahren kann, ohne sich Schwimmsachen einzupacken."

Das, was Bryony behauptete, wich so von seinem normalen Ich ab, dass es Rafael vorkam, als würde er die Geschichte eines anderen hören. Was hatte ihn nur dazu getrieben, sich so untypisch zu verhalten?

„Wie lang hielt denn diese Beziehung, die wir angeblich hatten?"

„Vier Wochen", erwiderte sie leise. „Vier wunderbare Wochen lang. Wir waren jeden Tag zusammen. Nach Ende der ersten Woche hast du dein Hotelzimmer aufgegeben und bist zu mir gezogen. Wir haben uns bei offenem Fenster geliebt, damit wir das Meer rauschen hören konnten."

„Ich verstehe."

Sie kniff die Augen zusammen. „Du glaubst mir nicht."

„Bryony", antwortete er vorsichtig, „das ist sehr schwierig für mich. Mir fehlt ein Monat meines Lebens, und das, was du mir erzählst, klingt so fantastisch, so absolut untypisch für mich, dass ich Schwierigkeiten habe, es zu begreifen."

Sie presste die Lippen aufeinander, aber trotzdem sah er, dass sie zitterten. „Ja, mir ist schon bewusst, dass es schwierig für dich ist. Aber versetz dich doch für einen Moment mal in meine Lage. Stell dir vor, dass der Mensch, den du liebst und von dem du geglaubt hast, er würde dich auch lieben, sich plötzlich nicht mehr an dich erinnern kann. Stell dir vor, wie du an dir zu zweifeln beginnst, wenn du herausfindest, dass alles, was er dir erzählt hat, eine Lüge war, dass er sämtliche Versprechen, die er dir gegeben hat, gebrochen hat. Wie würdest du dich dann fühlen?"

Er schaute in ihre Augen, am Boden zerstört angesichts des Schmerzes, den er dort sah. „Ich wäre ziemlich aufgebracht."

„Ja, so könnte man es wohl bezeichnen."

Sie stand auf und rieb sich geistesabwesend den Nacken. „Weißt du … ich glaube, das ist alles zwecklos. Ich bin wirklich müde. Du solltest jetzt lieber gehen."

Rafael sprang auf. „Du willst, dass ich gehe?" Es lag ihm auf der Zunge, sie zu fragen, ob sie verrückt geworden sei, aber damit würde er nicht unbedingt Punkte bei ihr sammeln. „Nachdem du mir diese abstruse Geschichte erzählt hast, nachdem du mich damit konfrontiert hast, dass ich Vater werde, erwartest du von mir, dass ich einfach so verschwinde?"

„Das hast du ja schon einmal gemacht", erwiderte sie müde.

„Woher zum Teufel willst du das wissen? Woher willst du wissen, was ich getan oder nicht getan habe, wenn ich es selbst nicht einmal weiß? Du hast gesagt, du hättest mich geliebt und ich hätte dich geliebt. Ich erinnere mich aber nicht. Woher willst du also wissen, dass ich dich verlassen und betrogen habe? Ich hatte einen Unfall, Bryony. Wann hast du mich zuletzt gesehen? Was haben wir da gemacht? Hatte ich dich sitzen lassen? Habe ich dir gesagt, ich würde dich verlassen?"

Ihr Gesicht war kreidebleich, als sie antwortete: „Es war der Tag, nachdem wir den Kauf besiegelt hatten. Du musstest wegen eines Notfalls in der Firma nach New York zurück. Du hast gesagt, es würde nicht länger als ein, zwei Tage dauern. Du hast mir versichert, dass du zurückkommen würdest, weil du es gar nicht erwarten könntest, und dass wir dann darüber sprechen würden, was wir mit dem Land machen", erklärte sie mit schmerzerfüllter Stimme.

„An was für einem Tag war das, Bryony? Sag mir das genaue Datum."

„Der dritte Juni."

„Der Tag, an dem ich verunglückt bin."

Sie presste die Hand auf den Mund und sah so schockiert aus, dass Rafael Angst hatte, sie würde gleich umkippen. Er umschlang ihr Handgelenk und zog sie zu sich aufs Bett. Benommen starrte sie ihn an.

„Wie? Was ist passiert?"

„Mein Privatjet ist über Kentucky abgestürzt", erzählte er. „Ich erinnere mich an kaum etwas, nur dass ich irgendwann im Krankenhaus aufgewacht bin und keine Ahnung hatte, wie ich dorthin gekommen war."

„Und jetzt hast du keinerlei Erinnerungen mehr?", fragte sie heiser.

„Doch, nur die vier Wochen vor dem Unfall sind wie ausgelöscht. Ich habe zwar auch noch andere Gedächtnislücken, aber da handelt es sich meist um Menschen, die ich kennen müsste, an die ich mich aber nicht erinnere. Anfangs wusste ich auch nicht mehr, warum ich nach Moon Island geflogen war, doch das war leicht herauszufinden, da ich ein Stück Land dort gekauft hatte."

„Also hast du nur *mich* vergessen", meinte sie mit einem gequälten Lachen.

Er seufzte. „Ich weiß, das ist schwer zu ertragen. Bitte versuch zu verstehen, dass es für mich genauso schwierig ist, all das zu glauben, was du mir erzählt hast. Ich mag mich vielleicht nicht an dich erinnern, Bryony, aber ich bin auch kein ganz übler Kerl. Es ist für mich nicht schön, mit anzusehen, wie sehr du leidest."

„Ich habe versucht, dich anzurufen", erzählte sie tonlos. „Erst habe ich noch gewartet und mir alle möglichen Entschuldigungen für dich zurechtgelegt. Aber dann habe ich es unter der Nummer versucht, die du mir gegeben hattest. Niemand wollte mich mit dir reden lassen. Immer gab's irgendwelche Ausreden. Du wärst in einer Besprechung, auf Geschäftsreise oder zum Mittagessen."

„Man hat mich nach meinem Unfall ziemlich abgeschirmt, weil wir nicht wollten, dass irgendjemand von meinem Gedächtnisverlust erfährt. Jegliches Zeichen von Schwäche kann schon bedeuten, dass die Investoren das Vertrauen verlieren und ihr Geld zurückziehen."

„Auf mich wirkte es so, als wolltest du nichts mehr mit mir zu tun haben, was mich ziemlich sauer gemacht hat. Vor allem deshalb, weil du nicht einmal den Mut hattest, es mir ins Gesicht zu sagen."

„Warum bist du denn jetzt auf einmal gekommen? Warum hast du so lange gewartet?"

„Mir wurde meine Schwangerschaft erst bewusst, als ich schon in der zehnten Woche war. Und Mamaw hatte gesundheitliche Probleme, also habe ich viel Zeit mit ihr verbracht. Um sie nicht aufzuregen, habe ich ihr nichts von meiner Befürchtung erzählt, dass du mich nur verführt hast, um an das Land zu kommen. Das hätte ihr das Herz gebrochen. Nicht nur wegen des Grundstücks. Sie wusste, wie sehr ich dich geliebt habe, und wollte, dass ich glücklich werde."

Verdammt, er fühlte sich gerade wie ein elender Wurm.

„Wir müssen ein paar wichtige Entscheidungen treffen, Bryony."

„Entscheidungen?"

„Du behauptest, ich sei in dich verliebt gewesen. Dass du mich auch geliebt hast. Außerdem sagst du, dass du mein Kind bekommst. Wenn du glaubst, dass ich jetzt einfach so auf Nimmerwiedersehen verschwinde, dann bist du verrückt. Wir haben sehr viel zu klären, und das lässt sich nicht an einem Abend bewerkstelligen. Oder an einem Tag. Nicht einmal innerhalb von einer Woche."

Sie nickte.

„Ich möchte, dass du mit mir kommst."

Sie riss die Augen auf und leckte sich nervös mit der Zunge über die Lippen. „Wohin soll ich mitkommen?"

„Wenn alles, was du sagst, der Wahrheit entspricht, dann haben sich mein Leben und meine Zukunft auf der Insel total verändert. Du und ich, wir werden dorthin zurückkehren, wo alles begonnen hat."

Fassungslos starrte sie ihn an. Hatte sie etwa erwartet, dass er sich davonmachen würde?

„Wir werden diese Wochen noch einmal durchleben, Bryony. Vielleicht hilft es meinem Gedächtnis auf die Sprünge, wenn ich wieder dort bin."

„Und wenn nicht?", fragte sie vorsichtig.

„Dann haben wir viel Zeit damit verbracht, uns wieder kennenzulernen."

3. KAPITEL

„Hast du den Verstand verloren?", wollte Ryan wissen.

Rafael hörte auf, hin und her zu laufen und musterte seine Freunde, die sich in seinem Büro versammelt hatten.

„Wer hier den Verstand verloren hat, darüber wollen wir lieber nicht reden", erwiderte Rafael. „Ich bin jedenfalls nicht derjenige, der die Frau suchen lässt, die mich mit meinem Bruder betrogen hat."

Ryan warf ihm einen bösen Blick zu, bevor er sich abwandte und aus dem Fenster starrte.

„Das war ein Schlag unter die Gürtellinie", murmelte Devon.

Rafael atmete tief durch. Devon hatte recht. Was auch immer Ryan für Gründe haben mochte, seine Exverlobte aufspüren zu lassen, er hatte es nicht verdient, dass Rafael sich ihm gegenüber wie ein Schwein benahm.

„Tut mir leid, Kumpel", entschuldigte Rafael sich.

Cam lehnte sich in Rafaels Chefsessel zurück und legte die Füße auf den Schreibtisch. „Ich glaube, ihr seid beide nicht ganz zurechnungsfähig. Keine Frau ist so viel Aufhebens wert." Er schaute Rafael direkt an. „Was dich angeht … ich weiß gar nicht, was ich zu deiner verrückten Idee sagen soll, mit der Frau zurück nach Moon Island zu fliegen. Was erhoffst du dir davon?"

Das war eine verdammt gute Frage. Rafael war sich nicht sicher. Er wollte seine Erinnerungen wiederhaben. Er wollte wissen, was ihn dazu bewogen hatte, völlig abzudrehen und sich angeblich innerhalb von wenigen Wochen in eine Frau zu verlieben und sie zu schwängern.

Er war vierunddreißig Jahre alt, aber nach allem, was er gehört hatte, hatte er sich wie ein verliebter Teenager aufgeführt. „Sie sagt, wir hätten uns ineinander verliebt." Oh Gott, klang das lächerlich.

Die drei anderen Männer starrten ihn an, als hätte er gerade verkündet, künftig im Zölibat leben zu wollen. Was vielleicht gar nicht die schlechteste Idee war.

„Außerdem sagt sie, du wärst der Vater ihres Kindes", warf Devon ein. „Das ist ziemlich viel, was sie da behauptet."

„Hast du schon mit deinem Anwalt gesprochen?", fragte Ryan. „Diese ganze Situation macht mich nervös. Sie könnte uns erheblichen Schaden zufügen, wenn sie das publik macht. Wenn sie verlauten lässt, dass du dich wie ein elender Mistkerl verhalten hast, indem du sie geschwängert und dann sitzen gelassen hast, kaum dass die Tinte auf dem Vertrag trocken war. Wenn das herauskommt, wirft das kein gutes Licht auf uns."

„Nein, verdammt, ich habe noch nicht mit Mario gesprochen", murmelte Rafael. „Wann denn auch? Ich rufe ihn gleich an."

„Also, wie lange soll dein Selbstfindungstrip dauern?", fragte Cam.

Rafael stopfte die Hände in die Taschen. „So lange wie nötig."

Devon blickte auf seine Uhr. „So gern ich noch bleiben würde, um mich von euch amüsieren zu lassen, aber ich muss los, weil ich einen Termin habe."

„Mit Copeland?" Cam grinste.

Devon warf ihm nur einen bösen Blick zu.

„Besteht der alte Mann immer noch darauf, dass es nur zu der Fusion kommt, wenn du seine Tochter heiratest?", wollte Ryan wissen.

Devon seufzte. „Ja. Sie ist ... flatterhaft, und Copeland scheint zu glauben, dass ich sie bändigen kann."

Rafael warf seinem Freund einen Blick voller Mitgefühl zu.

Cam zuckte mit den Schultern. „Dann sag ihm doch, dass du auf den Deal pfeifst."

„So schlimm ist sie auch wieder nicht. Sie ist jung und ... ausgelassen. Es gibt schlimmere Frauen."

„Mit anderen Worten, sie würde einen Spaßverderber wie dich in den Wahnsinn treiben", meinte Ryan grinsend.

Devon machte eine nicht gerade salonfähige Handbewegung und marschierte zur Tür.

Cam drehte sich auf Rafaels Chefsessel herum und stand ebenfalls auf „Ich muss auch los. Sag uns auf jeden Fall Bescheid, ehe du verschwindest, um dich selbst zu finden, Rafe."

Rafael brummte und nahm seinen Sessel wieder in Beschlag, als Cam hinter Devon das Büro verließ. Ryan stand noch immer am Fenster und drehte sich jetzt zu Rafael herum.

„Hey, es tut mir leid wegen meiner Bemerkung über Kelly", meinte Rafael, ehe Ryan etwas sagen konnte. „Hast du sie schon ausfindig gemacht?"

Ryan schüttelte den Kopf. „Nein, aber das werde ich."

Rafael verstand nicht, wieso Ryan so erpicht darauf war, seine Exverlobte zu finden. Das ganze Fiasko hatte sich während der vier Wochen ereignet, die in seinem Gedächtnis ausgelöscht waren, aber Devon und Cam hatten ihm erzählt, dass Kelly mit Ryans Bruder geschlafen hatte, woraufhin Ryan sie rausgeworfen und die Angelegenheit anscheinend abgehakt hatte. Doch jetzt hatte er einen Privatdetektiv angeheuert, der sie finden sollte.

„Erinnerst du dich wirklich nicht an Bryony?", fragte Ryan. „An absolut nichts?"

„Nein, an gar nichts. Es ist so, als würde ich eine Fremde anschauen."

„Findest du das nicht ziemlich merkwürdig?"

Rafael schnaubte. „Natürlich. Diese ganze Situation ist absolut merkwürdig."

Ryan musterte Rafael eindringlich. „Man sollte doch denken, wenn man sich Hals über Kopf in eine Frau verliebt, vier Wochen lang Tag und Nacht mit ihr verbringt, sie obendrein noch schwängert, dass man da zumindest eine Art Déjà-vu hat."

„Ich verstehe schon, was du meinst, Ryan, und ich weiß deine Sorge auch zu schätzen. Aber irgendetwas ist auf der Insel passiert. Ich weiß zwar noch nicht, was, aber in meinem Gedächtnis klafft eine riesige Lücke, und Bryony ist mittendrin. Ich muss auf die Insel zurückkehren, und wenn es nur dazu dient, um ihre Geschichte zu widerlegen."

„Und wenn sie die Wahrheit sagt?"

„Dann habe ich eine Menge aufzuarbeiten."

Bryony stand vor dem modernen Bürohochhaus und starrte nach oben auf die glitzernde Fassade, in der sich die helle Herbstsonne spiegelte.

Die Stadt faszinierte sie, machte ihr aber auch Angst. Alle waren hier so geschäftig. Niemand schien auch nur für einen Moment innezuhalten.

Wie konnte man das aushalten?

Und doch war sie bereit gewesen, sich Rafael zuliebe an das Leben in der Stadt zu gewöhnen. Hier lebte und arbeitete er. Hier blühte er auf.

Je länger sie hier stand, desto größer wurden ihre Zweifel. Machte sie sich schon wieder zum Narren?

Einmal auf einen Mann hereinzufallen, war entschuldbar, aber zweimal? „Ich muss verrückt sein, ihm zu vertrauen", murmelte sie.

Aber wenn diese absurde Geschichte stimmte, dann hatte er sie nicht betrogen. Dann hatte er sie nicht sitzen lassen. Und auch nicht all das getan, was sie ihm vorgeworfen hatte.

Einerseits war sie erleichtert, andererseits hatte sie keine Ahnung, was sie glauben oder denken sollte.

„Sie sind Bryony, oder?"

Sie riss den Blick von dem Gebäude los. Es war ihr peinlich, dass sie noch immer wie ein Trottel dastand und gen Himmel blickte, vor allem, als sie jetzt zwei Männer bemerkte, die ihr schon auf der Party in Rafaels Begleitung aufgefallen waren.

Sie machte einen Schritt zurück. „Ja", antwortete sie zögernd.

Es waren beides große Männer. Der eine hatte kurzes braunes

Haar, der andere etwas längeres blondes. Der eine lächelte, während der andere sie musterte wie ein lästiges Insekt.

Der lächelnde Mann streckte ihr die Hand entgegen. „Ich bin Devon Carter, ein Freund von Rafael. Das ist Cameron Hollingsworth."

Cameron musterte sie weiterhin kritisch, also ignorierte Bryony ihn und konzentrierte sich auf Devon, obwohl sie nicht wusste, was sie sagen sollte.

„Freut mich, Sie kennenzulernen", murmelte sie.

„Sind Sie hier, weil Sie sich mit Rafe treffen wollen?", fragte Devon.

Sie nickte.

„Wir bringen Sie gern nach oben."

Sie schüttelte den Kopf. „Nein, ist schon okay. Ich finde den Weg allein. Ich meine, ich möchte Ihnen keine Mühe bereiten."

„Kein Problem", erwiderte Devon geschmeidig. „Aber wie Sie möchten. Dann wünsche ich Ihnen noch einen schönen Tag."

„Danke. Es war nett, Sie kennenzulernen."

Die beiden Männer verabschiedeten sich und gingen zur Straße, um in einen BMW zu steigen.

Bryony holte noch einmal tief Luft und marschierte auf die Drehtür zu. In der Mitte der Lobby stand ein großer Brunnen, und sie blieb einen Moment lang stehen, um sich vom Plätschern des Wassers beruhigen zu lassen. Sie vermisste das Meer. Es kam nicht häufig vor, dass sie die Insel verließ, und hier in dieser hektischen Großstadt sehnte sie sich nach der Ruhe und dem Frieden der kleinen Insel, auf der sie aufgewachsen war.

Das schlechte Gewissen versetzte ihr einmal mehr einen Stich. Ihretwegen befand sich das Grundstück ihrer Familie jetzt in den Händen eines Mannes, der entschlossen war, darauf ein Resort samt Golfplatz und wer weiß was zu bauen. Nicht, dass das schlechte Dinge waren. Bryony hatte weder etwas gegen den Fortschritt noch gegen freie Marktwirtschaft und Kapitalismus. Jeder Mensch verdiente gern Geld.

Aber Moon Island war etwas Besonderes. Bisher war es vom Bauboom, der so manch andere Insel verunstaltet hatte, verschont geblieben. Die Familien, die dort lebten, taten dies schon seit Generationen. Jeder kannte jeden. Es gab eine unausgesprochene Vereinbarung unter den Einwohnern, dass sie die Insel so belassen wollten, wie sie war. Ein Hafen für Menschen, die nicht länger auf der Überholspur leben wollten. Auf Moon Island lief alles ein wenig langsamer.

Und jetzt würde sich all das ihretwegen ändern. Bulldozer und Bautrupps würden einfallen, und anschließend würde langsam auch die Außenwelt immer mehr von der Insel Besitz ergreifen und den Lebensstil dort verändern.

Bryony biss sich auf die Unterlippe und ging in Richtung Fahrstuhl. Es war schmerzlich, erkennen zu müssen, dass sie unglaublich naiv gewesen war. Inzwischen, mit ein wenig Abstand zu der Beziehung, auf die sie sich so Hals über Kopf eingelassen hatte, erkannte sie, wie dumm sie gewesen war. Aber vor ein paar Monaten … da hatte sie überhaupt nicht mehr vernünftig denken können. Gegen Rafaels Verführungskünste, seine Anziehungskraft und gegen die Vorstellung, dass es ihn genauso heftig erwischt hatte wie sie, war sie machtlos gewesen.

Wütend drückte sie den Knopf für den einunddreißigsten Stock und trat weiter zurück, als noch mehr Menschen in den Lift kamen. Es war ja nicht so, dass sie nicht darüber nachgedacht hatte, eine Klausel in den Vertrag einfügen zu lassen, aber sie hatte das Gefühl gehabt, dass Rafael dann denken könnte, sie würde ihm nicht vertrauen. Es wäre klug gewesen, aber auch heikel und hätte Fragen aufgeworfen, über die sie zu dem Zeitpunkt nicht weiter hatte nachdenken wollen.

Rafael hatte ihr glaubhaft versichert, dass er das Land zum persönlichen Gebrauch kaufen wollte. Unter dem Vertrag stand auch nicht der Name einer Firma, sondern seiner. Und sie hatte ihm geglaubt, als er ihr versichert hatte, dass er zurückkehren würde. Dass er sie liebte. Dass er mit ihr zusammen sein wollte.

Ihre eigene Dummheit beschämte sie so sehr, dass sie es kaum ertragen konnte, darüber nachzudenken. Und jetzt, nachdem sie endlich nach New York gekommen war, um Rafael mit seinen Lügen zu konfrontieren, erzählte er ihr eine unglaubliche Geschichte von einem Unfall und einem Gedächtnisverlust. Das war verdammt praktisch für ihn.

Trotzdem wünschte sie sich nichts sehnlicher, als dass er die Wahrheit sagte. Denn wenn es so war, dann war der Rest vielleicht auch nicht so schlimm, wie sie befürchtet hatte. Was sie vermutlich zu einer noch größeren Idiotin machte, als sie ohnehin schon war.

Als Bryony aus dem Fahrstuhl trat, wurde sie von der Rezeptionistin in Empfang genommen und direkt zu Rafael ins Büro geführt.

Rafael stand auf und kam auf sie zu. „Hallo, Bryony."

Sie starrte ihn an und konnte sogar seinen Duft wahrnehmen, so nah stand er vor ihr. Es war so schwierig, weil sie überhaupt nicht wusste, wie sie sich jetzt in seiner Gegenwart verhalten sollte. Die Rolle der beleidigten verlassenen Geliebten konnte sie nicht länger spielen, weil er sich überhaupt nicht an sie erinnerte und man ihm daher ja wohl keinen Vorwurf daraus machen konnte, dass er während der vergangenen Monate so getan hatte, als würde es sie nicht geben.

Aber sie konnte auch nicht dort weitermachen, wo sie aufgehört hatten, und sich in seine Arme werfen.

Rafael seufzte. „Ehe wir reden, gibt es etwas, was ich tun muss."

Misstrauisch bemerkte Bryony, dass Rafael noch einen Schritt auf sie zukam. „Was?", fragte sie.

Er umschloss ihr Gesicht mit beiden Händen und kam noch näher, bis ihre Körper sich fast berührten und seine Hitze – sein Duft – sie umfing.

„Dich küssen."

4. KAPITEL

Bryony machte einen Schritt zurück, doch Rafael war entschlossen, sie nicht entkommen zu lassen. Er fasste sie bei den Schultern und zog sie fast ungestüm an sich. Ehe seine Lippen ihren Mund eroberten, hörte er noch, wie Bryony überrascht nach Luft schnappte.

Er war sich nicht sicher, was er erwartet hatte. Ein Feuerwerk? Die wundersame Rückkehr seiner Erinnerungen? Bilder der fehlenden Wochen, die wie eine Diashow vor seinen Augen abliefen?

Nichts davon geschah, aber das, was ihm widerfuhr, versetzte ihn in eine Art Schockzustand.

Sein Körper erwachte zum Leben. Jeder einzelne Muskel stand von einer Sekunde zur anderen unter Strom. Verlangen und Lust packten ihn, und er wurde fast schmerzhaft hart.

Und verdammt, sie war aber auch entgegenkommend. Nach ihrem anfänglichen Widerstand schmolz sie geradezu dahin und erwiderte seinen Kuss mit gleicher Leidenschaft. Die Arme um seinen Hals geschlungen, klammerte sie sich an ihn und presste ihre herrlichen Kurven an seinen Körper. Ein Körper, der danach verlangte, sie auf den Schreibtisch zu drängen und seine Lust zu stillen.

Dieser Gedanke brachte Rafael dazu, sich von Bryony zu lösen. Du meine Güte, war er verrückt geworden? Sie war schwanger mit seinem Kind, er konnte sich nicht an sie erinnern, und doch war er bereit, ihr und sich die Kleidung vom Leib zu reißen und sich einen Dreck um die Konsequenzen zu scheren?

Na ja, wenigstens konnte sie nicht noch einmal schwanger werden …

Schwer atmend strich er sich mit der Hand durchs Haar und wandte sich ab, während sein Herz völlig unkontrolliert pochte.

Nicht sein Typ? Er schüttelte den Kopf. Noch nie hatte er eine Frau getroffen, bei der es so gefunkt hatte.

Als er sich wieder umdrehte, sah er, dass auch Bryony benommen aussah. Ihre Lippen waren leicht geschwollen, und ihr Blick wirkte weich und versonnen. Rafael musste sich sehr beherrschen, sie nicht wieder in die Arme zu reißen, um das zu beenden, was er eben begonnen hatte.

„Es tut mir leid, ich musste es einfach wissen."

„Was wissen?", fragte sie argwöhnisch.

„Ob ich mich an irgendetwas erinnern kann", murmelte er.

Sie verzog das Gesicht und betrachtete ihn voller Verachtung. Als ihm einfiel, dass sie ihn schon gestern Abend geschlagen hatte, machte er vorsichtshalber einen Schritt zurück.

„Und?"

Er schüttelte den Kopf. „Nichts."

Nachdem sie ihn noch mit einem angewiderten Blick bedacht hatte, marschierte sie zur Tür.

„Verdammt, warte!", rief er und schaffte es gerade noch, sie aufzuhalten.

„Wo zum Teufel ist dein Problem?"

Fassungslos sah sie ihn an. „Mein Problem? Wow, ich weiß nicht. Vielleicht hab ich es nicht so gerne, als eine Art Experiment begrapscht zu werden? Mir ist schon bewusst, dass das schwierig für dich ist, Rafael, aber du bist nicht der Einzige, der hier zu leiden hat. Du musst dich nicht wie ein mieser Schuft benehmen."

„Aber …"

Ehe er seinen Protest äußern konnte, war sie verschwunden, und er sah ihr hinterher. Einen Moment lang überlegte er, ob er ihr folgen sollte oder nicht. Aber was sollte er ihr sagen? Es tat ihm nicht leid, dass er sie geküsst hatte, auch wenn es sich nicht als Mittel zur Wunderheilung entpuppt hatte. Doch es hatte ihm etwas Wichtiges verraten. Er konnte nicht in Bryonys Nähe kommen, ohne in Flammen aufzugehen, daher war die Wahrscheinlichkeit, dass sie sein Kind in sich trug, wohl ziemlich groß.

Er ging zu seinem Schreibtisch und griff nach dem Telefon. Einige Sekunden später antwortete Ramon mit einem knappen „Ja?"

„Miss Morgan hat gerade mein Büro verlassen. Bitte sorgen Sie dafür, dass sie sicher zu ihrem Hotel kommt."

Bryony verließ das Gebäude, wobei es ihr egal war, dass sie und Rafael eigentlich zum Essen verabredet gewesen waren. Ihr Kiefer schmerzte, weil sie die Zähne krampfhaft aufeinander biss und gegen die Tränen ankämpfte.

Sie hatte gehofft, etwas von dem Rafael de Luca wiederzufinden, in den sie sich verliebt hatte. Vielleicht hatte sie auch gehofft, dass der Kuss etwas entfachen würde, was Rafael zumindest die Möglichkeit in Betracht ziehen ließ, einmal etwas für sie empfunden zu haben.

Aber in seinen Augen war keine Spur von Erkennen gewesen. Lediglich Lust. Lust, wie jeder Mann sie verspüren konnte, ohne tiefere Gefühle zu hegen.

Blindlings marschierte Bryony los. Die Straßenlaternen wurden gerade angeschaltet, doch es war noch hell genug, dass sie die wenigen Blocks bis zu ihrem Hotel zu Fuß gehen konnte. Das würde ihr helfen, sich zu beruhigen. Rafaels Kuss hatte sie erhitzt, und es machte sie wütend, dass er so kalt und berechnend reagiert hatte.

Sie war sich vorgekommen wie ein Spielball seiner sexuellen Gelüste. So, als wäre sie überhaupt nicht wichtig, sondern bestünde nur aus einem Paar praller Brüste, die seiner Unterhaltung dienten.

Aber wahrscheinlich war sie von Anfang an nichts anderes für ihn gewesen.

Noch einmal durfte sie nicht so dumm sein. Erst wenn sie von ihm garantiert bekam – schriftlich! –, dass er das Grundstück nicht bebauen würde, würde sie sich gestatten, daran zu glauben, dass er sie nicht betrogen hatte.

Fröstelnd im frischen Wind blieb sie vor einer Ampel stehen. Ein Mann stieß mit ihr zusammen, und sie drehte sich erschrocken herum. „Hey!"

Er murmelte eine Entschuldigung, während die Ampel auf Grün schaltete und die Fußgänger losströmten. Weil sie abgelenkt war, merkte sie erst zu spät, dass jemand an ihrer Handtasche zerrte. Der Riemen rutschte herunter, und ihr wurde fast der Arm ausgerissen, als der Dieb sich mit der Tasche davonmachen wollte.

Wütend schnappte Bryony instinktiv mit der anderen Hand nach dem Riemen und zog.

Der Mann war nicht viel größer und schwerer als sie, aber wilde Entschlossenheit zeichnete sich auf seinem schmutzigen Gesicht ab. Er versetzte Bryony einen Stoß, sodass sie hinfiel. Der Sturz war so heftig, dass ihre Zähne aufeinander schlugen, aber der Riemen der Handtasche war um ihr Handgelenk geschlungen, und so leicht gab sie nicht auf.

Wieder zerrte der Dieb daran, und dieses Mal schleifte er Bryony ein paar Schritte mit, bevor er wütend fluchte und ihr einen Schlag ins Gesicht verpasste. Sie schrie auf und lockerte zwangsläufig den Griff. Aus dem Augenwinkel heraus sah sie etwas Silbernes aufleuchten.

Gelähmt vor Angst, sah sie das Messer auf sich zukommen. Doch der Angreifer zerschnitt nur den Riemen, sodass sie wieder rückwärts fiel, als die Spannung nachließ. Innerhalb von Sekunden war der Dieb in der Menge verschwunden, während sie auf dem Bürgersteig lag und eine Hand auf das schmerzende Auge hielt.

Menschen scharten sich um sie, und jemand hockte sich neben sie. „Geht es Ihnen gut?"

Sie drehte sich um, zu fassungslos, um reagieren zu können. Im nächsten Moment hielt eine große schwarze Limousine mit quietschenden Reifen neben ihr, und ein Berg von einem Mann stürzte heraus. Dabei bewegte er sich mit einer Anmut, die bei seiner Größe eher ungewöhnlich war. Er hockte sich neben sie und umschloss ihr Kinn. Besorgt drehte er ihren Kopf hin und her, um das Auge zu begutachten.

Er bellte irgendetwas in sein Bluetooth, doch Bryony war noch immer zu benommen, um zu verstehen, was er sagte oder mit wem er sprach. Sie hoffte, es war die Polizei.

„Miss Morgan, ist alles in Ordnung mit Ihnen?", fragte er eindringlich.

„W… woher wissen Sie meinen Namen?"

„Mr de Luca hat mich geschickt."

„Woher weiß er, was passiert ist?", fragte sie erstaunt.

„Er wollte sichergehen, dass Sie heil im Hotel ankommen. Ich habe Sie nicht mehr erwischt, um Sie im Wagen mitzunehmen, und habe gerade nach Ihnen Ausschau gehalten, als ich sah, was hier passierte."

„Oh."

„Können Sie aufstehen?"

Sie nickte. Während er ihr auf die Füße half, legte sie schützend eine Hand auf ihren Bauch, aus Angst, dass das Baby bei dem Fall Schaden genommen haben könnte.

„Tut Ihnen etwas weh?"

„Ich weiß nicht", erwiderte sie zitternd. „Ich habe Angst. Der Sturz …"

„Ich bringe Sie unverzüglich ins Krankenhaus. Mr de Luca kommt direkt dorthin."

Bryony protestierte nicht, als er sie auf den Rücksitz der Limousine bugsierte. Er selbst setzte sich neben sie und erteilte dem Fahrer Anweisungen. Im nächsten Moment hatten sie sich schon in den Verkehr eingefädelt.

Der Riese neben ihr nahm fast die gesamte Rückbank ein. Er beugte sich vor und zauberte aus der Konsole etwas Eis hervor, wickelte es in ein Tuch ein und hielt es ihr an das verletzte Auge.

„Haben Sie noch andere Verletzungen?", fragte er.

„Ich glaube nicht. Ich bin nur ein bisschen erschüttert."

Mit grimmiger Miene zog er das Eis weg und musterte aufmerksam ihr Auge.

„Da bekommen Sie mit Sicherheit ein schönes Veilchen. Aber ich glaube, es ist gut, wenn ein Arzt Sie kurz durchcheckt, damit Sie sicher sind, dass dem Baby nichts passiert ist."

Sie nickte und zog eine Grimasse, als er ihr das Eis wieder aufs Auge drückte.

„Danke", murmelte sie. „Für Ihre Hilfe. Ihr Timing war perfekt."

Wütend schüttelte er den Kopf. „Nein, war es nicht. Wenn ich einen Moment eher da gewesen wäre, hätte er Ihnen nicht wehtun können."

„Trotzdem danke. Er hatte ein Messer."

Sie versuchte, gegen die Panik anzukämpfen und tief durchzuatmen. Noch immer sah sie das Aufblitzen des Messers vor sich, und die Erinnerung daran ließ sie am ganzen Körper zittern.

„Ich weiß nicht einmal, wie Sie heißen", sagte sie schwach.

Er sah sie besorgt an, so als würde er denken, dass sein Name das Letzte wäre, was sie jetzt beschäftigen sollte.

„Ramon. Ich bin der Sicherheitchef von Mr de Luca."

„Ich bin Bryony", sagte sie, ehe ihr bewusst wurde, dass er ihren Namen ja bereits kannte.

„Wir sind fast da, Bryony."

Tatsächlich, schon Sekunden später hielt der Wagen, und die Türen wurden sofort geöffnet. Ramon nahm das Eis von ihrem Auge und stieg eilig aus, um ihr aus dem Wagen zu helfen. Ein Sanitäter mit einem Rollstuhl wartete bereits auf sie.

Erstaunt über die Schnelligkeit, mit der man sie in einen Untersuchungsraum verfrachtet hatte, starrte Bryony mit offenem Mund auf die beiden Schwestern, die ihr halfen, sich in ein Krankenbett zu legen, und sofort damit begannen, sie zu untersuchen.

Ramon blieb neben dem Bett stehen und beäugte die Vorgänge genau. Als würde er Bryonys Verwunderung spüren, beugte er sich vor und murmelte: „Mr de Luca spendet häufig für dieses Krankenhaus. Er hat angerufen und Sie angekündigt."

Oh, dann ergab das alles schon mehr Sinn.

„Der Gynäkologe kommt gleich zu Ihnen", versicherte ihr eine der Schwestern. „Er wird sich vergewissern, dass mit Ihrem Baby alles in Ordnung ist."

Bryony nickte und bedankte sich.

Die Krankenschwester stellte ihr noch eine Reihe von Fragen, während Bryony das alles ein wenig peinlich war. Soweit sie es beurteilen konnte, hatte sie nichts weiter als ein blaues Auge und ein paar blaue Flecken am Po. Aber sie war trotzdem froh, dass man sich davon überzeugen wollte, dass es dem Baby gut ging.

Sie hatte sich gerade zurückgelehnt und die Augen geschlossen, als die Tür aufflog und Rafael ins Zimmer stürmte.

Er eilte zum Bett und nahm Bryonys Hand. „Alles okay mit dir?", fragte er. „Bist du verletzt? Hast du Schmerzen?" Er holte tief Luft und fuhr sich mit der Hand durchs Haar. „Das … Baby?"

Ehe sie etwas erwidern konnte, bemerkte er ihr zerschundenes Gesicht und zuckte entsetzt zusammen. Sanft berührte er ihre Wange, bevor er sich an Ramon wandte. „Was ist passiert?"

„Mir geht es gut", erwiderte Bryony, aber Rafael achtete gar nicht auf sie, weil er seinen Sicherheitschef ausfragte.

„Rafael."

Als er Ramon weiter mit Fragen bombardierte, zupfte sie an seinem Ärmel, bis er sich endlich wieder zu ihr umdrehte.

„Mir geht es gut. Ehrlich. Ramon ist gerade noch rechtzeitig gekommen. Er hat sich gut um mich gekümmert."

„Ich hätte dich nicht weglaufen lassen sollen", brummte Rafael. „Du warst aufgelöst und hättest so nicht auf die Straße gehen sollen. Ich dachte, Ramon würde dich nach Hause fahren."

Sie zuckte mit den Schultern. „Ich bin zu Fuß gegangen. Er hat mich erst eingeholt, nachdem …"

Rafael schaute sich um und zog sich einen Stuhl heran. „War schon ein Arzt da? Was hat er zum Baby gesagt? Tut dir noch mehr weh? Hat der Kerl dich geschlagen?"

Sie schüttelte den Kopf angesichts der vielen Fragen und blinzelte, weil er so grimmig klang und aussah. Diese Seite von Rafael hatte sie bisher noch nicht kennengelernt.

„Die Schwester hat gesagt, dass der Gynäkologe gleich kommt und mich untersucht, um sicherzustellen, dass dem Baby nichts passiert ist. Und nein, ansonsten bin ich nicht verletzt."

Rafael begutachtete ihr Auge. „Es geht nicht, dass du allein durch New York läufst. Mir gefällt es nicht einmal, dass du allein im Hotel wohnst."

Sie lächelte amüsiert. „Aber es ist dein Hotel, Rafael. Willst du etwa andeuten, dass es nicht sicher ist?"

„Mir wäre es lieber, wenn du bei mir wärst, wo ich weiß, dass du sicher bist", brummte er.

„Was soll das heißen?"

„Pass auf, wir wollten in ein paar Tagen ohnehin zusammen auf die Insel fahren. Da ist es doch sinnvoll, wenn du bis dahin bei mir wohnst. Dadurch gewinnen wir zusätzliche Zeit, um uns … wieder miteinander bekannt zu machen."

Sie starrte in seine Augen und suchte … hm, eigentlich wusste sie nicht genau, wonach sie suchte. Was sie jedoch sah, war Entschlossenheit – und Wut darüber, dass sie verletzt worden war.

Rafael mochte sich vielleicht nicht an sie erinnern, aber sein Beschützerinstinkt war geweckt worden, und ob er nun akzeptierte, dass sie sein Kind in sich trug oder nicht, er war auf jeden Fall besorgt um Mutter und Kind.

War das nicht immerhin ein Anfang?

„In Ordnung", antwortete sie leise. „Ich bleibe bei dir, bis wir zur Insel zurückkehren."

*R*afael hätte sie ins Penthouse getragen, wenn Bryony es zugelassen hätte. Er hatte versucht, sie zu überreden, bis sie die Augen verdreht und ihm erklärt hatte, dass sie völlig in Ordnung war und niemand wegen eines blauen Auges getragen werden musste.

Die Erinnerung an ihr Veilchen versetzte Rafael wieder in Rage. Sie war eine kleine Frau, und die Vorstellung, dass irgendein mieser Schlägertyp über sie hergefallen war – über eine Schwangere! – machte ihn rasend. Auch wenn der Arzt ihnen versichert hatte, dass alles in Ordnung war.

Rafael wusste nicht so recht, was er tun sollte. Er bewegte sich sozusagen auf unbekanntem Terrain. Bryony war die erste Frau, die er je mit in sein Penthouse genommen hatte, und es kam ihm so vor, als wäre seine Privatsphäre verletzt worden.

„Möchtest du, dass ich uns etwas zum Abendessen bestelle?", fragte er, nachdem er dafür gesorgt hatte, dass sie es sich auf der Couch gemütlich gemacht hatte.

„Eine gute Idee", erwiderte sie und legte den Kopf an die Lehne.

Rafael bekam ein schlechtes Gewissen, als er sah, wie erschöpft sie war. Er hatte es ihr nicht gerade leicht gemacht. Sie hatte eine lange Reise gehabt und dann … Dann war alles noch viel schlimmer geworden.

Irritiert stand er auf. Warum sollte er sich schuldig fühlen? Er konnte sich an nichts erinnern. Und er hatte es weiß Gott versucht. Jeden Abend ging er völlig frustriert ins Bett und hoffte, dass über Nacht auf wundersame Weise seine Erinnerungen zurückkehrten und er sich nicht länger den Kopf über all die Lücken in seinem Gedächtnis zerbrechen musste. Und sich nicht mehr fragen musste, ob er etwas so Verrücktes getan hatte wie eine Frau zu verführen und sich innerhalb weniger Wochen in sie zu verlieben.

Es klang einfach so unvorstellbar.

Nein, er brauchte keine Schuldgefühle zu haben. Das alles war nicht sein Fehler.

Abgesehen von der Tatsache, dass er Bryony verärgert hatte, sodass sie aus seinem Büro gestürmt und als Folge davon überfallen worden war.

Er ging hinüber zum Telefon und bestellte etwas zu essen, bevor er sich auf den Sessel neben dem Sofa setzte. „Möchtest du etwas trinken, während wir auf das Essen warten?"

Sie betrachtete ihn durch halb geöffnete Lider. „Gerne. Hast du Saft da? Ich habe manchmal einen niedrigen Blutzuckerspiegel, und die Schwangerschaft bringt das alles noch mehr durcheinander, sodass ich darauf achten muss, regelmäßig zu essen, sonst laufe ich Gefahr, ohnmächtig zu werden."

Rafael fluchte leise. „Und was ist, wenn du ohnmächtig wirst, wenn du allein bist?"

„Na ja, wichtig ist, dass ich sicherstelle, nicht ohnmächtig zu werden. Mir geht es gleich wieder gut", fügte sie leise hinzu. „Meine Großmutter ist Diabetikerin, also weiß ich, wie man mit niedrigen Blutzuckerwerten umgeht."

Eilig verschwand er in der Küche und war froh, als er im Kühlschrank Orangensaft fand, der zum Glück auch noch haltbar war. Er schenkte ein Glas voll und kehrte ins Wohnzimmer zurück.

Dieses Mal setzte er sich neben Bryony auf die Couch und reichte ihr den Saft. Durstig trank sie das halbe Glas leer, ehe sie es ihm wieder reichte.

„Danke, Rafe, das sollte helfen."

Die Kurzversion seines Namens, die sonst nur seine engsten Freunde benutzten, kam ihr über die Lippen, als hätte sie sie schon Tausende von Malen ausgesprochen. Es klang so … richtig. Als hätte er es schon früher gehört oder sie vielleicht sogar dazu ermutigt, ihn so zu nennen.

Er rieb sich den Nacken und wandte den Blick ab. Warum konnte er sich nicht erinnern? Wenn er sich wirklich mit dieser

Frau eingelassen und eine romantische Beziehung mit ihr gehabt hatte – von Liebe mochte er nicht sprechen –, warum hatte er sie dann aus seinem Gedächtnis verbannt?

Bryony schlüpfte aus ihren Schuhen und zog die Beine unter sich. Ihm fiel ein, dass er, wenn sie ein Paar wären, sich jetzt neben sie setzen und mit ihr … kuscheln würde.

Was ein weiterer Beweis dafür war, dass die Vorstellung, sich verliebt und vier Wochen mit einer Frau verbracht zu haben, einfach lächerlich war. Er verabredete sich. Manchmal hatte er sogar Beziehungen, aber nur zu seinen Bedingungen. Das bedeutete, dass keine der Frauen hier in sein Penthouse kam – dafür hatte er Hotels. Auf jeden Fall war er niemand, der mit einer Frau kuschelte.

Dann schaute er auf und begegnete Bryonys Blick. Sie sah müde und verletzlich aus, und das weckte Gefühle in ihm, mit denen er nicht vertraut war. Sie sah aus, als würde sie jemanden brauchen, der sie tröstete.

Verdammt.

„Rafe, er hat mir meine Handtasche geklaut."

Er nickte. Die Polizei war ins Krankenhaus gekommen, um ihre Aussage aufzunehmen, aber es war unwahrscheinlich, dass sie den Kerl schnappen würden.

„Ich habe noch gar nicht darüber nachgedacht … Ich meine, alles ist so schnell passiert, und dann im Krankenhaus …" Sie machte eine hilflose Geste, die seinen Wunsch, sie zu trösten, noch verstärkte.

„Was bereitet dir Sorgen, Bryony?"

„Ich muss meine Kreditkarten sperren lassen. Mist, vermutlich hat er schon alle meine Konten leer geräumt. Mein Führerschein war auch darin. Wie soll ich denn jetzt nach Hause kommen? Ohne Ausweis kann ich nicht fliegen."

Je länger sie redete, desto aufgeregter wurde sie. Rafael rutschte zu ihr und schlang ein wenig unbeholfen einen Arm um sie.

„Du brauchst nicht in Panik zu geraten. Hast du die Telefonnummern, die du brauchst?"

Sie schüttelte den Kopf, bevor sie ihn an Rafaels Schulter lehnte.

„Ich kann sie im Internet nachschauen, wenn du einen Computer hier hast."

Er schnaubte. „Wenn ich einen Computer habe … Ich bin nie ohne eine Internetverbindung."

Sie hob den Kopf. „Auf der Insel schon."

„Das ist unmöglich. Ich wäre nicht einfach so von der Bildfläche verschwunden. Ich muss mich um meine Firma kümmern."

„Oh, natürlich bist du mit deinen Leuten in Verbindung geblieben", meinte sie. „Aber meistens hast du deine Anrufe oder E-Mails morgens oder spät abends erledigt. Während des Tages, wenn wir die Insel erkundet haben, hast du deinen Blackberry im Haus gelassen."

Er seufzte. „Genau deshalb fällt es mir so schwer, deine Geschichte zu glauben. So etwas würde ich niemals tun."

Enttäuscht wandte sie sich ab.

Um die peinliche Situation zu überspielen, stand Rafael auf und nahm seinen Laptop aus der Aktentasche. Eine ganze Weile stand er mit dem Rücken zu Bryony, damit er sich wieder sammeln konnte und nicht Gefahr lief, sich bei ihr zu entschuldigen. Er wollte ihr nicht wehtun, verdammt.

Schließlich drehte er sich wieder um, öffnete den Laptop und stellte ihn auf ein Kissen neben Bryony. „Ich gebe dir am besten meine Adresse, damit man die neuen Karten per Express hierher schicken kann."

„Und was ist mit meinem Führerschein?", fragte sie frustriert. „Wie soll ich denn jetzt nach Hause kommen?" Sie strich sich das Haar aus dem Gesicht, sodass das blaue Auge sichtbar wurde.

„Ich bringe dich schon nach Hause, Bryony. Mach dir darüber keine Gedanken. Kannst du deine Großmutter anrufen, damit sie dir eine Kopie deiner Geburtsurkunde schickt? Soweit

ich weiß, kann man die benutzen, wenn man am Flughafen ein-
checkt, aber man wird genauer überprüft."

Sie nickte und wandte sich dem Computer zu.

Rafael dachte über die Aufregungen der letzten Tage nach.
Wenn man Bryony glauben konnte, dann war ihr Leben völlig
auf den Kopf gestellt worden. Von ihm.

Mehr und mehr gelangte er zu der Überzeugung, dass sie vielleicht wirklich die Wahrheit sagte. So verrückt und unglaublich
das Ganze auch klang. Und wenn sie die Wahrheit sagte, musste
er sich überlegen, was zum Teufel er mit der Frau machen sollte,
die er angeblich liebte. Und mit ihrem Kind – das auch seins war.

6. KAPITEL

*D*as erinnert mich an die Abende, die wir in meinem Haus verbracht haben", sagte Bryony und aß noch etwas von den Meeresfrüchten.

Rafael hielt inne, die eigene Gabel auf halbem Weg zum Mund, und machte sich darauf gefasst, mehr über sein uncharakteristisches Verhalten zu erfahren. Doch Bryony sagte nichts weiter, sondern senkte den Blick, so als würde sie spüren, wie schlecht gelaunt er war, und aß weiter.

Doch seine Neugier war geweckt, denn – verdammt – irgendetwas war ja zwischen ihnen geschehen, und sie war der einzige Schlüssel, um seine verloren gegangenen Erinnerungen zurückzubekommen.

Er zwang sich, nicht allzu inquisitorisch zu klingen. „Was haben wir gemacht?"

Verträumt schaute sie zum Fenster hinaus in die Nacht. „Wir haben auf der Veranda gesessen und etwas gegessen. Meist habe ich gekocht. Danach habe ich meinen Kopf in deinen Schoß gelegt, und du hast mein Haar gestreichelt, während wir dem Rauschen des Meeres gelauscht und zu den Sternen geschaut haben."

Sie senkte die Stimme und klang ein wenig heiser. „Anschließend sind wir nach drinnen gegangen und haben uns geliebt. Manchmal haben wir es nicht einmal bis ins Schlafzimmer geschafft."

Der versonnene Ausdruck auf ihrem Gesicht bewegte Rafael tief. Eine fast schmerzhafte Erregung packte ihn, als er die Bilder vor Augen sah, die sie heraufbeschworen hatte. Es fiel ihm nicht schwer, sich vorzustellen, wie sie vor ihm lag, wie er mit den Lippen über ihre Haut glitt, wie sie sich an ihn klammerte, während er ihnen beiden unglaubliche Freuden bereitete.

Er schüttelte den Kopf, als er merkte, dass er sie anstarrte und sich dabei völlig verspannte. Konnten sie es nicht einfach hinter sich bringen? Miteinander ins Bett gehen und Sex haben, bis sie beide nicht mehr wussten, wie sie hießen? Sein Körper war mehr als bereit, doch sein Verstand schalt ihn einen verdammten Idioten.

Vermutlich würde Bryony denken, dass es wieder ein Experiment war, so wie er vorhin mehr oder weniger hastig behauptet hatte, dass der Kuss auch nichts anderes gewesen sei.

Am liebsten hätte er gelacht. Konnte man es ein Experiment nennen, wenn man ein Verlangen verspürt hatte, das so heftig gewesen war, dass einem Hören und Sehen vergangen war?

Ob er es nun zugeben wollte oder nicht, zwischen ihnen bestand eine unglaubliche Anziehungskraft. Vielleicht hatte er sich so sehr in ihrem Netz verfangen, dass er völlig den Verstand verloren hatte. Vielleicht hatte er in der Hitze des Augenblicks absurde Versprechungen gemacht. Doch so wütend, wie sie war, hatte er immerhin noch genügend Vernunft bewiesen, nichts zu unterschreiben.

Er war auf ihre Kooperation angewiesen. Er brauchte diesen Deal. Zu viele Investoren hatten sich bereits auf dieses Geschäft eingelassen. Für die Bauzeit gab es enge Vorgaben, und das Letzte, was er wollte, war, dass Bryony laut verkündete, er würde sich nicht an eine Abmachung halten.

Sie hatte den Blick gehoben und musterte ihn eingehend. Ihre zarten Gesichtszüge zogen ihn unwiderstehlich an, und am liebsten hätte er sie mit den Fingerspitzen nachgezeichnet, an den Wangenknochen entlang, bis hinunter zum Kinn und über die weichen Lippen.

Hatte er dasselbe empfunden, als er sie zum ersten Mal gesehen hatte? Vom logischen Standpunkt aus betrachtet, musste es so gewesen sein. Warum sollte seine Reaktion damals anders gewesen sein?

„Warum starrst du mich so an?", fragte sie leise.

„Vielleicht weil ich dich schön finde."

Sie reagierte nicht so, wie er erwartet hatte. Sie verzog das Gesicht und schüttelte den Kopf. „Ich dachte, ich wäre nicht dein Typ?"

„Was ich gesagt habe, war, dass du nicht mein normaler Typ bist."

Ihre Lippen zuckten. „Nein, du hast wörtlich gesagt: ‚Du bist nicht mein Typ'. Woraus ich schließe, dass du mich nicht sonderlich ansprechend findest."

„Und wenn schon", erwiderte er grollend. „Was ich gemeint habe, ist, dass du nicht die Art von Frau bist, mit der ich normalerweise … ausgehe."

„Mit der du Sex hast?", mokierte sie sich. „Wir hatten übrigens reichlich Sex. Du warst unersättlich. Und wenn du nicht der beste Schauspieler unter der Sonne bist und nicht nur eine Erektion, sondern auch einen Orgasmus vortäuschen kannst, dann würde ich sagen, dass du entweder lügst, wenn du behauptest, ich wäre nicht dein Typ, oder dass du nicht sonderlich wählerisch bist, was die Frauen angeht, mit denen du ins Bett hüpfst."

Eigentlich hätte er auf die Beleidigung etwas antworten müssen, doch er war zu abgelenkt. Bryony war einfach hinreißend in ihrem Zorn. Ihre Augen sprühten geradezu Funken.

„Das Problem ist doch, dass eine Frau damit durchkommt, wenn sie sexuelle Erregung vorspielt", fuhr sie fort. „Wir können alles Mögliche vortäuschen. Aber Männer? Es ist wohl doch etwas schwierig, so zu tun, als fände man eine Frau attraktiv, wenn ein gewisser Körperteil nicht kooperiert."

„Verflixt", murmelte er. „Ich denke, wir haben inzwischen zweifelsfrei geklärt, dass ich mich zu dir hingezogen fühle. Was auch immer ich in der Vergangenheit über meine Vorlieben in Bezug auf Frauen angenommen habe, scheint auf dich nicht zuzutreffen."

„Also bist du bereit einzugestehen, dass du mit mir geschlafen hast und dass das Kind, das ich bekomme, deins ist?"

„Ja", brachte er zwischen zusammengepressten Zähnen hervor. „Ich bin bereit einzugestehen, dass es möglich ist, aber wirklich überzeugt bin ich erst, wenn ich entweder mein Gedächtnis wiedererlangt oder einen Vaterschaftstest gemacht habe."

Seine Aussage machte sie noch wütender, doch dann holte sie einmal tief Luft. „Solange du bereit bist, die Möglichkeit einzuräumen, kann ich damit leben."

„Warst du schon immer so … charmant zu mir?"

Sie hob eine Augenbraue. „Was soll das heißen?"

„Nur, dass ich lieber Frauen mag, die ein wenig …"

„Dumm sind?"

Er warf ihr einen entrüsteten Blick zu.

„Schwach? Verschüchtert? Unterwürfig?", fuhr sie fort. „Oder magst du es vielleicht am liebsten, wenn man einfach nickt und zu allem Ja und Amen sagt?"

Empört schüttelte sie den Kopf und betrachtete ihn, als wäre er ein lästiges Insekt, das man zerdrücken sollte.

Rafael entschied, dass Schweigen jetzt wohl die beste Variante war, um nicht noch tiefer in ihrer Gunst zu sinken.

Sie hatte ihre Gabel zur Seite gelegt und musterte ihn mit Tränen in den Augen. Verdammt. Er hatte sie nicht schon wieder aufregen wollen. Solch ein Mistkerl war er nun auch wieder nicht.

„Ist dir eigentlich klar, wie schwer das für mich ist?", fragte sie mit Anspannung in der Stimme. „Weißt du, wie schwer es ist, dich wiederzusehen, ohne dich berühren, dich umarmen oder küssen zu können? Ich bin hergekommen, weil ich einen Mann zur Rede stellen wollte, der mich auf übelste Weise betrogen hat. Danach wollte ich nichts mehr mit dir zu tun haben. Aber dann erzählst du mir diese verrückte Geschichte über deinen Gedächtnisverlust … und was soll ich nun tun? Ich muss in Betracht ziehen, dass du mich doch nicht angelogen hast, aber es macht mir schreckliche Angst, daran zu glauben. Die Gefahr, wieder enttäuscht zu werden, ist so groß. Ich befinde mich in einer Warteschleife, bis du deine Erinnerungen zurückhast, und das nervt, denn ich weiß nicht, was ich empfinden soll."

Rafael sah sie an und fühlte sich entsetzlich unbehaglich.

„Ich kann nicht einfach weggehen. Das ist das, was ich dir

vorgeworfen habe, und ein Teil von mir denkt, was ist, wenn er die Wahrheit sagt? Was ist, wenn er morgen sein Gedächtnis wiederfindet und sich daran erinnert, dass er dich liebt? Was ist, wenn das alles ein furchtbares Missverständnis ist und wir die Chance haben, das wiederzuerlangen, was wir auf der Insel hatten?" Sie schob ihren Teller zur Seite und bemühte sich darum, ihre Fassung wiederzuerlangen. „Aber was ist, wenn ich recht hatte?", flüsterte sie. „Was ist, wenn ich mich als noch größerer Dummkopf erweise, indem ich noch immer hoffe? Ich muss auch an das Kind denken."

Ehe er darüber nachdenken konnte, was er tun oder sagen sollte, streckte Rafael die Arme nach Bryony aus. Es war schier unmöglich, sie nicht zu berühren, sie nicht zu trösten. Der Schmerz, der sich auf ihrem Gesicht abzeichnete, war zu real.

Er zog sie in die Arme und lehnte sich auf der Couch zurück. Einen Moment lang versteifte Bryony sich und blieb so still, dass er sich fragte, ob sie die Luft anhielt.

Er atmete den Duft ihres Haares ein und war enttäuscht, als sich keinerlei Erinnerungen regten. Lösten Düfte nicht am ehesten Erinnerungen aus?

Langsam entspannte sie sich, legte die Hände an seine Brust, während sie die Wange an seine Schulter schmiegte.

Er senkte den Kopf, um einen Kuss auf ihr Haar zu pressen, hielt aber im letzten Moment inne. Es kam ihm so natürlich vor, und doch wusste er, dass er normalerweise kein sonderlich zärtlicher Mann war.

Aber das Bedürfnis, ihr seine sanftere Seite zu zeigen, war erstaunlich groß.

„Es tut mir leid", sagte er wahrheitsgemäß. Die Tatsache, dass er die Ursache für ihren Kummer war, missfiel ihm.

„Lass mich einfach einen Augenblick lang so tun, als ob", flüsterte sie. „Sag einfach ... gar nichts."

Sanft legte er eine Hand auf ihre dunklen Locken und schwieg. Doch schon nach kurzer Zeit war ihm die Stille unangenehm,

und er hatte das Gefühl, als müsste er sie füllen. Fragen stellen …
irgendetwas.

Er schaute auf die weichen Locken, die auf seinem Oberkörper lagen, und spürte die kleine Rundung von Bryonys Bauch.

War das seine Realität? Und wenn ja, warum nahm er dann nicht schleunigst Reißaus?

Es war ja nicht so, dass er völlig bindungsscheu war. Okay, vielleicht ein wenig, aber das lag nicht daran, dass er in der Vergangenheit ein traumatisches Erlebnis gehabt hatte, das ihn misstrauisch allen Frauen gegenüber gemacht hatte. Er war auch kein Angsthase, der sich davor fürchtete, dass eine Frau ihn verletzen könnte.

Er hatte sich noch nie gebunden, weil … Na ja, er war sich nicht sicher. Vielleicht lag es daran, dass Männer in Beziehungen leicht die Kontrolle verloren. Sie konnten keine eigenständigen Entscheidungen mehr treffen, und Rafael war es gewohnt, innerhalb von Bruchteilen von Sekunden Entscheidungen zu treffen – ohne jemand anderen um Rat zu fragen.

Seine Arbeit nahm viel Zeit in Anspruch. Zeit, die er nicht hätte, wenn er jeden Abend zum Essen zu Hause sein müsste.

Es gefiel ihm, ohne Vorwarnung irgendwo hinfliegen zu können. Er freute sich auf Geschäftstermine – betrachtete sie als eine Herausforderung. Und auch wenn er nicht viel Freizeit hatte, genoss er die Auszeiten, die er sich nahm. Mit Ryan, Devon und Cam traf er sich mindestens einmal im Jahr, um ausgiebig Golf zu spielen, Unmengen von Alkohol zu trinken und sich anderen Freuden hinzugeben, die sich nur Männer leisten konnten, die nicht in einer festen Beziehung steckten.

Einfach gesagt, er hatte bisher noch nie eine Frau getroffen, für die er all das hätte aufgeben wollen. Auf jeden Fall konnte er sich nicht vorstellen, eine zu treffen und sein ganzes Leben innerhalb von vier Wochen derart umzukrempeln. Solch eine Entscheidung traf man allenfalls im Laufe von Jahren. Vielleicht auch nie.

Andererseits …

Als er auf die Frau blickte, die so vertrauensvoll in seinen Armen lag, berührte das etwas in ihm. Es weckte in ihm einen Wunsch, den er sich nie gestattet hatte, einen Wunsch, den er normalerweise erschreckend gefunden hätte.

Er wünschte sich, er könnte sich an all die Dinge erinnern, die Bryony ihm beschrieben hatte, denn plötzlich klang das alles sehr verlockend.

Und wenn ihm das nicht höllische Angst machte, dann wusste er nicht, was sonst.

7. KAPITEL

*R*afael! Rafael! Wach auf! Beeil dich!"
Erschrocken wachte Rafael auf und fuhr hoch.
Bryony stand neben seinem Bett, vollständig angezogen, und hopste herum, als würde sie über glühende Kohlen laufen.

Hastig schwang er die Beine über die Bettkante und beugte sich vor. „Was ist los? Ist etwas mit dem Baby? Tut dir was weh?"

Sie runzelte kurz die Stirn und schüttelte den Kopf, bevor sie wie ein Honigkuchenpferd strahlte. Rafael rieb sich die Augen.

„Was brüllst du denn dann so herum?" Er schaute auf den Wecker. „Du meine Güte, es ist noch entsetzlich früh!"

„Es schneit!"

Sie griff nach seiner Hand und begann zu ziehen. Die Bettdecke rutschte von seinen Hüften, und sowohl Bryony als auch er erstarrten. Sie senkten beide den Blick, und erst in dem Moment erinnerte Rafael sich, dass er nichts anhatte. Auf nicht gerade subtile Weise machte ein spezieller Körperteil auf sich aufmerksam.

Während er die Bettdecke schnell wieder über sich zog, machte Bryony einen Schritt zurück und zog ihren Pullover wie eine schützende Mauer fester um sich. Verflixt, *er* war doch nicht derjenige, der in ihr Zimmer gestürmt war!

„Entschuldige", sagte sie. „Ich gehe einfach allein raus."

Sie drehte sich um, und Rafael stolperte aus dem Bett, die Decke mit sich ziehend.

„Warte!", befahl er. „Was hast du vor? Wo willst du hin?"

Ihre Augen begannen wieder zu funkeln, und ihre Aufregung war richtiggehend ansteckend. „Nach draußen natürlich! Es schneit!"

Er warf einen Blick zum Fenster, war aber noch zu verschlafen, um irgendetwas vom Wetter erkennen zu können. „Hast du noch nie Schnee gesehen?"

Sie schüttelte den Kopf.

„Ernsthaft?"

Jetzt nickte sie. „Ich lebe auf einer Insel vor der texanischen Küste. Wie du dir vielleicht denken kannst, gibt es dort keinen Schnee."

„Aber du warst doch bestimmt schon öfter auf dem Festland. Bist du noch nie irgendwo gewesen, wo es geschneit hat?"

Sie zuckte mit den Schultern. „Ich fahre nicht oft weg. Mamaw braucht mich. Ich fahre nach Galveston zum Einkaufen, aber meistens erledige ich auch das online."

Er sah, wie sie sehnsuchtsvolle Blicke zum Fenster warf, als hätte sie Angst, dass es jeden Augenblick aufhören könnte zu schneien. Seufzend meinte er: „Gib mir fünf Minuten, damit ich mich anziehen kann, dann komme ich mit."

Ihr Lächeln erhellte den ganzen Raum. Tänzelnd verließ sie sein Zimmer und schloss die Tür hinter sich.

Langsam ließ er die Decke auf den Boden fallen und starrte an sich hinab. „Verräter", murmelte er, bevor er im Bad verschwand.

Schon wenig später kam Rafael mit einer Mütze und einem Schal für Bryony ins Wohnzimmer.

Sie stand am Fenster und sah fasziniert nach draußen auf die dicken Flocken, die vom Himmel schwebten. Ihr Lächeln glich dem eines Kindes an Heiligabend.

„Hier", brummte er. „Wenn du schon raus willst, brauchst du was Warmes zum Anziehen."

Sie drehte sich um und starrte auf Schal und Mütze, bevor sie danach griff. Doch Rafael schob ihre Hand beiseite und schlang den Schal selbst um ihren Hals.

„Wahrscheinlich weißt du nicht einmal, wie man ihn umbindet", murmelte er.

Nachdem er ihr den Schal umgeschlungen und die Mütze aufgesetzt hatte, machte er einen Schritt zurück. Sie sah … verdammt süß aus.

Ehe er noch etwas Idiotisches tun konnte, wandte er sich ab und deutete zur Tür. „Dein Schnee wartet."

Bryony lief in den kleinen Innenhof, der zum Wohnkomplex gehörte, überrascht, dass er menschenleer war. Wie konnte man an solch einem herrlichen Tag drinnen bleiben? Eine Schneeflocke landete auf ihrer Nase, sie hob den Kopf und lachte, als immer mehr Flocken auf ihre Wangen schwebten und sich in ihren Wimpern verfingen.

Begeistert streckte sie die Arme aus und drehte sich im Kreis. Oh, es war so herrlich und wunderschön! Auf dem gepflasterten Boden lag nur eine dünne Schneeschicht, doch auf dem Zaun und den großen Blumentöpfen lag genug, um daraus einen Schneeball zu formen.

Genau das tat sie, bevor sie sich umdrehte und Rafael angrinste. Er hob warnend eine Hand.

„Wag es ja nicht ..."

Ehe er seinen Satz beenden konnte, warf sie, und Rafael schaffte es nicht einmal mehr zu blinzeln, als ihn der Schneeball auch schon mitten ins Gesicht traf.

„... daran zu denken." Wütend funkelte er sie an, doch sie kicherte nur und kratzte schon den nächsten Schneeball zusammen.

„Wehe!", rief Rafael drohend, doch ehe er sich versah, hatte Bryony ihn in eine herrliche Schneeballschlacht verwickelt.

Leider merkte sie ziemlich schnell, dass er sehr viel besser zielte als sie, sodass sie kurz darauf die Hände hob und rief: „Ich ergebe mich."

„Wieso kann ich das nicht so ganz glauben?", fragte er, den Arm wurfbereit erhoben.

Sie lächelte in aller Unschuld und streckte ihre leeren Hände vor. „Du hast gewonnen. Mir ist kalt."

Er ließ den Schneeball fallen, kam zu ihr und fasste sie bei den Schultern. Er musterte sie abschätzend von Kopf bis Fuß, so wie er es schon bei ihrer ersten Begegnung getan hatte. Doch dieses Mal wurmte es sie nicht, denn sie wusste, dass sich unter dem gelangweilten Stolz ein Mann verbarg, der Spaß verstand und sich nur danach sehnte, befreit zu werden. Von ihr.

Sie seufzte angesichts der Ungerechtigkeit. Es war, als wollte das Schicksal ihr einen bösen Streich spielen. Obwohl sie nichts derart Schreckliches getan hatte, was rechtfertigen würde, dass die Liebe ihres Lebens und der Vater ihres Kindes sie als völlige Fremde ansah.

Sie fröstelte, und Rafael meinte sofort: „Wir sollten reingehen. Du bist nicht für dieses Wetter angezogen."

„Als der Portier mir gesagt hat, dass du hier draußen im Schnee spielst, habe ich ihn gefragt, ob der echte Rafael von Aliens verschleppt worden ist."

Bryony und Rafael fuhren herum und sahen Devon Carter in der Tür stehen.

„Sehr witzig", murmelte Rafael. „Was machst du hier?" Er nahm Bryonys Hand.

Devon hob gelangweilt eine Augenbraue. „Ich wollte mich nur mal nach euch erkundigen. Wie ich hörte, gab es gestern einen kleinen Vorfall."

Bryony verzog das Gesicht und legte instinktiv die freie Hand auf das blaue Auge.

„Wie du siehst, geht es ihr gut", meinte Rafael. „Wenn du uns jetzt bitte entschuldigst, wir gehen rein, damit Bryony sich etwas Wärmeres anziehen kann."

„Eigentlich wollte ich nach dir sehen", meinte Devon grinsend. „Bryony scheint mir eine Frau zu sein, die auf sich selbst aufpassen kann."

Bryony räusperte sich, weil die Situation auf einmal ziemlich unangenehm wurde. Devon machte sich keine Sorgen um sie. Er machte sich Sorgen um Rafael, weil er in ihre Fänge geraten war. Ihr Gesicht glühte vor Verlegenheit, und sie löste ihre Hand aus Rafaels.

„Ich gehe hoch und lasse euch … reden. Ist oben abgeschlossen?"

Rafael fischte eine Karte aus der Tasche und reichte sie ihr. „Die brauchst du für den Fahrstuhl."

Sie nahm sie und eilte zur Tür, nachdem sie Devon noch kurz zugewinkt hatte.

Die beiden Männer sahen ihr hinterher, bevor Rafael sich stirnrunzelnd an seinen Freund wandte. „Was sollte das?"

Devon zuckte mit den Schultern. „Wie gesagt, ich wollte mich nur nach dir erkundigen. Du hast in den letzten Tagen einiges durchgemacht. Erinnerst du dich jetzt an irgendetwas?"

Rafael schüttelte den Kopf. „Lass uns reingehen, es ist kalt."

Sie suchten sich einen Platz in dem kleinen Café in der Lobby, und Rafael beruhigte seinen Freund. „Es ist alles in Ordnung. Ich möchte nicht, dass du dir Sorgen machst und mit Ryan und Cam irgendwelche Pläne schmiedest, um mich zu beschützen."

Devon seufzte. „Auch dann nicht, wenn ich deine Idee, auf diese verdammte Insel zu fliegen, für verrückt halte?"

„Vor allem dann nicht."

Devon nippte an seinem Kaffee. „Hältst du es wirklich für eine gute Idee, mit der Frau, die behauptet, sie würde ein Kind von dir bekommen, wegzufahren? Mir scheint, es wäre sehr viel vernünftiger, einen Vaterschaftstest machen zu lassen und abzuwarten, bis du das Ergebnis hast."

Rafael starrte Devon grimmig an. „Und dann?"

„Na, das hängt vom Ergebnis ab."

Rafael schüttelte den Kopf. „Wenn sich herausstellt, dass ich der Vater bin und es wahr ist, was sie behauptet, dann habe ich sie während der Zeit, die ich auf diese Ergebnisse warte, verleugnet. Wenn sie die Wahrheit sagt, habe ich ihr ohnehin schon viel zu viel angetan. Wie soll ich diese Kluft dann jemals wieder überbrücken?"

„Ich habe das Gefühl, dass du dich bereits entschieden hast. Du vertraust ihr."

„Ich weiß nicht. Mein Verstand sagt mir, dass sie nicht die Wahrheit sagen kann. Die Vorstellung, dass ich mich Hals über Kopf in sie verliebt habe, kommt mir absurd vor."

„Aber?"

„Aber mein Bauch sagt mir, dass zwischen uns definitiv etwas ist", gab Rafael zu. „Wenn ich in ihrer Nähe bin, wenn ich sie berühre … kommt es mir vor, als würde ich ein völlig anderer Mensch werden. Jemand, den ich nicht kenne. Wenn sie erzählt, dass wir uns am Meer geliebt haben, klingt sie verdammt überzeugend, und ich glaube ihr. Mehr noch … ich will ihr glauben."

Devon stieß einen kleinen Pfiff aus.

Rafael seufzte, weil er wusste, worauf Devon hinauswollte. Rafael hörte immer auf sein Bauchgefühl. Sogar, wenn die Vernunft ihm etwas anderes riet. Und es hatte ihn noch nie getäuscht.

8. KAPITEL

Geht es dir gut genug, um fliegen zu können?", wollte Rafael beim Abendessen von Bryony wissen.

Bryony schaute von ihrem Steak auf und sah, dass Rafael ihr zerschundenes Gesicht betrachtete.

„Rafael, mir geht es gut."

„Vielleicht solltest du noch einmal zum Gynäkologen gehen, ehe wir losfahren."

„Wenn du dich dann besser fühlst, hole ich mir gleich einen Termin bei meinem Arzt, wenn wir auf der Insel sind, aber ich bin ganz sicher in der Lage zu reisen. Es sei denn, du hast hier noch Dinge, um die du dich kümmern musst? Ich kann auch schon vorfahren, wenn du noch nicht weg kannst."

„Nein, wir fahren zusammen. Mir ist es wichtig, dass wir alles noch einmal gemeinsam erleben … so wie beim letzten Mal. Vielleicht kommt aufgrund der Vertrautheit dann mein Erinnerungsvermögen zurück."

Bryony schnitt sich ein Stück Fleisch ab. „Was sagt dein Arzt?"

Die Frage war Rafael sichtlich unangenehm. Er schaute sich verstohlen um, doch sie hatten einen Tisch im Restaurant zugewiesen bekommen, der ihnen genügend Privatsphäre bot. „Er glaubt, dass es einen psychologischen Grund für meinen Gedächtnisverlust gibt. Wenn ich so glücklich und verliebt war, warum sollte ich dann alles vergessen wollen? Das ergibt keinen Sinn."

Bryony zuckte zusammen. Ihre Finger waren fast taub, als sie merkte, wie fest sie die Gabel umklammerte.

„Ich habe das nicht gesagt, um dir wehzutun", fuhr Rafael leise fort. „Es gibt so vieles, das ich nicht verstehe. Ich möchte gern zurückfahren, weil ich den Menschen wiederfinden möchte, der ich gewesen bin, als ich dort war. Der Mann, von dem du behauptest, du hättest ihn geliebt und er hätte dich geliebt, ist ein Fremder für mich."

„Offenbar sind wir beide Fremde für dich", erwiderte sie. „Vielleicht existiert dieser Mann gar nicht. Vielleicht habe ich ihn mir nur eingebildet."

„Aber keiner von uns bildet sich das Kind nur ein. Es ist allzu real, genau genommen das einzig Reale an dieser ganzen Situation."

Seine Worte machten sie traurig. Sie schob den Teller beiseite, weil ihr der Appetit vergangen war.

„Unser Baby ist nicht das Einzige, was unsere Beziehung real gemacht hat. Meine Liebe zu dir war real. Ich vermute, wir werden nicht erfahren, ob du real warst, als du bei mir gewesen bist. Du bestreitest, dass du dieser Mensch gewesen sein kannst. Du bestreitest es mit jedem Atemzug. Und ich soll all das vergessen, wenn du dich plötzlich wieder daran erinnern solltest, dass du mich geliebt hast … mich immer noch liebst?"

Sie ließ die Hände auf den Schoß sinken und beugte sich vor.

„Sag mir eins, Rafael, welchem Mann soll ich glauben? Dem Mann, der mir erklärt, ich wäre nicht sein Typ, und dass er mich unmöglich lieben könne, oder dem Liebhaber, der mich jede Nacht in seinen Armen gehalten hat? Egal, woran du dich morgen oder übermorgen erinnerst … ich werde immer wissen, dass ein Teil von dir sich allein schon gegen den Gedanken sträubt, mit mir zusammen zu sein."

An seiner Reaktion sah sie, dass die Worte ihn nicht kalt ließen. Er machte eine hilflose Handbewegung. „Bryony, ich …"

Mit einem vehementen Kopfschütteln unterbrach sie ihn. „Nicht, Rafael. Mach es nicht noch schlimmer, indem du sagst, du hast es nicht so gemeint. Wir wissen beide, dass du es so gemeint hast. Zumindest warst du ehrlich. Du musst dir nur einfach vor Augen führen, dass du nicht das einzige Opfer hier bist."

„Es tut mir leid", sagte er.

Er legte eine Hand auf ihre und strich zärtlich mit dem Daumen darüber. „Es tut mir wirklich leid. Ich bin ein schrecklicher

Egoist. Ich weiß, dass das alles nicht leicht für dich ist und dir Sorgen bereitet. Vergib mir."

Ihr schnürte sich die Kehle zusammen, als sie die Aufrichtigkeit in seinen Augen sah. Am liebsten hätte sie sich in seine Arme geworfen und ihn nie wieder losgelassen. Sie hätte ihm gern zugeflüstert, dass sie ihn liebte. Sie wollte ihn anflehen, sie nie wieder gehen zu lassen. Stattdessen schaute sie ihn jedoch nur frustriert und hilflos über den Tisch hinweg an.

„Was ist, wenn du dich nie wieder erinnern kannst?", fragte sie und äußerte damit ihre größte Angst.

„Ich weiß es nicht", antwortete er ehrlich. „Ich hoffe, dass es nicht so weit kommt."

Sie lehnte sich zurück und entzog ihm ihre Hand. Der Druck auf ihrer Brust war wie ein körperlicher Schmerz.

„Sag mal, Bryony, haben wir je zusammen getanzt?"

Die Frage kam so unvermittelt, dass sie nur stumm den Kopf schütteln konnte.

Rafael stand auf und streckte ihr die Hand hin. „Dann tanz jetzt mit mir."

Verzaubert vom heiseren Klang seiner Stimme, legte Bryony die Hand in seine und ließ sich von ihm hochziehen.

Auf der Tanzfläche schloss sie die Augen und seufzte, während sie sich an Rafael schmiegte. Seine Wärme umfing sie, und als sein Duft ihre Nase kitzelte, atmete sie genüsslich ein.

Oh, wie sie ihn vermisst hatte! Sogar als sie ihn gehasst und das Schlimmste von ihm angenommen hatte, hatte sie nachts wach gelegen und sich an die gemeinsamen Nächte erinnert, als sie sich zum Rauschen des Meeres geliebt hatten.

Jetzt, als sie zu den sinnlichen Klängen der Musik tanzten, war sie sich mit jeder Faser ihres Körpers seiner Gegenwart bewusst. Rafael hielt sie so besitzergreifend, als wollte er der ganzen Welt mitteilen, dass sie zu ihm gehörte. Es war herrlich, sich in diesem Moment – in diesem Tagtraum – zu verlieren.

Sanft streichelte er mit dem Daumen über ihren Puls am Handgelenk.

„Du bist ein interessantes Dilemma, Bryony."

Skeptisch musterte sie ihn. „Dilemma?"

„Rätsel. Puzzle. Eins der vielen Dinge, die ich in letzter Zeit nicht begreife."

Fragend neigte sie den Kopf zur Seite.

„Ich schwöre, ich kann mich nicht an dich erinnern. Ich schaue dich an, und es ist nichts da. Aber wenn du mir nahe bist, wenn ich dich berühre ...", er senkte die Stimme zu einem Flüstern, was Bryony wohlig erzittern ließ, „kommt es mir vor, als ob ..."

„Als ob was?"

Auf seiner Miene spiegelte sich Verwirrung, so als müsste er nach dem richtigen Wort suchen. Schließlich seufzte er und schaute sie mit verlangendem Blick an.

„Wir passen zusammen", erklärte er. „Anders kann ich es nicht erklären, aber es fühlt sich einfach ... richtig an."

Ihr Herzschlag beschleunigte sich, als Hoffnung in ihr aufkeimte. Das erste Fünkchen Hoffnung, das sie verspürte, seit Rafael ihr diese verrückte Geschichte aufgetischt hatte. Strahlend vor Freude lächelte sie ihn an.

„Erstaunlich, dass dich ein paar so schlichte Worte so glücklich machen können", murmelte er.

„Wir passen tatsächlich zusammen", erwiderte sie. Sie umschloss mit beiden Händen sein Gesicht und stellte sich auf die Zehenspitzen, um ihm einen Kuss zu geben.

Es sollte ein Zeichen der Zuneigung sein. Vielleicht eine Erinnerung daran, was sie gemeinsam erlebt hatten. Doch Rafael ließ es nicht dabei bewenden.

Sein Kuss war alles andere als zaghaft. Es war, als wollte er versuchen, einen Weg zurückzufinden. In diesem Moment kam es Bryony so vor, als wären sie nie getrennt gewesen. Er küsste sie, wie er sie schon so viele Male zuvor geküsst hatte, nur dass diesmal ein kleiner Unterschied bestand, den Bryony nicht richtig benennen konnte. Es war nicht nur ein leidenschaftlicher, sinnlicher Kuss, sondern ein … emotionaler, zärtlicher.

So, als wollte Rafael sich für all den Schmerz entschuldigen, den er ihr zugefügt hatte. Für die Trennung und das Missverständnis.

Sie seufzte leise, während sich Traurigkeit und Freude miteinander mischten. Als er den Kopf wieder hob, waren seine Augen dunkel, und ein Zittern durchlief seinen Körper.

„Ein Teil von mir erinnert sich an dich, Bryony, denn ich habe das Gefühl, nach Hause zu kommen, wenn ich dich küsse. Das hat bestimmt etwas zu bedeuten."

Sie nickte, weil sie zu aufgewühlt war, um etwas sagen zu können. Mehrmals musste sie schlucken, ehe sie ihre Stimme wiederfand.

„Wir finden einen Weg zurück, Rafe. So einfach lasse ich dich nicht gehen. Als ich gedacht habe, du würdest mich nicht mehr wollen, da war es leicht zu sagen, nie wieder. Aber jetzt, nachdem ich weiß, was passiert ist, gebe ich nicht kampflos auf. Irgendwie werde ich dafür sorgen, dass du dich wieder erinnerst. Es geht ja nicht nur um dein Glück, sondern auch um meins."

Er lächelte und strich mit dem Daumen über ihre Wange. „Meine kleine Kämpferin. Du faszinierst mich, Bryony. So langsam kann ich verstehen, wie es möglich sein konnte, dass ich von Anfang an so verhext von dir war."

Noch einmal beugte er sich vor und küsste sie, ohne auf die anderen Menschen um sie herum zu achten. „Ich möchte mich erinnern. Hilf mir dabei."

„Du bekommst deine Erinnerungen zurück", versicherte sie ihm. „Wir bekommen sie zurück. Gemeinsam schaffen wir es."

9. KAPITEL

*D*er Flug zurück nach Houston war sehr viel angenehmer als der Hinflug, da sie und Rafael die hintersten Sitze in der ersten Klasse bekommen hatten. Ohne Schuldgefühle konnte Bryony daher den Sitz zurückklappen, und als sie in Houston landeten, war sie ausgeruht und bereit für die Fahrt mit dem Auto.

Rafael hätte gern einen Wagen mit Fahrer gemietet, doch Bryony beharrte darauf, ihr eigenes Auto zu nehmen, da sie es auf der Insel brauchte. Resigniert fügte er sich in sein Schicksal und zwängte sich in ihren Mini Cooper.

Als sie kurz darauf in einem Stau steckten, meinte Rafael: „Erzähl mir, was du so tust. Ich meine, arbeitest du? Du hast gesagt, dass du dich um deine Großmutter kümmerst, aber ich war mir nicht sicher, ob das eine Vollzeitbeschäftigung ist oder nicht."

Bryony lächelte. „Nein, Mamaw ist immer noch ziemlich selbstständig. Ich würde gar nicht mal sagen, dass ich mich um sie kümmere, sondern dass wir uns umeinander kümmern. Allerdings war sie in letzter Zeit häufiger krank. Ansonsten bin ich so eine Art Hansdampf in allen Gassen. Ich mach ein bisschen von allem, kümmere mich um vieles, was auf der Insel getan werden muss."

Neugierig musterte er sie.

„Wenn du einen hochtrabenden Titel hören willst, könnte ich mich als Beraterin bezeichnen."

„Jetzt hast du mich aber neugierig gemacht. Was genau machst du denn so?"

„Einmal wöchentlich erledige ich die Korrespondenz des Bürgermeisters. Er ist ein älterer Herr und hat sich noch nicht mit dem Computer angefreundet. Er ist ein bisschen altmodisch. Ob du es glaubst oder nicht, er hat nicht einmal Kabelfernsehen."

„Und dieser Typ wurde gewählt?"

Bryony lachte. „Du wirst merken, dass man auf der Insel ziemlich tolerant ist, wenn es um altmodische Dinge geht. Bei uns geht es ein bisschen rückschrittlich zu. Man kann zwar all die modernen Annehmlichkeiten wie Internet, Kabelfernsehen und so nutzen, aber ein großer Teil der Bevölkerung lebt glücklich ohne all diese Errungenschaften."

Rafael schüttelte den Kopf. „Das ist ja gruselig. Wie kann man glücklich sein, wenn man wie im Mittelalter lebt?"

„Oh, ich bitte dich. Dir hat es auch ganz gut gefallen, nachdem ich dir deinen Blackberry und deinen Laptop abgewöhnt hatte. Du hast es immerhin geschafft, eine ganze Woche lang ohne die beiden auszukommen!"

„Ein Rekord", murmelte er.

„Ah, es geht endlich weiter."

Sie legte den Gang ein, als die Wagen vor ihr anfuhren. Durch einen Blick auf die Uhr stellte sie fest, dass sie fast eine Stunde verloren hatten. Wenn sie auf der Insel ankämen, würde es bereits dunkel sein.

Trotzdem konnte die Verzögerung nicht ihre Aufregung dämpfen. Es war dumm von ihr, sich irgendwelchen Hoffnungen hinzugeben, aber sie freute sich so darauf, die Zeit mit Rafael auf der Insel noch einmal aufleben zu lassen.

Sie wollte, dass er sich wieder erinnerte. Denn wenn er das nicht tat, würde es nie wieder dasselbe sein. Er sperrte sich gegen die Vorstellung, mit ihr zusammen zu sein. Ihre einzige Hoffnung war, dass er sich erinnerte und dann …

„Woran denkst du gerade?"

Sie verzog das Gesicht. „Nichts Besonderes."

Zu ihrer Überraschung schob er eine Hand in ihren Nacken und massierte ihn leicht. Die Versuchung war groß, die Augen zu schließen und den Kopf anzulehnen, aber dann würden sie einen Unfall bauen und niemals diese verflixte Autobahn verlassen.

„Ich bin nervös, Rafael", gab sie zu.

Sie biss sich auf die Lippe und überlegte, ob sie lieber den Mund halten sollte, aber es war nun einmal ihre Art, offen und ehrlich zu sein – auch wenn es um unangenehme Dinge ging. Ihrer Meinung nach gäbe es viel weniger Probleme, wenn die Leute mehr miteinander reden würden.

„Warum bist du nervös?", fragte er leise.

„Deinetwegen. Meinetwegen. Unseretwegen. Was ist, wenn es nicht funktioniert? Ich habe das Gefühl, dass dies meine einzige Chance ist, und wenn du dich nicht erinnerst, verliere ich dich."

„Unabhängig davon, ob ich mein Gedächtnis wiedererlange, müssen wir an das Kind denken. Ich verschwinde nicht einfach, nur weil ich mich nicht mehr an die Einzelheiten seiner Empfängnis erinnern kann."

„Du klingst so, als würdest du inzwischen einräumen, dass es dein Kind ist."

Er zuckte mit den Schultern. „In gewisser Weise, ja. Solange ich nicht vom Gegenteil überzeugt werde, betrachte ich es als meins."

Gerührt erwiderte sie: „Danke. Das genügt mir für den Anfang. Bis wir alles andere geklärt haben, ist es einfach schön zu wissen, dass du unser Baby akzeptierst."

„Und dich."

Sie warf ihm einen schnellen Seitenblick zu, bevor sie wieder auf die Straße schaute.

„Zwischen uns ist definitiv etwas. Wenn ich akzeptiere, dass wir zusammen ein Kind gemacht haben, dann muss ich wohl auch akzeptieren, dass wir uns geliebt haben und du mir etwas bedeutet hast."

„Ich hoffe, dass es so war."

„Verrate mir eins, Bryony: Liebst du mich immer noch?"

In Rafaels Stimme schwangen Neugier und Anspannung mit. So, als wüsste er nicht genau, welche Antwort er erhoffen sollte.

„Das ist unfair", meinte sie leise. „Du kannst nicht von mir erwarten, dass ich meine Gefühle offenlege, wenn die Gefahr besteht, dass wir nie wieder das füreinander sein werden, was wir einmal waren. Du kannst doch von mir nicht erwarten, dass ich einem Mann, für den ich eine völlig Fremde bin, gestehe, dass ich ihn liebe."

„Keine Fremde", korrigierte er sie. „Ich habe doch schon zugegeben, dass es offensichtlich ist, dass wir uns etwas bedeutet haben müssen."

„Etwas. Nicht alles", widersprach sie und spürte einen Stich im Herzen. „Frag mich nicht, Rafael. Erst wenn du dich wieder erinnerst, darfst du mich das noch einmal fragen."

Zärtlich berührte er ihre Wange. „In Ordnung."

10. KAPITEL

*N*ach einer, wie Rafael meinte, endlosen Fahrt lenkte Bryony ihr kleines Auto auf die Fähre und war sofort zwischen Wagen eingezwängt, die zweimal so groß waren wie ihrer.

Zu seiner Überraschung öffnete sie die Tür und stieg aus.

„Wo willst du hin?"

Durchs Fenster strahlte sie ihn an. „Komm schon. Es ist ein herrlicher Sonnenuntergang, den können wir uns von der Reling aus ansehen."

Ihr Enthusiasmus sollte ihn inzwischen nicht mehr überraschen, schon häufiger hatte er ihre Begeisterungsfähigkeit mitbekommen. Aber jetzt, nachdem sie die Stadt verlassen hatten, schien sie noch aufgeregter zu sein, so als könnte sie es nicht erwarten zurückzukehren.

Es bestand kein Zweifel, dass er sich danach sehnte, sein Erinnerungsvermögen zurückzubekommen. Ein riesiges Loch im Gedächtnis war für einen Menschen wie ihn, der daran gewöhnt war, sämtliche Aspekte seines Lebens unter Kontrolle zu haben, nicht akzeptabel. Seine momentane Abhängigkeit war ihm äußerst unangenehm.

Aber er wollte nicht nur erfahren, was während der für ihn verloren gegangenen Wochen geschehen war, sondern er begann auch zu hoffen, dass Bryony recht hatte, selbst wenn das für ihn eine gewaltige Veränderung bedeuten würde. Er war sich überhaupt nicht sicher, ob er schon bereit war, Vater zu werden und eine Beziehung einzugehen. Sie hatte von Liebe gesprochen … das verwirrte und faszinierte ihn gleichermaßen.

Er wollte ihr nicht wehtun, und so hoffte er, dass auf dieser Insel irgendein Wunder geschehen war und er dieses Wunder noch einmal erleben würde.

Er kletterte aus dem Auto und streckte seine schmerzenden

Beine. Als er tief einatmete, genoss er die frische, salzige Meeresluft.

Bryony in ihrer Ungeduld – ein sehr prägnanter Charakterzug von ihr – nahm seine Hand und zog ihn zur Reling, wo sich schon andere versammelt hatten, um sich das herrliche Farbschauspiel am Horizont anzusehen.

„Wunderschön, oder?"

Rafael schaute Bryony an und nickte. „Ja."

„Oh, sieh nur, Delfine!"

Er blickte zu der Stelle, auf die sie zeigte, und sah, wie die Tiere elegant aus dem Wasser schossen und wieder eintauchten.

„Sie begleiten die Fähre immer ein Stück", erklärte Bryony. „Ich halte jedes Mal nach ihnen Ausschau, wenn ich nach Galveston fahre."

Rafael merkte, dass er den Augenblick genoss, und als die Delfine wieder auftauchten, war er derjenige, der auf sie zeigte. „Da sind sie wieder!"

Bryony lächelte und schob ihren Arm unter seinen. Auf einmal war es das Natürlichste von der Welt, den Arm um sie zu schlingen und sie an sich zu ziehen. Gemeinsam beobachteten sie das Naturschauspiel.

Insgeheim musste Rafael über sich selbst den Kopf schütteln, weil ihm das alles so absurd vorkam. Hier stand er ohne Handy, ohne Internetverbindung, weil er seinen Blackberry im Auto gelassen hatte. Er war auf einer Fähre, sah Delfinen zu und hielt die Mutter seines Kindes im Arm.

Angeblich veränderte man seine Persönlichkeit, nachdem man dem Tod ins Gesicht gesehen hatte. Aber so wie es schien, war bereits *vor* seinem Unfall eine extreme Veränderung mit ihm vorgegangen.

Kein Wunder, dass Ryan, Devon und Cam sich solche Sorgen um ihn machten. Wahrscheinlich suchten sie in New York bereits Sanatorien aus, um vorbereitet zu sein, falls er völlig durchdrehte.

Er gab Bryony einen kleinen Kuss auf die Stirn und musste insgeheim zugeben, dass er sich tatsächlich darauf freute, auf die Insel zu kommen und Zeit mit Bryony zu verbringen. Es kam ihm so vor, als würde er einen Sonnenstrahl im Arm halten. So merkwürdig es auch klingen mochte, in ihrer Gegenwart fühlte er sich einfach wohl, obwohl sie für ihn letztlich eine Fremde war. Trotzdem passten sie perfekt zusammen. Und dafür hatte er keine Erklärung außer die, dass er irgendwie sein Herz auf dieser Insel verloren hatte, nur um kurz darauf alles aus seinem Gedächtnis zu löschen.

Er hielt Bryony eng an sich gepresst, das Gesicht in ihren duftenden dunklen Locken vergraben. Vorsichtig legte er eine Hand auf ihren Bauch, eine Geste, die verdeutlichte, dass er das neue Leben in ihr anerkannte.

Eine Sekunde lang verspannte Bryony sich, bevor sie Rafael ansah.

Sanft streichelte er den runden Bauch und verspürte einen ganz ungewohnten Zauber. Dies hier war sein Kind.

Irgendwie war er sich da absolut sicher.

Er würde Vater werden.

Die Erkenntnis machte ihn ganz benommen, und gleichzeitig empfand er ein Gefühl der Ehrfurcht. Er hatte nie daran gedacht, Vater zu werden, sondern war stattdessen immer ganz besonders vorsichtig gewesen, wenn es um das Thema Verhütung ging.

Hatte er bei Bryony absichtlich darauf verzichtet? Hatte er daran gedacht, dass sie vielleicht ein Kind zeugen könnten? Hatte sie mit solch einer Möglichkeit gerechnet?

Er runzelte die Stirn, als ihm ihre Wut einfiel und der Ärger darüber, dass er sie nicht nur verführt, sondern auch geschwängert hatte. Nein, das schien ihm nicht die Reaktion zu sein, die eine Frau zeigen würde, die sich über eine Schwangerschaft freute.

Offensichtlich war es nichts gewesen, was einer von ihnen geplant hatte, doch es schien auch offensichtlich, dass er nicht allzu viel dafür getan hatte, es zu verhindern.

Er küsste sie, und sie schenkte ihm ein Lächeln, als sie sich noch enger an ihn schmiegte. Im nächsten Moment seufzte sie jedoch und löste sich von ihm.

„Wir sind fast da. Lass uns zum Auto zurückgehen."

Erschrocken zuckte Bryony zusammen, als sie mehrere Fahrzeuge in der Nähe ihrer Einfahrt parken sah. War Mamaw etwa etwas zugestoßen? Sie hatten vor ein paar Stunden miteinander telefoniert, als sie und Rafael in Houston gelandet waren. Da hatte sie recht munter geklungen und Bryony versichert, dass sie sich freute, sie wiederzusehen.

Bryony erkannte einen der Wagen, er gehörte Bürgermeister Daniels. Was tat er hier?

Sie fuhr die Einfahrt hoch und stellte den Motor aus. Im selben Moment kam ihre Großmutter auf die Veranda, gefolgt von Bürgermeister Daniels, der ziemlich grimmig aussah, und Sheriff Taylor, der auch nicht gerade glücklich wirkte.

Bryony öffnete die Tür und stieg aus. „Mamaw, ist alles in Ordnung? Geht es dir gut?"

„Oh, Liebling, mir geht es gut. Tut mir leid, wenn ich dir Angst gemacht habe. Der Bürgermeister und der Sheriff hatten ein paar Fragen." Ihre Großmutter musterte Rafael, als der auf der Beifahrerseite ausstieg. „Wir alle haben ein paar Fragen."

Bryony schaute verwundert zum Bürgermeister. „Kann das nicht warten? Wir sind schon den ganzen Tag unterwegs und steckten vorhin auch noch im Stau."

Der Bürgermeister hob einen Finger und schüttelte ihn, so wie er es immer tat, wenn er sich über etwas aufregte. Der Sheriff legte ihm eine Hand auf die Schulter.

„Komm schon, Rupert, gib ihr die Chance, es zu erklären."

„Was erklären?", fragte Bryony.

„Warum eine Fähre voll mit Baumaterial gestern auf unserer Insel angekommen ist, und warum sie auf dem Grundstück, das du an Tricorp Investment verkauft hast, ein piekfeines Hotel bauen wollen."

Sie schüttelte energisch den Kopf. „Das muss ein Missverständnis sein, Bürgermeister. Ich war die ganze Woche über in New York, um dieses Durcheinander zu bereinigen. Rafael hätte mir bestimmt erzählt, wenn der Baubeginn unmittelbar bevorstünde. Und ich habe es nicht an Tricorp verkauft, sondern an Rafael."

Der Sheriff verzog das Gesicht. „Das ist kein Missverständnis, Bryony. Ich habe die Männer selbst befragt. Habe mir ihre Genehmigungen zeigen lassen. Es ist alles legal. Ich habe sogar darum gebeten, die Bauzeichnungen sehen zu dürfen. Das komplette Gelände am Strand wird in ein Resort verwandelt, mit allen Schikanen bis hin zu einem Hubschrauberlandeplatz."

Entgeistert wandte Bryony sich an Rafael. Furcht und Enttäuschung erstickten sie fast. „Rafael?"

*R*afael fluchte leise, als er sich den vier anklagenden Augenpaaren gegenübersah.

Bryony wirkte verwirrt und ein bisschen benommen. Schmerz und Erstaunen zeichneten sich auf ihrem Gesicht ab.

„Also, passen Sie auf", begann der Bürgermeister und machte einen Schritt nach vorn.

Rafael hielt ihn mit einer raschen Handbewegung auf. Er starrte den Mann grimmig an, sodass der Bürgermeister hastig den Rückzug antrat.

„Das ist eine Sache zwischen Bryony und mir", sagte er ruhig. „Und wie sie schon gesagt hat, sind wir müde. Wir waren lange unterwegs, sie ist schwanger und erschöpft. Ich bin daher nicht gewillt, mit Ihnen hier in der Einfahrt zu stehen und zu streiten."

„Aber …" Der Bürgermeister wandte sich an den Sheriff. „Silas? Willst du ihn damit davonkommen lassen?"

Der Sheriff rückte seinen Hut gerade. „Was er macht, ist nicht illegal, Rupert. Es mag unmoralisch sein, aber es ist nicht ungesetzlich. Ihm gehört das Grundstück. Er kann damit machen, was er will."

„Rafael? Hast du das veranlasst? Stimmt es, dass sie mit dem Bau beginnen?", fragte Bryony entsetzt.

Ihre Großmutter trat an ihre Seite und schlang beschützend einen Arm um Bryonys Taille.

„Darüber reden wir, wenn wir allein sind", erklärte er knapp.

„Willst du ihn hier haben, Bryony?", wollte der Sheriff wissen.

Bryony massierte ihre Schläfe, als wüsste sie nicht, wie sie auf diese Frage antworten sollte. Sie wirkte auf einmal so zerbrechlich, als wäre sämtliche Energie aus ihr gewichen.

Rafael wusste, wenn er nicht handelte, würde ihm die ganze Sache entgleiten. Womöglich landete er dann noch in irgendeiner schäbigen Gefängniszelle. Also ging er zu Bryony und zog sie sanft aus der Umarmung ihrer Großmutter, bevor er selbst einen Arm um sie schlang.

„Wir reden drinnen weiter", murmelte er.

Sie musterte ihn, bevor sie sich an die beiden anderen Männer wandte. „Er bleibt hier, Silas. Aber vielen Dank für deine Sorge."

„Und die Bauarbeiten?" Es war Rupert, der die Frage stellte. „Was soll ich all den anderen erzählen? Ich war zwar nicht derjenige, der das Land an einen Auswärtigen verkauft hat, aber es ist während meiner Regierungszeit passiert. Ich werde doch nie wiedergewählt, wenn herauskommt, dass die Insel während meiner Amtsperiode den Bach runter gegangen ist."

„Rupert, halt den Mund!", fuhr Bryonys Großmutter ihn an. „Meine Enkelin ist schon durcheinander genug, ohne sich jetzt noch dein Lamentieren über deine politische Karriere anhören zu müssen."

„Komm, Rupert. Es bleibt morgen noch genügend Zeit, um die Sache aufzuklären", sagte Silas und schob den älteren Mann zu seinem Wagen.

„Lass mich wissen, wenn du etwas brauchst, Bryony", sagte er noch.

Bryony lächelte gequält und nickte. Als die beiden Männer fort waren, nahm Bryonys Großmutter sie in den Arm.

„Ich bin froh, dass du wieder zu Hause bist. Ich mache mir immer Sorgen, wenn du unterwegs bist. Vor allem in einer Stadt wie New York."

Wenn Rafael vermutet hatte, dass die ältere Frau sich voller Zorn an ihn wenden würde, hatte er sich getäuscht. Stattdessen umarmte sie auch ihn und tätschelte seine Wange.

„Willkommen zurück, junger Mann. Ich bin froh, dass du den Weg wieder hierher gefunden hast."

Sie winkte kurz und ging den schmalen Weg entlang, der zum angrenzenden Garten führte.

„Sollten wir sie nicht nach Hause bringen?", fragte Rafael.

Bryony seufzte. „Sie wohnt direkt nebenan."

„Oh. Okay. Entschuldige."

„Ja, ich weiß, du kannst dich nicht erinnern", sagte sie, klang jedoch wenig verständnisvoll.

Sie war verletzt, und Rafael bekam ein schlechtes Gewissen.

Verdammt. Bisher hätte er immer behauptet, dass er kein Gewissen hatte, wenn es ums Geschäft ging. Geschäft war Geschäft, da hatten persönliche Dinge nichts zu suchen. Nur jetzt … war die Sache definitiv persönlich.

„Komm", meinte Bryony. „Wir müssen unser Gepäck ausladen."

Rafael legte eine Hand auf ihren Arm. „Geh du hinein. Ich kümmere mich um das Gepäck. Trink oder iss etwas, wenn du hungrig bist. Ich komme gleich."

Sie zuckte mit den Schultern und ging die Stufen zur Veranda hinauf. Im nächsten Moment war sie im Haus verschwunden, während Rafael in der Einfahrt stand und sich neugierig umsah.

Hier hatte er also so viele Tage und Nächte verbracht. Hier hatte sich sein Leben angeblich so drastisch verändert. Er fühlte sich nicht anders als sonst, abgesehen davon, dass er sich irgendwie nicht in seinem Element fühlte und den Eindruck hatte, dass ihm die Sache über den Kopf wuchs.

Seufzend machte er sich daran, das Gepäck auszuladen. Als er mit den Koffern ins Haus trat, schaute er sich neugierig um. Bryonys Heim spiegelte ihre Persönlichkeit genau wider. Sonnig, fröhlich, ein bisschen chaotisch, so als wäre sie immer ein wenig zu sehr in Eile, als dass sie es tadellos aufräumen könnte. Es sah aus wie ein Haus, in dem gelebt wurde, nicht wie sein steriles Apartment, das eine Reinigungskraft täglich auf Hochglanz polierte.

Bryony stand mit dem Rücken zu ihm vor der Glastür, die auf die Terrasse führte. Sie hatte die Arme schützend um sich geschlungen, und als sie sich umdrehte, konnte er erkennen, dass sie eine Mauer um sich errichtet hatte.

„Wusstest du von den Bauarbeiten? Hast du angeordnet, dass sie jetzt anfangen?"

Er seufzte. „Willst du, dass ich lüge, Bryony? Das werde ich nicht. Ich habe dir immer die Wahrheit gesagt. Ja, ich habe den Baubeginn angeordnet. Ich hätte schon viel eher damit begonnen, doch mein Unfall hat die Sache erheblich verzögert. Meine Investoren werden langsam nervös. Sie wollen Fortschritte sehen für all das Geld, das sie investiert haben."

„Du hast es versprochen", brachte sie mit erstickter Stimme heraus.

Rafael strich sich mit der Hand durchs Haar und wünschte, das Problem würde sich in Luft auflösen. Zumindest, bis sich die Dinge zwischen ihm und Bryony geklärt hatten.

„Du weißt, dass ich mich nicht erinnern kann", sagte er. „Ich wusste nur, dass ich ein Grundstück gekauft hatte und damit machen konnte, was ich wollte. Mit keinem Wort ist im Vertrag erwähnt, dass ich das Land nicht bebauen darf. Solch einen Vertrag hätte ich niemals unterzeichnet, denn dann wäre das Land nutzlos für mich."

Verdammt. Warum konnte er sich nicht erinnern? Solch ein absurdes Versprechen hatte er ihr doch mit Sicherheit nicht gegeben. Das war gegen alle Logik. Warum zum Teufel hätte er das Land kaufen und versprechen sollen, es nicht zu bebauen?

Er ging zu ihr und legte ihr eine Hand auf die Schulter. Bryony zuckte zurück, doch er ließ sie nicht los.

„Bryony, noch einmal, ich mache das alles nicht, um dir wehzutun. Ich erinnere mich nicht. Du sagst, ich hätte dir ein Versprechen gegeben, aber ich habe dafür keinerlei Beweise. Das Einzige, was ich beweisen kann, ist der Kauf des Grundstücks. Ich habe deine Unterschrift unter dem Vertrag sowie einen Bankauszug, der belegt, dass das Geld an dich überwiesen wurde."

Sie drehte sich mit Tränen in den Augen zu ihm herum. „Ich habe von Anfang an klargemacht, dass ich nur an dich verkaufen würde, wenn du versprichst, das Grundstück nicht in großem

Umfang bebauen zu lassen. Natürlich kann ich nicht bestimmen, was der neue Eigentümer mit dem Land macht, aber ich hatte darauf gehofft, dass du etwas schaffen würdest, das dem Charakter dieser Insel entspricht. Du hast mir in die Augen geschaut und es mir versprochen. Das war eine Lüge, Rafael! Es war ganz offensichtlich eine Lüge, denn du hattest schon die Investoren, die in den Startlöchern standen, du hattest Bauzeichnungen und einen Zeitplan. Du hast selbst gerade zugegeben, dass nur dein Unfall den Baubeginn verzögert hat."

Rafael fluchte, denn einer von ihnen log. „Verdammt, Bryony. Ich weigere mich, Schuldgefühle wegen etwas zu haben, an das ich mich nicht erinnere."

„Wir sollten schlafen gehen", sagte sie müde. „Es macht keinen Sinn zu streiten, wenn wir beide erschöpft und aufgeregt sind. Ich zeige dir das Gästezimmer."

So einfach schickte sie ihn weg. Sie hatte sich von ihm zurückgezogen und war wieder die kühle, wütende Frau, die sie am ersten Abend in New York gewesen war, als sie ihn auf der Veranstaltung zur Rede gestellt hatte.

Rafael holte tief Luft und kam sich wie ein Idiot vor, als ihm klar wurde, was er jetzt sagen würde, doch es platzte aus ihm heraus, ehe er noch darüber nachdenken konnte, ob er den Verstand verloren hatte.

„Ich werde den Baubeginn vorerst stoppen. Morgen früh. Bis wir die Sache zwischen uns geklärt haben und ich mein Gedächtnis wiedergefunden habe, sollten die Bauarbeiten ruhen."

Sie blinzelte überrascht. So wie es aussah, war es das Letzte, was sie von ihm erwartet hatte, und er war plötzlich froh über seine Entscheidung.

„Ehrlich?"

Er nickte. „Gleich morgen früh gehe ich hin und stelle sicher, dass nichts getan wird, ehe ich nicht mein Okay gebe."

Noch einmal überraschte sie ihn, indem sie sich in seine Arme warf und ihn fest an sich drückte. „Jedes Mal, wenn ich denke, dass du mich enttäuschst, machst du etwas, was meine Meinung wieder auf den Kopf stellt", flüsterte sie. „Jedes Mal, wenn ich denke, dass ich den Rafael, in den ich mich verliebt habe, verliere, tust du etwas, was mich erkennen lässt, dass es ihn noch immer gibt und ich ihn nur wiederfinden muss."

Rafael war sich nicht sicher, ob ihm das gefiel. Das klang so, als wäre er eine Art Dr. Jekyll und Mr Hyde. Verdammt, vielleicht war er wirklich verrückt. Das war die einzige Erklärung für all das.

Ryan, Devon und Cam würden ihn umbringen.

12. KAPITEL

*D*u hast *was* getan?"

Rafael nahm den Telefonhörer vom Ohr und zuckte zusammen, als eine Flut von Flüchen durch die Leitung drang.

„Ich komme runter. Wir kommen alle", schimpfte Devon. „Das ist genau das, was ich befürchtet hatte. Du fährst auf die Insel, und sie hat dich am Haken. Der Bau muss sofort beginnen. Wir sind schon Monate im Verzug."

Rafael marschierte auf dem kleinen Stück Steilküste hin und her, während Bryony im Wagen wartete. Der Bautrupp war nicht gerade erfreut über den Baustopp gewesen, bis Rafael den Männern versichert hatte, dass sie während der Unterbrechung den vollen Lohn erhalten würden. Er hatte betont, dass es sich um einen vorübergehenden Stopp handelte, und hoffte inständig, dass die Angelegenheit innerhalb weniger Tage geklärt wäre.

„Ihr bleibt gefälligst in New York!", bestimmte Rafael. „Ich brauche weder dich noch Cam und Ryan als Babysitter. Es ist das Richtige, Devon. Solange ich nicht weiß, was zum Teufel ich ihr versprochen oder nicht versprochen habe, ist es das Beste, zu warten."

„Seit wann kümmerst du dich darum, was das Richtige ist?", fragte Devon ungläubig. „Du bist normalerweise ein knallharter Geschäftsmann, der sich nicht scheut, über die sprichwörtlichen Leichen zu gehen. Wirst du langsam alt und weich, oder hat sie dir so den Kopf verdreht, dass du nicht mehr weißt, wo oben und unten ist?"

Rafael brummte: „Du beschreibst mich so, als wäre ich ein absolutes Arschloch."

„Na ja, das bist du ja auch. Warum sollte dich das jetzt auf einmal tangieren? Nur deshalb bist du so erfolgreich geworden. Komm mir jetzt nicht mit einem Gewissen."

Rafael verzog das Gesicht. „Was weißt du über diesen Deal, Devon? Was verschweigst du mir?"

Es entstand eine lange Pause. Schließlich antwortete sein Freund: „Pass auf, ich weiß nicht, was da unten passiert ist. Ich weiß nur, dass du damals ausdrücklich erklärt hast, erst wieder nach New York zurückkommen zu wollen, wenn du den unterschriebenen Vertrag in der Tasche hättest."

„Verdammt", murmelte Rafael. „Das hilft mir nicht gerade weiter."

„Warum soll es dir weiterhelfen? Du hast das Grundstück. Du hast die Investoren an Bord. Das Einzige, was uns im Moment im Weg steht, bist du selbst."

Rafael blickte zum Wagen und sah, dass Bryony ausgestiegen war und sich an die Tür lehnte.

„Ja, ja, aber für den Augenblick geht es hier erst mal nicht weiter", erwiderte er ruhig. „Ich übernehme die volle Verantwortung dafür."

„Ganz recht, das wirst du verdammt noch mal tun müssen", erwiderte Devon aufgebracht. „Wir opfern uns alle auf, Rafael. Mit diesem Resort und dem Zusammenschluss mit Copeland Hotels können wir zum größten Luxus-Resort-Konsortium auf der ganzen Welt werden. Versau uns das jetzt nicht."

Rafael seufzte. Ja, er wusste, dass sie Opfer gebracht hatten. Devon wollte sogar Copelands Tochter heiraten, um diesen Deal zu zementieren. Sie waren kurz davor, all das zu erreichen, was sie sich immer gewünscht hatten. Erfolg, der ihre kühnsten Träume übertraf.

Leider hatte er sich noch nie so mies oder so unsicher gefühlt wie jetzt.

„Vertrau mir, Dev. Lass mir ein wenig Zeit, okay? Ich biege es wieder gerade. Bisher habe ich noch immer alles unbeschadet überstanden. Aber wir reden hier schließlich von meiner Zukunft."

Rafael hörte Devon genervt seufzen. „Eine Woche, Rafe, und wenn ihr bis dahin nicht mit dem Bau begonnen habt, komme ich runter und bringe Ryan und Cam mit."

Rafael beendete das Telefonat. Eine Woche. Das kam ihm wie eine lächerlich kurze Zeitspanne vor, um sein Schicksal zu entscheiden. Seine und Bryonys Zukunft. Und die ihres Kindes.

Er atmete tief durch und ging zu Bryony zurück. Mit der einwöchigen Gnadenfrist, die ihm jetzt blieb, war es an der Zeit, sich auf das Wichtigste zu konzentrieren – er musste sein Gedächtnis wiedererlangen und die Beziehung zu Bryony klären.

Als Rafael zum Wagen kam, beobachtete Bryony ihn misstrauisch. Er sah wütend und entschlossen aus. Was für ein Telefonat er auch geführt haben mochte, es war nicht angenehm gewesen. Sie hatte seine erhobene Stimme sogar auf diese Entfernung hören können, auch wenn sie die einzelnen Wörter nicht verstanden hatte.

Zumindest hatte er Wort gehalten und die Bauarbeiter davon abgehalten, mit den Arbeiten zu beginnen. Schon wenig später hatte Rupert sie angerufen und ihr dazu gratuliert, Rafael an die Leine gelegt zu haben. Bryony hatte die Augen verdreht und sich auf die Zunge beißen müssen. Als ob irgendjemand Rafael anleinen könnte! Nein, welche Gründe er auch gehabt haben mochte, die Bauarbeiten zu verschieben, er hatte es sicherlich nicht getan, weil sie ihn darum gebeten hatte.

Ihr Stolz hatte schon genügend Schläge einstecken müssen. Sie würde Rafael um nichts mehr bitten.

Als er zu ihr trat, sagte er nichts, sondern nahm ihr lediglich den Wagenschlüssel ab und führte sie um das Auto herum zum Beifahrersitz.

„Alles okay?", fragte sie, als er einstieg.

„Ja."

Er ließ den Motor an und lenkte den Wagen auf die Straße.

„Hast du Lust auf Frühstück?"

Als Antwort bekam sie nur ein Brummen, doch da er nicht Nein gesagt hatte, meinte sie: „Ich mache dir dein Lieblingsessen."

Er warf ihr einen kurzen Seitenblick zu. „Mein Lieblingsessen?"

„Eier Benedikt."

„Ach so, ja", murmelte er. „Ich nehme an, dass ich dir das schon mal verraten habe."

„Genau."

Hm, seit wann war er denn so ein Morgenmuffel? Das war ihr bisher noch gar nicht aufgefallen. Andererseits … meistens hatten sie lange geschlafen, nachdem sie sich nachts ausgiebig geliebt hatten.

Allein die Erinnerung daran, wie sie morgens gemeinsam aufgewacht waren, eng aneinander geschmiegt, ließ sie erröten. Ein sinnliches Kribbeln rieselte durch ihren Körper.

Sie vermisste diese Nächte. Und die Morgen danach. Meistens hatte sie das Frühstück zubereitet, doch mindestens zweimal war Rafael aufgestanden, während sie noch geschlafen hatte, und hatte ihr Frühstück ans Bett gebracht.

Statt also noch mehr zu sagen, legte sie eine Hand auf seine und verschränkte ihre Finger mit seinen.

Er wirkte überrascht, zog seine Hand aber nicht weg.

„Danke."

Fragend sah er sie kurz an.

„Dass du das getan hast. Es bedeutet nicht nur mir viel, sondern auch den anderen hier auf der Insel."

„Du verstehst hoffentlich, dass das nur eine vorläufige Lösung ist. Ich kann die Bauarbeiten nicht auf ewig verzögern. Viele Leute bauen auf mich. Sie haben mir ihr Geld anvertraut, und auch meine Partner haben viel Kapital investiert. Dies hier … ist eine große Sache für uns."

„Aber du musst auch verstehen, dass ich dir das Grundstück niemals verkauft hätte, wenn du mir nicht das Versprechen gegeben hättest", erwiderte sie. „Das Ergebnis wäre dasselbe.

Es ist ja nicht so, dass ich dir das Land unter falschen Voraussetzungen verkauft habe."

Rafael seufzte, drückte aber ihre Hand. „Lass uns im Moment nicht weiter darüber reden. Es gibt für all das hier keine einfache Lösung. Egal, ob ich meine Erinnerungen wiederfinde oder nicht."

Bryony versuchte, sich in seine Lage zu versetzen. Wenn all das, was er gesagt hatte, stimmte, dann war es für ihn nicht einfach gewesen, die Bauarbeiten zu stoppen.

Unabhängig davon, ob er sie vorher angelogen hatte, jetzt hatte er sich ehrenhaft verhalten, und das konnte ihn teuer zu stehen kommen.

Sie beugte sich hinüber und küsste ihn auf die Wange. „Mir ist bewusst, dass es nicht einfach ist, aber wir wissen es alle zu schätzen. Ich habe schon einen Anruf vom Bürgermeister bekommen. Ich bin sicher, dass im Laufe des Tages noch mehr folgen werden."

„Sind sie sauer auf dich?", fragte er. „Der Bürgermeister schien nicht gerade erfreut gestern Abend. Geben sie dir die Schuld?"

Sie atmete tief durch. „Sie halten mich für jung und leichtgläubig. Einige geben dieser Tatsache die Schuld, nicht mir direkt. Sie haben eher Mitleid mit mir, weil ich auf so einen weltmännischen, lässig-eleganten Mann wie dich hereingefallen bin. Andere geben mir – zu Recht – ganz allein die Schuld."

Rafael wurde wütend. „Es ist dein Land. Du darfst dir von anderen kein schlechtes Gewissen einreden lassen, weil du es verkauft hast."

Sie zuckte mit den Schultern. „Ich bin hier aufgewachsen. Sie betrachten mich als Teil ihrer Familie. Familienmitglieder kehren einander nicht den Rücken zu. Viele von ihnen finden, dass ich genau das getan habe. Vielleicht ist das so. Ich wusste, dass ich wegziehen müsste, wenn ich mit dir zusammenbleiben wollte. Damals war es mir egal."

Rafael lenkte den Wagen in ihre Einfahrt und stellte den Motor aus. Eine ganze Weile starrte er durch die Windschutzscheibe, ehe er sich schließlich zu Bryony herumdrehte.

„Also warst du bereit, das alles hier aufzugeben, um mit mir zusammen zu sein."

„Ja", erwiderte sie schlicht.

„Ich weiß nicht, was ich sagen soll."

Sie lächelte. „Lass uns frühstücken gehen. Ich bin halb verhungert. Nach dem Frühstück kaufen wir dir die Sachen, die du hier brauchst, setzen uns vielleicht eine Weile auf die Veranda und genießen den Tag."

Seltsamerweise klang das in Rafaels Ohren herrlich, und plötzlich, nach einem nicht gerade berauschenden Beginn des Tages, stellte er fest, dass er sich auf den Rest freute.

13. KAPITEL

*B*ryony schleppte Rafael zum Einkaufen, wo sie ihn dazu brachte, etwas legerere Kleidung anzuprobieren. Wieder einmal stellte sie fest, dass er in Jeans einfach fantastisch aussah. Sie umschlossen sein Hinterteil auf äußerst ansehnliche Weise.

Und ein T-Shirt. Eigentlich ein nichtssagendes Kleidungsstück, aber an ihm … Es brachte seinen schlanken, muskulösen Körper perfekt zur Geltung.

Rafael dagegen sah aus, als würde er sich unbehaglich fühlen, als er aus der Umkleidekabine trat. Er trug eine Jeans und das T-Shirt, das Bryony für ihn ausgewählt hatte, und war barfuß.

Ach herrje, sie stand da und himmelte einen barfüßigen Mann in Jeans an. Und sie war nicht die Einzige.

„Oh!", stöhnte Stella Jones. „Schätzchen, da hast du dir aber ein Prachtexemplar geangelt. In seinen piekfeinen Sachen sieht er ja schon umwerfend aus, aber in Jeans … wow!"

Bryony funkelte sie an, musste aber zugeben, dass Stella recht hatte.

„Macht dich das glücklich?", fragte Rafael trocken, als er sich für sie herumdrehte.

„Oh ja", murmelte Bryony. „Mich und alle anderen weiblichen Wesen hier."

Rafael verdrehte die Augen. „Ich ziehe mich wieder um."

„Nein, nein!", rief Bryony hastig. „Lass mich die Schilder abmachen. Du brauchst die Sachen nicht wieder auszuziehen."

Rafael grinste und schlenderte auf Bryony zu. „Also gefalle ich dir in Jeans?"

„Ich glaube, gefallen ist ein viel zu harmloses Wort."

Er lachte, legte die Hände auf ihren Rücken und zog Bryony an sich.

„Mir gefällst du in Jeans auch", meinte er mit einem aufreizenden Lächeln.

Ihr Puls beschleunigte sich.

„Ja, aber ich trage ausgebeulte Jeans mit einem Gummibund, damit mein Bauch hineinpasst."

„Aber deinen Po umschließen sie perfekt."

Um seinen Punkt zu unterstreichen, drückte er besagten Körperteil ein wenig.

„Die ganze Insel wird über uns reden", murmelte sie.

„Als wenn sie das nicht sowieso schon täten. Ich glaube, jeder, der hier wohnt, ist heute schon aus dem Haus gekommen, entweder um uns anzustarren oder um mir zu sagen, wie toll es doch sei, dass ich die Bauarbeiten gestoppt habe. Und ich glaube, es ist inzwischen allseits bekannt, dass du mein Kind unter dem Herzen trägst. Worüber sollen sie denn noch reden?"

„Okay, du hast recht."

Er beugte sich vor und gab ihr einen kleinen Kuss. „Komm, lass uns nach Hause fahren, und ich koche uns etwas."

„Du willst kochen?"

„Du hast ja Frühstück gemacht und mich den ganzen Vormittag herumgeführt. Da ist es doch wohl das Mindeste, wenn ich dich jetzt mal ein bisschen verwöhne. Sind deine Füße müde?"

Sie lachte, fand es aber rührend, wie besorgt er klang. „Meinen Füßen geht es gut, aber eine Massage würde ich nicht ausschlagen, wenn das ein Angebot war."

Voller Wärme schaute er sie an. „Ich denke, das ließe sich einrichten."

Bryony schlang ihm die Arme um den Hals und presste das Gesicht an seinen Oberkörper. „Oh, Rafael, was für ein schöner Tag. Danke."

Als sie sich von ihm löste, wirkte er ein wenig beklommen, so als wüsste er nicht, wie er auf ihren Gefühlsausbruch reagieren sollte.

„Ich wusste ja nicht, dass Jeans einkaufen dich so glücklich macht", neckte er sie.

Sie strahlte ihn an. „Nur wenn ich dich darin bewundern kann."

Er tätschelte noch einmal liebevoll ihren Po und deutete dann zur Kasse. „Lass uns gehen. All das Einkaufen hat mich hungrig gemacht."

Bryony verschränkte ihre Finger mit seinen und freute sich darüber, dass sie so schnell wieder zu dieser wunderbaren Nähe gefunden hatten. Ob er sich nun erinnerte oder nicht, aber kaum waren sie auf der Insel angekommen, hatte Bryony eine Veränderung an Rafael bemerkt. Er hatte sich wieder in den entspannten, lockeren Mann verwandelt, in den sie sich verliebt hatte.

Er selbst betrachtete sich vielleicht nicht als jemanden, der dem Stress des Geschäftslebens entkommen konnte oder wollte, der sein Handy und seinen Computer abzuschalten in der Lage war, aber Moon Island hatte ihn verändert. Gern würde sie daran glauben, dass die Beziehung zu ihr seine Prioritäten verändert hatte. Vielleicht war es Wunschdenken und naiv von ihr, aber das hielt sie nicht davon ab, darauf zu hoffen, dass er die Insel – und sie – wiederentdecken würde.

Sie fuhren zurück zu Bryonys Cottage, doch bevor sie hineingingen, meinte Bryony, dass sie gern noch ihrer Großmutter einen kurzen Besuch abstatten wollte.

„Ich komme mit", sagte Rafael sofort. „Ihr zwei scheint euch sehr nahe zu stehen. Habe ich viel Zeit mit ihr verbracht?"

Bryony lächelte. „Ihr seid super miteinander ausgekommen. Du hast fast jeden Tag bei ihr vorbeigeschaut und sie mit Blumen und Leckereien verwöhnt."

„Das klingt so, als wäre ich … nett gewesen", meinte er, obwohl ihm allein die Vorstellung absurd vorkam.

Bryony, die gerade die Autotür hatte öffnen wollen, hielt inne und drehte sich zu Rafael um. „Du sagst das so, als wärest du nicht nett."

Er zuckte mit den Schultern. „Mistkerl ist die landläufigere Bezeichnung für mich. Man hat mich schon vieles genannt. Rücksichtslos. Ehrgeizig. Schweinehund. Aber nett? Nein."

„Na ja, zu meiner Großmutter warst du auf jeden Fall immer sehr nett, und dafür habe ich dich geliebt", sagte sie. „Du warst auch zu mir nett. Vielleicht umgibst du dich sonst nicht mit den richtigen Leuten."

Er lachte. „Mag sein. Ich nehme an, wir werden es sehen, oder?"

Bryonys Großmutter kam auf die Veranda und winkte. Bryony drückte Rafaels Hand. „Hör auf, dir Sorgen darüber zu machen, was du gewesen bist oder nicht gewesen bist. Niemand sagt, dass du immer der Gleiche bleiben musst. Vielleicht warst du bereit für eine Veränderung. Hier durftest du sein, wer immer du wolltest, denn niemand kannte dich. Du hast noch einmal neu anfangen können."

Rafael hob ihre Hand und presste einen Kuss auf die Innenfläche. „Du bist eine ganz besondere Frau, Bryony."

Sie lächelte und öffnete die Tür, bevor sie ihrer Großmutter zuwinkte. „Wir kommen!"

Großmutter Laura, die von fast allen nur Mamaw genannt wurde, strahlte und hielt ihnen die Fliegengittertür auf.

„Hallo, ihr beiden", sagte sie fröhlich.

Sie umarmte erst Bryony und anschließend Rafael, der angesichts des herzlichen Empfangs ein wenig verblüfft war.

„Ich habe gerade einen Eistee gemacht. Geht doch schon mal auf die Terrasse, während ich Gläser hole. Es ist ein wunderschöner Tag, und das Wasser sieht herrlich aus."

Bryony zog Rafael zu den Glastüren und ging mit ihm nach draußen auf die Terrasse, wo ihre Großmutter Töpfe mit den unterschiedlichsten Pflanzen stehen hatte.

„Es ist hübsch hier", meinte Rafael. „So ruhig und friedlich. Es gibt nicht mehr viele Privatstrände wie diesen. Es muss herrlich sein, das alles für sich zu haben."

Bryony machte es sich auf einem der Liegestühle gemütlich und hielt ihr Gesicht in die Sonne. „Das ist es", stimmte sie ihm zu, die Augen geschlossen. „Die ganze Insel ist so. Deshalb haben wir ja auch etwas dagegen, dass hier groß gebaut wird. Sobald erst einmal der sogenannte Fortschritt Einzug hält, ist das wie eine Lawine. Innerhalb kürzester Zeit würde die Insel von Touristen überschwemmt sein. Wir wollen einfach nur in Ruhe gelassen werden. Viele der Leute, die hier wohnen, sind gerade deshalb hier auf die Insel gezogen, weil sie noch so ruhig und ursprünglich ist. Andere leben schon immer hier, und daran etwas zu ändern, scheint mir ziemlich unfair."

„Ein Resort würde die Ursprünglichkeit der Insel nicht ruinieren, dafür würden die Touristen, die du so verachtest, aber die Wirtschaft ankurbeln."

Sie lächelte geduldig, weil sie sich diesen perfekten Tag nicht verderben lassen wollte.

„Unsere Wirtschaft braucht keinen Aufschwung", erklärte sie ruhig.

Ungläubig sah er sie an. „Jeder freut sich über finanziellen Zuwachs."

Sie schüttelte den Kopf. „Nein, die Sache ist die: Viele Leute, die sich hier niedergelassen haben, hatten hoch bezahlte Jobs. Sie sind nach Moon Island gekommen, um dem Stress zu entfliehen. Sie besitzen mehr Geld, als sie jemals ausgeben können."

„Und der Rest? Diejenigen, die schon ihr ganzes Leben lang hier leben?"

„Die sind glücklich. Wir haben Fischer, die schon in der dritten oder vierten Generation nach Shrimps fischen. Wir haben einheimische Ladenbesitzer, Angestellte in Restaurants oder anderen Läden. Im Grunde erfüllt jeder Job hier auf der Insel ein Grundbedürfnis. Touristen irgendwelche Souvenirs zu verkaufen, ist aber kein Grundbedürfnis. Und sie mit Unterhaltung zu versorgen auch nicht. Wir haben hier ein angenehmes Leben. Einige von uns haben nicht viel, aber wir kommen zurecht und sind glücklich."

„Die Insel ist wirklich ein wenig merkwürdig", meinte Rafael leicht amüsiert. „Es ist, als würde man in eine andere Welt eintauchen. Es erstaunt mich, dass ihr Internetzugang, Kabelfernsehen und Handyempfang habt."

„Auf dem Laufenden bleiben wir schon", erwiderte sie. „Wir sind nur keine Vorreiter. Hier auf der Insel geht es ziemlich gelassen zu, man kann das gar nicht richtig erklären, das muss man erleben. So wie du in den Wochen, als du hier warst."

„Und trotzdem warst du bereit, all das zu verlassen, um mit mir zusammen zu sein."

„Ja. Mir war einfach klar, dass ich etwas würde verändern müssen. Du bist Geschäftsmann und hast dein Zuhause in New York. Ich konnte ja wohl kaum von dir erwarten, dass du das alles aufgibst und hierher ziehst. Ich war willens, mich anzupassen, weil ich gedacht habe, dass du es wert bist."

„In Anbetracht deiner Leidenschaft für diese Insel und die Menschen hier, bin ich schwer beeindruckt, dass du geglaubt hast, ich wäre dieses Opfer wert."

„Mach dich nicht kleiner, als du bist, Rafael. Meinst du nicht, dass du es wert bist? Dass jemand dich genügend lieben kann, um etwas Wichtiges aufzugeben, um mit dir zusammen sein zu können?"

Er wandte den Blick ab und starrte hinaus aufs Wasser, so als hätte er darauf keine Antwort. Seine Körperhaltung verriet, dass er unter großer Anspannung stand.

„Vielleicht habe ich noch nie jemanden getroffen, der so viel von mir gehalten hat", meinte er schließlich.

„Wie ich schon sagte, ich glaube, du umgibst dich mit den falschen Leuten, und ganz definitiv gehst du mit den falschen Frauen aus."

Ihr neckender Tonfall entlockte ihm ein Lächeln.

„Warum bekomme ich nur gerade das Gefühl, dass ich vermutlich alles versucht habe, um dich auf Abstand zu halten, während du dich davon überhaupt nicht hast beeindrucken lassen?"

„Nein, gar nicht", meinte sie erstaunt. „Du warst durchaus offen gegenüber dem, was zwischen uns passierte. Auf jeden Fall warst du in der Hinsicht auch nicht gerade untätig."

Er schüttelte den Kopf. „So langsam glaube ich, hier läuft ein Double von mir herum. Ich weiß, ich habe das schon häufiger gesagt, aber der Mann, den du beschreibst, ist so anders, dass ich das Gefühl habe, es mit einem völlig Fremden zu tun zu haben. Wenn ich es nicht besser wüsste, würde ich vermuten, dass ich mir diese Kopfverletzung zugezogen habe, bevor ich hier angekommen bin. Nicht danach."

„Ist dir die Vorstellung so zuwider?"

„Nein, das ist es nicht, was ich sagen will. Ich bin weder beschämt noch wütend. Es ist schwer zu erklären. Stell dir doch mal all die Dinge vor, die du nie tun würdest. Stell dir etwas vor, was überhaupt nicht zu deiner Persönlichkeit passt. Dann stell dir vor, dass jemand dir erzählt, du hättest all das getan, ohne dass du dich daran erinnern kannst. Du würdest doch denken, dass die Leute den Verstand verloren hätten, nicht du."

„Okay, das kann ich nachvollziehen. Es ist also nicht so, dass du den Mann, der du warst, nicht akzeptieren kannst."

„Ich verstehe ihn einfach nicht", überlegte Rafael. „Oder seine Gründe."

„Vielleicht hast du mich nur angeschaut und festgestellt, dass du nicht mehr ohne mich leben kannst", meinte sie scherzhaft.

Er beugte sich zu ihr hinüber, bis ihre Lippen nur noch einen Hauch voneinander entfernt waren. „Eine plausible Erklärung, denn immer häufiger habe ich genau das Gefühl in deiner Gegenwart."

Bryony schloss die Distanz zwischen ihnen und gab ihm einen liebevollen Kuss. Rafael erwiderte ihn auf spielerische, neckende Weise, und Bryony spürte ein köstliches Kribbeln bis hinunter in die Zehenspitzen.

„Ich habe hier Tee, aber wie ich sehe, seid ihr nicht sonderlich daran interessiert", meinte Mamaw lachend.

Bryony zog den Kopf zurück und drehte sich zu ihrer Großmutter herum, die mit zwei Teegläsern in den Händen in der Glastür stand. „Natürlich möchte ich deinen Tee. Es ist der beste im ganzen Süden."

„Mag ich ihn?", fragte Rafael mit einem kleinen Grinsen.

Mamaw kam heran und reichte ihm ein Glas. „Natürlich, junger Mann. Du hast mir versichert, er wäre besser als all der teure Wein, den es in der Stadt gibt."

Er schenkte ihr ein Lächeln, das die meisten Frauen zum Dahinschmelzen gebracht hätte. „Na, wenn ich das gesagt habe, habe ich es bestimmt auch so gemeint."

„Setz dich, Mamaw. Wir sind hergekommen, um dich zu besuchen, nicht, um allein zu sein."

Ihre Großmutter zog sich einen Stuhl heran und setzte sich Bryony und Rafael gegenüber. „Bryony hat mir erzählt, dass du mit dem Flugzeug abgestürzt bist. Das muss ein ziemlich traumatisches Erlebnis gewesen sein."

Rafael nickte. „Ich erinnere mich nicht wirklich an den Absturz. Ich habe lediglich ein paar Erinnerungen an die Bergung, und daran, wie erleichtert ich war, noch am Leben zu sein. Alles andere ist nur eine verschwommene Erinnerung. Und an die Wochen vor dem Absturz kann ich mich gar nicht erinnern, wie Bryony dir sicherlich erzählt hat."

Mamaw nickte. „Es ist eine Schande. Bryony war so durcheinander. Sie war sich ganz sicher, dass du sie hereingelegt, sitzen gelassen und obendrein noch geschwängert hast."

Bryony errötete. „Mamaw, bitte nicht."

„Nein, es ist schon in Ordnung", wehrte Rafael ab. „Ich bin sicher, dass sie genauso wütend auf mich war wie du. Sie braucht nicht so zu tun, als wäre es anders."

Mamaw nickte. „Ich mag es, wenn ein Mann ehrlich und geradeheraus ist. Jetzt, wo du zurück bist und versuchen willst, die Sache mit meiner Enkelin zu klären, denke ich, werden wir gut miteinander auskommen."

Er lächelte. „Das hoffe ich auch."

„Ist mit dir alles in Ordnung, Mamaw?", fragte Bryony. „Wie fühlst du dich? Sollen wir irgendetwas für dich besorgen, wenn wir unterwegs sind?"

„Oh, nein, Schatz, ich brauche nichts. Silas ist vorbeigekommen, als du weg warst, und sein Neffe hat für mich eingekauft und die Sachen geliefert."

„Du nimmst doch hoffentlich auch jeden Tag deine Medizin, oder?"

Mamaw verdrehte die Augen und sah dann zu Rafael. „Man könnte meinen, sie wäre die Großmutter und ich die flatterhafte junge Enkelin. Vergiss nicht, ich bin nicht diejenige, die ungewollt schwanger geworden ist. Ich weiß, wie ich meine Pillen nehmen muss."

„Mamaw!"

Die alte Dame zuckte mit den Schultern. „Na ja, ist doch wahr."

Rafael lachte laut auf. „Ihr zwei seid köstlich."

„Du hast gut reden. Dich hat sie ja auch nicht angemacht, weil du kein Kondom benutzt hast", meinte Bryony missmutig.

„Das wär als Nächstes drangekommen", warf Mamaw leichthin ein.

Rafael schüttelte den Kopf. „Ich kann immerhin behaupten, dass ich mich an nichts erinnere."

„Es ist geplatzt", erklärte Bryony grimmig und stand auf. „Okay, das reicht für heute. Ganz offensichtlich geht es Mamaw bestens, also lass uns rübergehen, ich bin am Verhungern."

Lachend beugte Rafael sich hinab und küsste Mamaw auf die Wange. „Es war mir ein Vergnügen, unsere Bekanntschaft zu erneuern."

14. KAPITEL

*A*ngenehm so?", fragte Rafael, als er ein Kissen hinter Bryonys Rücken stopfte.

Sie hatte es sich auf einer Korbliege auf der Terrasse gemütlich gemacht. Es war ein herrlicher Herbsttag, noch angenehm warm, ohne die drückende Hitze und Schwüle des Sommers. Lächelnd erwiderte sie: „Du verwöhnst mich. Aber du darfst gern weitermachen."

Er setzte sich ans andere Ende der Liege und zog Bryonys Füße auf seinen Schoß. Nachdem er sich ihr Fußkettchen angeschaut hatte, strich er mit dem Finger über ihren Spann.

„Du hast hübsche Füße."

„Du findest meine Füße hübsch?", fragte sie skeptisch.

„Ja, und tolle Beine hast du auch. Ein großartiges Gesamtpaket."

„Ich glaube, ich hatte noch nie meine Füße auf dem Schoß eines gut aussehenden Mannes liegen, während er mir Komplimente macht. Ich komme mir vor wie eine Königin."

Rafael begann, seinen Daumen mit gerade genügend Druck auf ihre Fußsohle zu pressen, dass Bryony genüsslich aufstöhnte.

„Sollte ein Mann der Mutter seines Kindes nicht genau das Gefühl vermitteln? Das einer Königin?"

„Schön wär's. Aber wie viele Männer schaffen das schon? Ich war natürlich noch nie schwanger, woher sollte ich es also wissen?"

Er lachte. „Ich finde, du hättest etwas dazu sagen sollen, dass ich dieses Kind als unseres ansehe. Ich weiß, es scheint so, als hätte ich es bisher verdrängt, und wir haben ja auch noch nicht viel über deine Schwangerschaft gesprochen. Doch ich habe an kaum etwas anderes gedacht, seit ich davon erfahren habe. Es bereitet mir schlaflose Nächte. Ich muss immer daran denken, wie schlecht ich darauf vorbereitet bin, Vater zu werden, und trotzdem kann ich es kaum erwarten. Ich frage mich die ganze

Zeit, wem das Baby wohl ähnlich sehen wird. Ob es ein Sohn oder eine Tochter wird."

Tränen schossen Bryony in die Augen, und sie kam sich ziemlich dumm vor. Aber es bestand kein Zweifel, dass die Sehnsucht, die sie in Rafaels Stimme heraushörte, sie mitten ins Herz traf und es zum Schmelzen brachte.

„Warum glaubst du, dass du schlecht vorbereitet bist, Vater zu werden?"

Er schloss beide Hände um ihren Fuß und massierte ihn weiter.

„Ich bin ein Arbeitstier. Ich gehe nirgendwo hin, ohne mir Arbeit mitzunehmen. Die meisten meiner sozialen Kontakte und Veranstaltungen haben etwas mit der Arbeit zu tun. Manchmal schlafe ich im Büro, häufig auch in einem Flugzeug auf dem Weg zu einem Termin. Ein Kind braucht die Aufmerksamkeit beider Eltern. Es braucht Liebe und Unterstützung. Das Einzige, was ich absolut gewährleisten kann, ist die finanzielle Sicherheit."

„Ich habe es dir schon einmal gesagt, man muss nicht für immer der gleiche Mensch bleiben. Eltern machen ihren Kindern zuliebe ständig Veränderungen durch. Ich bin genauso wenig darauf vorbereitet, ein Kind zu haben, wie du. Ich bin stets davon ausgegangen, dass ich noch warten würde, bis ich älter wäre."

Er hob eine Augenbraue. „Wie alt bist du eigentlich? Du klingst so, als wärst du noch ein Teenager."

Sie lachte. „Ich bin fünfundzwanzig. Alt genug, um Kinder zu bekommen, aber bis vor ein paar Monaten hatte ich noch nie eine ernsthafte Beziehung, und mit ernsthaft meine ich, dass ich nie über eine Heirat oder Kinder nachgedacht habe. Ich war mir sicher, dass das alles noch Zeit hat."

„Wie es scheint, müssen wir uns beide mit dem Gedanken anfreunden, dass wir Eltern werden, obwohl wir uns noch nicht bereit dafür fühlen."

„Aber ist man jemals bereit? Ich glaube, dass sogar Leute,

die ihre Schwangerschaft planen, im Grunde nicht auf all die Veränderungen vorbereitet sind, die ein Kind mit sich bringt."

„Du hast wahrscheinlich recht. Ich glaube aber, dass du eine gute Mutter sein wirst."

Sein Kompliment ließ sie erröten. „Es bedeutet mir viel, dass du das sagst, Rafael, aber wie kommst du darauf?"

„Du bist eine liebevolle und zärtliche Frau. Warmherzig, spontan, loyal und großzügig. Und du bist direkt. Du hast nicht gezögert, mich zur Rede zu stellen, als du geglaubt hast, ich hätte dir unrecht getan. Ich kann mir gut vorstellen, wie du dich schützend vor unser Kind stellen wirst."

„Weißt du, warum ich glaube, dass du ein guter Vater wirst?"
Er hielt in der Bewegung inne und schaute Bryony an.

„Weil du zu deinen Fehlern stehst", sagte sie. „Du weißt genau, auf welchen Gebieten du dich verändern musst. Die meisten Menschen sind nicht so selbstkritisch. Ich zweifle nicht daran, dass du die Bedürfnisse deines Kindes erkennst und entsprechende Änderungen vornimmst. Nichts, was du sagst, könnte mich davon überzeugen, dass du die Bedürfnisse deines Kindes nicht an die erste Stelle setzen würdest."

Rafael strich über ihr Bein und griff nach ihrer Hand, um sie kurz zu drücken. „Danke."

„Ich liebe dich noch immer, Rafael."
Die Worte entschlüpften ihr einfach. Sie waren wie ein Schmerz in ihrem Herzen, den sie loslassen musste. Obwohl sie geschworen hatte, sich nicht noch einmal so verletzlich zu machen, bis Rafael sein Gedächtnis wiedergefunden hatte und sie ihre Beziehung neu definiert hatten. Doch sie hatte ihm einfach sagen müssen, was sie empfand.

In seinen Augen loderte Verlangen auf, als er Bryony hochzog und an sich presste. Sie lag ein wenig unbeholfen auf seinem Schoß, während er ihr Gesicht mit beiden Händen umschloss. Eine ganze Weile streichelte er nur ihre Wange und schaute ihr in die Augen.

Dann lehnte er in einer überraschend zärtlichen Geste seine Stirn gegen ihre, nahm ihre Hände und hielt sie zwischen ihren beiden Oberkörpern gefangen.

„Ich hatte keine Ahnung, was ich fühle, als ich dich gestern gefragt habe, ob du mich noch liebst. Es war lediglich pure Neugier. Ich hätte nie gedacht, dass diese Worte solch eine Wirkung haben würden. Ich kann es gar nicht erklären. Wie auch?"

„Ich musste es dir sagen", flüsterte sie. „Ich finde, du verdienst es, die Wahrheit zu erfahren. Du bist hier. Du gibst dir Mühe. Das Mindeste, was ich tun kann, ist, dir auf halbem Weg entgegenzukommen. Es war mein Stolz, der mich zurückgehalten hat."

Rafael senkte den Kopf und küsste sie. Doch diesmal war es keine zärtliche, sanfte Berührung. Er presste seine Lippen voller Verlangen auf ihre, bis sie beide außer Atem waren. Mit der Zunge fuhr er an den Konturen ihres Mundes entlang, bevor er noch einmal tief eindrang, so als wollte er jeden Teil von ihr kosten.

Bisher war sein Liebesspiel immer gekonnt und ziemlich abgeklärt gewesen. Geschmeidig und verführerisch. Jetzt lag unterschwellig in jeder Berührung, jedem Kuss ein Gefühl der Verzweiflung, so als könnte er es nicht erwarten, sie zu berühren, sie zu lieben. Auch wenn dieser Unterschied Bryony zu schaffen machte, gab sie sich diesem anscheinend so veränderten Mann hin. Es fühlte sich anders an. Er *war* anders.

„Ich möchte dich lieben, Bryony, aber ich möchte es aus den richtigen Gründen tun. Ich begehre dich, und im Moment ist mir die Vergangenheit und das, woran ich mich nicht erinnere, völlig egal. Was ich weiß, ist, dass ich dich hier und jetzt berühren und küssen will."

Leicht zitternd stand Bryony auf und streckte die Hand nach Rafael aus. „Ich will dich auch", erklärte sie schlicht. „Ich habe dich so sehr vermisst, Rafe."

Rafael war ebenfalls sichtlich aufgewühlt, denn seine Hand zitterte, als er sie auf Bryonys Wange legte. „Bist du dir sicher?

Was auch immer in der Vergangenheit geschehen ist – es ist un-erheblich, wenn du dich mir wieder hingibst. Wenn wir es jetzt tun, Bryony, fangen wir neu an."

Sie schmiegte ihre Wange in seine Hand und schloss die Au-gen. „Das gefällt mir. Keine Vergangenheit. Nur das Hier und Jetzt. Du und ich."

Er schlang die Arme um sie, und Bryony führte ihn in ihr Schlafzimmer, wo sie sich schon so oft geliebt hatten.

Rafael schloss die Tür, und als Bryony jetzt vor ihm stand, fühlte sie sich auf einmal schüchtern und unsicher. Obwohl sie schon unzählige Male mit Rafael geschlafen hatte, kam es ihr die-ses Mal ganz neu vor. Er schien so verändert zu sein. Vielleicht hatte auch sie sich verändert.

Und dann musste sie lachen.

Ihr Lachen brachte Rafael aus der Fassung. Er schaute auf und neigte den Kopf zur Seite. „Was ist so lustig?"

Reumütig schüttelte sie den Kopf. „Ich habe gerade gedacht, dass es sich wie das erste Mal anfühlt, doch dann fiel mir ein, wie lächerlich das ist, wenn ich dein Kind in mir trage."

Seine Miene wurde wieder weich, und er zog sie in die Arme. „In vielerlei Hinsicht ist es das erste Mal. Ich finde, wir sollten es auch so behandeln. Jedenfalls habe ich vor, mich mit deinem Körper wieder vertraut zu machen. Ich möchte jeden Zentimeter von dir erkunden. Und dabei werde ich mir viel Zeit lassen und jede Sekunde auskosten, bis wir beide verrückt vor Lust sind."

Sie schwankte auf ihn zu und fühlte sich fast ein wenig schwin-delig, so als hätte sie zu viel getrunken. Rafael drängte sie zum Bett, bis sie mit den Kniekehlen dagegenstieß.

Aufreizend langsam begann er, ihre Bluse aufzuknöpfen, bis er den Stoff auseinander und von ihren Schultern streifen konnte und Bryony nur noch in Jeans und BH vor ihm stand.

„Hübsch und zart", stellte er fest, während er an der Spitze entlangstrich, die ihre Brüste umhüllte. „So wie du. Es passt zu dir. Rosa gefällt mir an dir."

„Stehst du nicht auf eine Verführerin in Rot oder Schwarz?", fragte sie lächelnd.

„Nein, überhaupt nicht. Mir gefällt Rosa, es wirkt so feminin an dir. Sehr mädchenhaft."

Er senkte den Kopf und küsste die Wölbung ihrer Brust, bevor er den Spitzenstoff beiseiteschob und sich weiter vortastete, bis er nur noch einen Millimeter von ihren Brustwarzen entfernt war.

Dann löste er sich von ihr. „Mir gefällt das Mädchenhafte."

„Du bist ein Quälgeist", stöhnte sie.

Es schockierte Bryony, als Rafael danach auf die Knie ging und mit beiden Händen ihren Bauch umschloss. Sanft streichelte er die Rundung und küsste sie.

Es war ein unglaublich zärtlicher Moment und ein Bild, das Bryony wohl nie vergessen würde. Dieser stolze, arrogante Mann kniete vor ihr und verwöhnte sie und ihr Baby.

Liebevoll strich Bryony durch sein dunkles Haar. Rafael hob den Blick, und das, was sie in seinen Augen sah, raubte ihr den Atem.

Langsam zog er ihr die Jeans aus und meinte bewundernd: „Noch mehr rosa Spitze", bevor er einen Kuss auf das Dreieck zwischen ihren Schenkeln presste. „Das gefällt mir sehr."

Bryony bekam weiche Knie und hatte auf einmal Schmetterlinge im Bauch.

Ihr schwangerer Körper machte sie nicht verlegen. Im Gegenteil. Ihr gefielen die üppigen Kurven. Im Grunde hatte sie nie besser ausgesehen. Ihre Haut schimmerte gesund, ihre Brüste waren größer geworden, und die Wölbung ihres Bauches faszinierte sie.

Über Rafaels Reaktion auf ihren veränderten Körper hatte sie sich bisher keine Gedanken gemacht. Offenbar brauchte sie sich keine Sorgen zu machen, denn er schien begeistert zu sein und sie sehr begehrenswert zu finden.

„Du bist wunderschön", sagte er mit heiserer Stimme, so als hätte er ihre Gedanken gelesen.

Langsam kam er wieder hoch, schob die Hand in ihren Nacken und zog ihren Kopf zu sich, damit er sie ausgiebig küssen konnte.

Bryony bekam fast keine Luft mehr, doch sie wollte sich nicht von Rafael lösen, um nach Atem zu ringen. Sie erwiderte seinen Kuss mit der gleichen Leidenschaft und forderte genauso viel, wie sie gab.

Etwas war definitiv anders als noch vor ein paar Monaten. Wenn sie sich geliebt hatten, hatten sie Spaß gehabt und alles nicht so ernst genommen. Der Rafael, der jetzt vor ihr stand, war … verändert. Allein schon die Art, wie er sie ansah, so, als wollte er sie mit Haut und Haaren verschlingen. Er wirkte so, als würde er sie mehr begehren als je eine Frau zuvor.

Ihr gefiel der neue Rafael. Er war dominant, aber gleichzeitig zärtlich und liebevoll.

Jetzt zog er sie noch besitzergreifender an sich und setzte den Anschlag auf ihre Sinne fort. Außer Atem verteilte er kleine Küsse auf ihrem Gesicht, bevor er an ihrem Ohrläppchen knabberte. Jedes Mal, wenn er seine Zunge darüber gleiten ließ, strömten Wellen der Erregung durch ihren gesamten Körper. Bryony spürte, wie ihre Muskeln sich anspannten und wie sie feucht wurde. Lustvoll seufzte sie auf, als Rafael sie aufs Bett drängte und sein Knie zwischen ihre Beine schob.

Wieder küsste er sie ausgiebig und strich ihr zärtlich das Haar aus dem Gesicht. Seine liebevollen Berührungen ließen Bryonys Puls höher schlagen.

Noch einmal strich er mit den Lippen über ihre, als würde er es hassen, sie auch nur für einen Moment lang loszulassen. Doch kurz darauf richtete er sich auf, und die Tatsache, dass seine Hände zitterten, als er sich das T-Shirt auszog, machte ihn für Bryony noch liebenswerter.

Ungeduldig entledigte er sich auch der Jeans und Boxershorts, und Bryony hätte fast laut aufgestöhnt. Dieser Mann war so unglaublich sexy. Ein atemberaubender Körper. Muskulös und fit.

Schlank, aber nicht zu schlank, was verriet, dass er regelmäßig Sport trieb.

Bryony ließ den Blick abwärts wandern und seufzte anerkennend, als sie seine Erregung bemerkte. Um besser sehen zu können, stützte sie sich auf den Ellenbogen ab.

Aber schon kam Rafael wieder aufs Bett und setzte sich rittlings über sie. Sanft drängte er sie auf die Matratze, bevor er ihr die BH-Träger von den Schultern streifte und ihre Brüste aus der Spitze befreite. Geschickt öffnete er den Verschluss und warf den BH auf den Boden.

Eine Weile lang starrte er Bryony einfach nur an, ließ den Blick über ihren Körper gleiten, bevor er ihr in die Augen schaute.

„Ich brenne das Bild von dir in mein Gedächtnis ein", meinte er rau. „Ich möchte dich nie wieder vergessen. Ich kann mir gar nicht vorstellen, dass ich es jemals getan habe. Welcher Mann könnte solch eine Erinnerung loslassen?"

Ihr Herz pochte immer lauter. Es war schwierig, Luft zu bekommen, wenn Rafael ihr so nahe war. Nicht nur seine Berührungen, sondern auch seine Worte sandten einen köstlichen Schauer nach dem nächsten über ihren Rücken.

„Küss mich", bat sie leise.

„Gleich", meinte er lächelnd und ließ neckend die Finger an ihren Seiten hinabtanzen, um ihr den Slip auszuziehen.

Anschließend legte er sich auf die Seite, schlang die Arme um Bryony und zog sie an sich, sodass sich nackte Haut an nackter Haut rieb. Es war ein Schock. Köstlich und aufregend. Seine Erektion schmiegte sich gegen ihren Bauch, und ihre Brüste wurden gegen die rauen Härchen auf seinem Oberkörper gepresst.

Während Rafael sie küsste, ließ er die Hand besitzergreifend über ihren Rücken bis hinunter zu ihrem Po wandern. Langsam tastete er sich dann zu ihrem Bauch vor, bevor er immer tiefer glitt und die feuchte Wärme zwischen ihren Beinen fand.

Bryony stöhnte und drängte sich seinen Fingern entgegen, als er ihren empfindlichsten Punkt berührte. Sie spürte seine

Erregung zwischen ihren leicht gespreizten Schenkeln, hart, brennend, drängend.

Sie wollte Rafael endlich in sich spüren, wollte, dass er ein Teil von ihr wurde, nachdem sie so lange ohne ihn hatte auskommen müssen. Sie wand sich ruhelos, klammerte sich an ihn und spreizte die Beine noch weiter, um ihn dazu zu ermuntern, sie zu nehmen.

Er lächelte. „So ungeduldig. Ich bin noch lange nicht fertig, mein kleiner Liebling. Ich möchte dich verrückt vor Verlangen machen, bevor ich dich wieder erobere. So verrückt, dass du meinen Namen herausschreist, wenn ich in dich hineingleite."

„Ich will dich", wisperte sie. „Bitte, Rafe, ich habe dich so schrecklich vermisst."

Er löste sich ein wenig von ihr und schaute sie so ernst an, dass er etwas tief in ihrem Inneren berührte. „Ich glaube, dass ich dich auf gewisse Art auch vermisst habe, Bryony. Ein Teil von mir hat dich auf jeden Fall vermisst. Ich glaube nicht, dass ich so schnell so glücklich mit dir sein könnte, wenn wir uns nicht schon vorher so nahe gewesen wären. Es fühlt sich richtig an, dass du neben mir liegst. Es kommt mir vor, als hätte ich die Tür zum Leben eines anderen geöffnet, denn es fühlt sich überhaupt nicht wie mein Leben an. Und doch wünsche ich es mir so sehnlich, dass ich es schmecken und fühlen kann."

Sie streckte die Arme nach ihm aus, um ihn zu küssen, denn die Worte hatten sie tief berührt. „Ich will nicht mehr warten. Ich brauche dich jetzt, Rafe. Bitte", flehte sie.

Als er sich über sie beugte und seinen Körper an ihren presste, wurde sie von seiner Wärme umfangen. Bryony kostete es aus, unter ihm zu liegen und seinen Duft einzuatmen.

„Bist du wirklich bereit für mich?", fragte Rafael und glitt im selben Moment mit einem Finger in sie hinein, während er gleichzeitig mit dem Daumen über ihren empfindsamsten Punkt strich. Bryony schloss die Augen und umklammerte seine Arme.

„Bitte", flüsterte sie erneut.

Er schob sich über sie und drang vorsichtig in sie ein.

„Mach die Augen auf. Schau mich an, Bryony. Lass mich dich sehen."

Sie hob die Lider und begegnete seinem Blick, so dunkel, so sinnlich.

Er drang ein Stückchen weiter vor, nur ein wenig, und setzte damit ihr Innerstes in Flammen. Es war eine köstliche Folter, doch Rafael schien entschlossen zu sein, ihre vollständige Vereinigung so lange wie möglich hinauszuzögern.

Bryony ließ die Hände an seinen Seiten entlangwandern und streichelte ihn, während sie sich ihm auffordernd entgegenbog.

Rafael beugte sich vor, und dann küsste er sie, während er mit einer geschmeidigen Bewegung tief in sie eindrang.

Tränen brannten in ihren Augen. Ihre Kehle war wie zugeschnürt. Aber sie hätte ohnehin keine Worte gefunden, um die Empfindungen zu beschreiben, die sie erfüllten, weil sie den Mann wiedergefunden hatte, den sie schon verloren geglaubt hatte.

Er zog sich zurück, nur um ein weiteres Mal tief vorzudringen. Ihre Zungen fanden sich zu einem erotischen Tanz, streichelnd, neckend.

Rafaels Bewegungen waren wie die Meereswellen, die ans Ufer rollten und sich wieder zurückzogen. Sanft und doch voller Intensität. Er war geduldig, viel geduldiger, als er sonst je gewesen war.

„Sag mir, wenn ich dir wehtue", flüsterte er direkt an ihrem Mund. „Oder wenn ich dir zu schwer werde."

Anstelle einer Antwort schlang sie beide Arme um ihn und zog ihn fest an sich. Aufreizend langsam ließ sie eine Hand zu seinem festen Po gleiten, während er sich auf ihr bewegte.

„Sag mir, was du brauchst", bat er heiser. „Sag mir, wie ich dir Freude bereiten kann, Bryony."

„Du machst es genau richtig", sagte sie verträumt. „Ich fühle mich, als würde ich schweben."

Er senkte den Kopf, um einen Kuss auf ihren Hals zu pressen, bevor er zärtlich an ihrer Schulter knabberte und schließlich so heftig daran sog, dass er bestimmt einen Knutschfleck hinterließ.

So etwas hatte sie zuletzt als Teenager gehabt, aber merkwürdigerweise fand sie es aufregend, dass sie ein kleines Andenken an seine Leidenschaft haben würde.

Rafael stöhnte. „Es tut mir leid, Bryony. Ich kann nicht länger … verdammt." Stöhnend beschleunigte er das Tempo.

Kaum hatten seine Bewegungen an Intensität zugenommen, als der Höhepunkt, der sich mit einem kleinen Flackern in ihr angekündigt hatte, sich zu einem lodernden Feuer entwickelte. Es breitete sich in ihrem ganzen Körper aus und ließ sie aufkeuchen.

Weil sie nicht wusste, wie sie mit dieser unglaublichen Spannung umgehen sollte, krallte Bryony die Finger in Rafaels Rücken. Sie bog sich ihm entgegen, um ihn noch tiefer in sich aufnehmen zu können. Das genügte, um Rafael auf den Gipfel zu katapultieren. Ein letztes Mal drang er tief in sie ein und stieß einen unterdrückten Schrei aus, während Bryony noch auf dem Weg zur Erfüllung war.

Einen Moment später drehte Rafael sich zur Seite und schob eine Hand zwischen ihre Beine. Er streichelte und liebkoste ihren empfindlichsten Punkt, während er gleichzeitig den Kopf zu einer Brustspitze senkte, sie mit der Zunge umkreiste, bevor er den Mund darum schloss und daran sog.

Bryony stöhnte auf, als er mit einem Finger in sie eindrang und sie dem Gipfel näher und näher brachte. Sie nahm ihre Umgebung nur noch verschwommen wahr, und dann endlich kam die Erlösung.

„Rafael!"

Sie hob ihm die Hüfte entgegen, während sie auf einer Welle der Lust dahinraste.

Es war ein unbeschreiblicher Orgasmus. Köstlich. Intensiv. Es war eine der unglaublichsten Erfahrungen, die sie je in ihrem Leben gemacht hatte. Hilflos klammerte sie sich an Rafael und rief wieder und wieder seinen Namen, während er sie zu Höhen trieb, die unvergleichlich waren.

Als sie erschöpft auf die Matratze zurücksank, streichelte Rafael sie sanft und beruhigend, denn sie zitterte, als hätte sie einen Schock erlitten.

Bryony hatte Mühe, ihre Gedanken wieder zu sammeln. Sie wusste nur, dass es so noch nie zwischen ihnen gewesen war. Sie war ... völlig erschüttert. Anders konnte man es nicht ausdrücken.

Rafael zog sie an sich, während sie beide noch immer nach Atem rangen. Seine Hände und Lippen schienen überall zu sein. Er küsste ihr Haar, ihre Schläfen, die Wangen und sogar die Augenlider.

Das Einzige, was ihre Benommenheit durchdrang, war die Erkenntnis, dass nicht nur sie völlig überwältigt zu sein schien.

Sie erwiderte seine Umarmung, schmiegte den Kopf in seine Halsbeuge und fiel – durch und durch befriedigt – in einen leichten Schlaf.

15. KAPITEL

Bryony erwachte von warmen Küssen auf ihrer Schulter und von Händen, die besitzergreifend ihren Körper streichelten.

„Mmm", murmelte sie und streckte sich genüsslich.

„Oh, gut, du bist wach. Ich hätte es nicht übers Herz gebracht, eine schlafende Frau zu verführen."

Sie lachte. „Von wegen."

„Ich habe einiges wiedergutzumachen", murmelte Rafael und legte eine Spur heißer Küsse von ihrem Schlüsselbein bis zum Ansatz ihrer Brüste.

„Ach ja?"

Neckend schnellte er mit der Zunge über eine aufgerichtete Spitze, bevor er die Lippen darum schloss. Anschließend hob er den Kopf und sah Bryony reumütig an.

„So wie es aussieht, kann ich mich nicht beherrschen, wenn es um dich geht. Es sollte ein wirklich besonderes Erlebnis für dich werden und ganz lange dauern. Leider habe ich mich nicht so richtig um deine Bedürfnisse gekümmert. Liegt vermutlich daran, dass ich doch ein egoistischer Mistkerl bin."

Sie verdrehte die Augen und berührte zärtlich seine Wange. „Wenn ich noch befriedigter gewesen wäre, dann wäre ich vermutlich explodiert. Ich mag es, dass ich dich dazu gebracht habe, ein wenig die Fassung zu verlieren."

Er hob eine Augenbraue. „Ein wenig? Ich glaube nicht, dass man damit die unglaubliche Erfahrung beschreiben kann, die ich hatte. Ich kann mich nicht erinnern, jemals etwas Derartiges mit einer anderen Frau erlebt zu haben. War es immer so zwischen uns?"

„Nein", erwiderte sie leise. „So war es noch nie."

„Ein Glück. Ich fühlte mich schon bedroht von dem Ich, an das ich mich nicht erinnern kann."

Sie lachte, und Rafael stimmte ein. Es tat gut, endlich einmal über das Ereignis, das ihrer beider Leben verändert hatte, zu lachen.

„Ich bin hungrig."

Noch einmal senkte er den Kopf zu ihrer Brust. „Ich auch."

Lachend gab sie ihm einen Klaps auf die Schulter. „Ich brauche was zu essen! Es ist schon … Wie spät ist es überhaupt?"

Er zuckte mit den Schultern. „Mitten in der Nacht. Wir haben ziemlich lange geschlafen. Du hast mich fertig gemacht."

„Lass uns im Bett essen und dann …"

„Und dann?", fragte er erwartungsvoll.

Sie lächelte sinnlich. „Dann hole ich mir meinen Nachtisch."

„In diesem Fall …", er warf die Bettdecke zur Seite und sprang auf, „… bleibst du hier, während ich uns etwas zu essen hole. Bin gleich wieder da."

Bryony zog die Bettdecke bis zum Kinn hoch und kuschelte sich in die Kissen, während sie lächelnd zusah, wie Rafael nackt aus dem Zimmer verschwand. Er war so verdammt sexy.

Kurz darauf kam er mit gegrillten Käsesandwiches wieder, die sie hungrig verschlangen. Nachdem er das Tablett weggestellt hatte, beugte Bryony sich vor und küsste ihn. Es war kein zaghafter, braver Kuss, sondern die Art von Kuss, die verriet, dass sie unartige Dinge mit ihm vorhatte.

„Wow", stöhnte Rafael.

„Oh ja", schnurrte sie, bevor sie ihm einen kleinen Schubs gab.

Rafael fiel nach hinten auf die Matratze, und in seinen Zügen erkannte sie das Begehren, als sie sich rittlings auf ihn setzte.

Ohne den Blick von seinem zu lösen, streckte sie die Hand aus und umschloss seine Erektion. Lächelnd meinte sie: „Ich glaube, es ist Zeit für den Nachtisch."

„Oh, verdammt …"

Sie senkte den Kopf und fuhr mit der Zunge über die Spitze. Keuchend stieß Rafael den Atem aus, während er die Finger in ihre Haare schob und die Hüfte lustvoll anhob.

„Bryony", stöhnte er.

Sie eroberte ihn, kostete und genoss jeden Millimeter von ihm. Sie wollte ihm genauso viel Vergnügen bereiten wie er ihr. Sie wollte ihm ihr Herz schenken und ihre Liebe zeigen.

Die Laute, die er von sich gab, bewiesen, dass er genoss, was sie tat. Schließlich begann er, rhythmisch die Hüfte zu heben, um noch tiefer in ihren Mund vordringen zu können. Als er es anscheinend nicht mehr aushalten konnte, zog er Bryony hoch.

„Nimm mich", flüsterte er rau. „Ich habe dich erobert. Jetzt musst du mich erobern."

Oh, wie verführerisch seine Worte klangen! Ein erwartungsvolles Kribbeln durchströmte ihren Körper. Sie hatte das Gefühl, in Flammen zu stehen. Sie richtete sich auf und verschränkte ihre Finger mit Rafaels. Es war eine symbolische Geste ihrer Verbundenheit.

Langsam ließ sie sich auf ihn gleiten. Bisher hatte sie nie den Mut gehabt, bei ihrem Liebesspiel die Initiative zu ergreifen. Rafael war immer derjenige gewesen, der die Dinge vorangetrieben hatte, der dafür gesorgt hatte, dass sie vor ihm den Gipfel erreichte. Doch ihr gefiel dieser Mann, der sie so sehr begehrte, dass er noch vor ihr den Höhepunkt erreicht hatte, der so erregt gewesen war, dass er sich nicht mehr unter Kontrolle gehabt hatte. Dieser Mann schien ihr viel … realer zu sein.

Jetzt genoss sie es, ihn zu necken, ihm Freude zu bereiten, die Kontrolle zu übernehmen und ihn vor Verlangen verrückt zu machen.

Es war ein berauschendes Gefühl, das sich noch verstärkte, als sie ihn jetzt durch halb geschlossene Lider betrachtete.

Nachdem er noch einmal ihre Hände gedrückt hatte, löste Rafael sich von ihr und begann stattdessen, ihre Hüften zu streicheln, ehe er die Hände nach oben gleiten ließ und ihre Brüste umschloss. Bryony schwelgte in seinen Zärtlichkeiten, genoss es, seine Hände auf ihren Brüsten zu spüren. Keuchend bewegte sie sich immer schneller.

Rafaels Augen funkelten, als er bedächtig die Hand senkte und mit dem Daumen ihren intimsten Punkt zu streicheln begann.

Bryony bäumte sich auf. All ihre Muskeln standen unter Spannung, was ihnen beiden ungeheures Vergnügen bereitete. Auch Rafael rang nach Atem. Seine Bewegungen wurden intensiver, und als er gleichzeitig ihre Brustspitze weiter neckte, wand Bryony sich lustvoll auf ihm.

„Komm für mich, Bryony", raunte er. „Ich möchte deine Hitze spüren, wenn du Erlösung findest."

Sie ließ den Kopf zurückfallen. Eine köstliche Spannung bemächtigte sich ihres Körpers, sammelte sich in ihrem Schoß und explodierte dann in alle Richtungen.

Die Kraft ihres Orgasmus war überwältigend. Sie sank nach vorne, doch Rafael war da, um sie aufzufangen. Ekstatisch wand sie sich auf ihm, während er sie festhielt und mit den Händen über ihren Körper strich.

Bryony hörte ein Aufkeuchen, einen Freudenschrei und wusste, dass sie selbst ihn ausgestoßen hatte, obwohl es so klang, als käme er aus weiter Ferne.

Als alle Kraft aus ihr wich, hielt Rafael sie einfach fest, umklammerte ihre Hüften, während er sich wieder und wieder unter ihr aufbäumte, bis auch er schließlich zur Ruhe kam.

„Das war unglaublich", meinte Rafael nach einer Weile. Träge streichelte er Bryonys Rücken, bevor er ihre Stirn küsste und die Finger durch ihre Haare gleiten ließ.

„Mm-hm", stimmte sie zu.

„Was ist hier passiert, Bryony? Das war doch nicht nur Sex. Ich habe schon häufig Sex gehabt. Das hier war etwas völlig anderes."

„Stimmt", meinte sie leise. „Das war nicht nur Sex."

„Was war es dann?"

Sie hob den Kopf und schaute ihm in die Augen. „Wir haben uns geliebt, Rafael. Ich liebe dich. Du liebst mich. Ich würde gern glauben, dass sich daran nichts geändert hat. Es gibt Dinge, die weiß das Herz, auch wenn der Verstand sie nicht akzeptieren oder sie ausblenden will."

„Es macht mir schreckliche Angst, dass man etwas so Großes einfach vergessen kann. Ich habe noch nie jemanden geliebt."

„Nie?"

Er schüttelte den Kopf. „Ich bin sicher, ich habe anfangs meine Eltern geliebt. Es ist nicht so, dass ich sie jetzt hasse, aber ich denke einfach nicht an sie, genauso wenig wie sie an mich denken. Ich war für sie eher eine Unannehmlichkeit. Das mag kalt klingen, aber so ist es nun einmal. Das heißt, ich habe noch nie jemanden tief und innig geliebt, und gerade als ich es angeblich tue, vergesse ich es gleich wieder? Nur das und sonst nichts?"

„Vielleicht war es ein so traumatisches Erlebnis, dass du dich verliebt hast, dass du es ausgeblendet hast", neckte sie ihn.

„Ich fasse es nicht, dass du darüber Witze machst", brummte er.

„Na ja, entweder ich lache darüber, oder ich muss weinen, und davon bekomme ich Kopfschmerzen. Außerdem wirst du dich schon noch erinnern. Ich glaube, du bist schon dabei. Viele Sachen machst du ganz instinktiv. Du behandelst mich nicht wie eine Fremde, obwohl ich es ja eigentlich für dich bin. Wenn du wirklich glauben würdest, dass du mich nicht kennst, würdest du dann hier in meinem Bett mit mir liegen und mir deine Geheimnisse anvertrauen?"

„Wahrscheinlich nicht."

Sie beugte sich vor, um ihm einen Kuss zu geben, und schmiegte dann den Kopf wieder in seine Halsbeuge. „Einen Tag nach dem anderen, Rafe. Lass uns hoffen, dass uns jeder Tag näher zum Ziel bringt, nämlich dass du dich an uns erinnerst."

Er schloss sie noch fester in die Arme. „Ich bin nicht sicher, ob ich deine Geduld und deine Liebe verdiene, aber ich bin dir verdammt dankbar."

*R*afael wurde vom Klingeln seines Blackberrys geweckt. Am Klingelton konnte er erkennen, wer ihn anrief, daher ignorierte er den Anruf. Devon hatte mit Cam gesprochen, und der meldete sich jetzt, um zu fluchen und Rafael zu beschimpfen.

Cam war ziemlich berechenbar.

Das Telefon verstummte kurz, nur um sofort wieder zu klingeln. Leise fluchend beugte Rafael sich, so weit es ging, aus dem Bett, ohne Bryony aus den Armen zu lassen. Es gelang ihm, seine Hose heranzuziehen und das Telefon herauszuangeln. Als Erstes drückte er auf die Ignorieren-Taste, und anschließend schaltete er das Gerät aus.

Ein paar Tage lang konnte seine Firma ohne ihn funktionieren. Schließlich zahlte er fähigen Leuten viel Geld, damit alles reibungslos lief.

Vielleicht hatte Bryony recht. Er brauchte nicht mehr der Mensch zu sein, der er immer gewesen war. Außerdem hatte sie recht damit, dass er für seinen Sohn oder seine Tochter durchaus bereit war, Opfer zu bringen. Er wollte kein Vater sein, der immer abwesend war. Er wollte nicht wie sein eigener Vater werden, der seine einzige Verpflichtung der Familie gegenüber darin gesehen hatte, diese finanziell zu versorgen.

Als Eltern hatte man weitaus mehr als nur materielle Verpflichtungen. Rafael wollte die Theaterstücke in der Schule sehen, wollte beim Fußball mitfiebern. Er wollte ein Geschenk unter das Kopfkissen seines Kindes legen, wenn es einen Zahn verloren hatte, und so tun, als wäre es die Zahnfee gewesen.

Er schaute Bryony an, deren Kopf auf seiner Schulter lag. Die Morgensonne schien auf ihre Haut, die dadurch fast durchsichtig schimmerte. Sie sah so friedlich aus. Zufrieden und … geliebt.

Der Gedanke war wie ein Schlag in die Magengrube.

Es konnte einfach nicht sein, dass er sich innerhalb weniger Tage in diese Frau verliebt hatte.

Aber waren es wirklich erst wenige Tage? Oder reagierte er auf die Wochen, die sie schon zusammen verbracht hatten? Konnte es sein, dass er sich im Unterbewusstsein an sie erinnerte, in ihr die Frau erkannte, die er für sich auserkoren hatte? Die Frau, in die er sich verliebt hatte?

Bisher hatte er immer geglaubt, die Liebe würde wie ein Blitz einschlagen. Dieses merkwürdige Gefühl der Zufriedenheit passte nicht zu dem, was er sich immer unter Liebe vorgestellt hatte. Vor allem hatte er nicht damit gerechnet, dass es so … einfach sein würde.

Einfach. Von wegen. Liebe war etwas Kompliziertes, oder nicht? Niemandem gelang es, das innerhalb weniger Tage auf die Reihe zu bringen. Das kam alles nur von dem fantastischen Sex.

Nein. Mit einem hatte Bryony definitiv recht gehabt. Es war nicht einfach nur Sex gewesen. Wenn man es so bezeichnete, wurde man dem Ganzen nicht gerecht. Dann reduzierte man es auf einen Flirt, auf eine rein sexuelle Beziehung, so wie er sie in der Vergangenheit gehabt hatte. Aber keine seiner bisherigen Erlebnisse reichte an das heran, was er für Bryony empfand.

In der vergangenen Nacht hatte er etwas erlebt, worauf er sein ganzes Leben lang gewartet hatte. Es war ein Gefühl des Nachhausekommens, und es war überwältigend gewesen. Zudem waren es emotionale Momente gewesen, für die er sich früher vermutlich geschämt hätte.

Jetzt dagegen fühlte es sich völlig natürlich an, sich Bryony gegenüber zu öffnen. So wie auch sie offen und ehrlich zu ihm war. Es war ein neues Gefühl für ihn.

Ja, Bryony richtete seltsame Dinge in ihm an. Brachte ihn dazu, ungewöhnliche – andere – Dinge zu tun. Dinge, die ihn eigentlich die Flucht ergreifen lassen sollten.

Er seufzte. Dies hier war eine Frau, die ein Mann für immer festhalten sollte. Vielleicht hatte er das geahnt, als er sie kennengelernt hatte. Vielleicht stimmte es, dass ein Mann es einfach wusste, wenn er die Frau getroffen hatte, die sein Leben verändern würde.

Bryony war eine Frau zum Heiraten. Nicht eine von denen, mit der man ins Bett hüpfte, um sie sofort wieder zu verlassen.

Sie gehörte zu ihm. Und er würde einen Teufel tun, sie gehen zu lassen, obwohl er sich nicht wirklich an sie erinnerte. Es gab genügend Puzzleteile, die ihm die Gewissheit gaben, dass sie an seine Seite gehörte. Sie mussten noch viel aufarbeiten – aber welches Paar musste das nicht? Aufgrund ihrer Schwangerschaft hatten sie einige Schritte übersprungen, aber sie würden einen Weg finden, das alles zu bewältigen.

Je länger Rafael darüber nachdachte, desto überzeugter wurde er, dass alles zusammenpasste. Bryony war die Richtige. Sie würden eine Familie gründen, und er konnte alles haben.

Das Resort.

Er verzog das Gesicht. Das Bauvorhaben hing wie eine dunkle Wolke über ihm und war das Einzige, was zwischen ihm und Bryony stand. Sie hatte geschworen, dass er ihr versprochen hatte, das Land nicht großflächig zu bebauen, was absolut keinen Sinn ergab. Warum hätte er es dann überhaupt kaufen sollen? Für einen Privatstrand hatte er definitiv keine Verwendung.

Und bei diesem Deal stand so viel auf dem Spiel.

Es musste einen Weg geben, sie und die anderen Inselbewohner davon zu überzeugen, dass ein Hotel den Lebensstil auf der Insel nicht verändern würde.

Entweder das, oder er musste zurück zu seinen Partnern – seinen Freunden – fahren und ihnen und all den Investoren das Aus verkünden. Das würde ihn verdammt viel Geld kosten. Schlimmer noch, er würde seine Glaubwürdigkeit und seinen guten Ruf in der Branche verlieren.

Und das alles wegen eines Versprechens, an das er sich nicht mehr erinnern konnte.

Bryony bewegte sich in seinen Armen, und er zog sie besitzergreifend an sich, um sie küssen zu können.

Sie seufzte, während sie langsam die Augen aufschlug. Lächelnd meinte sie: „Das ist aber eine nette Art aufzuwachen."

„Ich kann mir auch keine bessere vorstellen."

„Gibt es irgendetwas, was du heute gern tun würdest?"

„Ja, ich dachte, du könntest vielleicht mit mir eine kleine Sightseeingtour über die Insel machen. Mir zeigen, was das Besondere ist, dass alle so gern hier leben. Ich kann mich nicht daran erinnern, wann ich das letzte Mal einfach nur zum Spaß an den Strand gegangen bin."

Sie lehnte den Kopf zurück und runzelte die Stirn. „Du arbeitest viel zu viel. Vielleicht erweist sich dein Unfall im Nachhinein noch als Segen. Er hat dich gezwungen, alles ein wenig langsamer angehen zu lassen und Dinge zu hinterfragen. Das ist doch gut."

„So würde ich es nicht sehen. Fast zu sterben, ist nicht gerade der Weckruf, auf den man besonders scharf ist", kommentierte er trocken.

Bryony berührte seine Wange. „Aber würdest du so denken, wie du jetzt denkst, wenn es nicht passiert wäre?"

Er seufzte. „Wahrscheinlich nicht. Vielleicht bist du der Grund dafür, dass ich alles Mögliche überdenke. Hast du dir das schon mal überlegt?"

Sie lächelte und gab ihm einen Kuss. „Ich akzeptiere das als Erklärung. Ich mag mir nämlich nicht vorstellen, dass du fast gestorben wärst."

„Geht mir ähnlich."

„Weißt du was? Du gehst unter die Dusche, während ich uns Frühstück mache. Anschließend verschwinde ich im Bad, und dann machen wir uns auf den Weg. Das Wetter soll noch die ganze Woche über so schön bleiben. Wir können uns ein Picknick einpacken und an den Strand gehen."

„Ich habe eine bessere Idee. Wir gehen zusammen unter die

Dusche, und dann helfe ich dir beim Frühstückmachen. Ich kann fantastisch Schinken braten."

Sie lachte, und Rafael stockte der Atem, als er die Liebe in ihren Augen funkeln sah. Noch nie hatte ein Mensch ihn so angesehen.

Im nächsten Moment wurde sie wieder ernst. „Ich liebe dich, Rafe. Nachdem ich dir jetzt gesagt habe, wie viel du mir bedeutest, kann ich gar nicht aufhören, es zu wiederholen."

Er nahm ihre Hand und küsste sie. „Ich mag es, wenn du es sagst", meinte er heiser. „Es bedeutet … es bedeutet mir unendlich viel."

Sie entzog sich ihm, doch wieder leuchteten ihre Augen auf. Man brauchte Bryony nur in die Augen zu schauen, um zu wissen, was sie fühlte.

Sie stand auf und streckte ihm die Hand entgegen. „Was ist jetzt mit der Dusche?"

Einen Moment lang starrte er ihr Profil an und prägte sich dieses Bild ein. Sie sah unglaublich schön aus mit ihrem gerundeten Bauch, den üppigen Brüsten und den wilden Locken, die ihr bis auf den Rücken fielen.

Das waren sie. Seine Frau. Sein Kind.

„Weißt du eigentlich, wie schön du bist?"

Sie errötete, strahlte aber so sehr, dass sie der Sonne Konkurrenz machen konnte, die ins Zimmer schien. „Jetzt weiß ich es."

Lachend stemmte Rafael sich hoch. „Komm, lass uns duschen gehen."

*S*ie haben etwas Gutes getan, Mr de Luca", erklärte Silas Taylor, während sie auf Lauras Terrasse standen.

Bryonys Großmutter hatte alle zu Tee und Limonade und ihren berühmten Erdnussbutterkeksen eingeladen. Und mit alle meinte sie jeden, der zufällig vorbeikam.

Solche Dinge verwirrten Rafael, der an strenge Gästelisten gewöhnt war, die am Eingang kontrolliert wurden. Mamaw schien das Durcheinander überhaupt nicht zu stören. Im Gegenteil, je mehr Menschen bei ihr vorbeischauten und sich einfach nur nett miteinander unterhielten, desto begeisterter schien sie.

„Meine Investoren sehen das sicherlich nicht so", erwiderte Rafael und widmete seine Aufmerksamkeit wieder dem Sheriff.

Silas zuckte mit den Schultern. „Die finden schon was anderes, in das sie investieren können. Es gibt immer welche, die nach Orten suchen, wo sie ihr Geld lassen können, und solche, die bereit sind, es zu nehmen. Scheint mir keine große Sache zu sein."

Rafael hätte am liebsten gelacht. Oder fassungslos den Kopf geschüttelt. Monatelang hatten Ryan, Devon und Cam und er geplant, Berechnungen angestellt, Bauzeichnungen angefertigt, Investoren umgarnt, nur um all das jetzt auf ein paar achtlos dahingesagte Worte reduziert zu bekommen?

„Das mag so sein, aber ich verliere an Vertrauen und Respekt", sagte er also. „Wenn ich das nächste Mal Unterstützung brauche, wird man sie mir nicht mehr so bereitwillig geben."

„Und was gewinnen Sie dabei?", fragte Silas und schaute in Bryonys Richtung. „Mir scheint, Sie gewinnen weit mehr, als Sie verlieren", verkündete er und gab Rafael einen Schlag auf die Schulter. „Darüber sollten Sie mal nachdenken, mein Junge."

Das tat Rafael, als Silas davonschlenderte. Die Zeit lief ihm davon. Sein Blackberry war voller Nachrichten und versäumter Anrufe. Die Woche Gnadenfrist war fast abgelaufen, und

Devon würde bald zusammen mit Ryan und Cam herkommen, um Rafael die Hölle heiß zu machen.

Während der vergangenen Tage hatte Rafael ganz bewusst alles und jeden außer Bryony ignoriert. Sie hatten ihre Zeit damit verbracht, an den Strand zu gehen, zusammen zu kochen, zusammen zu lachen, über alles und nichts zu reden.

Sie hatten sich geliebt, hatten gegessen und sich wieder geliebt. Hinter allem steckte eine Dringlichkeit, die er nicht erklären konnte, fast so, als wollte er möglichst viele Erlebnisse in diese wenigen Tage pressen.

Morgen würde er Entscheidungen treffen müssen. Länger konnte er das nicht hinauszögern. Noch immer wusste er nicht, was er machen sollte, aber er konnte – wollte – Bryony nicht wegen Geld und eines Resorts verlieren.

„Kann ich dir irgendetwas bringen, Rafael?"

Rafael drehte sich um und sah, dass Bryonys Großmutter ihn anlächelte. Er erwiderte das Lächeln und schüttelte den Kopf. „Nein, danke. Lass dich von mir nicht von deinen anderen Gästen fernhalten."

„Oh, denen geht es gut. Außerdem bist du auch Gast. Wie gefällt es dir bislang hier?"

Wieder schaute Rafael instinktiv zu Bryony. Dieses Mal hob sie den Kopf, als würde sie spüren, dass er sie beobachtete. Ihr Gesicht leuchtete auf, als sie ihn anlächelte.

„Es gefällt mir ausgesprochen gut. Mir tut es nur leid, dass ich mich nicht an das erste Mal erinnern kann."

Mamaw schaute ihn nachdenklich an und legte ihm dann eine Hand auf die Schulter. „Vielleicht ist es besser so."

Mit diesen rätselhaften Worten wandte sie sich ab und ging zu einer Gruppe anderer Gäste.

Rafael stopfte die Hände in die Hosentaschen und drehte sich um, um aufs Meer zu schauen. Bisher war er niemand gewesen, der Problemen aus dem Weg ging, doch er wusste, dass er genau das jetzt tat. Hier lebte er wie in einer Seifenblase. Aber je länger er das Unausweichliche hinauszögerte, desto schwieriger würde es werden.

„Rafael, ist alles in Ordnung?", fragte Bryony und schmiegte sich an seine Seite.

„Ja, ich denke nur nach."

„Worüber?"

„Was jetzt getan werden muss."

Statt ihn zu drängen, das näher zu erläutern, meinte sie: „Lass uns einen Spaziergang machen. Mamaw macht es bestimmt nichts aus, wenn wir uns verdrücken."

Hand in Hand gingen sie hinunter zum Strand, und schon bald waren die Häuser hinter ihnen nur noch kleine Punkte, während sie sich dem Grundstück näherten, das er Bryony abgekauft hatte.

„Mein Vater ist immer mit mir hierher gegangen", erzählte sie. „Er hat stets gesagt, dass es nichts Schöneres gebe, als ein Stück vom Himmel zu besitzen. Ich habe das Gefühl, ihn enttäuscht zu haben, weil ich es verkauft habe."

Rafael verzog das Gesicht und bekam ein noch schlechteres Gewissen. Dabei hätte es über kurz oder lang ohnehin nicht mehr ihr gehört. Hätte er es nicht gekauft, hätte jemand anderes es getan.

Aber du hast die Möglichkeit, es ihr zurückzugeben.

Der Gedanke schlich sich in seinen Kopf. Es stimmte. Ihm gehörte das Grundstück. Nicht seiner Firma. Nicht seinen Partnern. Die Investoren sollten das Resort und den Ausbau des Grundstücks finanzieren.

„Ich liebe dich", sagte sie und drückte seine Hand.

Verwirrt über ihren plötzlichen Gefühlsausbruch schaute er sie an.

Sie lächelte. „Du sahst gerade so aus, als könntest du das gebrauchen."

Er blieb stehen und zog sie in die Arme. „Das stimmt." Er holte tief Luft. „Ich liebe dich auch, Bryony."

Sie riss die Augen auf und hatte auf einmal Tränen in den Augen. Zitternd fragte sie: „Du erinnerst dich wieder?"

„Nein, aber es ist unerheblich. Ich weiß, dass ich dich jetzt liebe, und das ist doch letztlich das Einzige, was zählt, oder?"

Schweigend nickte sie.

„Die ganze Geschichte kommt mir gar nicht mehr so verrückt vor", gab er zu. „Ich konnte anfangs nicht glauben, dass ich mich innerhalb weniger Wochen in dich verliebt haben sollte, und doch stehe ich hier und habe mich schon nach ganz wenigen Tagen in dich verliebt."

„Bist du dir sicher?"

Er lächelte, doch sein Herz zog sich angesichts der Hoffnung und der Furcht in ihren Augen zusammen. Sie schien große Angst zu haben, dass er seine Meinung ändern oder sich nicht über seine Gefühle im Klaren sein könnte.

Sanft hob er ihr Kinn hoch und gab ihr einen Kuss. „Ich bin ein bisschen unbeholfen, vermutlich, weil ich noch nie einer Frau gesagt habe, dass ich sie liebe. Es gibt ganz bestimmt romantischere Arten für eine Liebeserklärung, aber ich konnte es einfach nicht länger für mich behalten."

„Oh, Rafe", flüsterte sie strahlend vor Freude. „Du machst mich so glücklich. Ich hatte solche Angst und war so unsicher."

„Es tut mir leid. Ich möchte nicht, dass du dir Sorgen machst. Ich liebe dich."

Sie schlang die Arme um seinen Hals. „Ich liebe dich auch."

Langsam löste er ihre Arme und sah sie ernst an. „Ich muss morgen wegfahren."

Bryony erstarrte und öffnete den Mund, ohne dass ein Wort herauskam. „W... warum?", stammelte sie schließlich.

„Ich muss zurück und die Sache mit meinen Partnern und Investoren klären. Ich wollte, dass du weißt, was ich empfinde, bevor ich abreise. Ich möchte nämlich nicht, dass du noch einmal daran zweifelst, dass ich zu dir zurückkomme."

Auf ihrer Miene zeichneten sich Besorgnis und Unsicherheit ab. Rafael erkannte, dass sie ihm nicht völlig vertraute, und konnte es ihr nicht einmal verdenken, nach allem, was beim letzten Mal geschehen war.

„Komm doch mit", schlug er vor, in der Hoffnung, ihr damit die Ängste zu nehmen. „Wir wären nicht lange weg. Höchstens ein paar Tage. Ich weiß, dass du die Insel nicht gern verlässt …"

„Ich verlasse *dich* nicht gern, Rafe. Du bist das Wichtigste in meinem Leben."

„Dann komm mit mir mit. Ich will dich nicht belügen, Bryony. Ich weiß nicht, ob ich die Sache in Ordnung bringen kann. Das Einzige, was ich dir versprechen kann, ist, dass ich es versuche."

„Ich glaube an dich. Du wirst es alles klären, da bin ich mir sicher."

Er lächelte und spürte, dass ein Teil seiner Sorgen schwand. Jetzt konnte er wieder befreit aufatmen. Die Vorstellung, seine Gefühle laut zu äußern, hatte ihm ein wenig Unbehagen bereitet, weil er sein Leben lang nur auf seinen Verstand gehört hatte. Doch vielleicht war es jetzt wirklich an der Zeit, endlich einmal seinem Herzen zu folgen.

*D*as Klingeln des Telefons weckte Bryony mitten in der Nacht. Sie löste sich aus Rafaels Armen und tastete nach dem Telefon auf dem Nachtschrank.

„Hallo?"

„Bryony, hier ist Silas. Du musst ins Krankenhaus kommen. Es geht um deine Großmutter."

Bryony setzte sich auf und versuchte, den Schlaf abzuschütteln. „Mamaw? Was ist passiert?"

„Sie hatte einen ihrer Anfälle. Der Blutzuckerspiegel ist abgesackt. Sie hat mich angerufen, und da ich kein Wort von dem verstehen konnte, was sie gesagt hat, bin ich schnell zu ihr hingefahren und habe sie ins Krankenhaus gebracht."

„Warum ist keiner rübergekommen und hat mir Bescheid gesagt?", wollte Bryony wissen.

„Ich wollte dich nicht unnötig beunruhigen. Ich glaube immer noch, dass es nichts Ernstes ist, aber die Krankenschwester besteht darauf, dass du vorbeikommst und ein paar Papiere unterschreibst, von wegen Krankenversicherung und so", brummte Silas.

„Natürlich, ich bin gleich da."

Bryony legte auf und sah, dass Rafael sich aufgesetzt hatte und sie besorgt ansah.

„Geht es Laura nicht gut?"

Bryony verzog das Gesicht. „Ich weiß nicht. Sie ist Diabetikerin und passt manchmal nicht gut genug auf sich auf. Mal vergisst sie ihr Insulin, und manchmal lässt sie Mahlzeiten ausfallen."

„Ich komme mit dir", erklärte er und stand auf.

Zwanzig Minuten später trafen sie Silas in der Eingangshalle der kleinen Klinik.

„Wie geht es ihr?", wollte Bryony besorgt wissen.

„Oh, du kennst doch deine Großmutter. Sie ist fuchsteufelswild, dass sie über Nacht bleiben soll. Sie wollte nicht einmal herkommen. Ich habe sie gezwungen, ein Glas Orangensaft zu trinken, als wir noch bei ihr zu Hause waren, und danach ging es ihr schon wieder besser, aber ich dachte, es wäre sicherer, wenn sie einmal durchgecheckt wird. Deshalb redet sie jetzt nicht mehr mit mir."

Bryony seufzte. „Wo ist sie?"

„Sie haben sie aus der Notaufnahme in ein Zimmer zur Beobachtung verlegt. Allerdings wollen sie sie erst entlassen, wenn sie sicher sind, dass jemand sich während der nächsten vierundzwanzig Stunden um sie kümmert."

„Bring uns zu ihr", bat Bryony.

Wie Silas gesagt hatte, war Mamaw ziemlich wütend und bereit, nach Hause zu gehen. Der Arzt war dabei, ihr zu erklären, wie wichtig es war, dass sie keine Mahlzeit ausließ, doch Mamaws Mund war zu einer dünnen Linie verzogen.

Ihre Miene hellte sich auf, als Bryony und Rafael ins Zimmer kamen, für Silas allerdings hatte sie nur böse Blicke übrig.

Bryony ging zum Bett und küsste ihre Großmutter auf die Wange. „Mamaw, du hast mir Angst gemacht."

Laura verdrehte die Augen. „Mir geht es gut. Das kann jeder Trottel sehen. Ich will nach Hause. Jetzt, da du hier bist, können sie mich ja gehen lassen. Sie meinen, ich bräuchte erst mal einen Babysitter."

„Kann sie mitkommen?", fragte Bryony den Arzt.

Der nickte. „Sie weiß, was sie falsch gemacht hat. Ich bezweifle, dass es etwas nützt, ihr zu sagen, sie soll es nicht noch einmal machen, aber ansonsten geht es ihr gut. Sie müssen allerdings während der nächsten vierundzwanzig Stunden ein Auge auf sie haben und ihren Blutzucker stündlich messen. Stellen Sie sicher, dass sie regelmäßig isst und ihr Insulin nimmt."

„Keine Sorge, darum kümmere ich mich", erklärte Bryony entschlossen. „Können wir sofort los?"

„Sobald wir die Entlassungspapiere ausgefüllt haben. Das

dauert noch ein paar Minuten, also machen Sie es sich solange gemütlich."

Mamaw scheuchte den Arzt mit einer ungeduldigen Handbewegung fort und starrte Silas, der immer noch an der Tür stand, grimmig an. Seufzend nickte Silas kurz in Bryonys Richtung und ging ebenfalls nach draußen.

Bryony schüttelte genervt den Kopf. „Wann hörst du endlich auf, ihn so garstig zu behandeln, Mamaw? Er ist verrückt nach dir, und du bist nicht weniger verrückt nach ihm."

„Vielleicht, wenn er aufhört, mich zu behandeln, als könnte ich nicht auf mich selbst aufpassen", grummelte sie.

Bryony hob ergeben die Hände. „Vielleicht würde er damit aufhören, wenn du beweist, dass du es wirklich kannst. Du weißt genau, dass du keine Mahlzeiten auslassen sollst, vor allem nicht, wenn du dein Insulin genommen hast."

Rafael trat heran und schenkte Laura ein Lächeln. „Du kannst es einem Mann doch nicht verübeln, wenn er sicherstellen will, dass es der Frau, die er liebt, gut geht. Wir wollen sie immer beschützen."

Mamaw sah ein wenig betroffen aus. „Na ja, ich vermute …" Sie räusperte sich und schaute Bryony an. „Ich dachte, ihr zwei wolltet morgen früh abreisen."

„Rafael wird ohne mich fahren müssen", erklärte Bryony munter. „Du stehst an erster Stelle, Mamaw. Ich lasse dich doch nicht allein, nachdem ich dem Arzt versprochen habe, dass ich auf dich aufpasse."

Rafael schlang einen Arm um Bryonys Schulter. „Natürlich solltest du bleiben. Ich hoffe, dass meine Angelegenheiten in New York nicht allzu lange dauern, damit ich meine beiden Lieblingsfrauen schnell wiedersehen kann."

„Du bist ein Schönredner, junger Mann", sagte Mamaw bissig. Doch dann lächelte sie. „Es gefällt mir trotzdem. Wenn Silas so nett reden könnte, hätte ich vermutlich schon längst Ja zu seinem Heiratsantrag gesagt."

Bryony klappte der Mund auf. „Mamaw! Du hast mir nie erzählt, dass Silas um dich angehalten hat. Warum hast du noch nicht Ja gesagt?"

Mamaw lächelte. „Kindchen, in meinem Alter stehen mir ein paar Privilegien zu. Eins ist zum Beispiel, dass ich meinen Mann noch ein bisschen schmoren lassen darf. Wenn ich zu schnell zustimme, nimmt er meine Zuneigung noch als selbstverständlich. Er soll schon wissen, dass er sich freuen kann, wenn er mich bekommt."

Rafael brach in lautes Lachen aus. „Eine weise Frau! Aber tu mir einen Gefallen – lass Silas nicht mehr lange schmoren. Dem armen Kerl geht es schon ganz schlecht."

„Na sicher", meinte Mamaw locker. „In meinem Alter kann man es sich nicht mehr leisten, zu lange zu warten."

Bryony drückte die Hand ihrer Großmutter. „Ich bleibe bei dir im Haus. Ich weiß ja, dass du es nicht magst, woanders zu sein."

Mamaw wirkte plötzlich wieder besorgt. „Ich möchte nicht in eure Pläne pfuschen. Ihr zwei habt doch schon genügend Probleme, ohne dass ich euch auch noch welche mache."

Rafael legte ihr einen Finger auf den Mund. „Kein Problem. Ehe ihr euch verseht, bin ich wieder zurück, und dann können Bryony und ich unsere Zukunft planen."

Bryonys Herz schlug ein wenig schneller. Es war das erste Mal, dass Rafael von ihrer gemeinsamen Zukunft sprach. Er hatte ihr gesagt, dass er sie liebte. Sie glaubte ihm. Aber was daraus werden sollte, dessen war sie sich nicht sicher gewesen. Es gab noch so viele Hürden, die sie überwinden mussten.

Die Tatsache, dass Rafael anscheinend eine lange gemeinsame Zukunft für sie im Auge hatte, erleichterte sie ungeheuerlich.

In diesem Moment kam die Schwester mit den Papieren herein, und kurz darauf waren sie alle auf dem Weg zum Cottage.

Nachdem Bryony ihrer Großmutter ins Bett geholfen hatte, kehrte sie ins Wohnzimmer zurück, wo Rafael auf sie wartete.

Sie schmiegte sich in seine Arme und genoss es, von ihm gehalten zu werden. „Es tut mir leid, dass ich jetzt doch nicht mit dir kommen kann. Ich denke, ich sollte bei Mamaw bleiben, auch wenn sie sagt, dass es ihr gut geht."

„Natürlich solltest du hier bleiben", stimmte er zu. „Ich rufe dich aus New York an und berichte dir, wie sich die Dinge entwickeln. Ich hoffe, dass ich in ein paar Tagen zurück bin. Der Anreiz, schnell wiederzukommen, ist groß."

Sie hob eine Braue. „Ach ja?"

Er lächelte. „Ja, es gibt hier eine schwangere Frau, die auf mich wartet. Ich finde, das ist ein wunderbarer Grund, um alles so schnell wie möglich zu erledigen und wiederzukommen."

„Ja. Aber dieses Mal bitte ohne Unfall. Ich möchte wirklich nicht wieder Monate auf dich warten müssen."

Er zwickte sie in die Nase. „Wie du dir vielleicht denken kannst, habe ich auch kein Bedürfnis, noch einmal abzustürzen. Ein Mal reicht. Ich weiß, wie froh ich sein kann, dass ich überhaupt noch lebe. Und ich habe vor, noch sehr lange zu leben."

Sie lehnte sich an ihn und schlang die Arme um seine Mitte. „Gut. Ich habe nämlich Pläne mit dir, die eine lange, lange Zeit in Anspruch nehmen."

„Was heißt lange?", wollte er wissen.

„Solange du mit mir mithalten kannst", murmelte sie.

„In dem Fall sprechen wir wohl wirklich von einer langen Zeit."

Sie küsste ihn und trat dann widerstrebend einen Schritt zurück. „Du solltest wohl lieber rübergehen, um zu duschen und zu packen. Es wird bald hell, und du musst dich beeilen, damit du die Fähre nicht verpasst. Der Berufsverkehr in Richtung Houston ist immer ziemlich heftig." Sie seufzte und fuhr fort: „Ich werde dich vermissen, Rafe. Wenn ich ehrlich bin, muss ich zugeben, dass deine Abreise mich in Panik versetzt, denn ich muss immer daran denken, was beim letzten Mal passiert ist, als ich mich von dir verabschiedet habe."

Er umschloss ihr Gesicht mit den Händen. „Ich komme wieder, Bryony. Ein Flugzeugunglück und der Verlust meines Gedächtnisses haben uns auch beim letzten Mal nicht auseinander bringen können."

„Ich liebe dich."

Er küsste sie. „Ich liebe dich auch. So, und jetzt sieh zu, dass du noch ein wenig Schlaf bekommst. Ich rufe dich an, sobald ich in New York bin."

19. KAPITEL

*D*as wird aber auch verdammt noch mal Zeit, dass du wieder hier auftauchst", meinte Cam grimmig, als er Rafael am Flughafen abholte. „Devon ist sauer, seit du weg bist. Dass du den Baubeginn aufgehalten hast, hat ihn nur noch wütender gemacht. Außerdem streitet er die ganze Zeit mit Copeland wegen dieser Heirat mit dessen Tochter. Ryan brütet ständig über den Berichten des Privatdetektivs. Ich schwöre, hier sind alle außer mir durchgedreht. Ganz offensichtlich endet immer alles in einem Desaster, wenn Frauen im Spiel sind", erklärte er missmutig.

„Cam?", meinte Rafael ruhig, als er die Beifahrertür öffnete. Cam, der gerade einsteigen wollte, hielt inne. „Was?"

„Halt die Klappe."

Cam setzte sich hinters Lenkrad und schimpfte leise über launische Freunde und schwor dann, dass er niemals wieder Geschäft und Freundschaft vermischen würde. Rafael verdrehte die Augen angesichts der Empörung seines Freundes, vor allem, weil er und seine drei Freunde schon immer zusammen Geschäfte gemacht hatten.

„Also, was zum Teufel ist los, Rafael? Erinnerst du dich immer noch an nichts?", fragte Cam, nachdem er den Wagen vom Parkplatz gelenkt hatte.

„Nein. Nichts."

„Und trotzdem glaubst du ihr? Hast du wenigstens diesen Vaterschaftstest schon in Angriff genommen?"

„Es ist völlig unerheblich, was vorher geschehen ist. Ich liebe sie jetzt", erwiderte Rafael gelassen.

Einen Moment lang herrschte absolute Stille im Wagen.

„Und was ist mit dem Resort?", fragte Cam schließlich.

„Es muss eine andere Lösung geben. Deshalb bin ich hier. Wir müssen einen anderen Standort für das Resort finden, Cam. Meine Zukunft hängt davon ab."

„Wie nett, dass du dir solche Sorgen um deine Zukunft machst", murmelte Cam erbost. „Und was ist mit unserer?"

„Das war ein unnötiger Tiefschlag", fuhr Rafael ihn an. „Wenn ihr mir egal wäret, du, Ryan und Devon, dann wäre ich jetzt nicht hier. Ich hätte diese verdammte Angelegenheit einfach abgeblasen und den Investoren gesagt, sie sollen sich zum Teufel scheren."

Cam schüttelte den Kopf. „Und da wunderst du dich, dass ich den Frauen abgeschworen habe."

„Hast du das Ufer gewechselt?", fragte Rafael grinsend.

Cam warf ihm einen grimmigen Blick zu. „Du weißt verdammt gut, was ich meine. Frauen sind gut für Sex. Wenn sie mehr wollen, kann ein Mann sich gleich kastrieren lassen."

Rafael lachte leise. „Weißt du was? Ich freue mich schon auf den Tag, an dem eine Frau dich am Haken hat und ich dich an diese Worte erinnern kann."

„Pass auf, ich versteh einfach nicht, was passiert ist. Vor vier Monaten warst du noch obenauf. Du hattest, was du wolltest. Und plötzlich ist es nicht mehr das, was du willst."

Er stoppte den Wagen vor Rafaels Haus, und Rafael drehte sich zu Cam herum. „Vielleicht hat sich das, was ich will, verändert. Und wie, zum Teufel, willst du wissen, ob ich das, was ich vor vier Monaten wollte, bekommen habe? Ich habe dich erst wiedergesehen, als ich im Krankenhaus aufgewacht bin."

Cam schüttelte den Kopf. „Du hast mich von Moon Island aus angerufen – am Tag vor deiner Abreise. Du hast echt triumphiert. Meintest, du hättest den Kauf abgeschlossen und würdest am nächsten Tag zurück nach New York kommen. Ich habe dich gefragt, ob du einen netten Urlaub hattest, schließlich warst du verdammt lange weg gewesen. Daraufhin meintest du, einige Dinge wären gewisse Opfer wert."

Rafael erstarrte. Plötzlich bekam er keine Luft mehr. Sein Brustkorb zog sich schmerzhaft zusammen, während sein Kopf zu pochen begann.

„Rafael? Alles okay, Kumpel?"

Bilder schossen durch seinen Kopf. Bruchstücke seiner verlorenen Erinnerungen suchten ihn heim. Ohne irgendwelchen Zusammenhang. Es brach wie eine Welle über ihn herein, bis ihm ganz schwindelig wurde.

„Rafe, sag was!", drängte Cam ihn.

Rafael schaffte es, die Wagentür zu öffnen und auszusteigen. Mit einer Handbewegung hielt er Cam auf. „Mir geht es gut. Lass mich. Ich ruf dich später an."

Er holte sein Gepäck aus dem Kofferraum und ging mechanisch zur Eingangstür. Der Portier riss die Glastüren für ihn auf und begrüßte ihn fröhlich, doch Rafael bemerkte ihn nicht, sondern wankte wie ein Zombie in den Fahrstuhl.

Erinnerungen an das erste Mal, als er Bryony gesehen hatte, tauchten vor seinem inneren Auge auf. Wie er sie das erste Mal geliebt – nein, wie er Sex mit ihr gehabt hatte. Der Tag, als sie beim Notar den Kaufvertrag für das Grundstück unterschrieben hatten und er ihr den Scheck überreicht hatte. Der Tag, als er sich von ihr verabschiedet hatte.

Es kam alles so schnell zurück, dass sein Verstand Schwierigkeiten hatte, das alles zu verarbeiten.

Ihm wurde schlecht.

Die Fahrstuhltüren glitten auf, und es dauerte eine geschlagene Minute, ehe Rafael es in seine Wohnung geschafft hatte. Er ließ das Gepäck fallen und stolperte zu einem der Sofas im Wohnzimmer. Er fühlte sich so schlecht, so niedergeschmettert, dass er am liebsten gestorben wäre.

Benommen ließ er sich aufs Sofa fallen und bedeckte das Gesicht mit den Händen.

Oh Gott, Bryony würde ihm das niemals verzeihen.

Er selbst würde sich das niemals verzeihen können.

„Mamaw, wäre es wirklich so schrecklich, wenn sie hier ein Resort bauen würden?", fragte Bryony leise, während sie mit Laura auf der Veranda saß.

Ihre Großmutter bedachte Bryony mit einem liebevollen Blick. „Du musst selbst entscheiden, was das Beste für dich ist, Liebes. Du bist nicht für das Glück der gesamten Insel verantwortlich. Wenn dieses Resort zwischen dir und Rafael steht, dann musst du entscheiden, was dir mehr bedeutet. Willst du alle anderen glücklich machen? Oder willst du selbst glücklich sein?"

Bryony runzelte die Stirn. „Ist es überzogen von mir, ihn auf das Versprechen, das er mir gegeben hat, festzunageln? Damals schien es so einfach zu sein, doch offenbar muss er auf seine Geschäftspartner – enge Freunde von ihm – und seine Investoren Rücksicht nehmen. So verdient er sich seinen Lebensunterhalt. Und ich bitte ihn, all das aufzugeben, weil wir Angst vor Veränderungen haben?"

Mamaw nickte. „Das ist etwas, was nur du beantworten kannst. Wir haben all die Jahre lang Glück gehabt. Man hat uns übersehen. Aber wir können nicht erwarten, dass es auf ewig so bleibt. Wenn Rafael dieses Resort nicht baut, wird es irgendwann jemand anderes tun. Wahrscheinlich wären wir mit Rafael besser bedient, denn zumindest hat er die Leute hier kennengelernt. Wenn ein Außenseiter herkommt, wird es ihn verdammt wenig interessieren, was die Leute denken."

„Ich möchte nicht, dass alle mich hassen", meinte Bryony niedergeschlagen.

„Nicht alle werden dich hassen", erwiderte Mamaw sanft. „Rafael liebt dich. Ich liebe dich. Viel mehr kannst du nicht erwarten."

Plötzlich kam Bryony sich unendlich dumm vor. Sie schloss die Augen und schlug sich einmal gegen die Stirn. „Weißt du was? Du hast recht, Mamaw. Es ist mein Land. Besser gesagt, es war meins. Nur ich sollte das Recht haben zu entscheiden, wem ich es verkaufe. Wenn die anderen Leute hier unbedingt alles so behalten wollten, wie es war, dann hätten sie sich ja zusammentun können, um es zu kaufen. Das haben sie nicht getan. Und jetzt wollen sie mir erzählen, was ich tun beziehungsweise nicht tun darf."

Mamaw lachte. „So ist es richtig. Werde wütend. Sag ihnen, sie sollen sich verpieseln."

„Mamaw!"

Ihre Großmutter lachte noch einmal, als sie Bryonys entsetzten Gesichtsausdruck sah. „Du machst dich schon viel zu lange verrückt, Schatz. Rafael macht dich glücklich, also rate ich dir, lass das Glück diesmal nicht wieder los."

Bryony beugte sich vor und umarmte ihre Großmutter. „Ich liebe dich so sehr."

„Ich dich auch, meine Kleine."

„Mein Problem ist, ich hasse Veränderungen."

Mamaw drückte ihre Hand. „Veränderungen sind für uns alle gut. Das hält uns jung und fit. Außerdem sorgen sie dafür, dass das Leben aufregend bleibt und nicht so langweilig und vorhersehbar ist."

„Ich sollte Rafael anrufen und ihm sagen, dass er mit den Bauarbeiten anfangen kann. Das wird ihm eine ungeheure Last von den Schultern nehmen."

„Warum steigst du nicht ins Flugzeug und reist zu ihm?", schlug Mamaw vor. „Manche Dinge regelt man besser von Angesicht zu Angesicht."

„Ich kann dich doch nicht allein lassen. Ich habe dem Arzt versprochen …"

„Oh, du meine Güte. Mir geht es gut. Ich rufe Silas an, dass er dich zum Flughafen fahren soll. Wenn du dich dann besser fühlst, sage ich Gladys Bescheid, damit sie mir Gesellschaft leistet, bis Silas zurück ist."

„Versprochen?"

„Versprochen", erwiderte Mamaw genervt. „Und jetzt setz dich an den Computer und finde heraus, wann der nächste Flug nach New York geht."

20. KAPITEL

B ryony stieg ins Taxi und nannte dem Fahrer die Adresse. Sie war nervös. Noch nervöser, als sie je zuvor gewesen war, denn Rafael hatte auf keinen ihrer Anrufe reagiert. Das alles wirkte wie ein schreckliches Déjà-vu, doch Bryony zwang sich, nicht in Panik zu geraten. Trotzdem war es schwer, das Gefühl von Hilflosigkeit und Panik abzuschütteln, und je häufiger sie erfolglos versuchte, Rafael telefonisch zu erreichen, desto ängstlicher wurde sie.

Als das Taxi vor Rafaels Haus hielt, zahlte sie und stieg aus. Vor Kälte zitternd, blickte sie zum Eingang. Natürlich hatte sie wieder einmal vergessen, einen Mantel mitzunehmen. Vor lauter Eile, zu Rafael zu gelangen, hatte sie nicht bedacht, dass es hier viel kälter war als in Texas.

Sie ging auf den Eingang zu, als ein Mann an ihr vorbeieilte. Der Mann kam ihr bekannt vor. War das nicht Ryan Beardsley, einer von Rafaels Freunden? Vielleicht konnte er ihr wenigstens helfen, ins Haus zu kommen, da Rafe ja nicht ans Telefon ging.

„Mr Beardsley", rief sie und lief hinter ihm her, ehe er im Haus verschwinden konnte.

Ryan blieb stehen und drehte sich um.

„Ich weiß nicht, ob Sie sich an mich erinnern", begann sie.

„Natürlich erinnere ich mich an Sie", erklärte er knapp. „Was machen Sie hier? Und warum zum Teufel haben Sie keinen Mantel an?"

„Es war noch schön warm in Texas", meinte sie reumütig. „Ich bin hier, um Rafael zu sehen. Es ist wichtig. Aber er geht nicht ans Telefon. Ich muss ihn unbedingt sprechen. Es geht um das Resort. Ich wollte ihm sagen, dass es okay ist, wenn er es baut. Ich will nicht, dass er Ärger mit Ihnen, mit den Investoren und seinen anderen Freunden bekommt."

Ryan sah sie an, als wäre sie verrückt geworden. „Sie sind extra hierher gekommen, um ihm das zu sagen?"

Sie nickte. „Wissen Sie, ob er zu Hause ist? Haben Sie mit ihm gesprochen? Ich weiß, er ist beschäftigt. Jetzt wahrscheinlich noch mehr als sonst, aber wenn ich ihn wenigstens kurz sehen könnte …"

„Dafür werde ich sorgen", murmelte Ryan. „Kommen Sie. Ich nehme Sie mit hoch in seine Wohnung. Devon ist vermutlich auch schon da. Wir haben auch noch nichts von ihm gehört, seit er angekommen ist."

Bryony riss erschrocken die Augen auf.

„Sehen Sie nicht so besorgt drein", beruhigte Ryan sie. „Cam hat ihn abgeholt, und da ging es ihm gut. Er ist wahrscheinlich nur vollauf damit beschäftigt, sich aus dem Schlamassel zu befreien, in den er sich gebracht hat."

Er nahm Bryony am Arm und zog sie Richtung Tür.

„Was zum Teufel hast du mit dir angestellt?", fragte Devon angewidert.

Rafael öffnete ein Auge und blinzelte, bevor er eine Handbewegung machte, die Devon verscheuchen sollte. „Verschwinde aus meiner Wohnung!"

„Du bist besoffen."

„Ich hab doch immer gesagt, dass du der Clevere in dieser Partnerschaft bist."

„Hättest du vielleicht die Güte, mir zu erzählen, warum du dich betrinkst, obwohl du weiß Gott lieber daran arbeiten solltest, den Deal zu retten, den du so entschlossen bist, sausen zu lassen?"

„Das Resort ist mir scheißegal. Du auch. Und alle anderen. Verschwinde!"

Rafael schloss sein Auge wieder und griff nach der Flasche, die neben der Couch auf dem Boden stand. Das verdammte Ding war leer. Sein Mund fühlte sich an wie Sandpapier, und in seinem Kopf dröhnte es wie in einem Stahlwerk.

Plötzlich wurde er vom Sofa gerissen, über den Boden gezogen und in einen der Sessel geworfen. Er öffnete die Augen wieder und starrte in Devons wütende Miene, die nur Zentimeter von seinem Gesicht entfernt war.

„Du wirst mir jetzt sagen, was hier los ist!", forderte Devon ihn auf. „Cam sagt, es war alles in Ordnung, als er dich abgeholt hat. Dann wurdest du auf einmal total still, und jetzt komme ich hierher, um nach dir zu sehen, und stelle fest, dass du so vollgedröhnt bist, dass du nicht mehr geradeaus sehen kannst."

Ein ungeheurer Schmerz packte Rafael und – viel schlimmer – ein unglaublich schlechtes Gewissen. Noch nie im Leben hatte er sich so geschämt.

„Ich bin ein Schweinehund", sagte er heiser.

Devon schnaubte. „Ja, ja, erzählt mir was Neues. Das hat dich bisher auch nie gestört."

Rafael sprang auf und packte Devon am Kragen. „Vielleicht stört es mich aber jetzt. Verdammt, Devon, ich erinnere mich an alles, kapiert? An jedes einzelne Detail, und das macht mich so krank, dass ich nicht einmal darüber nachdenken kann."

Devon kniff die Augen zusammen, machte jedoch keine Anstalten, sich aus Rafaels Griff zu befreien. „Wovon zum Teufel redest du? Woran erinnerst du dich?"

„Ich habe sie benutzt", antwortete Rafael langsam. „Ich … ich bin da runtergefahren mit dem einzigen Ziel, das Grundstück zu erwerben, egal was es kostet. Ich hab sie verführt, ihr gesagt, dass ich sie liebe. Ich hab ihr alles versprochen, was sie hören wollte, nur damit dieser Deal zustande kam. Aber es war alles eine Lüge. Ich bin abgereist, fest entschlossen, nie wieder zurückzukommen. Ich hatte ja, was ich wollte. Der Verkauf war abgewickelt. Ich hatte gewonnen."

Ein erstickter Schrei aus Richtung Tür brachte Rafael dazu herumzufahren. Er erstarrte, als er sah, dass Bryony dort stand – weiß wie die Wand –, während Ryan direkt hinter ihr war und sie stützte, als sie rückwärts taumelte.

Es war ein Albtraum. Sein schlimmster Albtraum war wahr geworden. Was tat sie hier? Warum gerade jetzt?

Er ließ Devon los und taumelte auf sie zu. „Bryony." Ihr Name glitt wie ein gequälter Ton von seinen Lippen und drückte all die Scham und die Schuldgefühle aus, die ihn plagten.

Sie machte hastig einen Schritt zurück und schüttelte Ryans Arm ab. Sie war so blass, dass Rafael fürchtete, sie würde gleich zusammenbrechen.

„Bryony, bitte, lass es mich erklären."

Sie schüttelte den Kopf, während ihr Tränen in die wunderhübschen Augen schossen. Es war ein Anblick, der ihn fast umbrachte.

„Lass mich einfach in Ruhe", bat sie ihn leise. „Sag gar nichts mehr. Ich habe alles gehört. Lass mir wenigstens mein letztes bisschen Stolz."

Sie drehte sich um und floh mit einem unterdrückten Schluchzen in den Fahrstuhl.

Rafael stand da und hatte das Gefühl, als wäre sämtliches Leben aus ihm gewichen. „Geh mit ihr", krächzte er Ryan zu. „Bitte, tu es für mich. Stell sicher, dass es ihr gut geht. Sie kennt hier niemanden. Ich will nicht, dass ihr was passiert."

Fluchend drehte Ryan sich um und drückte den Fahrstuhlknopf. Devon schnappte sich das Telefon und rief den Portier an, um ihn anzuweisen, Bryony so lange aufzuhalten, bis Ryan unten angekommen war.

„Warum gehst du nicht selbst hinterher?", fragte Devon, nachdem Ryan im Fahrstuhl verschwunden war.

Rafael ließ sich wieder in den Sessel fallen und hielt sich mit beiden Händen den Kopf. „Was soll ich ihr sagen? Ich habe sie angelogen. Ich habe mit ihr gespielt, sie benutzt. All die Dinge, die sie befürchtet hatte, habe ich ihr tatsächlich angetan."

Devon saß auf der Sofakante und musterte seinen Freund. „Und nun?"

„Ich liebe sie. Und es macht mich regelrecht krank zu wissen, was ich ihr angetan habe. Ich schäme mich so für den Menschen, der ich gewesen bin, dass mir jedes Mal, wenn ich daran denke, schlecht wird."

„Niemand sagt, dass du dieser Mensch jetzt noch sein musst", meinte Devon ruhig.

Rafael schloss die Augen und schüttelte den Kopf. „Weißt du, dass sie mir das die ganze Zeit gesagt hat? Immer wieder hat sie es betont."

„Klingt nach einer klugen Frau."

„Oh, verdammt, Devon, ich habe alles versaut. Wie kann es nur angehen, dass ich so etwas getan habe? Wie konnte ich ihr so etwas antun? Sie ist die schönste, wunderbarste, liebevollste und großzügigste Frau, die ich je getroffen habe. Sie ist alles, was ich mir je gewünscht habe. Sie und unser Kind. Ich möchte, dass wir eine Familie werden. Aber wie soll sie mir das alles je verzeihen? Wie soll ich mir selbst das verzeihen?"

„Darauf habe ich leider keine Antwort", gab Devon zu. „Und hier wirst du definitiv auch keine finden. Du wirst um die Frau kämpfen müssen, wenn du sie liebst und wiederhaben willst. Wenn du aufgibst, zeigt ihr das nur, dass du dich nicht verändert hast."

Rafael hob den Kopf, sein Herz war ihm so schwer, dass es ein körperlicher Schmerz war. „Ich kann sie nicht gehen lassen. Ich weiß absolut nicht, wie ich ihr das alles verständlich machen soll, aber ich kann sie nicht gehen lassen. Unabhängig davon, was für ein Mistkerl ich damals war … jetzt habe ich mich verändert. Ich liebe sie. Ich möchte eine zweite Chance. Himmel, wenn sie mir noch eine Chance gibt, werde ich ihr nie wieder Grund geben, an mir zu zweifeln."

„Du versuchst, die falsche Person zu überzeugen", erklärte Devon. „Ich bin auf deiner Seite, Mann. Auch wenn du der größte Idiot in Nordamerika bist. Und hey, was auch immer mit diesem Resortdeal passiert, ich stehe hundert Prozent hinter dir, okay? Wir werden schon eine Lösung finden. Und jetzt sieh zu, dass du dir dein Mädchen zurückholst."

21. KAPITEL

*V*öllig benommen vor Schock trat Bryony aus dem Fahrstuhl. Ihre Hände waren kalt wie Eis. Sie funktionierte nur noch auf Autopilot und konnte keinen klaren Gedanken fassen.

Rafaels Worte hallten in ihrem Kopf wider.

Ich habe sie benutzt.

Ich habe sie verführt.

Sie zuckte zusammen und schwankte in Richtung Tür, wo der Portier ihr in den Weg trat und eine Hand auf ihren Arm legte. „Miss Morgan, wenn Sie bitte hier warten wollen."

Verwirrt sah sie den Mann an. „Warum?"

„Warten Sie einfach, bitte."

Sie schüttelte den Kopf und wollte an dem Mann vorbei zur Tür, doch er nahm ihren Arm und drängte sie zurück in die Lobby.

Langsam wich die Benommenheit, und stattdessen wurde sie wütend. Ruckartig machte sie sich von dem Mann frei. „Fassen Sie mich nicht an!", fuhr sie ihn an und trat von ihm zurück, nur um mit einem anderen Mann zusammenzustoßen. Als sie sich umdrehte, erkannte sie Rafaels Sicherheitschef.

„Miss Morgan, ich wusste ja gar nicht, dass Sie in der Stadt sind." Ramon runzelte die Stirn. „Sie hätten Mr de Luca Bescheid sagen sollen, dann hätte ich Sie am Flughafen abholen können. Sind Sie allein gekommen?"

Der Portier sah erleichtert aus, dass Ramon da war, und nahm schnell wieder seine Position an der Tür ein.

„Ich bleibe nicht hier", erklärte sie leise. „Genau genommen bin ich auf dem Weg zum Flughafen."

Ramon sah verwirrt aus, doch plötzlich war Ryan Beardsley da.

„Vielen Dank, Ramon. Ich kümmere mich um Miss Morgan."

„Den Teufel werden Sie tun", murmelte Bryony. Sie drehte sich um und marschierte zur Tür.

Ryan holte sie ein, als sie nach draußen trat. Er nahm ihren Arm, doch es war eine sanfte Geste. Mitleidig sah er sie an, was ihr wieder Tränen in die Augen trieb. „Lassen Sie sich von mir fahren", bot er ihr an. „Es ist kalt, und Sie sollten wirklich kein Taxi nehmen, wenn Sie nicht einmal wissen, wo Sie hinwollen. Wahrscheinlich haben Sie nicht einmal ein Hotel, oder?"

Sie schüttelte den Kopf. „Ich wollte eigentlich bei Rafael bleiben." Sie musste schlucken.

„Kommen Sie", sagte er. „Ich bringe Sie zu mir. Das ist nicht weit weg. Ich habe ein Gästezimmer."

„Ich will wieder zum Flughafen. Es ist sinnlos, noch länger hier zu bleiben."

Er zögerte, fasste sie dann aber am Ellenbogen und ging mit ihr zur Straße. „In Ordnung. Ich bringe Sie zum Flughafen. Aber ich bleibe, bis Sie im Flugzeug sitzen. Vermutlich haben Sie auch noch nichts gegessen, oder?"

Verwirrt, weil er auf einmal so freundlich war, schaute sie ihn an.

„Warum tun Sie das?"

Er starrte sie einen Moment lang an, und eine Sekunde lang huschte ein Schatten über sein Gesicht. „Weil ich weiß, wie es ist, wenn einem der Boden unter den Füßen weggezogen wird. Ich weiß, wie es ist, wenn man von dem Menschen, der einem viel bedeutet, belogen wurde."

Bryony ließ die Schultern sinken. „Ich werde Ihnen etwas vorheulen."

Er lächelte kurz, bevor er zu einem Wagen deutete. „Sie können mir so viel vorheulen, wie Sie wollen. Nach allem, was ich mitbekommen habe, ist das Ihr gutes Recht."

„Sie können jetzt gehen", meinte Bryony leise, als Ryan ihre Tasche am Check-in-Schalter auf die Waage stellte.

„Sie haben noch Zeit. Lassen Sie uns etwas essen gehen. Sie sind schrecklich blass und zittern immer noch."

„Ich glaube, ich bekomme nichts runter." Sie legte eine Hand auf ihren Bauch und versuchte, der Übelkeit Herr zu werden.

„Dann trinken Sie wenigstens etwas."

Seufzend fügte sie sich, weil es am einfachsten war. Schon wenig später saß sie in einem kleinen Bistro, ein großes Glas Orangensaft vor sich auf dem Tisch.

Ihre Augen wurden feucht, als sie blindlings darauf starrte. Mit zitternden Fingern strich sie über die kühle Oberfläche des Glases.

„Oh, nein, Sie fangen nicht noch einmal an zu weinen, oder?"

Sie atmete tief durch. „Es tut mir leid. Sie waren sehr lieb und haben es wirklich nicht verdient, dass ich all meinen Kummer bei Ihnen ablade."

„Es ist schon okay. Ich verstehe, wie Sie sich fühlen."

„Ja?", fragte sie mit zitternder Stimme. „Wieso? Wer hat Ihnen so etwas angetan?"

„Die Frau, die ich eigentlich heiraten wollte."

Bryony zuckte zusammen. „Autsch. Ja, das tut weh, was? Zumindest hat Rafael mir nie versprochen, mich zu heiraten. Obwohl er es angedeutet hat, aber so weit hat er seinen Verrat dann doch nicht getrieben. Was ist passiert?"

Ryan verzog das Gesicht, und eine Sekunde lang nahm Bryony an, er würde nicht antworten.

„Sie hat mit meinem Bruder geschlafen, wenige Wochen nachdem wir uns verlobt hatten."

„Das ist ja ungeheuerlich", meinte sie. „Es tut mir leid, dass Ihnen das passiert ist. Es ist schon mies, wenn Menschen, in die man sein Vertrauen setzt, einen so hintergehen."

Er nickte und wechselte das Thema. „Soll ich Ihnen nicht doch etwas zu essen holen? Meinen Sie, Sie bekommen jetzt etwas herunter?"

Es war nett, wie besorgt Ryan war, und sie schenkte ihm ein müdes Lächeln. „Danke. Ich habe keinen Appetit, aber Sie haben vermutlich recht, ich sollte eine Kleinigkeit essen."

Er stand auf und kehrte einige Minuten später mit einer

Auswahl von Sandwiches und einem Glas Orangensaft zurück. Nachdem Bryony von ihrem Sandwich abgebissen hatte, stellte sie fest, wie hungrig sie tatsächlich war.

Ryan musterte sie mitleidig. „Was wollen Sie jetzt machen?"

Bryony kaute zu Ende und schluckte, bevor sie antwortete: „Nach Hause fahren. Mein Baby bekommen. Versuchen zu vergessen. Mein Leben weiterleben. Ich habe meine Großmutter und die Menschen auf der Insel. Ich schaffe das schon."

„Ich frage mich, ob es das ist, was Kelly getan hat", überlegte er laut. „Ihr Leben weiterleben."

„Heißt sie so? Kelly? Ihre Exverlobte?"

Ryan nickte.

„Also ist sie nicht mehr da? Nicht mehr mit Ihrem Bruder zusammen, meine ich?"

„Nein, sie ist weg. Ich habe keine Ahnung, wo sie ist."

„Ist vermutlich auch gut so. Wenn sie tatsächlich mit Ihrem Bruder geschlafen hat, ist sie es nicht wert, dass Sie noch einen Gedanken an sie verschwenden."

„Vielleicht", erwiderte er leise.

Sie schwiegen, und Bryony aß so viel, wie sie hinunterbringen konnte. Immer wieder hörte sie Rafaels Worte. Sie gingen ihr einfach nicht mehr aus dem Sinn.

Es war so beschämend. Und es machte sie wütend. Doch vor allem war sie völlig niedergeschmettert. Zweimal hatte sie ihm erlaubt, sie zu manipulieren. Das Schlimmste war, dass sie sich beim zweiten Mal noch heftiger in ihn verliebt hatte. Sie war sogar so weit gewesen, ihm die Erlaubnis für das Bauprojekt zu geben – das, worauf er es von Anfang an abgesehen hatte. Er hatte nie die Absicht gehabt, sein Versprechen an sie zu halten.

Es war so dumm von ihr gewesen, ihm einfach zu glauben und sich nichts schriftlich geben zu lassen.

Noch dümmer war es gewesen, sich in ihn zu verlieben.

Eine Träne rann ihr über die Wange, und sie wischte sie hastig weg, doch leider kullerten immer mehr hinterher.

„Es tut mir leid, Bryony. Sie haben das nicht verdient", meinte Ryan mitfühlend. „Rafael ist mein Freund, aber er ist definitiv zu weit gegangen."

Sie wischte sich die Tränen ab und senkte den Kopf. „Mir tut es auch leid. Ich habe mir so sehr gewünscht, dass das alles real ist, obwohl mein Verstand mir gesagt hat, dass irgendetwas nicht stimmt. Ich hätte nie nach New York kommen sollen, um Rafael zur Rede zu stellen. Ich hätte meinem ersten Instinkt vertrauen sollen. Rafael hat mich benutzt, um das zu bekommen, was er wollte. Das wusste ich, und trotzdem habe ich es nicht auf sich beruhen lassen. Wenn ich zu Hause geblieben wäre, hätte ich die Sache jetzt überwunden und mich kein zweites Mal mit ihm eingelassen."

„Wären Sie darüber hinweg?"

„Ich weiß nicht. Vielleicht … Auf jeden Fall würde ich jetzt nicht hier sitzen und mir die Augen aus dem Kopf heulen, Tausende von Meilen von zu Hause entfernt."

„Stimmt", gab Ryan zu. Er schaute auf die Uhr. „Wir sollten uns auf den Weg machen. Ihr Flug geht bald." Sein Handy klingelte, er zog es heraus und runzelte die Stirn. Nachdem er kurz gezögert hatte, schaltete er es ab. Dann schaute er wieder zu Bryony. „Wollen wir?"

Sie nickte. „Vielen Dank, Ryan. Ehrlich, Sie hätten nicht so nett sein müssen. Ich weiß das zu schätzen."

Lächelnd nahm Ryan ihren Arm und begleitete sie zur Sicherheitsschleuse. Dort drehte Bryony sich um und holte tief Luft. „Okay, das war's dann wohl."

Ryan berührte ihre Wange und zog Bryony dann zu ihrer Überraschung in eine feste Umarmung.

„Passen Sie gut auf sich und das Baby auf", meinte er mit rauer Stimme.

Sie löste sich von ihm. „Mach ich. Und noch einmal vielen Dank."

Sie straffte die Schultern und stellte sich in die Schlange. In ein paar Stunden würde sie wieder zu Hause sein.

22. KAPITEL

*R*afael schleppte sich in die Dusche und bestrafte sich für sein Saufgelage, indem er fünfzehn Minuten lang eiskaltes Wasser über seinen Körper laufen ließ. Er hatte versucht, Ryan zu erreichen, um herauszufinden, wo Bryony war, aber sein Freund reagierte nicht auf seine Anrufe.

Jetzt musste er zusehen, dass er sich wieder zusammenriss, um Bryony um Verzeihung bitten zu können. Das war der wichtigste Deal seines Lebens. Nicht das Resort. Nicht der potenzielle Zusammenschluss mit Copeland Hotels. Nicht die Partnerschaft mit seinen Freunden.

Bryony und ihr Kind waren wichtiger als alles andere. Es war beschämend, wie kalt und berechnend er sich ihr gegenüber verhalten hatte. Aber wenn Bryony ihm zuhören würde, wenn sie ihm noch eine Chance gäbe, könnte er ihr beweisen, dass ihm nichts so wichtig war wie sie.

Als er aus der Dusche kam, war sein Kopf wieder klar. Ihm war erbärmlich kalt, aber er hatte ein Ziel vor Augen: Bryony zurückerobern.

Er zog sich an. Als er ins Wohnzimmer kam, war er überrascht, Devon und Cam jeweils in einem Sessel lümmeln zu sehen.

„Also, wie lautet dein Plan?", kam Devon gleich zur Sache.

„Ich muss sie zurückholen", antwortete Rafael. „Pfeif auf den Deal. Pfeif auf das Resort. Hier geht es um mein Leben. Um die Frau, die ich liebe. Um mein Kind. Ich kann sie nicht wegen eines lächerlichen Bauprojekts aufgeben."

„Du meinst es ernst", stellte Cam fest.

„Natürlich meine ich es ernst", fuhr Rafael ihn an. „Ich bin nicht mehr der Schuft, der alles tun würde, um an das Grundstück heranzukommen. Ich will nicht länger dieser Mann sein. Ich weiß nicht, wie ihr es so lange mit ihm ausgehalten habt."

Cam grinste. „Ist ja gut. Musst ja nicht gleich so ausrasten."

„Hat einer von euch was von Ryan gehört? Er geht nicht ans Telefon."

Devon schüttelte den Kopf. „Ich versuche mal, ihn zu erreichen. Vielleicht beantwortet er nur deine Anrufe nicht."

Doch gerade als Devon sein Handy ans Ohr hielt, hörten sie den Fahrstuhl. Rafael fuhr herum, hielt die Luft an und hoffte, dass Bryony wie durch ein Wunder zurückkommen würde. Er stieß den Atem enttäuscht aus, als Ryan hereinschlenderte.

„Wo, zum Teufel, ist Bryony?", fragte Rafael aufgebracht. „Ich versuche die ganze Zeit, dich zu erreichen. Wo bist du gewesen?"

„Ich habe meine Zeit damit verbracht, Bryony zu trösten, während sie sich die Augen ausgeweint hat", antwortete Ryan wütend und ein wenig verächtlich. „Du hast ihr das Herz gebrochen. Ich hoffe, du bist jetzt glücklich, nachdem du das Beste zerstört hast, was dir je passiert ist."

„Komm schon, Ryan", meinte Devon und stand auf. „Er macht sich schon selbst genügend Vorwürfe."

„Du hast gut reden, du musstest ja auch nicht ihre Tränen mit ansehen."

„Wo ist sie?", wollte Rafael wissen. Die Vorstellung, dass Bryony Tränen vergoss, versetzte ihm einen Stich ins Herz. „Ich muss sie sehen, Ryan. Wohin hast du sie gebracht?"

„Zum Flughafen."

Entsetzt wiederholte Rafael: „Zum Flughafen? Ist sie schon weg? Kann ich sie noch erreichen?"

Ryan schüttelte den Kopf. „Sie ist vermutlich bereits in der Luft."

Rafael fluchte. Dann drehte er sich um und schlug mit der Faust gegen die Wand. Die Stirn gegen den Schrank gelehnt, rang er um Fassung.

Als er wieder aufsah, breitete sich eine merkwürdige Ruhe in ihm aus. Er schaute seine Freunde – und Geschäftspartner –

an und wusste, dass dies womöglich das Ende ihrer Beziehung sein konnte.

„Ich muss ihr hinterherfliegen", sagte er.

Devon nickte. „Ja, musst du wohl."

„Ich kündige den Vertrag. Ich muss die Reißleine ziehen. Es ist mir verdammt noch mal egal, was es mich kostet, selbst wenn es mich alles kostet. Das hat es bereits getan. Ich werde ihr das verdammte Grundstück zurückgeben. Bryony glaubt mir niemals, dass ich sie liebe, solange dieses Stück Land zwischen uns steht."

Cam nickte langsam. „Ich stimme dir zu. Das ist der einzige Weg, wie du sie dazu bringen kannst, dir zu glauben, dass du sie liebst."

Zu seiner Überraschung nickten seine drei Freunde zustimmend.

„Ihr seid nicht sauer? Es steht verdammt viel auf dem Spiel."

„Wie wäre es, wenn du uns die Sache mit dem Resort überlässt", meinte Devon. „Du fährst zu Bryony. Lasst euch häuslich nieder. Bekommt Babys. Seid einfach widerlich glücklich. Ich versuche mein Möglichstes, um diesen Deal zu retten. Vielleicht können wir einen anderen Standort finden."

„Okay", erwiderte Rafael. „Ich will gar nichts weiter darüber wissen. Erzähl es mir später. Aber ich schulde dir was."

„Stimmt, und glaub ja nicht, dass ich nicht darauf zurückkommen werde. Später. Nachdem du dich mit Bryony versöhnt hast", sagte Devon grinsend.

„Soll ich dich zum Flughafen bringen?", fragte Ryan.

„Ja, lass mich nur schnell meine Brieftasche holen."

„Willst du nicht noch Sachen packen?", fragte Cam.

„Himmel, nein. Bryony kann mir noch ein paar Jeans und Flip-Flops kaufen."

„Nachdem sie dir einen Tritt in den Hintern verpasst hat, meinst du?", warf Devon ein.

„Ich lass sie machen, was sie will, solange sie mich wieder zurücknimmt."

„Du meine Güte", meinte Cam angewidert. „Wie jämmerlich klingt das denn?"

Devon lachte und gab Cam einen freundschaftlichen Schlag auf die Schulter. „Offenbar wird man so, wenn man sich verliebt. Ich kann dir nur einen Rat geben: Heirate wegen des Geldes und der Verbindungen, so wie ich es tue."

„Ich glaube, das Klügste ist, überhaupt nicht zu heiraten", korrigierte Cam ihn. „Ist viel billiger, es erspart einem nämlich eine teure Scheidung."

Rafael schüttelte den Kopf. „Und du nennst mich einen Mistkerl. Komm schon, Ryan. Ich muss den nächsten Flug erreichen."

„Bryony!"

Bryony drehte sich um und sah ihre Großmutter, die ihr von der Veranda aus zuwinkte. Silas stand neben ihr und beobachtete Bryony, die direkt am Wasser stand.

Sie war schon seit ein paar Stunden hier, starrte hinaus aufs Meer und hing ihren Gedanken nach. Sie wusste, dass ihre Großmutter und Silas sich Sorgen machten. Sie hatte ihnen in einer Kurzversion all das erzählt, was in New York passiert war. Es war nicht nötig, dass die beiden bis in alle Einzelheiten erfuhren, wie dumm sie gewesen war.

Sie wussten jedoch, dass Rafael sie zum Narren gehalten hatte und das Grundstück bebauen würde, aber Bryony war ja schon vorher bereit gewesen, diesen Kampf aufzugeben. Das Ergebnis war also das Gleiche, mit dem einzigen Unterschied, dass Bryony nicht mehr den Mann bekam, den sie liebte.

Sie winkte zurück, drehte sich aber wieder zum Wasser herum, weil sie noch nicht bereit war, mit ihnen zu reden. Sie war erschöpft, und was sie wirklich brauchte, waren vierundzwanzig Stunden Schlaf. Doch jedes Mal, wenn sie die Augen schloss, hörte sie Rafaels Worte. Sie hallten in ihrem Kopf wider, und so sehr sie es auch versuchte, sie konnte sie nicht auslöschen.

Und sie hatte es satt, weinen zu müssen. Ihr Kopf schmerzte bereits so höllisch, dass sie das Gefühl hatte, er würde gleich explodieren.

Ihr Handy klingelte. Wie schon die anderen zwanzig Male, als Rafael versucht hatte, sie zu erreichen, drückte sie den Anruf weg. Kurz darauf ertönte das kleine Signal, das ihr verriet, dass er eine weitere Nachricht hinterlassen hatte.

Was wollte er ihr denn noch sagen? Dass es ihm leidtat? Dass er sie nicht hatte betrügen wollen? Sollte sie ihm vergeben, nur weil er vorübergehend vergessen hatte, was für ein Mistkerl er gewesen war? Woher sollte sie wissen, dass er das alles nicht nur sagte, damit sie ruhig blieb und seine Investoren nicht vergraulte?

Es gefiel ihr nicht, wie zynisch sie auf einmal war. Nie im Leben hätte sie sich vorstellen können, dass jemand so falsch, so unaufrichtig sein könnte, aber Rafael hatte ihr eine Menge über die Geschäftswelt beigebracht. Und darüber, was einige Menschen für Geld zu tun bereit waren.

Sollte er doch tonnenweise Geld mit seinem kostbaren Resort verdienen. Würde es ihn nachts warm halten? Würde es ihn für all die süßen Babyküsse entschädigen, die er verpassen würde?

Der Gedanke deprimierte sie. Geld war nur Papier. Aber ein Kind war etwas Kostbares. Liebe war kostbar. Und sie hatte sie Rafael freiwillig und ohne Bedingungen angeboten.

Sie kam sich vor wie ein naiver Dummkopf.

Als ihre Füße kurz darauf vom kühlen Wasser so eiskalt waren, dass sie ihre Zehen nicht mehr spürte, drehte sie sich um, um zurück zum Haus ihrer Großmutter zu gehen.

Doch als sie näherkam, zuckte sie zusammen. Rafael stand auf der Veranda, während von Mamaw und Silas nichts mehr zu sehen war. Wie hatte er es geschafft, so schnell hierher zu kommen? Warum machte er sich überhaupt die Mühe?

Sie ignorierte seine Anwesenheit und ging stattdessen an ihm vorbei, um ihren Pullover zu holen und hinüber zu ihrem eigenen Haus zu gehen.

„Bryony", rief er hinter ihr her. „Warte, bitte. Wir müssen reden."

Sie ging nur noch schneller. An den Schritten, die sie hinter sich hörte, erkannte sie, dass er ihr folgte, doch sie lief unbeirrt weiter. Als sie die Hand ausstreckte, um die Tür zu öffnen, umschlang Rafael ihr Handgelenk und zog sie sanft zurück.

„Bitte, hör mir zu", flehte er sie an. „Ich weiß, ich habe es nicht verdient, aber bitte, hör mir zu. Ich liebe dich."

Bryony versteifte sich und schloss die Augen, als ein heftiger Schmerz sie durchzuckte. Als sie die Augen wieder öffnete, war sie froh, nicht wieder in Tränen auszubrechen. Vielleicht hatte sie sich endlich ausgeweint.

„Du weißt überhaupt nicht, was Liebe ist", erklärte sie leise. „Dafür müsstest du ein Herz besitzen, was definitiv nicht der Fall ist."

Er zuckte zusammen, ließ sie jedoch nicht los. „Ich will dich nicht anlügen, Bryony. Und ich werde auch nichts beschönigen."

„Ach ja?", meinte sie verbittert. „Erleichtert das dein Gewissen? Lass mich einfach in Ruhe, Rafael. Du hast bekommen, was du wolltest. Du brauchst dich mit mir nicht mehr abzugeben. Wenn du Absolution willst, geh zu einem Priester. Von mir bekommst du sie nicht. Du kannst dich doch freuen, denn du hast das Land bekommen, somit haben alle das, was sie wollten."

„Du nicht", antwortete er gequält. „Und ich auch nicht."

„Bitte, Rafael", bat sie. „Ich bin müde und völlig erschöpft. Ich möchte einfach nur schlafen. Geh jetzt. Ich kann nicht mehr."

Er sah aus, als wollte er gern weiter argumentieren, doch Sorge breitete sich auf seiner Miene aus. Langsam löste er seinen Griff.

„Ich liebe dich, Bryony. Daran wird sich nichts ändern. Ich möchte daran nichts ändern. Geh schlafen. Aber wir sind noch nicht fertig miteinander. So einfach gebe ich dich nicht auf."

Er berührte kurz ihre Wange und ging.

Bryony schloss die Augen. Es tat so schrecklich weh, dass sie am liebsten geschrien hätte. Es war zum Heulen. Doch sie hatte keine Tränen mehr, also stand sie benommen da, während der Mann, dem sie alles gegeben hatte, davonging.

23. KAPITEL

*E*s ist jetzt schon eine Woche", bemerkte Rafael frustriert. „Eine Woche, und noch immer will sie nicht mit mir reden. So sehr mich der Mann, der ich mal war, auch anwidert, zumindest hätte er keine Skrupel gehabt, sie zur Rede zu stellen."

Rafael stand auf Lauras Terrasse und trank ein Bier mit Silas, während er damit haderte, dass Bryony sich noch immer weigerte, sich mit ihm zu treffen. Er war kurz davor, verrückt zu werden.

Silas lachte. „Du hast Durchhaltevermögen, mein Junge, das muss man dir lassen. Die meisten Männer hätten schon längst den Schwanz eingekniffen und sich davongemacht. Es wundert mich immer noch, wie du es geschafft hast, Laura davon abzubringen, dir den Kopf abzureißen und sich stattdessen auf deine Seite zu schlagen."

Bryony hatte sich in ihrem Cottage eingeigelt. Zwar ging Laura täglich zu ihr, um nach ihr zu sehen, doch Bryony war bisher nur herausgekommen, wenn sie einen Spaziergang am Strand machen wollte. Das eine Mal, als Rafael versucht hatte, am Strand mit ihr zu reden, war sie sofort wieder nach drinnen geflüchtet. Seitdem hatte er sie nicht mehr belästigt, weil er ihr die Zeit draußen gönnen wollte, ohne dass sie Angst haben musste, ihn zu treffen.

„Ich gehe nicht", meinte Rafael. „Es ist mir egal, wie lange es dauert. Ich liebe sie. Ich glaube, sie liebt mich auch noch, aber sie ist verletzt. Das kann ich ihr nicht einmal verübeln. Ich war ein absoluter Bastard. Ich verdiene sie gar nicht, aber sie war diejenige, die mir immer gesagt hat, ich bräuchte nicht länger derselbe Mann zu sein. Also, verdammt noch mal, ich habe mich entschieden, mich zu ändern. Ich möchte, dass sie das sieht."

Silas legte ihm eine Hand auf die Schulter. „Ich denke, du solltest dir etwas Großes einfallen lassen. Etwas richtig Großes."

Rafael sah den anderen Mann fragend an. „Was schwebt dir vor?"

„Es ist nicht wichtig, was mir vorschwebt. Du solltest dir etwas überlegen. Du hast mir und Laura bereits versprochen, dass du nicht mehr die Absicht hast, das Grundstück zu bebauen, aber weiß Bryony das? Weiß der Rest der Insel das? Da bietet sich dir doch eine richtig gute Gelegenheit, mit einer großen Geste zu beweisen, dass du dich verändert hast."

„Okay, ich verstehe", sagte Rafael langsam.

„Nein, ich glaube nicht. Beruf eine Versammlung ein. Ich werde durchsickern lassen, dass du eine Ankündigung bezüglich des Resorts machen willst. Die Leute werden kommen, weil sie all ihre Einwände geltend machen wollen. Glaub mir, nach zwanzig Jahren als Sheriff weiß ich, wovon ich rede."

„Das hilft mir alles nichts, wenn Bryony sich weigert, ihr Haus zu verlassen."

„Oh, Laura und ich werden dafür sorgen, dass sie kommt. Du kümmere dich mal nur darum, wie du vor allen zu Kreuze kriechst", meinte Silas grinsend.

Rafael seufzte. Er hatte das dumme Gefühl, dass das nicht eine seiner Sternstunden werden würde. Er war vielleicht nicht mehr der gefühllose Bastard von früher, allerdings hieß das nicht, dass er sein Privatleben vor ein paar Hundert Leuten ausbreiten wollte.

Aber wenn er auf diese Weise Bryony erreichen konnte, dann würde er seinen Stolz hinunterschlucken und es tun.

„Bist du verrückt", schimpfte Bryony. „Warum sollte ich mir anhören, was er zu seinem dämlichen Resort zu sagen hat?"

„Komm schon, Bryony, ich hätte dich nie für einen Feigling gehalten", erwiderte Silas. „Inzwischen weiß sowieso jeder, was passiert ist. Sie machen dir keine Vorwürfe."

„Es ist mir egal, was die anderen denken", sagte Bryony leise. „Ich war bereit, mir ihren Zorn zuzuziehen, als ich nach New

York gefahren bin, um Rafael zu sagen, er könne das Resort bauen."

„Wo liegt dann dein Problem?", wollte Mamaw wissen.

„Ich will ihn nicht sehen. Warum könnt ihr das nicht verstehen? Wisst ihr überhaupt, wie weh es tut, ihn auch nur anzuschauen?"

„Das Beste, was du tun kannst, ist, dort mit erhobenem Haupt aufzutauchen. Je eher du es hinter dich bringst, desto schneller kannst du wieder aus deinem Haus rauskommen. Es ist wie bei einem Pflaster: Man sollte es mit einem Ruck abziehen, dann hat man es hinter sich, statt das Ganze hinauszuzögern."

Bryony seufzte. „Okay, ich komme mit. Aber danach möchte ich, dass ihr mich in Ruhe lasst, damit ich auf meine Weise damit umgehen kann, okay?"

Mamaw umarmte sie. „Ich denke, wenn du das heute überstanden hast, wird alles besser. Du wirst schon sehen."

Bryony war nicht überzeugt, doch sie ließ sich von Silas und Mamaw mit ins Rathaus schleppen, wo die Versammlung stattfinden sollte. Es kostete sie allergrößte Überwindung, sich nicht umzudrehen und davonzulaufen, als Silas sie in die erste Reihe führte.

Das grenzt ja schon an Masochismus, dachte Bryony, als sie seufzend auf einen der Klappstühle sank. Sie würde in der ersten Reihe sitzen und dem Mann zuhören müssen, der aufgrund ihrer Dummheit die Insel mit einem Resort verschandeln wollte.

Mamaw und Silas setzten sich rechts und links neben sie und wechselten ein paar Worte mit ihren Nachbarn, während man Bryony mit mitleidigen Blicken bedachte.

Rupert erschien mit einem für ihn untypischen Strahlen auf dem Gesicht im Saal und bat um Ruhe.

„Heute haben wir Rafael de Luca von der Firma Tricorp Investment Opportunities hier, der über das Grundstück sprechen möchte, das er vor Kurzem hier auf der Insel erworben hat. Bitte schenken Sie ihm Ihre ungeteilte Aufmerksamkeit."

Bryony musste sich sehr beherrschen, um sich nicht nach ihm umzudrehen. Sie hörte Gemurmel und schließlich Schritte hinter sich.

Rafael trat aufs Podium, und Bryony war völlig schockiert über sein Aussehen. Zum einen trug er Jeans. Und ein T-Shirt. Sehr ungewöhnlich. Außerdem sah er müde und abgespannt aus. Sein Haar war ungekämmt, und rasiert hatte er sich anscheinend auch nicht. Mit den tiefen Augenrändern und der grauen Gesichtsfarbe wirkte er nicht mehr wie der Mann, den sie kennengelernt hatte.

Er räusperte sich und ließ den Blick über das Publikum schweifen, ehe er zu Bryony schaute.

Er sah … nervös aus. Konnte es sein, dass dieser so überaus selbstsichere Geschäftsmann unsicher war? Bryony war fassungslos.

„Ich bin nur aus einem einzigen Grund hier auf die Insel gekommen. Ich wollte das Grundstück kaufen, das Bryony Morgan zum Verkauf angeboten hatte."

Einige unflätige Bemerkungen wurden im Publikum gemurmelt, doch Rafael fuhr unbeeindruckt fort.

„Als mir klar wurde, dass sie Bedingungen an den Verkauf knüpfen wollte, habe ich sie eiskalt verführt. Im Grunde war ich bereit, alles Nötige zu tun, um sie davon zu überzeugen, dass ich mit allem einverstanden war, ohne dass es schriftlich festgelegt wurde."

Bryony wollte aufspringen, doch Mamaw hielt sie mit ungeahnten Kräften am Arm fest.

„Setz dich. Du musst dir das anhören, Bryony. Lass ihn zu Ende reden."

Rafael hob die Hände, um das wütende Gemurmel zu ersticken. Dann sah er Bryony wieder in die Augen. Sie sank langsam zurück auf ihren Platz, gefangen in Rafaels flehendem Blick.

„Ich bin nicht gerade stolz auf das, was ich getan habe. Aber so war ich damals. Ich bin hier weggefahren und hatte nicht die Absicht zurückzukehren, allenfalls zur Grundsteinlegung. Dann stürzte mein Flugzeug ab. Es dauerte Wochen, bis ich mich wieder erholt hatte, und ich verlor die Erinnerungen an die Zeit, die ich hier verbracht hatte. Ich bin sehr dankbar für diesen Unfall. Er hat mein Leben verändert."

Im Saal wurde es absolut still. Alle schienen voller Spannung darauf zu warten, was er als Nächstes sagen würde.

„Ich bin zusammen mit Bryony hierher zurückgekommen, in der Hoffnung, mein Gedächtnis wiederzuerlangen. Stattdessen habe ich mich in die Insel und in Bryony verliebt. Dieses Mal wirklich. Immer wieder hat sie mir gesagt, dass ich nicht derselbe Mensch bleiben müsste, der ich einmal gewesen bin, dass ich mich ändern könnte. Sie hat recht. Ich möchte nicht länger der Mann sein, der ich einmal war. Ich möchte jemand sein, auf den ich stolz sein kann, auf den sie stolz sein kann. Ich möchte der Mann sein, den Bryony Morgan liebt."

Tränen schossen Bryony in die Augen. Mamaw griff nach ihrer Hand und rieb sie beruhigend.

„Ich gebe Bryony das Land zurück, das ich ihr abgekauft hatte. Sie kann damit tun, was sie möchte. Wenn sie will, kann sie es als Geschenk an die Stadt geben. Es in einen Park verwandeln. Es zu einem privaten Zufluchtsort machen. Es ist mir egal. Denn ich will nur sie. Und unser Kind."

Er hielt inne und schien um Fassung zu ringen. Mit den Fingern umklammerte er den Rand des Rednerpultes, doch Bryony sah, dass sie zitterten.

Dann kam er vom Podium herunter und blieb direkt vor ihr stehen, bevor er auf ein Knie sank. Er griff nach ihrer Hand und verschränkte seine Finger mit ihren, so wie er es schon Hunderte von Malen zuvor getan hatte.

„Ich liebe dich, Bryony. Vergib mir und heirate mich. Sag, dass du mich zu einem besseren Menschen machen wirst. Ich werde den Rest meines Lebens damit zubringen, dieser Mensch zu sein ... für dich und unsere Kinder."

Bryony schluchzte auf und hatte sich im nächsten Moment schon in Rafaels Arme geworfen. Sie schmiegte ihr Gesicht an seinen Hals und vergoss Freudentränen.

Rafael küsste ihr Ohr, ihre Schläfe, die Stirn und die Wange. Dann zog er sich ein wenig zurück, umschloss ihr Gesicht mit beiden Händen und verteilte noch mehr kleine Küsse darauf.

Um sie herum hörte man Seufzen und Ausrufen, sogar ein wenig Applaus, doch Bryony blendete das alles aus, während sie sich an dem festhielt, was sie am meisten brauchte.

Rafael.

„Gib mir eine Antwort, bitte, Liebes", murmelte er. „Quäl mich nicht länger. Sag mir, dass ich dich nicht verloren habe. Ich kann der Mann sein, den du dir wünschst, Bryony. Du musst mir nur eine Chance geben."

Sie küsste ihn und streichelte sein Gesicht. Er sah genauso schlecht aus, wie sie sich während der vergangenen Woche gefühlt hatte.

„Du bist bereits der Mann, den ich will, Rafael. Ich liebe dich. Ja, ich will dich heiraten."

Rafael sprang auf, hob Bryony hoch und wirbelte sie jubelnd herum. „Sie hat Ja gesagt!"

Die Menge klatschte begeistert. Mamaw schniefte, und als Silas ihr ein Taschentuch reichte, putzte sie sich die Nase und schniefte noch einmal.

Rafael stellte Bryony langsam wieder auf den Boden, doch noch immer hielt er sie fest in den Armen, so als wollte er sie nie wieder gehen lassen.

„Es tut mir leid, Bryony", sagte er ernst. „Es tut mir leid, dass ich dich angelogen und dich verletzt habe. Wenn ich die Uhr zurückdrehen könnte, würde ich alles anders machen."

„Ich bin froh, dass du es nicht kannst", sagte sie. „Als ich eben hier gesessen und dir zugehört habe, wurde mir klar, dass wir nicht hier wären, wenn nicht alles so passiert wäre, wie es passiert ist. Was zählt, ist nur, dass du mich liebst. Heute. Und morgen."

„Ich werde dich immer lieben", versprach er.

Bryony sah sich um und stellte fest, dass die Menschen den Saal verließen. Mamaw und Silas waren ebenfalls schon still und heimlich verschwunden, sodass Bryony und Rafael allein vorn im Raum standen.

„Was sollen wir jetzt machen, Rafael? Was willst du machen? Ich bin nach New York gekommen, weil ich dir sagen wollte, dass du das Resort bauen kannst. Aber wenn du es nicht tust, was bedeutet das dann für deine Firma?"

Rafael seufzte. „Ryan, Devon und Cam stehen hinter mir. Du bist an meiner Seite. Mehr brauche ich nicht. Als ich weggefahren bin, wollten sie versuchen, den Deal zu retten. Ich vermute, dass sie sich nach einem anderen Ort für das Resort umsehen. Es ist mir eigentlich ziemlich egal. Ich habe ihnen gesagt, dass ich dich und unser Kind nicht wegen des Geldes zu verlieren bereit bin. Du und unser Baby, ihr bedeutet mir mehr als alles andere auf der Welt. Das ist mein Ernst."

„Nach der Show, die du eben geboten hast, glaube ich dir", neckte sie ihn.

„Ich bin müde", gab er zu. „Und du auch. Warum gehen wir nicht zurück zum Cottage, gehen ins Bett und ruhen uns aus? Ich kann mir nichts Schöneres vorstellen, als dich wieder in meinen Armen liegen zu haben."

Sie schmiegte sich an ihn und genoss diesen wunderbaren Augenblick.

Dann hob sie den Kopf und lächelte Rafael an. Die unendliche Traurigkeit, die sich in den letzten Tagen über sie gelegt hatte, verschwand auf wundersame Weise. Stattdessen fühlte sie sich herrlich beschwingt und unbeschreiblich glücklich.

Sie nahm Rafael bei der Hand und zog ihn den Gang entlang nach draußen, wo die warmen Sonnenstrahlen auch den letzten Rest Dunkelheit vertrieben.

Einen Moment lang blieb Bryony stehen und hielt ihr Gesicht der Sonne entgegen, um deren Wärme zu spüren.

Sie schaute zu Rafael, der sie intensiv musterte. Aus seinen Augen leuchtete die Liebe so hell, dass sie der Sonne Konkurrenz machen konnte.

Es war ein Blick, an dem Bryony sich nie würde sattsehen können.

„Lass uns nach Hause fahren", sagte sie.

Rafael lächelte, nahm ihre Hand und ging mit Bryony zum Wagen.

– ENDE –

Maya Banks

Unvergesslich
wie deine Leidenschaft

Roman

Aus dem Amerikanischen von
Brigitte Bumke

1. KAPITEL

*M*an könnte glatt glauben, dass an der Ehe doch etwas dran ist, oder?", meinte Ryan Beardsley, während er zusah, wie sein Freund Rafael de Luca mit seiner strahlenden Braut Bryony tanzte.

Der Hochzeitsempfang fand in dem kleinen, schlichten Gemeindesaal von Moon Island statt. Es war nicht gerade der Rahmen, der Ryan für die Hochzeit eines Freundes vorschwebte. Aber wahrscheinlich war es passend, dass Rafe und Bryony hier auf der Insel heirateten, wo ihre Beziehung begonnen hatte.

Die Braut strahlte wirklich, und ihr Babybauch machte sie noch hübscher. Die beiden hielten sich mitten auf der improvisierten Tanzfläche so verträumt in den Armen, dass man den Eindruck hatte, sie hätten die Welt ringsum vergessen. Rafe wirkte, als hätte er das große Los gezogen, und vielleicht hatte er das ja auch.

„Sie sehen schon fast abstoßend glücklich aus", erwiderte Devon Carter, der neben Ryan stand.

„Ja, das kann man wohl sagen."

Ryan musste lachen, weil sein Freund richtig verdrießlich dreinschaute. Devon war selbst nicht weit vom Traualtar entfernt, und ihm war gar nicht wohl dabei. Trotzdem konnte Ryan nicht widerstehen. Er musste Dev einfach ein wenig piesacken.

„Zieht Copeland immer noch die Daumenschrauben an?"

„Und wie. Er meint, ich muss Ashley heiraten. Punkt. Er wird nicht lockerlassen, bis ich einwillige. Und da wir das Ferienresort ja jetzt woanders bauen, bin ich bereit für den nächsten Schritt. Ich will nicht, dass er das Vertrauen in mich verliert, weil dieser Deal geplatzt ist. Es gibt nur ein Problem: Er besteht auf einer Verlobungszeit, damit Ashley sich an mich gewöhnen kann. Man könnte meinen, der Mann lebt im vorletzten Jahrhundert. Wer arrangiert heutzutage noch für seine Tochter eine

Heirat, verdammt noch mal? Und warum sollte eine Heirat Bestandteil eines Geschäftsabschlusses sein? Das will mir nicht in den Kopf."

„Man könnte es ganz sicher schlechter treffen." Ryan musste daran denken, dass er selbst nur knapp einer solchen Ehe entkommen war.

„Immer noch keine Nachricht von Kelly?"

„Nein. Aber ich habe ja gerade erst angefangen zu suchen. Sie wird schon noch auftauchen."

„Mann, warum machst du das überhaupt? Vergiss sie. Leb dein Leben weiter. Ohne sie bist du besser dran. Es ist verrückt, ihr hinterherzulaufen."

„Klar bin ich ohne sie besser dran. Ich suche ja nicht nach ihr, um wieder mit ihr zu leben."

„Warum hast du dann einen Privatdetektiv engagiert, um sie zu finden? Du solltest die Vergangenheit ruhen lassen. Vergiss Kelly."

Ryan schwieg eine ganze Weile. Er konnte diese Frage nicht wirklich beantworten. Wie sollte er erklären, dass er unbedingt wissen wollte, wo Kelly war? Was sie machte. Ob es ihr gut ging. Das alles sollte ihm egal sein, verdammt. Er sollte sie wirklich vergessen, aber er konnte es nicht.

„Ich will ein paar Antworten", murmelte er schließlich. „Sie hat den Scheck, den ich ihr gegeben habe, nie eingelöst. Ich möchte nur sicher sein, dass ihr nichts passiert ist."

Er fand selbst, dass das eine lahme Begründung war.

Devon zog eine Braue hoch und trank einen Schluck von seinem Wein. „Nach dem, was sie sich geleistet hat, kommt sie sich bestimmt ziemlich idiotisch vor. Ich würde auch lieber unsichtbar bleiben."

Ryan hob die Schultern. „Kann schon sein." Aber er wurde das Gefühl nicht los, dass mehr dahintersteckte. Warum machte er sich deswegen Gedanken? Was ging es ihn an?

Warum hatte sie den Scheck nicht eingelöst?

Warum konnte er sie nicht vergessen? Sie verfolgte ihn regelrecht. Seit sechs Monaten verwünschte er sie. Er lag nachts wach und fragte sich, wo sie war und ob es ihr gut ging. Und er hasste sich dafür, dass er sich solche Sorgen machte. Auch wenn er sich sicher war, dass er sich unter den gegebenen Umständen um jede Frau sorgen würde.

„Deine Zeit und dein Geld", riss Devon Ryan aus seinen Gedanken. „Ach, da ist ja Cam. War mir nicht sicher, ob er seine Festung tatsächlich verlassen würde, um zur Hochzeit zu kommen."

Cameron Hollingsworth bahnte sich seinen Weg durch die Gäste. Er war groß und breitschultrig, und seine finstere Miene verlieh ihm etwas Unnahbares. Doch wenn er mit seinen Freunden zusammen war, konnte er sich durchaus entspannen.

Allerdings waren Ryan, Devon und Rafe die Einzigen, die er als solche ansah.

„Tut mir leid, dass ich zu spät dran bin." Camerons Blick wanderte über die Tanzfläche und blieb an Rafe und Bryony hängen. „Wie war denn die Trauung?"

„Ach, wunderschön", antwortete Devon. „Ich schätze, genau so, wie eine Frau sie sich erträumt. Rafe war das völlig egal. Für ihn zählt nur, dass Bryony jetzt seine Frau ist."

Cam lachte auf. „Der Ärmste. Ich weiß nicht, ob ich ihm gratulieren oder kondolieren soll."

Ryan lächelte. „Bryony ist eine tolle Frau. Rafe kann von Glück sagen, dass er sie hat."

Devon nickte, und selbst Cameron zeigte den Anflug eines Lächelns. Dann wandte er sich mit spöttisch funkelnden Augen an Devon.

„Man hört, du seist selbst drauf und dran, vor den Altar zu treten."

Devon fluchte leise, während er sich an seinem Weinglas festhielt. „Lass uns Rafes Hochzeit feiern, statt von meiner Hochzeit zu reden. Mich interessiert viel mehr, ob du es geschafft hast, das neue Grundstück für unser Hotel zu kaufen. Denn Moon Island ist ja jetzt offiziell tabu."

Cam tat schockiert. „Du hast Zweifel? Dann lass dir sagen, dass jetzt zwanzig Morgen in Toplage direkt am Strand von St. Angelo uns gehören. Es war ein guter Abschluss. Und es kommt noch besser: Wir können anfangen zu bauen, sobald wir die Leute dafür hingebracht haben. Wenn wir uns ranhalten, schaffen wir fast noch unseren ursprünglichen Termin für die große Eröffnung."

Ihre Blicke wanderten automatisch zu Rafe, der immer noch eng umschlungen mit seiner Braut tanzte. Ja, der Mann hatte sie um Längen zurückgeworfen, als er das Bauvorhaben auf Moon Island gestoppt hatte. Aber Rafe sah so verdammt glücklich aus, dass er ihm einfach nicht böse sein konnte.

Ryans Handy vibrierte, und er zog es aus seiner Hosentasche. Er wollte den Anruf schon ignorieren, als er sah, wer da anrief. „Entschuldigung, diesen Anruf muss ich annehmen."

Gleich darauf trat Ryan ins Freie. Die sanfte Meeresbrise zerzauste ihm das Haar, und er atmete tief die salzige Luft ein.

Das Wetter war der Jahreszeit entsprechend, aber kein bisschen heiß. Einen perfekteren Tag konnte man sich nicht wünschen, besonders für eine Hochzeit am Strand.

Mit Blick auf die Wellen in der Ferne meldete er sich.

„Ich glaube, ich habe sie gefunden", sagte sein Privatdetektiv ohne lange Vorrede.

Ryan versteifte sich. „Wo?"

„Ich hatte noch keine Zeit, jemanden hinzuschicken, um sie näher anzusehen. Ich habe die Information erst vor ein paar Minuten erhalten. Aber ich bin mir ziemlich sicher, dass sie es ist, und das wollte ich Sie umgehend wissen lassen. Bis morgen sollte ich Näheres erfahren."

„Wo ist sie?", wiederholte Ryan.

„Houston. Sie arbeitet dort in einem Diner. Zuerst gab es eine Verwechslung mit ihrer Sozialversicherungsnummer. Ihr

Arbeitgeber hat sie falsch gemeldet. Als er sie korrigiert hat, erschien ihr Name auf meinem Bildschirm. Bis morgen Nachmittag habe ich Fotos und einen umfassenden Bericht für Sie."

Houston. Die Ironie des Ganzen entging Ryan nicht. Die ganze Zeit über war er in ihrer Nähe gewesen, ohne es zu ahnen.

„Nein, ich werde hinfahren. Ich bin schon in Texas. In ein paar Stunden kann ich in Houston sein."

Am anderen Ende der Leitung war es still. „Sir, vielleicht ist sie es doch nicht. Ich würde gern eine Bestätigung der Angaben haben, bevor Sie eine überflüssige Fahrt unternehmen."

„Sie sagten, Sie seien sich ziemlich sicher, dass sie es ist. Falls es ein Irrtum ist, werde ich Sie nicht dafür verantwortlich machen."

„Soll ich meinen Mitarbeiter also nicht hinschicken?"

Ryan zögerte. „Falls es Kelly ist, werde ich das rausbekommen. Falls nicht, sage ich Ihnen Bescheid, damit Sie Ihre Suche fortsetzen können. Sie brauchen niemanden nach Houston zu schicken. Ich fahre selbst hin."

Im strömenden Regen fuhr Ryan zu dem kleinen Café in West-Houston, wo Kelly als Kellnerin arbeitete. Es hätte ihn nicht überraschen sollen. Als sie sich kennenlernten, hatte sie in einem schicken Café in New York bedient. Aber der Scheck, den er ihr gegeben hatte, hätte es ihr ermöglicht, eine ganze Weile nicht zu arbeiten. Er hatte gedacht, sie würde an die Uni zurückkehren. Selbst als sie sich verlobt hatten, hatte Kelly den Wunsch geäußert, ihr Studium abzuschließen. Er hatte das zwar nicht verstanden, aber ihren Entschluss unterstützt. Der Egoist in ihm hätte es lieber gesehen, wenn sie vollkommen abhängig von ihm gewesen wäre.

Warum hatte sie den Scheck nicht eingelöst?

Nachdem er Rafe und Bryony herzlich gratuliert hatte, war er mit der Fähre nach Galveston gefahren. Weder Cam noch Dev hatte er gesagt, dass er Kelly gefunden hatte, sondern nur, dass er sich um eine wichtige geschäftliche Angelegenheit kümmern müsse. Als er in Houston angekommen war, war es schon spät gewesen. Also hatte er eine schlaflose Nacht in einem Hotel verbracht.

Seit er am Morgen losgefahren war, regnete es ununterbrochen. Ein Blick auf das Navi sagte ihm, dass er noch ein paar Blocks von seinem Ziel entfernt war. Es frustrierte ihn, dass jede Ampel auf Rot sprang und er halten musste. Warum er es eilig hatte, wusste er nicht. Nach Auskunft seines Privatdetektivs arbeitete Kelly schon eine Weile in dem Café. Sie würde nicht weggehen.

Ihm schwirrten tausend Fragen durch den Kopf, aber er würde erst dann Antworten darauf finden, wenn er Kelly zur Rede gestellt hatte.

Ein paar Minuten später parkte er vor einem kleinen Diner, über dem ein schiefes Donut-Schild hing. Was für ein Laden. Warum arbeitete Kelly ausgerechnet *hier*?

Er betrat das Café und schaute sich um, ehe er in einer Nische Platz nahm. Eine Kellnerin, die nicht Kelly war, brachte ihm eine Speisekarte.

„Nur einen Kaffee."

„Wie Sie möchten."

Kurz darauf stellte sie die Tasse so resolut auf den Tisch, dass der Kaffee überschwappte. Mit einem entschuldigenden Lächeln warf sie Ryan eine Serviette hin.

„Sagen Sie einfach Bescheid, wenn ich Ihnen noch irgendetwas bringen soll."

Er war kurz davor, sie nach Kelly zu fragen, als er in einiger Entfernung eine Servierin an einem der Tische stehen sah. Sie wandte ihm den Rücken zu.

Das war sie. Er wusste es sofort.

Ihr honigblondes Haar war länger und zu einem Pferdeschwanz gebunden, aber sie war es. Er spürte es instinktiv, und sein Herz klopfte sofort schneller, selbst nach all den Monaten.

Dann drehte sie sich zur Seite und wandte ihm das Profil zu, und Ryan wich alles Blut aus dem Gesicht.

Was, um Himmels willen …

Ihr runder Bauch ließ keinen Zweifel zu.

Sie war schwanger. Hochschwanger. So, wie es aussah, sogar noch weiter in ihrer Schwangerschaft als Bryony.

Genau in dem Moment, als sie sich ganz umdrehte, sah er hoch, und ihre Blicke begegneten sich. Schockiert starrte sie ihn aus ihren blauen Augen quer durch den Raum an. Auch sie hatte ihn sofort erkannt. Aber warum sollte sie sich auch weniger an ihn erinnern als er sich an sie?

Ehe er reagieren konnte, wurde ihr Blick eiskalt vor Wut. Ihre zarten Gesichtszüge verhärteten sich, und Ryan sah von seinem Platz aus, dass sie die Zähne zusammenbiss.

Welchen Grund hatte sie, dermaßen wütend zu sein, verdammt noch mal?

Sie ballte die Hände zu Fäusten, fast so, als würde sie ihm liebend gern einen Kinnhaken versetzen. Dann wandte sie sich wortlos um und verschwand durch die Schwingtür in Richtung Küche.

Ryan kniff die Augen zusammen. Okay, das war nicht so gelaufen, wie er es sich vorgestellt hatte. Dabei war er gar nicht sicher, was er eigentlich erwartet hatte. Dass sie sich unter Tränen entschuldigte? Dass sie ihn flehentlich darum bat, sie wieder aufzunehmen? Jedenfalls hatte er nicht erwartet, dass sie hochschwanger war und in einem Laden bediente, der eher zu jemandem passte, der die Highschool abgebrochen hatte, als zu einer Studentin wie Kelly, die auf dem Weg zu einem glänzenden Studienabschluss war.

Schwanger. Er atmete tief durch, um sich zu fassen. In welchem Monat war sie wohl genau? Mindestens im siebten.

Ihm wurde ganz anders, und sein Atem stockte.

Falls sie wirklich im siebten Monat schwanger war, war es womöglich sein Kind.

Oder das seines Bruders.

Kelly Christian stürzte in die Küche. Leise vor sich hinschimpfend versuchte sie, die Schnürbänder ihrer Schürze aufzuknoten. Ihre Hände zitterten so sehr, dass es ihr einfach nicht gelingen wollte.

Schließlich zog sie so heftig daran, dass die Schürze zerriss. Da warf sie sie einfach über den Haken, der für die Schürzen der Kellnerinnen vorgesehen war.

Warum war er hier? Sie hatte sich keine große Mühe gegeben, ihre Spuren zu verwischen. Ja, sie hatte New York verlassen, und damals hatte sie nicht gewusst, wohin ihr Weg sie führen würde. Es war ihr egal gewesen. Aber sie hatte auch nichts getan, weshalb sie sich verstecken müsste. Das hieß, er hätte sie jederzeit finden können. Warum jetzt? Aus welchem Grund sollte er sie nach sechs Monaten suchen?

Sie glaubte nicht an Zufälle. Dieses Café war kein Lokal, in das Ryan Beardsley zufällig kam. Nicht standesgemäß. Seine erlesene Familie würde lieber sterben, als ihrem Gaumen etwas zuzumuten, was nicht mindestens in einem Fünfsternerestaurant serviert wurde.

Wow, Kelly, so verbittert?

Sie schüttelte den Kopf, wütend auf sich selbst, weil sie so heftig auf diesen Mann reagierte.

„He, Kelly, was ist los?"

Kelly drehte sich um. Ihre Kollegin Nina stand mit besorgter Miene in der Küchentür.

„Mach die Tür zu", zischte Kelly und machte Nina ein Zeichen, hereinzukommen.

„Ist alles in Ordnung? Du siehst aus, als ginge es dir nicht gut, Kelly. Ist was mit deinem Baby?"

Um Gottes willen, das Baby! Ryan müsste schon blind sein, um ihren Babybauch zu übersehen. Sie musste weg von hier.

„Ja, es geht mir gar nicht gut", schwindelte sie. „Sag Ralph, dass ich wegmusste."

Nina runzelte die Stirn. „Er wird nicht begeistert sein. Du

weißt ja, was er davon hält, wenn wir auf der Arbeit fehlen. Wenn wir nicht gerade ein Bein oder einen Arm verloren haben oder Blut spucken, hat er kein Verständnis dafür, wenn man nicht zur Stelle ist."

„Dann sag ihm, dass ich gekündigt habe", murmelte Kelly auf dem Weg zum Hinterausgang. An der Tür blieb sie kurz stehen. „Tu mir einen Gefallen, Nina. Es ist wichtig, okay? Falls jemand im Diner nach mir fragt – egal wer: Du weißt rein gar nichts."

„Kelly, bist du irgendwie in Schwierigkeiten?"

Ungeduldig schüttelte Kelly den Kopf. „Ich bin nicht in Schwierigkeiten. Ich schwöre es. Es geht um meinen … meinen Ex. Er ist ein richtiger Mistkerl. Ich habe ihn vor einer Minute vorn im Diner sitzen sehen."

Entrüstet presste Nina die Lippen aufeinander. „Geh nur, meine Liebe. Ich kümmere mich hier schon um alles."

„Danke."

Gleich darauf eilte Kelly die schmale Straße hinter dem Café hinunter. Ihr Apartment lag nur zwei Blocks entfernt. Sie würde nach Hause gehen und sich überlegen, was um alles in der Welt sie als Nächstes tun sollte.

Fast wäre sie auf halbem Weg stehen geblieben. Warum lief sie eigentlich weg? Sie hatte nichts zu verbergen. Sie hatte nichts Schlimmes getan. Was sie hätte tun *sollen*, war, quer durchs Café zu marschieren, um ihm eine Ohrfeige zu verpassen. Stattdessen lief sie weg.

Als sie die Treppen zu ihrer Wohnung im ersten Stock hinauflief, nahm sie immer zwei Stufen auf einmal. Sobald sie drinnen war, schloss sie die Tür und sank mit dem Rücken dagegen.

Tränen traten ihr in die Augen. Sie war wütend. Wie konnte es sein, dass es sie so aus der Fassung brachte, Ryan Beardsley wiederzusehen? Nein, sie wollte ihm nicht gegenübertreten. Sie wollte ihn nie wieder sehen. Nie wieder sollte jemand die Macht haben, sie so zu verletzen wie er. Nie wieder.

Automatisch legte sie die Hände auf ihren Bauch und rieb ihn behutsam. Dabei war sie nicht sicher, wen sie damit mehr trösten wollte: ihr Baby oder sich selbst.

„Es war idiotisch, ihn zu lieben", flüsterte sie. „Idiotisch zu glauben, ich könnte zu ihm passen und seine Familie würde mich akzeptieren."

Kelly fuhr zusammen, als die Tür hinter ihr vibrierte, weil jemand anklopfte. Ihr Herz schlug schneller, und sie starrte auf ihre Wohnungstür, als könnte sie durch sie hindurchsehen.

„Kelly, mach die blöde Tür auf! Ich weiß, dass du da bist."

Ryan. Um Gottes willen. Der Allerletzte, dem sie die Tür öffnen wollte.

Sie stützte sich gegen die Tür, unsicher, ob sie ihn einfach ignorieren oder antworten sollte.

Der zweite Schlag gegen ihre Tür war so heftig, dass sie erschrocken die Hand wegriss.

„Geh weg!", rief sie schließlich. „Ich habe dir nichts zu sagen."

Plötzlich erbebte die Tür und flog auf. Hastig machte Kelly einige Schritte rückwärts. Dabei hielt sie die Arme schützend vor ihren Babybauch.

Ryan stand im Türrahmen, groß und beeindruckend wie eh und je. Bis auf ein paar neue Fältchen um seinen Mund und seine Augen herum sah er unverändert aus. Eingehend betrachtete er sie von Kopf bis Fuß. Sie schien nichts vor ihm verbergen zu können. Er hatte es schon immer verstanden, ihr direkt ins Herz zu sehen. Nur das eine Mal nicht, als es am meisten darauf angekommen wäre.

Erneut durchzuckte Kelly ein heftiger Schmerz. Zum Teufel mit ihm! Was wollte er noch alles tun, um sie zu verletzen? Er hatte sie doch schon vollkommen erledigt.

„Verschwinde." Sie war richtig stolz darauf, wie ruhig ihre Stimme klang. „Verschwinde, oder ich rufe die Polizei. Ich habe nichts mit dir zu bereden. Jetzt nicht. Und auch nicht später."

„Das ist schade", Ryan trat näher, „denn ich habe jede Menge mit *dir* zu bereden. Zuallererst einmal würde ich nämlich gern wissen, von wem du schwanger bist."

Kelly zwang sich, Ryan nicht wütend anzuschreien, auch wenn ihre Emotionen in ihr hochkochten. „Das geht dich nichts an."

„Das tut es sehr wohl, falls ich der Vater bin."

Die Arme vor der Brust verschränkt, starrte sie ihn an. „Wie kommst du denn *darauf*?"

Es war geradezu grotesk, dass ein Mann, der ohne Weiteres bereit gewesen war, zu glauben, dass sie mit jeder Menge anderer ins Bett gehüpft war, in ihr Apartment eindrang und wissen wollte, ob sie von ihm schwanger war oder nicht.

„Verdammt, Kelly, wir waren verlobt. Wir haben zusammengelebt und waren oft intim. Ich habe ein Recht darauf, zu erfahren, ob es mein Kind ist."

Skeptisch betrachtete sie ihn einen Moment. „Woher soll ich das wissen? Schließlich war ich mit wahnsinnig vielen anderen Männern zusammen, unter anderem mit deinem Bruder." Achselzuckend wandte sie sich ab und ging in die Küche.

Er folgte ihr dicht auf den Fersen, und sie spürte seinen Ärger fast körperlich. „Kelly, du bist eine Hexe. Eine kalte, berechnende Hexe. Ich habe dir alles gegeben, und du hast es für einen Seitensprung weggeworfen."

Sie fuhr herum und war kurz davor, ihm eine schallende Ohrfeige zu verpassen. „Verschwinde! Verschwinde, und komm nie wieder zurück."

„Ich gehe nirgendwohin, Kelly. Nicht bevor du mir gesagt hast, was ich wissen will."

Sie lachte auf. „Es ist nicht dein Baby. Zufrieden? Und jetzt geh."

„Dann ist also Jarrod der Vater?"

„Warum fragst du ihn nicht selbst?"

„Wir reden nicht über dich."

„Tja, und ich will über *keinen* von euch beiden reden. Ich will, dass du meine Wohnung verlässt. Es ist nicht dein Baby. Verschwinde aus meinem Leben. Ich bin aus deinem verschwunden, wie du verlangt hast."

„Du hast mir keine andere Wahl gelassen."

„Wahl? Ich kann mich nicht daran erinnern, dass ich eine hatte. Du hast die Wahl für uns beide getroffen."

„Du bist eine ganz schön harte Nuss, Kelly. Immer noch das unschuldige Opfer, wie ich sehe."

Sie ging zur Haustür und hielt sie ihm schweigend auf.

Ryan verharrte reglos. „Warum lebst du so, Kelly? Es will mir nicht in den Kopf, warum du getan hast, was du getan hast. Ich hätte dir alles gegeben. Mensch, selbst bei unserer Trennung habe ich dir noch ganz schön viel Geld gegeben, weil ich nicht wollte, dass es dir an etwas mangelt. Um jetzt mitzubekommen, dass du in ärmlichsten Verhältnissen wohnst und einen Job hast, der weit unter deinen Möglichkeiten liegt."

Kelly verspürte einen Anflug von Hass. Ja, so war es: Sie liebte und hasste ihn zugleich. Ihr Schmerz war so groß, dass es ihr den Atem verschlug. Sie dachte an den Tag zurück, als sie vor Ryan gestanden hatte, verzweifelt und völlig am Boden zerstört. Und wie er seine Unterschrift unter einen Scheck gesetzt und ihn ihr verächtlich hingeschoben hatte.

Sein Blick hatte ihr gesagt, dass er sie nicht liebte, nie geliebt hatte. Er vertraute ihr nicht.

Als sie ihn mehr gebraucht hatte als je zuvor, hatte er sie im Stich gelassen. Er hatte sie wie eine Hure behandelt.

Das würde sie ihm *nie* verzeihen.

Langsam wandte sie sich um und ging mit schweren Schritten zur Küchenschublade hinüber, in der sie den zerknitterten Umschlag mit dem Scheck verwahrte. Er erinnerte sie an zerbrochene Träume und allerschlimmsten Verrat. Sie hatte ihn sich oft angesehen, aber geschworen, nie in eine Bank zu gehen, um ihn einzulösen.

Mit dem Umschlag in der Hand kehrte sie zu Ryan zurück, der sie mit undurchdringlicher Miene betrachtete. Sie zerknüllte den Umschlag und warf ihn ihm an den Kopf.

„Hier hast du deinen Scheck. Nimm ihn und verschwinde endlich aus meinem Leben."

Er hob den Umschlag auf, glättete ihn und zog den zerknitterten Scheck heraus. Dann schaute er sie wieder mit gerunzelter Stirn an. „Das verstehe ich nicht."

„Du hast nie etwas verstanden. Wenn du nicht gehst, gehe eben ich."

Ehe er sie daran hindern konnte, war sie zur Tür hinaus und warf sie ins Schloss.

Ryan starrte immer noch ungläubig auf den Scheck in seiner Hand. Warum? Kelly benahm sich, als sei er der reinste Abschaum. Was, verdammt noch mal, hatte er ihr je getan, außer sicherzustellen, dass sie versorgt war?

Als er sich in der Wohnung umschaute, fiel ihm auf, wie renovierungsbedürftig sie war, wie billig das Mobiliar. Zwei Türen des Küchenschranks hingen schief in den Angeln, und er war völlig leer. Überhaupt keine Lebensmittel.

Fluchend stellte er fest, dass auch im Kühlschrank nur eine Tüte Milch, eine halbe Packung Käse und ein Glas Erdnussbutter standen.

Als er auch in den übrigen Schränken rein gar nichts Essbares fand, wurde er immer wütender. Wovon lebte Kelly? Und vor allem: Warum lebte sie in solchen Verhältnissen?

Kopfschüttelnd betrachtete er noch einmal den Scheck. Der Betrag war hoch genug, um davon ein paar Jahre bescheiden, aber gut zu leben.

An einigen Stellen war die Tinte verschmiert, und er wies diverse Fingerabdrücke auf. Warum hatte sie ihn nie eingelöst? Ryan hatte so viele Fragen, dass er sie gar nicht klar formulieren konnte.

Hatte sie ein schlechtes Gewissen, weil sie sich damals so

verhalten hatte? Schämte sie sich, von ihm Geld anzunehmen, nachdem sie ihn betrogen hatte?

Eins stand fest: Er würde nicht einfach wieder gehen. Es gab zu viele Fragen, auf die er Antworten haben wollte. Warum lebte sie in dieser schäbigen Wohnung und hatte einen Job, der ihr offenbar nicht genug Geld einbrachte, um sie zu ernähren, geschweige denn ein vernünftiges Leben zu führen? Was um alles in der Welt würde sie tun, wenn das Baby kam? Ob es nun sein Baby war oder nicht, es war ihm nicht egal. Nicht, nachdem sie ihm einmal so viel bedeutet hatte.

Sie gab nicht auf sich acht. Früher hatte immer er auf sie achtgegeben, und das würde er jetzt wieder tun. Egal, ob ihr das passte oder nicht.

Hinter ihrem Wohnhaus bog Kelly in eine Nebenstraße ein. Sie ging nicht ins Diner, obwohl das am vernünftigsten gewesen wäre. Einen Tag keinen Lohn zu bekommen war nicht so schlimm, aber das fehlende Trinkgeld würde bei ihren kläglichen Ersparnissen schon ins Gewicht fallen.

Sie brauchte Zeit zum Nachdenken. Zeit, um sich zu fassen. Und Ryan würde schnurstracks ins Diner zurückkehren, um sie noch einmal zur Rede zu stellen.

Es hatte aufgehört zu regnen, doch dunkle Wolken in der Ferne kündigten weiteren Regen im Laufe des Tages an.

Kelly spürte Tränen aufsteigen. Aber sie war fest entschlossen, sich durch ihr unerwartetes Wiedersehen mit Ryan nicht aus der Bahn werfen zu lassen.

Der kleine Spielplatz in der Nähe ihrer Wohnung war verlassen, und sie setzte sich auf eine der Bänke, ganz benommen von widerstrebenden Gefühlen: Wut, Kummer und Schock.

Warum war Ryan hergekommen?

Offensichtlich war ihre Schwangerschaft eine große Überraschung für ihn. Doch ihr Treffen war ganz sicher kein seltsamer Zufall.

In den letzten Monaten hatte sie viel über ihre Beziehung nachgedacht, obwohl sie alles getan hatte, um ihn zu vergessen.

Ihr war einiges klar geworden. Sie hatten es viel zu eilig gehabt. Angefangen mit ihrer ersten Begegnung in dem Café, in dem sie ihn bedient hatte, bis hin zu ihrer überstürzten Verlobung hatte sie sich nicht die Zeit genommen, sich seiner sicher zu sein. Oh, ihrer selbst war sie sich sicher. Sie hatte sich auf den ersten Blick in ihn verliebt. Sie hatte sich auf ihn eingelassen, ohne zu hinterfragen, wie er zu ihr stand. Ob er sie auch liebte.

Die Hindernisse waren ihr damals unbedeutend erschienen. Er stand gesellschaftlich weit über ihr, aber sie war naiv genug gewesen, anzunehmen, dass Liebe alle Schranken überwinden würde und dass es egal war, ob seine Familie oder Freunde sie ablehnten. Sie würde sich als würdig erweisen, seinen Lebensstil mit ihm zu teilen.

Nein, sie hatte weder sein Vermögen noch seine Beziehungen, seine Erziehung oder seine Herkunft. Aber wem war das alles heutzutage überhaupt noch wichtig?

Sie war eine Närrin gewesen. Sie hatte ihr Studium vorläufig aufgegeben, weil sie alle Hände voll damit zu tun gehabt hatte, die perfekte Freundin, Verlobte und künftige Frau von Ryan Beardsley zu sein. Sie hatte ihm erlaubt, ihr die elegantesten Kleider zu kaufen. Sie war zu ihm in sein Apartment gezogen und hatte sich damit gequält, immer das Richtige zu sagen und sich ideal in sein Leben einzufügen.

Und sie hatte nie wirklich eine Chance gehabt.

Jeder, der glaubte, Liebe sei ein Allheilmittel, täuschte sich gründlich. Vielleicht wäre alles anders gekommen, wenn er sie genug geliebt hätte – oder überhaupt geliebt hätte. Wie hätte er sich sonst bei der ersten Gelegenheit von ihr abwenden können?

Kelly schloss die Augen, weil ihr schon wieder die Tränen kamen. Sie war aus New York geflüchtet und hier in Houston gelandet. Sie hatte sich ein neues Leben aufgebaut. Es war vielleicht nicht das beste, aber es war ihr eigenes Leben.

Ihr war klar gewesen, dass sie erst nach der Geburt ihres Babys auf die Uni zurückkonnte, und deshalb arbeitete sie hart und sparte jeden Penny. Sie lebte in der billigsten Wohnung, die sie hatte finden können, und legte fast ihr ganzes Einkommen für später zurück. Nach der Geburt würde sie eine bessere Bleibe suchen und die beiden letzten Studiensemester absolvieren, damit sie und ihr kostbares Baby in gesicherten Verhältnissen leben konnten. Ohne Ryan Beardsley mit seinem dreckigen Geld und seiner schrecklichen Familie und all dem Misstrauen, das man ihr entgegengebracht hatte.

Und jetzt? Warum war Ryan hier? Und was bedeutete es für ihre Zukunft, dass er jetzt von ihrer Schwangerschaft wusste? Für ihre Pläne? Ihren Entschluss, nie wieder in eine Situation zu geraten, in der sie so sehr verletzt werden konnte?

Müde rieb sie sich die Stirn. Sie war erschöpft und nicht in der Lage, sich gegen Ryans Angriff zu wehren, was auch immer er vorhatte.

Sie wurde ärgerlich. Warum, zum Teufel, saß sie hier auf einer Parkbank und versteckte sich? Sie hatte nichts Schlimmes getan. Ryan konnte sie zu gar nichts zwingen. Im Gegenteil. Wenn er nicht umgehend ihre Wohnung verließ, würde sie die Polizei rufen.

Er hatte keine Macht mehr über sie.

Sie holte tief Atem, um sich zu beruhigen. Ja, er hatte sie aus der Fassung gebracht, weil sie nicht damit gerechnet hatte, ihn wiederzusehen. Aber das hieß nicht, dass sie sich von ihm überrollen lassen würde.

Dennoch fühlte sie sich sehr unwohl. Die Zukunft, die sie geplant hatte, schien durch Ryans Auftauchen plötzlich in Gefahr zu sein.

Falls er sich in den Kopf setzte, dass er der Vater ihres Kindes war, würde er nicht wieder weggehen. Aber selbst wenn sie es schaffte, ihn davon zu überzeugen, dass es nicht sein Kind war, würde er meinen, es sei Jarrods Kind. Die Familie Beardsley war also auf jeden Fall ein ernsthaftes Hindernis für ihre Zukunft.

Jetzt würde sie jedoch erst mal Ryan aus ihrer Wohnung verjagen. Sie hatte vielleicht weder sein Geld noch seine Beziehungen, aber sie würde nicht gleich bei der ersten Widrigkeit aufgeben.

Weil es wieder anfing zu regnen, musste sie sich beeilen, nach Hause zu kommen.

Als sie dann die Treppe zu ihrer Wohnung hinaufging, war sie doch ziemlich nass geworden. Leicht fröstelnd schloss sie auf.

Zwar hatte sie gehofft, dass Ryan aufgegeben hatte und gegangen sein würde. Aber es überraschte sie nicht, dass er in ihrem Wohnzimmer auf und ab ging.

„Wo bist du gewesen, verdammt?"

„Geht dich nichts an."

„Und ob es das tut. Du bist nicht zurück zur Arbeit gegangen. Es regnet, und du bist bis auf die Haut nass. Bist du verrückt?"

Kelly lachte auf. „Das bin ich wohl. Oder war es. Aber jetzt nicht mehr. Verschwinde, Ryan. Das hier ist mein Apartment. Du hast kein Recht, hier zu sein. Du kannst mich nicht schikanieren. Wenn es sein muss, lasse ich dich von der Polizei rauswerfen."

Überrascht blickte er sie an. „Du glaubst, ich würde dir wehtun?"

„Körperlich? Nein."

Leise fluchend strich er sich mit einer Hand durchs Haar. „Du musst etwas essen. Du hast überhaupt keine Lebensmittel da. Wie zum Teufel willst du dich um dich selbst und dein Baby kümmern, wenn du den ganzen Tag auf den Beinen bist? Du nimmst hier eindeutig keine Mahlzeiten zu dir. Es gibt hier nichts zu essen!"

„Lieber Himmel, man könnte meinen, du sorgst dich", spottete sie. „Aber wir wissen beide, dass das nicht stimmt. Mach dir keine Sorgen um mich, Ryan. Ich kümmere mich sehr wohl um mich und mein Baby."

Er ging auf sie zu. „Ja, ich sorge mich, Kelly. Du kannst mir nicht vorwerfen, dass ich das nicht tue. Ich war nicht derjenige, der weggeworfen hat, was wir miteinander hatten. Das warst du.“

Abwehrend hob sie eine Hand und wich hastig zurück. „Verschwinde!“

Für einen Moment schien es, als wolle er ihr weitere Vorhaltungen machen, doch dann atmete er tief durch.

„Okay, ich gehe. Aber morgen früh um neun komme ich zurück.“

Sie zog eine Braue hoch.

„Du hast einen Termin beim Arzt. Ich fahre dich hin.“

Er war also nicht untätig gewesen, während sie weg war. Klar, ein Mann wie Ryan brauchte nur zum Handy zu greifen. Unzählige Leute tanzten nach seiner Pfeife. Angewidert schüttelte Kelly den Kopf. „Vielleicht begreifst du es nicht, Ryan. Aber ich gehe mit dir nirgendwohin. Du bist nicht verantwortlich für mich. Ich habe meinen eigenen Arzt. Du schleppst mich nicht zu einem anderen.“

„Und wann hast du diesen Arzt zuletzt gesehen? Du siehst schrecklich aus, Kelly. Du gibst nicht auf dich acht. Das kann weder für dich noch dein Kind gut sein.“

„Tu nicht so, als würde dich das kümmern. Sei einfach so gut und geh.“

Er machte Anstalten, zu widersprechen, doch auch diesmal verkniff er sich einen Kommentar. Er ging zur Tür, wandte sich aber noch einmal kurz um. „Neun Uhr morgen früh. Du wirst mitkommen, und wenn ich dich hintragen muss.“

„Ja, und vielleicht friert die Hölle ein“, murmelte sie, als er die Tür hinter sich ins Schloss warf.

Am nächsten Morgen wachte Kelly eine Viertelstunde zu spät auf. Sie würde sich beeilen müssen, um bis sechs Uhr im Diner zu sein.

Als sie kurz darauf ihre Wohnung verlassen wollte, hielt sie den Atem an, weil sie fast damit rechnete, dass Ryan draußen auf sie wartete. Anscheinend litt sie wegen ihm schon an Verfolgungswahn. Dabei hatte sie sich eingebildet, über ihn hinweg zu sein.

Im Diner war Nina schon damit beschäftigt, ihren ersten Kunden das Frühstück zu servieren. Schnell band Kelly ihre Schürze um, nahm ihren Bestellblock und ging zu ihren Tischen hinüber.

In der ersten Stunde schaffte sie es, alle Gedanken an Ryan und daran, dass er noch einmal auftauchen könnte, zu verdrängen. Leider fiel ihr das mit der Zeit aber immer schwerer. Schließlich verwechselte sie drei Bestellungen und kippte einem Kunden Kaffee über den Ärmel. Es half nichts. Sie musste sich in die Küche zurückziehen, um sich zu sammeln.

Gerade als sie ins Café zurückgehen wollte, erschien Ralph.

„Was machst du hier überhaupt?"

„Ich arbeite hier, schon vergessen?"

„Nein, nicht mehr. Du bist draußen."

Kelly wurde blass und blickte ihn voller Panik an. „Du feuerst mich?"

„Du bist gestern weggegangen, als hier der Laden gebrummt hat. Ohne jeden Kommentar. Und du bist nicht zurückgekommen. Kannst du mir mal sagen, was das sollte? Und heute Morgen bist du wieder hier, und mein Laden ist voll von unzufriedenen Kunden, weil du mit deinen Gedanken woanders bist."

Sie atmete tief durch, bemüht, ruhig zu bleiben. „Ralph, ich brauche diesen Job. Gestern … gestern ist mir schlecht geworden, okay? Es wird nicht wieder vorkommen."

„Da hast du vollkommen recht. Ich hätte dich nie einstellen sollen." Er presste die Lippen zusammen. „Wenn ich nicht so dringend eine Kellnerin gebraucht hätte, hätte ich nie im Leben eine Schwangere eingestellt."

Oje. Sie wollte nicht betteln, aber was blieb ihr anderes übrig? Die Chancen, einen neuen Job zu finden, waren gleich null, hochschwanger, wie sie war. Sie brauchte nur noch ein paar Monate Arbeit bis zur Geburt. Dann hätte sie genügend Geld, um nicht mehr arbeiten zu müssen, und könnte sich um ihr Baby kümmern und ihr Studium beenden.

„Bitte gib mir noch eine Chance. Ich habe mich nie über irgendetwas beschwert, habe bisher keinen einzigen Tag gefehlt. Ich brauche diesen Job unbedingt."

Ralph zog einen Umschlag aus seiner Brusttasche und hielt ihn ihr hin. „Hier, dein letzter Scheck, abzüglich der gestrigen Fehlstunden."

Sie nahm ihn, und Ralph eilte durch die Schwingtür zur Küche hinaus.

Kelly wurde von Wut und Frust übermannt. Nach all den Monaten schaffte es Ryan immer noch, ihr Leben zu ruinieren. Sie band ihre Schürze ab, warf sie über den Haken und verließ das Diner durch die Hintertür.

Auf dem Rückweg zu ihrem Apartment wurde sie von Verzweiflung übermannt. Ihr verdammter Stolz! Sie hätte den Scheck, den Ryan ihr gegeben hatte, einlösen sollen. Zum Teufel mit ihm und seinen gemeinen Anschuldigungen. Sein Scheck hätte es ihr ermöglicht, ihr Studium abzuschließen und für ihr Kind zu sorgen.

Dabei hatte sie jeden Grund, ihn abzulehnen. Vielleicht hatte sie ihn deshalb nicht eingelöst, weil sie die Genugtuung erleben wollte, ihm den Scheck eines Tages an den Kopf zu werfen.

Es war ihr wichtig gewesen, dass Ryan begriff, dass sie nicht käuflich war. Aber was hatte sie davon? Einen anstrengenden Job, den sie jetzt auch los war, und eine schäbige Wohnung, in der sie ihr Kind auf keinen Fall großziehen wollte.

Ihr Stolz sollte ihr nicht länger im Weg stehen. Und Ryan Beardsley konnte sich zum Teufel scheren. Sie würde seinen Scheck einlösen.

3. KAPITEL

*A*ls Ryan die Treppe zu Kellys Apartment hinaufging, war er sich nicht sicher, ob sie zu Hause sein würde. Doch im Diner hatte er von einem mürrischen Mann namens Ralph erfahren, dass sie zumindest nicht dort war.

Er ärgerte sich, dass ihre Wohnungstür nicht verschlossen war. Er trat ein und sah, wie Kelly auf allen vieren unter einen abgenutzten Sessel schaute. Sie seufzte frustriert und erhob sich.

„Was machst du denn da?"

Mit einem Aufschrei fuhr sie herum. „Verschwinde!"

„Tut mir leid, dass ich dich erschreckt habe. Deine Tür war nicht abgeschlossen."

„Und da dachtest du, du könntest einfach reinkommen? Hast du noch nie von der Sitte gehört, dass man anklopft? Begreif es endlich, Ryan: Ich will dich hier nicht haben." Damit ging sie in die Küche, öffnete und schloss Schranktüren und Schubladen, weil sie offenbar etwas suchte.

Ryan seufzte. Er hatte nicht damit gerechnet, dass sie heute entgegenkommender sein würde, aber er hatte gehofft, nach dem anfänglichen Schock würde sie etwas weniger … wütend sein.

Als sie gleich darauf erneut auf dem Fußboden herumkroch, ging er zu ihr hinüber, um ihr aufzuhelfen. „Wonach suchst du denn?"

Sie wehrte seine ausgestreckte Hand ab. „Den Scheck. Ich suche den Scheck!"

„Welchen Scheck?"

„Den, den du mir ausgeschrieben hast."

Er zog den zerknitterten und gefalteten Scheck aus der Tasche. „Diesen hier?"

Sie wollte ihn an sich nehmen, doch er gab ihn ihr nicht.

„Ja! Ich habe es mir anders überlegt: Ich werde ihn einlösen."

„Setz dich, Kelly. Und dann erzählst du mir, was hier eigentlich los ist. Du wartest monatelang, dann wirfst du mir den Scheck an den Kopf und verlangst, dass ich endlich aus deinem Leben verschwinde, und jetzt hast du es dir anders überlegt? Bist du verrückt?"

Zu seiner größten Überraschung ließ sie sich auf einen der beiden Stühle an dem kleinen Küchentisch fallen und vergrub das Gesicht in beiden Händen. Bestürzt stellte er fest, dass ihre Schultern bebten, weil sie begonnen hatte, lautlos zu weinen.

Einen Augenblick stand er da und wusste nicht, was er tun sollte. Er hatte es noch nie ertragen, wenn sie weinte. Dann kauerte er sich neben ihren Stuhl und zog sacht die Hände von ihrem Gesicht weg.

Sie wandte sich ab. Offensichtlich war es ihr unangenehm, dass er ihren Zusammenbruch miterlebte.

„Was ist los, Kelly?"

„Ich habe meinen Job verloren", brachte sie mühsam heraus. „Wegen dir."

Er wich zurück. „Wegen mir? Was soll ich denn bitte schön getan haben?"

Sie hob den Kopf, und ihre Augen blitzten. „Deine Standardfrage. Was habe ich getan? Natürlich hast du nichts falsch gemacht. Sicher war alles mein Fehler, genau wie alles andere, was in unserer Beziehung schiefgegangen ist. Gib mir einfach den Scheck und verschwinde. Du brauchst nie wieder einen Gedanken an mich zu verschwenden."

„Glaubst du ernsthaft, ich würde *jetzt* einfach gehen?" Er steckte den Scheck wieder ein und hatte Mühe, an sich zu halten. „Wir haben jede Menge klarzustellen, Kelly. Ich gehe nirgendwohin und du auch nicht. Zuallererst suchen wir den Arzt auf, damit du gründlich untersucht wirst. Du siehst nicht gut aus."

Langsam erhob sie sich und schaute ihm fest in die Augen. „Mit dir gehe ich nirgendwohin. Wenn du mir den Scheck nicht geben willst, dann eben nicht. Geh. Wir haben nichts mehr zu bereden. Nie mehr."

Er suchte erneut ihren Blick. „Wir reden über den Scheck, wenn wir beim Arzt waren."

„Probierst du es jetzt mit Erpressung, Ryan?"

„Wenn du es so nennen willst. Es ist mir wirklich egal. Jedenfalls wirst du mit mir zum Arzt gehen. Wenn er an deinem Gesundheitszustand nichts zu bemängeln hat, gebe ich dir den Scheck und verschwinde."

Misstrauisch sah sie ihn an. „Einfach so."

Er nickte. Und er wies sie nicht darauf hin, dass kein Arzt ihr bescheinigen würde, dass sie vollkommen gesund war. Sie war völlig erschöpft, blass und hatte sehr wahrscheinlich ziemlich Untergewicht.

Eine Weile kaute sie auf ihrer Unterlippe herum, als ob sie überlegen würde, ob sie einwilligen sollte oder nicht. Schließlich atmete sie tief aus.

„Okay, Ryan. Ich gehe mit dir zum Arzt. Sobald er bestätigt hat, dass mit mir alles in bester Ordnung ist, will ich dich nie wieder sehen."

„*Falls* er sagt, dass mit dir alles okay ist, sollst du deinen Willen haben."

Sie setzte sich wieder, offensichtlich erschöpft. Ryan unterdrückte einen Fluch. War sie blind, oder wollte sie ihren Zustand einfach nicht wahrhaben? Sie brauchte jemanden, der sich um sie kümmerte. Der darauf achtete, dass sie drei Mahlzeiten am Tag einnahm und ihre Füße hochlegte und sich ausruhte.

Er sah auf die Uhr. „Wir sollten gehen. Du hast deinen Termin in einer halben Stunde, und ich weiß nicht, wie dicht der Verkehr ist."

Anscheinend ergab sie sich in ihr Schicksal. Jedenfalls raffte sie sich auf, holte ihre Handtasche und ging ihm voraus zur Tür.

Wenig später fuhr Kelly mit Ryan im Aufzug in den vierten Stock eines modernen Gebäudes hinauf, in dem sich die Arztpraxis befand. Müde und erschöpft stand sie neben ihm, während Ryan am Empfang alles Nötige erledigte.

Nachdem sie ihren Urin für eine Laboruntersuchung abgegeben hatte, brachte eine Arzthelferin sie in eins der Behandlungszimmer, wo Ryan auf sie wartete.

Als sie ihn hinausschicken wollte, bremste er sie. „Ich will mit eigenen Ohren hören, was der Doktor zu sagen hat."

Sie schluckte nervös, denn sie ahnte, dass er eine Szene machen würde, falls sie widersprach. Mit dem Rücken zu ihm lehnte sie sich an die Untersuchungsliege.

Sie musste diese Untersuchung hinter sich bringen, den Arzt Ryan informieren lassen, dass alles in bester Ordnung war, und dann würde sie ihn endlich los sein.

Nach ein paar Minuten kam ein junger Arzt ins Zimmer und bedeutete ihr, sich auf der Liege auszustrecken. Nachdem er ihren Bauchumfang vermessen und die Herztöne des Babys abgehört hatte, zog er einen Apparat heran und strich kühles Gel auf ihren Bauch.

Kelly hob den Kopf. „Was machen Sie da?"

„Ich dachte, Sie würden vielleicht gern einen Blick auf das kleine Mädchen oder den kleinen Jungen werfen. Ich mache schnell einen Ultraschall, um mich zu vergewissern, dass alles in Ordnung ist. Sind Sie damit einverstanden?"

Sie nickte, und der Arzt bewegte den Schallkopf über ihrem Bauch hin und her. Dann hielt er inne und zeigte auf den Bildschirm. „Das hier ist das Köpfchen."

Ryan trat näher, um einen Blick auf den Monitor zu werfen. Kelly reckte den Hals, um das ebenfalls zu tun, und Ryan legte ihr schnell eine Hand unter den Kopf, um sie zu stützen. Mit Tränen in den Augen lächelte sie glücklich. „Sie ist bildschön!"

„Ja, das ist sie", raunte Ryan ihr heiser ins Ohr.

„Oder er."

„Würden Sie gern wissen, ob es ein Mädchen oder ein Junge ist?", fragte der Arzt. „Das können wir schnell feststellen."

„Nein … nein, ich glaube nicht", sagte Kelly. „Es soll eine Überraschung sein."

Die Untersuchung dauerte noch ein paar Minuten, dann stand der Arzt auf und wischte ihren Bauch ab. Er überreichte ihr ein Ultraschallbild, das er ausgedruckt hatte, und machte sich ein paar Notizen.

„Ich mache mir Sorgen um Sie."

Mit Ryans Hilfe setzte Kelly sich auf und blickte den Arzt fragend an.

„Ihr Blutdruck ist viel zu hoch, und in Ihrem Urin finden sich Spuren von Eiweiß. Ihre Hände und Füße weisen ein starkes Ödem auf, und Ihrem Gewicht nach zu urteilen essen Sie nicht ausreichend. Diese Anzeichen können zu einer Eklampsie führen, und die wiederum kann die Schwangerschaft ernsthaft gefährden."

Kelly sah ihn schweigend an.

„Was ist eine Eklampsie?", wollte Ryan wissen.

„Das sind Schwangerschaftskrämpfe, denen ein stark erhöhter Blutdruck und eine erhöhte Ausscheidung von Eiweiß im Urin vorausgehen. Typischerweise tritt diese Komplikation bei Frauen nach ihrer zwanzigsten Schwangerschaftswoche auf. Es sind Krämpfe, die ganz plötzlich auftreten."

Der Arzt betrachtete Kelly mit ernster Miene, ehe er fortfuhr.

„Sie sind drauf und dran, ins Krankenhaus geschickt zu werden und dort bis zur Geburt zu bleiben. Falls Sie und Ihr Mann mir nicht versprechen, dass Sie immer wieder die Beine hochlegen, sich Ruhe gönnen und sich besser ernähren, werde ich es nicht bei der Ermahnung belassen, sondern Sie direkt ins Krankenhaus einweisen."

„Er ist nicht mein …"

„Versprochen", unterbrach Ryan sie schnell. „Sie haben mein Wort: Sie wird kaum noch den kleinen Finger rühren."

„Aber …"

„Kein Aber", sagte der Arzt. „Ich glaube, Sie unterschätzen den Ernst Ihrer Lage. Falls sich Ihr Zustand verschlimmert, können Sie daran sterben. Eklampsie ist die zweithäufigste Todesursache bei Schwangeren in den USA und der Hauptgrund für Komplikationen bei Ungeborenen. Die Sache ist ernst, und Sie müssen alles tun, was nötig ist, um eine Verschlechterung Ihres Zustandes zu verhindern."

Ryan wurde bleich, und Kelly spürte, wie auch ihr die Farbe aus dem Gesicht wich.

„Doktor, ich versichere Ihnen, dass Kelly von jetzt an nichts anderes tun wird, als auszuruhen und zu essen", erklärte Ryan bestimmt.

Der Arzt nickte zustimmend und schüttelte ihnen beiden die Hand. „Ich möchte sie in einer Woche noch einmal sehen. Und falls sich das Ödem verschlimmert oder sie noch zusätzlich starke Kopfschmerzen bekommt, muss sie direkt ins Krankenhaus."

Nachdem der Arzt gegangen war, saß Kelly vollkommen benommen von der Diagnose auf der Untersuchungsliege. Ryan legte eine Hand auf ihre und drückte sie.

„Kelly, ich möchte nicht, dass du dir Sorgen machst."

Sorgen? Fast wäre sie in hysterisches Gelächter ausgebrochen. Ihr Leben war ein absolutes Chaos, und sie sollte sich keine Sorgen machen?

„Komm", sagte er leise. „Lass uns gehen."

Widerspruchslos ließ sie sich von ihm zum Wagen führen. Das alles konnte unmöglich ihr passieren. Stumm saß sie dann neben Ryan und weigerte sich, ihn auf der Rückfahrt auch nur anzusehen. Sie hatte keinen Job, und nach Aussage des Arztes hätte sie, selbst wenn sie nicht gefeuert worden wäre, gar nicht arbeiten dürfen. Wie sollte sie da für sich, geschweige denn für ihr Baby sorgen? Sie hatte zwar einige Ersparnisse, aber die waren für das Baby und ihr Studium vorgesehen.

Sie fühlte sich absolut hilflos, und das gefiel ihr ganz und gar nicht. Das Klingeln eines Handys schreckte sie aus ihren Gedanken, und als Ryan anfing zu telefonieren, spitzte sie die Ohren, denn es ging um sie.

„Wir fahren gerade zu Kellys Apartment, um ihre Sachen zu holen. Buch einen Flug für uns ab Houston und ruf zurück, um mir Flugnummer und Abflugzeit durchzugeben. Dann ruf Dr. Whitcomb an – Adresse ist Hillcrest –, und lass Kellys Untersuchungsergebnisse an Dr. Bryant in New York faxen. Spring bitte für mich ein, und lass Linda alle Verträge sichten, die ich unterschreiben muss. Ich werde in ein paar Tagen wieder im Büro sein."

Abrupt beendete er das Gespräch.

„Was war das eben?", fragte Kelly alarmiert.

Er warf ihr einen entschlossenen Blick zu. „Ich bringe dich nach Hause."

„Nur über meine Leiche", zischte sie. Sie verschränkte die Arme vor dem Bauch und presste die Lippen fest aufeinander.

„Du wirst mitkommen." Sein Ton duldete keine Widerrede. „Du brauchst jemanden, der sich um dich kümmert, weil du dich ja weigerst, das selbst zu tun. Willst du die Gesundheit des Babys aufs Spiel setzen? Oder deine eigene?"

Schockiert starrte sie ihn an. „Verstehst du nicht, dass ich nichts mit dir zu tun haben will?"

„Oh ja, das hast du mir klargemacht, als du mit meinem Bruder geschlafen hast. Aber Tatsache ist, dass du wahrscheinlich von mir schwanger bist – oder ich bin eben der Onkel. Und deshalb werde ich nicht eher aus deinem Leben verschwinden, als bis ich überzeugt bin, dass ihr beide sicher seid. Du wirst mit nach New York kommen, und wenn ich dich in den Flieger tragen muss."

„Es ist nicht dein Kind."

„Von wem ist es dann?"

„Das geht dich nichts an."

Er schwieg eine ganze Weile, ehe er schließlich wiederholte: „Du kommst mit. Ich will das nicht nur wegen eines Kindes, das vielleicht meins ist oder auch nicht."

„Warum willst du es dann?"

Er antwortete nicht, sondern sah starr geradeaus auf die Straße.

Vor ihrer Wohnung angekommen, sprang Kelly aus dem Wagen und eilte die Treppe hinauf. Es gelang ihr nicht, Ryan davon abzuhalten, ihre Wohnung zu betreten.

„Kelly, wir müssen miteinander reden."

Sie fuhr herum. „Ja, das müssen wir. Du wolltest mit mir über den Scheck sprechen. Du hast nicht lange gefackelt, ihn mir zu geben, als du mich damals eine Hure genannt hast. Ich will ihn zurück, und es ist mir ganz egal, was du über meine Motive denkst."

„Ich stelle ihn dir nicht mehr zur Verfügung."

„Na wunderbar."

„Stattdessen möchte ich, dass du mit mir nach New York zurückkommst."

„Du musst verrückt sein. Warum sollte ich das tun?"

„Weil du mich brauchst."

„Damals habe ich dich auch gebraucht."

Bevor er etwas erwidern konnte, wandte sie sich ab. Sie legte ihre Hände schützend auf den Bauch und versuchte, nicht in Panik zu geraten.

Hinter ihr blieb Ryan stumm. Beunruhigend stumm. Als er dann etwas sagte, klang seine Stimme seltsam belegt.

„Ich gehe jetzt deine Medikamente besorgen, und ich bringe uns etwas zu essen mit. Wenn ich zurückkomme, möchte ich, dass du gepackt hast."

Gleich darauf hörte sie die Tür leise ins Schloss fallen.

Kelly sank auf den abgenutzten Sessel. Vor zwei Tagen hatte sie noch einen Plan für die Zukunft gehabt. Einen guten Plan. Heute hatte sie keinen Job mehr, ihre Gesundheit war gefährdet, und ihr Exverlobter drängte sie, mit ihm nach New York zurückzukehren.

Auch wenn der Gedanke sie schaudern ließ, würde sie ihre Mutter anrufen müssen. Sie hatte sich geschworen, dass sie eher sterben würde, als ihre Mom jemals um etwas zu bitten. Doch im Moment erschien ihr das als das kleinere Übel.

Also holte sie tief Luft und wählte die letzte Nummer ihrer Mutter, die sie hatte. Es war durchaus möglich, dass Deidre nicht mehr in Florida lebte. Wer wusste das schon?

Sobald Kelly ihren Highschool-Abschluss gehabt hatte, hatte ihre Mutter sie vor die Tür gesetzt, damit ihr damaliger Freund einziehen konnte. Sie hatte Kelly erklärt, sie habe ihre Pflicht erfüllt. Die achtzehn besten Jahre ihres Lebens habe sie verschwendet, um ein Kind großzuziehen, das sie eigentlich nie hatte haben wollen.

Viel Glück, bis dann, verlang bloß nichts weiter von mir.

Ja, genau.

Kelly wollte schon auflegen, als ihre Mutter sich doch noch meldete.

„Mom?"

Eine lange Pause entstand. „Kelly? Bist du's?"

„Ja, Mom, ich bin's. Hör mal, ich brauche deine Hilfe. Ich brauche eine Bleibe. Ich bin … schwanger."

Diesmal war die Pause noch länger. „Wo ist denn dein reicher Freund abgeblieben?"

„Ich bin nicht mehr mit ihm zusammen. Ich lebe in Houston. Ich habe meinen Job verloren, und mir geht's nicht gut. Der Arzt macht sich Sorgen um das Baby. Ich brauche nur vorübergehend was zum Wohnen. Bis ich wieder auf den Beinen bin."

Ihre Mutter seufzte. „Ich kann dir nicht helfen, Kelly. Richard und ich haben viel um die Ohren, und wir haben einfach nicht genug Platz."

Das versetzte Kelly einen Stich. Sie hatte ja geahnt, dass es sinnlos war, aber irgendwie doch gehofft … Still schaltete sie ihr Handy aus, ohne noch irgendetwas zu sagen. Was hätte es auch zu sagen gegeben?

Ihre Mutter war nie *mehr* gewesen als ein resignierter Babysitter.

Sanft strich sie mit einer Hand über ihren Bauch. „Ich hab dich lieb", flüsterte sie. „Ich werde nie einen einzigen Moment mit dir bedauern."

Dann lehnte sie sich in den Sessel zurück und starrte an die Decke. Sie fand es schrecklich, so hilflos zu sein. Verzagt schloss sie die Augen. Sie war wirklich erschöpft.

Eine Weile später wurde sie von Ryan wachgeschüttelt. Er beugte sich über sie, einen Teller und ein Glas Wasser in den Händen.

„Ich habe dir etwas vom Thailänder mitgebracht."

Sie liebte thailändisches Essen und war erstaunt, dass er sich daran erinnerte. Sie nahm ihm Teller und Glas ab.

Er holte sich einen Stuhl aus der Küche und leistete ihr Gesellschaft, während sie aß. Es war ihr unangenehm, dass er sie eingehend betrachtete, also konzentrierte sie sich ganz aufs Essen.

„Mich zu ignorieren, nützt gar nichts."

Sie hielt inne. „Was willst du, Ryan? Ich verstehe immer noch nicht, warum du hergekommen bist. Oder warum du willst, dass ich mit dir nach New York zurückkehre. Oder warum du dich sorgst. Damals hast du nicht den kleinsten Zweifel daran gelassen, dass du so viel Abstand wie nur irgend möglich von mir haben wolltest."

„Du bist schwanger. Du brauchst Hilfe. Reicht das nicht?"

„Nein, das reicht nicht!"

„Sagen wir so: Du und ich, wir haben eine Menge zu klären, unter anderem die Frage, ob du von mir schwanger bist oder nicht. Du brauchst Hilfe. Du brauchst jemanden, der auf dich aufpasst. Du brauchst erstklassige medizinische Betreuung. All das kann ich dir geben."

Nervös fuhr sie sich mit einer Hand durchs Haar und lehnte sich in den Sessel zurück. Da kauerte er sich neben sie und berührte zögernd ihren Arm, so, als fürchte er, sie würde zurückschrecken.

„Komm mit, Kelly. Du weißt, dass wir das alles klären müssen. Du musst an das Baby denken."

Abwehrend hielt sie eine Hand hoch. Es ärgerte sie sehr, dass er versuchte, ihr ein schlechtes Gewissen zu machen. Aber er nahm ihre Hand und hielt sie fest.

„Du kannst nicht arbeiten. Der Arzt sagt, du musst ruhen, sonst gefährdest du die Gesundheit deines Kindes und deine eigene auch. Falls du meine Hilfe für dich selbst nicht akzeptieren kannst, dann akzeptiere sie wenigstens deinem Baby zuliebe. Oder ist dir dein Stolz wichtiger als ihr oder sein Wohlergehen?"

„Und was werden wir tun, wenn wir in New York sind, Ryan?"

„Du wirst dir Ruhe gönnen, und wir werden gemeinsam überlegen, wie unsere Zukunft aussieht."

Kelly wurde ganz anders. Es klang fast bedrohlich. *Ihre Zukunft.*

Sie wäre eine Närrin, wenn sie zustimmen würde. Und sie wäre eine Närrin, wenn sie es nicht täte.

Sie war bereit, ihren Stolz hinunterzuschlucken und seinen Scheck anzunehmen. Sollte sie da nicht auch bereit sein, ihrem Baby zuliebe seine Hilfe zu akzeptieren? Ihrem gemeinsamen Baby zuliebe?

„Kelly?"

„Ich komme mit", erklärte sie leise.

„Dann lass uns packen und so schnell wie möglich aufbrechen."

4. KAPITEL

*A*ls Kelly am nächsten Morgen aufwachte, wusste sie nicht gleich, wo sie war. Dann fiel es ihr ein: Sie war in New York – mit Ryan.

Ryan hatte dafür gesorgt, dass sie in nur wenigen Stunden gepackt hatte und am Flughafen war. Kurz vor Mitternacht waren sie in New York gelandet, und er hatte sie zu einem Wagen gebracht, der für sie bereitstand.

Als sie dann endlich in seinem Apartment ankamen, war sie todmüde. Sie war direkt ins Gästezimmer gegangen. Fast wäre sie in Tränen ausgebrochen. Schließlich kam ihr das Apartment schmerzlich vertraut vor – sie hatte hier ja einmal gewohnt. Selbst der Geruch war noch der gleiche wie damals – eine Mischung aus Leder und etwas undefinierbar Männlichem.

Am Ende des Flurs lag das Schlafzimmer, wo sie und Ryan sich so oft geliebt hatten. Dort hatte sie ihr Kind empfangen, und dort hatte sich ihr Leben unwiderruflich verändert.

Und sie hatte sich einmal mehr gesagt, dass sie verrückt war, hierher zurückzukommen.

Doch heute Morgen hatte sie sich mit ihrem Schicksal abgefunden. Nach einer kurzen Dusche zog sie sich an und ging ins Wohnzimmer, wo Ryan schon am Laptop arbeitete. Als sie eintrat, blickte er hoch.

„Das Frühstück ist fertig. Ich habe auf dich gewartet, weil ich nicht allein essen wollte."

Wortlos folgte Kelly ihm in die Küche, wo der Tisch für zwei gedeckt war. Ryan servierte ihnen beiden Rührei, Schinken und Toast.

Kelly musste zugeben, dass sie sich besser fühlte als seit Wochen. Auf jeden Fall hatte sie sich seit Langem nicht so viel ausgeruht wie in den letzten vierundzwanzig Stunden.

„Wie geht es dir heute?"

„Gut." Sie probierte von ihrem Ei und begann dann, mit Appetit zu essen.

Die ganze Situation war kurios. Die übertriebene Höflichkeit. Das traute Frühstück zu zweit. Sie fand es dermaßen peinlich, dass sie am liebsten ins Gästezimmer zurückgegangen wäre, um sich im Bett zu verkriechen.

Nach einer halben Ewigkeit ergriff Ryan schließlich das Wort. „Ich habe es so eingerichtet, dass ich für eine Weile von der Wohnung aus arbeiten kann."

Sie hielt mit Essen inne. „Warum?"

„Ich denke, die Antwort liegt auf der Hand."

„Ryan, das funktioniert nicht. Ich kann nicht hier sein, während du die ganze Zeit den Babysitter für mich spielst. Geh ins Büro. Tu, was du normalerweise tust, und lass mich einfach in Ruhe."

Seine Lippen wurden schmal, und er ging ohne ein weiteres Wort.

Kelly starrte auf ihren Teller. Es war nicht fair, dass er so tat, als tue sie ihm unrecht. Als sei sie eine schreckliche, undankbare Hexe.

Gleichzeitig wurde sie furchtbar traurig. Wie sollte sie je über das hinwegkommen, was er ihr angetan hatte? Womöglich war er entschlossen, ihr ihren angeblichen Fehltritt nicht zu verzeihen. Aber sie war in diesem ganzen Schlamassel die Unschuldige. Ryan hatte sich von ihr abgewandt. Diese schlichte Tatsache schien ihm nicht einzuleuchten.

Sie war einfach zu nervös, um weiterzuessen. Also ließ sie ihr restliches Frühstück stehen und stand auf.

Ziellos schlenderte sie zurück ins Wohnzimmer und blieb vor dem großen Fenster stehen, von dem aus man einen Blick auf die Skyline von Manhattan hatte.

„Du solltest nicht so viel rumlaufen", sagte Ryan hinter ihr.

Seufzend drehte sie sich um. Schockiert bemerkte sie, dass er nichts als ein Handtuch trug. Sie blickte wieder aus dem

Fenster, doch vor ihrem inneren Auge sah sie Ryans breite Brust mit den durchtrainierten Muskeln vor sich. Und seinen perfekten Waschbrettbauch. Sie hatte Stunden damit verbracht, jeden Zentimeter seines Körpers zu erkunden.

„Tut mir leid, wenn ich dich in Verlegenheit gebracht habe", sagte er leise. „Ich habe mir nichts weiter dabei gedacht, weil wir ja mal eine Beziehung hatten."

Kelly wäre fast in hysterisches Gelächter ausgebrochen. Sie in Verlegenheit gebracht? Peinlich war nur, dass sie sich gerade vorstellte, wie er ohne sein Handtuch aussah.

Und natürlich ging er in seiner Arroganz davon aus – „in Anbetracht ihrer Beziehung" –, dass er halb nackt durch die Wohnung spazieren konnte.

Sie musterte ihn abschätzig. „Falls du glaubst, du könntest da anknüpfen, wo wir aufgehört haben, weil wir mal ein Paar waren, irrst du dich gewaltig."

Er blinzelte überrascht, dann wurde er ärgerlich. „Mensch, Kelly, traust du mir wirklich zu, dass ich dich zu einer sexuellen Beziehung zwingen würde, obwohl du schwanger bist und es dir nicht gut geht?"

„Die Antwort darauf möchtest du gar nicht hören."

Er fluchte. „Wie kommst du überhaupt darauf, dass ich die abgelegten Geliebten meines Bruders ausprobieren möchte?"

Mit geballten Fäusten zwang sie sich zu einer frivolen Antwort. „Na ja, da das deinem Bruder nichts ausgemacht hat, bin ich davon ausgegangen, dass das bei euch in der Familie liegt."

Seine blauen Augen wurden eiskalt. Dann machte er kehrt und verschwand in seinem Schlafzimmer. Krachend fiel die Tür ins Schloss.

Kelly ließ sich in einen Sessel fallen. Welcher Teufel hatte sie bloß geritten, noch mehr Öl ins Feuer zu gießen? Sie hatte es längst aufgegeben, sich zu verteidigen. *Damals* hätte Ryan ihr glauben sollen. Jetzt war es ihr eigentlich egal, was er dachte. Ihre Sehnsucht danach, dass er zu ihr stand und sie beschützte, war verflogen, als ihr klar geworden war, dass er sie *nie* geliebt oder ihr vertraut hatte.

Oje, was wollte sie hier? Wieder in New York zu sein, brachte zu viele Erinnerungen zurück, die sie besser vergessen hätte.

Ruhelos ging sie zurück in die Küche und beschloss, zum Mittagessen ihr Lieblingsgericht zuzubereiten. Die Zutaten waren alle vorrätig. So hätte sie wenigstens etwas zu tun. Während sie zusammenlebten, hatte sie immer gern für Ryan gekocht.

„Was machst du da, verdammt?" Plötzlich stand Ryan neben ihr und nahm ihr die Pfanne aus der Hand. Dann brachte er Kelly zurück ins Wohnzimmer und befahl ihr, sich auf die Couch zu setzen. Er legte ihre Beine auf den Couchtisch und schob ein Kissen darunter. Sein Ärger von eben schien verraucht.

„Vielleicht hast du die Anweisung des Arztes nicht richtig verstanden. Du sollst ausruhen. Die Beine hochlegen." Er redete mit ihr, als sei sie nicht ganz bei Trost. Aber das konnte sie auch nicht sein. Schließlich hatte sie sich in diesen Schlamassel begeben.

„Ryan, wir müssen reden."

Anscheinend überraschte ihn ihr veränderter Ton, aber er setzte sich trotzdem zu ihr. „Okay, leg los."

„Ich will wissen, warum du nach Houston gekommen bist." Sie achtete sorgfältig darauf, neutral zu klingen.

Die Frage war ihm anscheinend unangenehm. Er wich ihrem Blick aus.

„Und wie hast du mich überhaupt gefunden?"

„Ich habe einen Detektiv engagiert."

Kelly blieb der Mund offen stehen. „Warum? Damit du mir wieder vorwerfen kannst, dass ich eine Schlampe bin? Damit du mein Leben wieder auf den Kopf stellen kannst? Ryan, ich verstehe es einfach nicht. Du hasst mich doch. Ich weiß, was du von mir hältst. Als du mich vor die Tür gesetzt hast, hast du nicht den geringsten Zweifel daran gelassen. Warum um alles in der Welt solltest du also in der Vergangenheit wühlen wollen?"

„Verdammt, Kelly! Du bist verschwunden, ohne ein Sterbenswörtchen zu irgendjemandem zu sagen. Du hast den Scheck nicht eingelöst. Ich dachte, dir wäre vielleicht was passiert – oder du wärst sogar tot."

„Wie schade, dass ich es nicht bin."

„Tu nicht so, als wäre alles meine Schuld." Sie hörte heraus, wie sehr Ryan sich beherrschen musste. „Du hast doch unsere Beziehung mit Füßen getreten. *Du* hast entschieden, dass ich nicht gut genug für dich bin. Ich habe nach dir gesucht, weil ich den Gedanken nicht ertragen konnte, dass es dir womöglich schlecht geht, egal was du getan hast oder wie sehr ich dich vergessen wollte."

Er wandte den Blick ab. Als er Kelly wieder anschaute, war seine Miene undurchdringlich. „Ich habe deine Fragen beantwortet. Jetzt will ich, dass du meine beantwortest."

Als unvermittelt die Wohnungstür aufging, sahen sie beide hoch, und zu Kellys Entsetzen stand Ryans Bruder Jarrod in der Diele. „He, Ryan, der Portier hat gesagt, du bist zurück …" Er brach ab. „Oh … hallo, Kelly."

Ryan sah, dass Kelly erstarrte. Verdammt, sie glaubte bestimmt, er hätte das geplant. Und auch wenn sie alle drei tatsächlich ein paar Dinge klären mussten – jetzt war nicht der richtige Zeitpunkt dafür. Er stand auf und ging zu seinem Bruder hinüber.

Ryan hatte Monate gebraucht, um über seine Wut und Eifersucht hinwegzukommen und zu seinem jüngeren Bruder wieder eine normale Beziehung aufzubauen. Früher hatte er nichts dabei gefunden, dass Jarrod kam und ging, wann er wollte. Er hatte einen Schlüssel, und Ryan hatte sich über seine Besuche gefreut.

Aber das war, bevor Jarrod mit Kelly geschlafen hatte. Bevor die beiden wichtigsten Menschen in seinem Leben ihn betrogen hatten. Als er sich endlich dazu durchgerungen hatte, Jarrod zu verzeihen, hatte er überlegt, dass er vielleicht auch Kelly aufspüren und sich wenigstens anhören sollte, was ihre Gründe waren.

Das Verhältnis zu seinem Bruder war nicht perfekt. Vielleicht würde es das nie wieder sein. Aber es hatte sich gebessert, und Jarrod kam wieder häufiger vorbei, obwohl er mehr auf der Hut war als früher.

Jetzt hatte Ryan Kelly zurückgebracht, und sie würden sich alle drei einer unvermeidlichen Aussprache stellen müssen. Einerseits fürchtete er sich davor, andererseits wusste er, dass er nicht nach vorn sehen konnte, ehe nicht endgültig geklärt wurde, was vorgefallen war. Doch das würde passieren, wenn er den richtigen Zeitpunkt für gekommen hielt, nicht vorher. Er und Kelly hatten jede Menge miteinander zu klären, bevor sie das Thema Jarrod und ihre Untreue anpackten.

„Mann, du kommst ungelegen", begrüßte er seinen Bruder mit leiser Stimme.

Jarrod warf über Ryans Schulter einen nervösen Blick auf Kelly. „Das sehe ich. Ich besuche dich ein andermal."

Als Ryan sich umdrehte, sah er, dass Kelly zitterte und die Hände zu Fäusten ballte. Sie war kreidebleich, ihr Blick gehetzt. „Was wolltest du denn?", fragte er, weil Jarrod keine Anstalten machte, zu gehen.

„Nichts Wichtiges. Ich wollte nur Hallo sagen und dir ausrichten, dass Mom uns für Samstagabend zum Essen eingeladen hat. Ich habe dich eine Weile nicht gesehen, weil du mit deiner Ferienanlage beschäftigt bist, und hatte gehofft, wir könnten uns wieder öfter treffen, wie früher."

Ryan seufzte. Er und Jarrod hatten sich immer gut verstanden. Bis zu dem Vorfall mit Kelly. Er hasste diese ganze Geschichte. Hasste es, dass eine Frau ihn und seinen Bruder entzweit hatte, den er nach dem Tod ihres Vaters praktisch großgezogen hatte.

„Ich rufe Mom nachher an, okay? Und wir treffen uns wieder. Nur nicht jetzt."

„Ja, verstehe. Dann bis später." Als Ryan ihm die Wohnungstür aufhielt, flüsterte Jarrod ihm zu: „Nimmst du sie wieder auf, nach allem, was passiert ist?"

Ryans Miene verfinsterte sich. „Interessiert es dich gar nicht, dass sie vielleicht von dir schwanger ist?"

Jarrod wurde blass. „Hat sie dir das gesagt?"

Ryan betrachtete ihn einen Moment nachdenklich. „Nein, das hat sie nicht gesagt, aber dir ist doch sicher klar, dass es sein kann."

„Äh … nein, das war ich nicht." Er schüttelte heftig den Kopf.

„Wenn du das sagst."

Jarrod trat auf den Flur. Er schob die Hände in die Hosentaschen und wandte sich zu Ryan um, wich dessen Blick jedoch aus. „Ich habe verhütet. Hör mal, es tut mir leid. Ich weiß, dass es eine blöde Situation ist. Aber das Baby kann nicht von mir sein."

Frustriert und hilflos sah Ryan ihm nach, als er zum Aufzug ging. Dann schloss er die Wohnungstür. Er war wütend auf Kelly, auf Jarrod und auf sich selbst. Das Baby war also von ihm, es sei denn … nein, außer Jarrod und ihm hatte sie ganz sicher keine anderen Partner gehabt.

Als er ins Wohnzimmer zurückkam, war er nicht auf den Hass und Ekel gefasst, die sich auf Kellys Miene widerspiegelten. Ehe er etwas sagen konnte, fixierte sie ihn mit eisigem Blick.

„Falls er noch ein Mal hierherkommt, bin ich weg. Ich bin nicht bereit, mich mit ihm im gleichen Raum aufzuhalten."

„Du weißt doch, dass er immer mal vorbeikommt."

Sie biss die Zähne zusammen und ballte die Hände zu Fäusten, bis die Knöchel weiß hervortraten. „Ich werde nicht hierbleiben."

Warum war sie nur dermaßen zornig auf Jarrod? Wenn jemand einen Grund hatte, zornig zu sein, dann war es Jarrod. Immerhin hatte Kelly ihn beschuldigt, er habe versucht, sie zu vergewaltigen. Die ganze Situation ergab irgendwie keinen Sinn, und Ryan war es leid, herumzurätseln.

„Jarrod sagt, er hat ein Kondom benutzt."

Tiefer Schmerz huschte über ihr Gesicht. Das war nicht die

Reaktion, die er erwartet hatte. „Und natürlich hast du ihm geglaubt." Das klang, als würde sie gleich in Tränen ausbrechen.

„Widersprichst du ihm? Oder behauptest du, das Baby ist von mir?" Bis jetzt hatte er keine Ahnung gehabt, wie sehr er sich wünschte, dass das Baby von ihm war. Insgeheim flehte er Kelly geradezu an, zu bestätigen, dass *er* der Vater war.

Ihre Miene war wieder undurchdringlich. „Ich behaupte gar nichts."

Es frustrierte Ryan sehr, dass sie sich wieder in sich zurückgezogen hatte.

„Ich gehe für eine Weile aus dem Haus", sagte er schließlich mürrisch. „Ich bringe etwas zu essen mit."

Auf dem Weg in die Tiefgarage, wo sein BMW parkte, klingelte sein Handy. „Was ist?", meldete er sich ungehalten.

„Ryan?" Es war seine Mutter.

„Entschuldige, Mom, ich wollte dich nicht anschreien." Er stieg in seinen Wagen ein, startete den Motor aber noch nicht.

„Ryan, was ist los?"

„Nichts, Mom, ich habe nur viel zu tun. Was gibt's?"

„Ich fände es schön, wenn du und Jarrod morgen mit mir zu Abend essen würdet."

Ryan schloss die Augen und rieb sich die Stirn. Es war nicht leicht, zu sagen, was er zu sagen hatte, aber jetzt, wo Jarrod ihn besucht hatte, würde seine Mutter sowieso bald Bescheid wissen. Am besten informierte er sie gleich, damit sie sich daran gewöhnen konnte. „Mom, es gibt Neuigkeiten … Kelly ist bei mir … und sie ist schwanger."

Am anderen Ende der Leitung wurde scharf der Atem eingesogen, und es folgte angespanntes Schweigen. „Verstehe", meinte sie schließlich. „Dann ist es wahrscheinlich unpassend, Roberta einzuladen."

Ryan nervte der schnippische Ton seiner Mutter, die seit Kellys Verschwinden immer wieder versuchte, sein Interesse an Roberta Maxwell zu wecken.

Obwohl sie es nie offen ausgesprochen hatte, war klar, dass seine Mutter mit Kelly nie einverstanden gewesen war. Es hatte ihr gar nicht gefallen, dass er sie heiraten wollte. Sie war höflich gewesen, aber nur, weil Ryan es von ihr verlangt hatte. Er würde keinem Mitglied seiner Familie gestatten, die Frau, die er zur Ehefrau nehmen wollte, respektlos zu behandeln.

Nach dem Vorfall mit Jarrod und Kelly hatte er allerdings erwartet, dass seine Mutter überheblicher reagieren würde. Sie war im Gegenteil seltsam mitfühlend gewesen. Trotzdem würde er Kelly im Moment auf keinen Fall zu einem schwierigen Abendessen mitnehmen, bei dem seine Mutter mit verkniffener Miene dasitzen und Jarrod dummes Zeug reden würde.

Er hatte sich gefragt, was bei der unausweichlichen Konfrontation mit Jarrod passieren würde. Jetzt wusste er es. Doch Kellys Reaktion war ganz anders gewesen, als er sie sich vorgestellt hatte.

„Ich glaube, wir kommen ein andermal zum Dinner. Kelly und ich schaffen das im Moment nicht.“

Er beendete das Telefonat und fuhr ziellos durch die Stadt. Er brauchte etwas Abstand.

Irgendwann merkte er, dass er auf dem Weg ins Büro war. Er fuhr nicht oft selbst, sondern ließ sich normalerweise chauffieren. Doch heute hatte er keine Lust gehabt, zu warten, bis ihn jemand abholte.

Jansen, sein Assistent, reagierte erstaunt, als er ihn sah. Immerhin hatte Ryan ihn gerade am Morgen informiert, dass er erst in ein paar Tagen zurückkommen würde.

Ryan ging in sein Büro und schloss die Tür hinter sich. Dann ließ er sich in seinen Schreibtischsessel fallen und starrte aus dem Fenster.

Es war kalt geworden. Der Himmel grau, und das passte gut zu seiner Stimmung. Nach ein paar Tagen in Texas, wo es auch im Winter deutlich wärmer war, musste er sich erst wieder an das kalte Wetter im Nordwesten gewöhnen.

Sein Handy klingelte. Es war Cam, der garantiert wissen wollte, warum er dermaßen überstürzt von Moon Island aufgebrochen war, denn eigentlich hätte er mit Cam und Devon nach New York zurückfliegen sollen.

Er beschloss, sich der unvermeidlichen Fragerei zu stellen, und meldete sich.

„Da bist du ja. Ich versuche seit vierundzwanzig Stunden, dich zu erreichen. Wohin bist du bloß so plötzlich verschwunden?"

Ryan seufzte. „Mein Detektiv hat angerufen. Er hatte Kelly gefunden." Es entstand Schweigen. Dann hörte er, wie Cam jemandem etwas zuraunte. Wahrscheinlich Dev.

„Und?"

„Sie war in Houston. Ich bin hingefahren, um mich zu vergewissern, dass sie es war."

„Und?"

„Sie war es. Ich habe sie mit zurück nach New York gebracht."

„Du hast *was*? Warum um alles in der Welt hast du das getan?"

Ryan seufzte erneut. „Cam, sie ist schwanger."

„Du liebe Güte. Was ist nur los, dass überall schwangere Frauen auf der Bildfläche erscheinen? Ich stelle dir die gleiche Frage, die ich Rafael gestellt habe, als Bryony aus dem Nichts aufgetaucht ist. Woher weißt du, dass es dein Kind ist?"

„Das habe ich doch gar nicht gesagt. Ich habe nur gesagt, dass sie schwanger ist."

„Äh … und du würdest deine Exverlobte einfach so mit nach New York bringen, weil sie von einem anderen schwanger ist?"

„Tu doch nicht so, als wüsstest du alles besser. Tatsache ist, dass das Baby von mir sein könnte. Oder von meinem Bruder. Verstehst du jetzt mein Problem?"

„Mann, ich würde sagen, du hast verdammt viele Probleme, die ich nicht haben möchte. Was hat sie denn zu der ganzen Sache zu sagen?"

„Das ist es ja. Sie ist wütend. Auf mich. Sie tut so, als ob ich ihr unrecht getan hätte. Ich versteh's nicht. Sie hat nicht gesagt, von wem das Baby ist. Sie hat nicht bestritten, dass es meins ist, aber sie hat es auch nicht bestätigt."

„Hast du dir mal überlegt, dass sie es womöglich gar nicht weiß?"

Ryan runzelte die Stirn, schwieg aber.

„Mann, tut mir leid, das musste mal gesagt werden. Wenn sie mit dir und deinem Bruder geschlafen hat und wer weiß mit wem sonst noch, dann hat sie wahrscheinlich keine Ahnung, wer der Vater ist."

„Es reicht. Hör auf mit dem Quatsch. Kelly ist doch keine Schlampe."

„Das habe ich nie behauptet."

„Du hast es ganz klar angedeutet."

„Hör mal, du bist auf den Falschen sauer. Ich frage dich nur – als Freund –, ob du den Verstand verloren hast. Ich fand es ja schon verrückt, dass du einen Privatdetektiv engagiert hast, um nach ihr zu suchen. Na ja, er hat sie gefunden, und nun musst du sehen, was du daraus machst. Ich rate dir bloß, was ich Rafael geraten habe, als er ähnliche Probleme hatte: Ruf deinen Anwalt an. Lass einen Vaterschaftstest machen."

„Dazu will ich es nicht kommen lassen", erklärte Ryan ruhig. „Ich will einfach nur wissen, was schiefgelaufen ist." Er schüttelte den Kopf. Dieses Gespräch war sinnlos. Cam war ein unversöhnlicher Mistkerl, und das würde er immer bleiben. Sobald er gehört hatte, was Kelly getan hatte, wollte er nichts mehr mit ihr zu tun haben. Aber ihm gegenüber war er ein loyaler Freund.

Cam schwieg einen Moment. „Hör zu, Mann: Tut mir leid. Ich verstehe, dass die ganze Geschichte dir Kopfschmerzen bereitet. Am besten, du genehmigst dir ein paar Drinks und suchst dir eine Frau für eine Nacht. Aber ich weiß ja, dass das nichts für dich ist, also schlage ich es dir auch nicht ernsthaft vor."

Ryan lachte auf.

„Bleib dran. Dev will dich noch sprechen."

„Bis später."

Kurz darauf war Dev in der Leitung.

„Ich werde nicht alles wiederholen, was Cam eben gesagt hat, nur, dass ich ihm voll zustimme. Aber ich wollte dir sagen, dass ich für eine Weile weg bin."

„Aha. Brennst du mit Ashley durch?"

Devs genervter Kommentar brachte Ryan zum Lachen.

„Nein. Es gibt ein paar Probleme mit dem Bau, und da wir bei diesem Projekt schon so viele Verzögerungen haben, will ich keine weiteren riskieren. Ich will selbst nach dem Rechten sehen. Das bringt mehr als Konferenzschaltungen und ewiges Herumtelefonieren."

Stirnrunzelnd lehnte Ryan sich in seinem Schreibtischsessel zurück. „Wann willst du denn aufbrechen?"

„Übermorgen. Ich würde früher fliegen, aber ich kann nicht. Cam wird ab morgen unterwegs sein, und ich kann ja schlecht Rafe bitten, seine Hochzeitsreise zu unterbrechen."

„Verstehe. Also habt ihr beide, du und Cam, mich angerufen, um zu sehen, ob nicht ich hinfliegen kann."

„Na ja, schon, aber nachdem wir jetzt wissen, was du alles um die Ohren hast, werde ich hinfliegen. Ich kann es auf jeden Fall für übermorgen einrichten."

Ryan überlegte einen Moment, dann entschied er spontan: „Nein, ich fliege hin."

„Wow. Moment, Moment. Ich dachte, Kelly wäre bei dir. Eine schwangere Kelly."

„Ja, richtig. Ich nehme sie mit. Das trifft sich sehr gut. So haben wir Zeit, fernab von … So haben wir Zeit für uns allein, um die ganze Geschichte zu klären."

Ryan hörte, wie Dev am anderen Ende der Leitung tief aufseufzte.

„Du willst sie allen Ernstes zurück? Nach allem, was passiert ist?"

Ryan umfasste sein Handy fester. „Ich weiß es noch nicht. Ich brauche ein paar Antworten, bevor ich zu einer Entscheidung komme. Aber falls sie von mir schwanger ist, lasse ich sie nicht noch einmal gehen."

„Okay, dann fliegst du zur Baustelle. Ich schicke dir eine E-Mail, in der die Probleme aufgelistet sind. Halt mich auf dem Laufenden und sag Bescheid, falls du Schwierigkeiten hast. Ich kann kurzfristig hinkommen."

„Mach ich. Hör mal, mir ist klar, dass ihr beide mich für verrückt haltet, aber ich weiß es zu schätzen, dass ihr mir den Rücken stärkt."

„Ja, du bist verrückt. Aber wenn es dich glücklich macht."

Nachdem Ryan das Telefonat mit Dev beendet hatte, rief er Jansen in sein Büro. Er gab ihm eine ganze Reihe von Aufträgen, angefangen damit, dass er für Kelly sofort einen Termin bei einem Frauenarzt brauchte. Falls der Arzt sein Okay gab, dass sie reisen durfte, sollte sie ihn begleiten, damit sie ein paar Tage für sich waren. Und vielleicht schafften sie es ja, die Scherben ihrer Beziehung zu kitten.

Dann diktierte er eine Einkaufsliste, wobei er ignorierte, dass Jansen das Gesicht verzog. Kelly musste von Kopf bis Fuß eingekleidet werden.

5. KAPITEL

Kelly saß im Schneidersitz auf ihrem Bett und grübelte vor sich hin. Sie konnte nicht hierbleiben. Es war dumm gewesen, zu glauben, dass sie es an einem Ort aushalten könnte, wo sie Gefahr lief, Jarrod zu treffen.

Es war entwürdigend gewesen, dasitzen zu müssen, während dieser Mistkerl plötzlich mit Unschuldsmiene an der Wohnzimmertür stand. Aber sie war wie gelähmt gewesen.

Sie hasste dieses Gefühl der Hilflosigkeit, und sie würde nicht zulassen, dass sie je wieder in eine solche passive Rolle gedrängt wird. Falls ihr dieser fiese Typ noch ein Mal unter die Augen trat, würde sie ihm einen kräftigen Tritt in den Hintern geben. Und Ryan sagen, was genau er mit seinem kostbaren Bruder machen konnte.

Sie hasste Jarrod abgrundtief. Und sie hasste Ryan, weil er sich von ihr abgewandt hatte, als sie ihn am allermeisten brauchte.

Nein, sie konnte nicht hierbleiben. Keine Minute länger.

Diesmal würde sie jedoch nicht spontan die Flucht ergreifen, ohne sich darum zu scheren, wohin der Wind sie trieb. Nein, sie würde sich alles genau überlegen. Sie würde irgendwohin gehen, wo sie in Ruhe und Frieden ihren Sohn oder ihre Tochter großziehen konnte.

„Du willst weg, stimmt's?"

Ryans Stimme kam von der Tür her. Schuldbewusst schaute sie ihn an. Dabei ärgerte es sie, dass sie auch nur für eine Sekunde ein schlechtes Gewissen hatte.

„Es gibt für mich keinen Grund, zu bleiben."

„Komm mit ins Wohnzimmer." Ryan streckte ihr die Hand hin. Sie zögerte. Sie wusste, dass sie ablehnen sollte, aber ein gewisser Unterton in seiner Stimme besänftigte sie. Sie ließ sich von Ryan ins Wohnzimmer führen.

Dort zog er sie neben sich auf die Couch. Nervös fuhr er sich mit einer Hand durchs Haar. „Ich war ein Idiot, und es tut mir leid. In deiner Verfassung solltest du keinen Stress haben, aber ich habe dir nur noch mehr Stress zugemutet."

Kelly wollte etwas sagen, doch er legte ihr einen Finger auf die Lippen. „Lass mich ausreden. Ich war den ganzen Morgen im Büro. Es gibt ein paar Probleme mit einem sehr wichtigen Projekt, um die sich meine Partner nicht kümmern können. Also muss ich selbst sofort persönlich dort hinfahren. Ich möchte, dass du mich begleitest."

Verständnislos sah Kelly Ryan an. Warum sollten sie sich quälen? Warum wollte er unbedingt Zeit damit verschwenden, ihre Beziehung wiederzubeleben? Er war doch derjenige gewesen, der sie beendet hatte. Er hatte sich ein Urteil gebildet und sie verstoßen, als ob sie ihm nie etwas bedeutet hätte.

Sie öffnete den Mund, um ihn genau das zu fragen, doch er hinderte sie noch einmal daran.

„Lass mich für dich sorgen, Kelly. Lass uns für eine Weile alle Probleme der Vergangenheit vergessen und uns nur auf die Gegenwart konzentrieren."

„Das kann nicht dein Ernst sein."

„Doch, es war mir noch nie etwas so ernst im Leben. Wir müssen eine Menge klären. Und das können wir nicht, wenn wir nicht bereit sind, Zeit zusammen zu verbringen und miteinander zu reden."

Wenn er doch bloß damals bereit gewesen wäre, ihr zuzuhören, mit ihr zu reden und zu verstehen. Der einzige Mensch, auf den sie sich wirklich hätte verlassen können sollen, hatte ihr die kalte Schulter gezeigt und sie eine Lügnerin genannt. Und jetzt wollte er sich mit ihr versöhnen?

Sacht berührte er ihr Gesicht, und es überraschte Kelly, dass seine Finger zitterten. Er suchte ihren Blick, und sie schwieg unschlüssig. Zog sie diesen idiotischen Vorschlag tatsächlich in Erwägung? Das durfte nicht wahr sein! Abwehrend schüttelte sie den Kopf.

Da strich er federleicht mit dem Daumen über ihre Lippen.

„Kein Druck, keine Versprechen, keine Verpflichtungen. Nur du und ich und eine erholsame Woche am Strand. Es wäre ein Anfang. Mehr verlange ich nicht. Ich werde dich nur um das bitten, was zu geben du bereit bist."

„Aber das Baby …"

„Ich würde nie etwas tun, was das Baby in Gefahr bringen könnte. Oder dich. Du musst erst noch einen Arzt aufsuchen und sein Okay einholen, dass du reisen darfst. Das ist die Voraussetzung dafür, dass ich dich auf diese Reise mitnehme."

Kelly senkte den Blick. Es war verlockend. Sehr verlockend sogar. Er bat sie, forderte nicht, und für einen Moment fühlte sie sich zurückversetzt in die Zeit, als sie zusammen waren – als hätte sie es mit dem wundervoll zärtlichen und fürsorglichen Ryan zu tun, mit dem sie damals verlobt gewesen war. Könnte sie ihn noch einmal verlassen, nachdem sie eine Woche mit ihm verbracht hatte? Denn mit einem Mann, der eiskalt ihre Beziehung beendet hatte, weil er nicht ihr, sondern einem anderen glaubte, gab es für sie keine Zukunft.

Kelly rang sich zu einer Entscheidung durch. Ja, sie würde Ryan begleiten. Sie wusste auch nicht, warum. Es würde nichts dabei herauskommen, aber sie wollte diese Woche mit ihm, bevor sie wieder ihrer Wege ging. Als sie zustimmend nickte, schien Ryan sehr erleichtert zu sein. Es war so einfach, sich einzureden, dass sie ihm etwas bedeutete, wenn er so gut schauspielerte. Aber natürlich bedeutete sie ihm nichts. Sonst wären sie noch zusammen, wären verheiratet und würden ihr erstes Kind erwarten.

„Dein Termin beim Arzt ist heute Nachmittag. Wenn er sein Okay gibt, fliegen wir morgen. Es ist also wichtig, dass du heute genügend ruhst. Wenn wir erst da sind, ist das Anstrengendste, was du unternehmen wirst, vom Hotelzimmer zum Strand zu spazieren."

„Ich möchte getrennte Zimmer."

„Ich habe eine Suite für uns reserviert."

Sie runzelte die Stirn, widersprach aber nicht.

„Du wirst es nicht bereuen, Kell." Fast wäre Kelly in Tränen ausgebrochen. Wie waren sie bloß so weit von den Plänen abgekommen, die sie noch vor wenigen Monaten geschmiedet hatten?

„Wir kriegen das hin. Wir können alles klären."

Sie schloss die Augen. Das sagte sich so leicht. Aber es war unmöglich, in die Zukunft zu blicken, bevor sie sich ihrer Vergangenheit gestellt hatten. Und sie wollte sich nicht an den schrecklichen Tag erinnern, an dem ihre Welt so brutal auf den Kopf gestellt worden war.

Der Doktor war sehr damit einverstanden, dass Kelly eine Woche ausruhte und entspannte, riet ihr jedoch, sich in medizinische Behandlung zu begeben, falls die Schwellungen schlimmer wurden oder sie andere Symptome entwickelte.

Ryan war bei dem Gespräch dabei gewesen und hatte sich ganz wie ein besorgter Ehemann und Vater verhalten. Statt sich zu freuen, deprimierte das Kelly sehr. Es verdeutlichte ihr noch mehr, wie hoffnungslos ihre Situation war.

Als sie ins Apartment zurückkehrte, standen mehrere Einkaufstüten in der Diele. Neugierig betrachtete sie sie, denn sie stammten aus Damenboutiquen. Und wenn sie nicht irrte, war eine der Tüten sogar aus einem bekannten Wäschegeschäft.

„Oh schön, Jansen war hier." Ryan ging zu den Einkaufstüten hinüber. „Die sind alle für dich. Für unsere Reise." Er trug die Taschen zur Couch und bedeutete Kelly, zu ihm zu kommen, um sich die Einkäufe anzusehen.

In den Tüten fanden sich einige Umstandssommerkleider und schicke Designer-Kleidung, außerdem Strandbekleidung bis hin zu Sandaletten. Und wie vermutet, enthielt die Lingerie-Tüte diverse sexy Dessous.

„Das hättest du nicht tun sollen", murmelte sie. Wie schnell sie in alte Gewohnheiten verfallen waren! Das Ganze war ihr sehr unangenehm.

„Das war nicht ich. Jansen war für mich einkaufen."

Kelly musste trotz allem lächeln, als sie sich vorstellte, wie Ryans hochgewachsener Assistent in der Abteilung für Umstandsmode nach passenden Kleidern suchte und – noch witziger – wie er in das Dessous-Geschäft ging, um Spitzenslips und BHs zu kaufen.

„Danke für alles", sagte sie und schluckte ihren Stolz für den Augenblick hinunter.

Sein Lächeln wirkte echt. „Gern geschehen. Warum legst du dich nicht eine Weile hin, während ich unsere Koffer packe? Dann essen wir und gehen früh schlafen. Morgen reisen wir ja in aller Frühe ab."

Kelly ließ ihre neuen Sachen auf der Couch liegen und stand auf. Es war idiotisch, Ryan gegenüber weich zu werden. Idiotisch, auch nur für eine Sekunde zu wünschen, alles wäre wie damals.

Aber die Sehnsucht tief in ihrem Herzen blieb. Von Traurigkeit übermannt, verließ sie eilig das Wohnzimmer, damit Ryan ihre Tränen nicht sah.

Am nächsten Morgen wurde Kelly sanft von Ryan geweckt. Während sie duschte, machte er für sie beide Frühstück, und anschließend brachte er ihr Gepäck in den Wagen.

Auf der Fahrt zum Flughafen schwieg Kelly. Einerseits fand sie die Aussicht auf eine Woche im Paradies mit Ryan aufregend, andererseits hatte sie Angst vor der erzwungenen Nähe. Sie hatte sich derart auf ihre Wut und ihren Hass konzentriert, dass es ein Schock für sie war, zu erkennen, dass sie Ryan immer noch sehr liebte. Und das frustrierte sie maßlos.

Nicht genug, dass sie einen Mann liebte, der ihre Liebe ganz offensichtlich nicht erwiderte: Sie liebte ihn auch noch nach seinem allerschlimmsten Verrat. Das war einfach erbärmlich.

Zu ihrer Überraschung flogen sie nicht mit einer normalen Fluglinie. Ryan hatte einen Privatjet gechartert, der sie ohne Zwischenlandung auf die Insel bringen sollte.

Der Flug dauerte nur wenige Stunden, aber nach der halben Strecke wurde sie unruhig. Außerdem hatte sie kalte Füße.

„Warum stellst du deinen Sitz nicht zurück?" Er beugte sich zu ihr, um ihr behilflich zu sein. Dann schlug er ihr vor, sich auf die Seite zu drehen, damit er ihr den Rücken massieren konnte.

Widerstrebend nahm sie seinen Vorschlag an.

Mit seinen kräftigen, geschickten Fingern begann Ryan, ihren Rücken zu bearbeiten. Sie seufzte zufrieden, als ihre Muskeln sich langsam entspannten. Gähnend kuschelte sie sich tiefer in ihren Sitz und genoss Ryans Massage.

Für eine kleine Weile verdrängte sie die Vergangenheit aus ihren Gedanken, genauso wie die Zukunft. Sie konzentrierte sich ganz auf die Tatsache, dass Ryan bei ihr war und genauso liebevoll und zärtlich zu ihr war wie damals, als sie ein Paar waren.

Lächelnd schlief sie ein.

Als sie im Landeanflug waren, weckte Ryan sie auf und stellte ihren Sitz wieder gerade. Sie war so entspannt, dass sie einfach nur still dasaß, während sie landeten.

Eine Viertelstunde später geleitete Ryan sie vom Flieger zu einem Wagen, der für sie bereitstand, und kümmerte sich ums Gepäck. Dann fuhren sie zum Hotel.

Es lag direkt am Strand, und als sie eincheckten, meinte Ryan scherzhaft, dass es im Vergleich zu dem, was er und seine Partner gerade bauten, wie ein Billighotel aussehen dürfte, auch wenn es fünf Sterne hatte.

Kelly konnte das kaum glauben, als sie in eine großzügige Suite gebracht wurden, die um ein Vielfaches größer war als ihre ganze Wohnung in Houston.

Sie setzte sich auf die Couch und sah durch die Terrassentür auf den wundervollen Hotelstrand hinaus. Ryan verstaute ihr Gepäck und zog ihr dann die Schuhe aus, um nachzusehen, ob ihre Füße geschwollen waren. Er fing an, ihre Fußsohlen zu massieren, dann Spann und Knöchel. Sie seufzte behaglich.

„Tut das gut?"

„Oh ja."

Er fuhr fort, sie zu massieren, und beobachtete Kelly dabei schweigend. Als sie eine Hand auf ihren Babybauch legte und lächelte, wollte er wissen, ob sich das Baby bewegte.

Sie nickte.

„Darf ich mal fühlen?"

Sie legte seine Hand auf die Stelle, auf der ihre eben gelegen hatte. Überrascht fuhr er zurück, als ihr Bauch sich bewegte. Seine Miene war fast ehrfurchtsvoll.

„Das ist ja unglaublich. Tut das nicht weh?"

„Nein. Es ist nicht immer angenehm, aber auf keinen Fall schmerzhaft."

Einen Moment ließ er die Hand auf ihrem Bauch, dann stand er auf. „Möchtest du lieber auf der Terrasse zu Abend essen oder im Restaurant?"

„Hier, bitte. Die Aussicht ist so schön, und wir sind für uns."

Er nickte zustimmend und rief dann den Zimmerservice an, um ihre Bestellung durchzugeben.

Eine halbe Stunde später saßen sie auf der Terrasse am gedeckten Tisch und aßen schweigend. Dabei genossen sie den Sonnenuntergang und das Wellenrauschen in der Ferne.

Nach dem Essen schlug Ryan Kelly vor, ins Bett zu gehen, aber sie war noch nicht müde. Viel lieber wollte sie ihre kleine abgelegene Bucht erkunden. Zuerst fand Ryan einen Strandspaziergang zu anstrengend, aber schließlich erklärte er sich damit einverstanden, sie zu begleiten.

Kelly atmete tief die salzige Luft ein, als die Brise, die vom Meer herüberwehte, ihr langes Haar zerzauste. Sie streifte ihre Sandaletten ab, und ehe sie sich umständlich bücken konnte, um sie aufzuheben, kam Ryan ihr zuvor. Sie machte ein paar Schritte in die schäumende Brandung und genoss es, wie das Wasser ihre Füße umspülte.

Auch Ryan zog seine Schuhe aus und folgte ihr, nachdem er seine Jeans hochgekrempelt hatte. Er legte einen Arm um sie, als sie am Strand entlangschlenderten, aber Kelly widerstand dem Verlangen, sich enger an ihn zu schmiegen.

„Wir sollten nicht zu weit laufen, weil du nicht zu lange auf den Beinen sein darfst. Ich habe dem Doktor ja versprochen, dass das hier für dich eine erholsame Reise wird."

„Es ist sehr viel erholsamer, als zwölf Stunden am Tag im Café zu stehen."

Er umfasste ihre Taille fester. „Das wird nicht wieder vorkommen."

Kelly erwiderte nichts, sondern ging vor Ryan her zurück zu ihrer Suite. Als sie sie wenig später erreichten, sank sie auf die Couch.

„Möchtest du etwas trinken?"

„Einen Saft, falls welcher da ist."

Ryan sah im gut bestückten Kühlschrank nach und kam gleich darauf mit einem Glas Orangensaft zurück.

„Du solltest bald ins Bett gehen", mahnte er. „Du hast jede Menge Zeit, den Strand zu erkunden, wenn du dich erst einmal eine Nacht lang ausgeruht hast."

Auch wenn sie müde war, der Tag war so … perfekt gewesen, dass Kelly ihn gar nicht beenden mochte. Zeit mit Ryan zu verbringen war eine bittersüße Erfahrung. Eine Erinnerung an glücklichere Zeiten, als die Dinge noch …

Sie seufzte. Sie musste aufhören, ewig Erinnerungen nachzuhängen. Sie hatte eine Woche mit Ryan. Eine Woche, in der die Vergangenheit keine Rolle spielen sollte. Wenn er sie ausblenden konnte, würde sie das auch versuchen. Und danach würden ihre Erinnerungen an ihn vielleicht gar nicht mehr so bitter sein.

Sie musste lachen, weil sie Schwierigkeiten hatte, von der superbequemen Couch aufzustehen. Ryan half ihr auf die Füße.

Einen Moment lang blieb sie vor ihm stehen und ließ den Blick über sein markantes Gesicht gleiten. Es war das erste Mal, dass sie sich gestattete, ihn offen zu betrachten.

„Gute Nacht, Ryan."

Es kam ihr vor, als wollte er sie küssen, und sie überlegte kurz, wie sie darauf reagieren würde. Doch dann wünschte auch er ihr nur eine gute Nacht. „Schlaf gut, Kelly."

Auf dem Weg in ihr Zimmer merkte sie, dass sie ein klein wenig enttäuscht war.

6. KAPITEL

*I*n dieser Nacht fand Kelly keinen Schlaf. Nicht, dass sie das überrascht hätte. Sie musste ununterbrochen an früher denken. An ihre erste Begegnung mit Ryan. Wie er sie vom ersten Moment an verzaubert hatte. Wie sie in eine leidenschaftliche Beziehung geschlittert war, die sie vollkommen vereinnahmte.

Von ihrer ersten Verabredung an waren sie wochenlang keinen einzigen Tag getrennt gewesen. Nach einem Monat war sie bei ihm eingezogen, und nach einem weiteren Monat trug sie seinen Ring am Finger.

Sie war sich nie ganz sicher gewesen, warum er sich für sie entschieden hatte. Sie hatte keinen Minderwertigkeitskomplex, doch Ryan Beardsley war ungewöhnlich reich. Er hätte jede Frau bekommen können. Warum also Kelly?

Ihre Familie hatte keine Beziehungen. Sie hatte weder Geld noch Prestige. Sie war eine einfache Studentin, die sich mehr schlecht als recht als Serviererin durchschlug.

Bis Ryan in ihr Leben trat.

Von da an hatte sich für sie alles geändert, und vielleicht hatte sie zu sehr auf Wolke sieben geschwebt, um je nach den wirklich wichtigen Dingen, zu fragen. Zum Beispiel, ob er sie liebte und ihr vertraute.

Wie würde er jetzt reagieren, wenn sie noch einmal versuchen würde, ihm zu erklären, was sich tatsächlich an dem Tag abgespielt hatte, an dem er sie vor die Tür gesetzt hatte? Damals hatte er ihr nicht geglaubt. Warum sollte das jetzt anders sein?

Als sie an jenen Tag zurückdachte, kamen ihr die Tränen.

Kelly hatte einen Schwangerschaftstest gemacht, und als sie das Ergebnis sah, war sie wahnsinnig glücklich und besorgt zugleich. Schnell legte sie den Teststreifen beiseite und stellte sich dann lächelnd vor, wie sie Ryan die große Neuigkeit eröffnete.

Sie glaubte nicht, dass er wütend sein würde. Sie wollten ja sowieso bald heiraten und hatten oft darüber gesprochen, dann auch eine Familie zu gründen.

Sie konnte es kaum erwarten, es ihm zu sagen. Ihr fiel ein, dass er an diesem Tag keine wichtigen Termine hatte und den ganzen Nachmittag im Büro sein würde. Sie könnte also vorbeischauen und ihn überraschen.

Als sie sich vorstellte, wie er reagieren würde, wäre sie am liebsten quer durch ihr Schlafzimmer getanzt.

Ein Geräusch aus dem Wohnzimmer ließ sie innehalten. Dann lächelte sie. Wie wunderbar, Ryan war nach Hause gekommen! Manchmal überraschte er sie und kam zum Lunch vorbei. Heute war sein Timing einfach perfekt.

Sie wollte ihn gerade rufen, als Jarrod an der Schlafzimmertür erschien.

Einen Moment lang war sie sprachlos. Jarrod kam zwar regelmäßig vorbei, aber immer nur, wenn Ryan zu Hause war. Er musste doch wissen, dass Ryan heute arbeitete.

„Jarrod, was machst du hier? Ryan ist im Büro. Ich erwarte ihn erst später zurück."

„Ich bin hergekommen, um mit dir zu reden."

„Okay. Was gibt's? Lass uns ins Wohnzimmer gehen."

Er ignorierte ihren Einwand und kam ins Schlafzimmer. Kelly hatte kein gutes Gefühl dabei. Irgendetwas stimmte nicht mit ihm.

„Wie viel müsste man dir zahlen, damit du Ryan verlässt?"

Schockiert riss sie die Augen auf. Sie musste sich verhört haben. „Wie bitte?"

„Tu nicht so unschuldig. Du bist ein kluges Mädchen. Wie viel würde es kosten, dass du mit Ryan Schluss machst und aus seinem Leben verschwindest?"

„Du bietest mir Geld an? War das die Idee deiner Mutter? Ihr müsst beide verrückt sein. Ich liebe Ryan. Und er liebt mich. Wir werden heiraten."

Etwas, das wie echtes Bedauern aussah, huschte über Jarrods Gesicht. Nervös trat er von einem Fuß auf den anderen, dann fixierte er sie kalt. „Ich hatte gehofft, du würdest problemlos mitmachen. Die Summe, die wir dir anbieten, ist beachtlich."

Das „wir" bestätigte Kellys Verdacht, dass tatsächlich Ryans Mutter hinter diesem Auftritt steckte. Sie wollte Jarrod gerade sagen, wohin er und seine Mutter sich scheren konnten, als er einen weiteren Schritt auf sie zu machte. Als sie den Ausdruck in seinen Augen sah, wich sie hastig zurück.

„Ich denke, du solltest jetzt gehen", sagte sie, während sie nach dem Telefon griff.

Jarrod sprang übers Bett und schlug ihr den Hörer aus der Hand. Der plötzliche Angriff überraschte sie so sehr, dass sie sich nicht sofort verteidigte – sie konnte es einfach nicht.

Er drängte sie aufs Bett, fasste sie unsanft an, schob ihr Shirt hoch, zerrte an ihrer Hose. Sie versuchte, ihm ein Knie in den Bauch zu stoßen, doch er wich ihr aus und rollte sie unter sich.

Sie schrie auf. Er war grob. Und das tat weh. Sie war wütend und gleichzeitig in Panik. Ganz offensichtlich hatte er vor, sie in Ryans Bett zu vergewaltigen. War er komplett übergeschnappt? Ryan würde ihn dafür umbringen.

Brutal betatschte er sie am ganzen Körper. Ihr wurde klar: Wenn sie es nicht schaffte, ihn abzuwehren, würde er ihr in ihrem eigenen Zuhause Gewalt antun. Also wehrte sie sich mit neuer Kraft.

Schließlich gelang es ihr, ihm einen Schlag zwischen die Beine zu versetzen. Er ließ von ihr ab und presste die Hände auf die Stelle, die sie getroffen hatte. Kelly ließ sich auf den Boden fallen und versuchte verzweifelt, ihre Kleidung zu ordnen.

Dann sprang sie auf, die Hand an der Kehle, die furchtbar schmerzte. „Dafür wird er dich umbringen", keuchte sie. „Wie konntest du dir nur einbilden, dass du damit durchkommst? Du bist sein Bruder! Du elender Mistkerl."

Sie hastete zur Tür, weil sie unbedingt zu Ryan wollte. Doch das, was Jarrod sagte, ließ sie innehalten:

„Er wird dir niemals glauben."

„Du bist wahnsinnig", stieß sie hervor.

Aber Jarrod hatte recht behalten. Ryan hatte ihr nicht geglaubt. Jarrod hatte seinen Bruder von Ryans Wohnung aus angerufen, bevor sie Ryans Büro erreichen konnte. Er hatte Ryan seine eigene Version des Vorfalls geschildert, und der Clou seiner Story war, dass er Ryan genau voraussagte, was Kelly ihm erzählen würde. Mit dem Unterschied, dass Jarrod behauptete, Kelly habe mit dem Techtelmechtel angefangen. Auf seine Drohung hin, Ryan von ihrer Untreue zu berichten, habe sie sich dann die hübsche Story ausgedacht, dass Jarrod sie angegriffen habe.

Jarrod spielte seine Rolle perfekt. Er gab sich ganz als Opfer von Kellys Lügen und Intrigen. Und als Kelly dann in Ryans Büro erschien und genau die Geschichte erzählte, die Jarrod seinem Bruder vorhergesagt hatte, war Ryan außer sich vor Wut gewesen.

Er hatte ihr diesen verdammten Scheck ausgestellt und sie vor die Tür gesetzt.

Kelly lag in ihrem Bett, ganz benommen von den schmerzlichen Erinnerungen. Hier auf der Insel sollte sie also die Vergangenheit vergessen. Nach vorn schauen und da anknüpfen, wo sie und Ryan aufgehört hatten.

Vergessen, dass sie von den Menschen, denen sie vertraut hatte, schrecklich verraten worden war.

Als Ryan leise an ihre Tür klopfte, schüttelte sie ihre düsteren Gedanken ab. Entsetzt stellte sie fest, dass es schon Morgen war und sie höchstens ein Nickerchen gemacht hatte.

Schnell zog sie ihren Morgenmantel über und ging zur Tür, um zu öffnen.

Ryan war bereits angezogen. Anscheinend hatte er geschäftlich zu tun.

„Ich habe dir das Frühstück auf den Tresen gestellt. Ich muss ein paar Stunden auf die Baustelle. Kommst du allein zurecht?"

Kelly nickte, erleichtert, dass sie sich nicht sofort mit Ryan auseinandersetzen musste. Sie brauchte Zeit, um sich zu fassen.

„Ja, natürlich. Wann bist du zurück?"

Er sah auf seine Uhr. „Jetzt ist es acht. Ich sollte nicht länger als bis zum Mittag brauchen. Wenn du möchtest, können wir im Hotelrestaurant essen und dann einen Spaziergang am Strand machen. Lass es ruhig angehen, während ich weg bin. Ich würde mir Sorgen machen, wenn du allein an den Strand gehst."

Kelly verdrehte die Augen. „Ich glaube, ich schaffe es noch, das Hotelzimmer allein zu verlassen."

„Ich weiß. Ich sorge mich einfach und wäre lieber bei dir."

„Okay, wir sehen uns zum Lunch."

Er winkte ihr zu und ging. Einen Moment sah sie ihm nach. Dann schloss sie ihre Tür und lehnte sich dagegen.

Tag eins des Versuchs, die Vergangenheit zu vergessen und nach vorn zu schauen.

„Ob du das wohl schaffst?", murmelte sie auf dem Weg ins Bad.

Sie hatte zwar fest vor, zumindest den Strandabschnitt direkt vor der Terrasse ihrer Suite zu erkunden, aber erst einmal wollte sie ausgiebig baden. Auch wenn sie später nochmals duschen musste, weil sie überall voller Sand war.

Als sie nach einer Weile vorsichtig aus der Wanne stieg, war sie richtig hungrig. Schnell zog sie sich an und legte ein wenig Make-up auf, damit sie sich in der Öffentlichkeit sehen lassen konnte.

Mit großem Appetit verspeiste sie ihr Frühstück, das aus Bagel, Zimtrolle und Obst bestand. Ryan hatte es für sie bereitgestellt, und sie genoss es bis zum letzten Krümel. Es war eine Weile her, dass sie mit Appetit gegessen und es ihr tatsächlich gut geschmeckt hatte.

Nachdem sie auch noch ein ganzes Glas Saft getrunken hatte,

machte sie sich auf die Suche nach einem Handtuch, das sie am Strand ausbreiten konnte.

Am Hotelstrand standen Sonnenschirme für die Gäste bereit, und sie wollte unter einem davon auf Ryans Rückkehr warten.

Nachdem sie monatelang jeden Tag viele Stunden auf den Beinen gewesen war, um in einem undankbaren Job einen armseligen Lohn zu verdienen, fand sie einen faulen Strandtag schon fast dekadent. Sie wollte jede Minute genießen.

Die Sandaletten zog sie gar nicht erst an, denn sie wollte ja nicht weit gehen. Der warme Sand unter ihren nackten Füßen fühlte sich herrlich an. Zufrieden seufzend machte sie sich auf den Weg zu einem der Sonnenschirme in der Nähe.

Das Meeresrauschen klang wie Musik in ihren Ohren, so friedlich. Das hier war ein Ort, an dem sie ihre schmerzliche Vergangenheit vergessen konnte. Ein Ort, um zu genesen. Urlaub für die Seele.

Das hörte sich ein bisschen kitschig an, aber es gefiel ihr, und sie machte es kurzerhand zum Motto ihrer Reise.

Gleich darauf saß Kelly auf dem Handtuch unter dem Sonnenschirm und schaute mit angewinkelten Knien auf die anrollenden Wellen hinaus.

Sie schloss die Augen, atmete tief ein und genoss es, die Meeresbrise auf ihrem Gesicht zu spüren. Als ihre Anspannung allmählich von ihr abfiel, machte sich bemerkbar, dass sie vergangene Nacht kaum geschlafen hatte.

Schläfrig, wie sie war, streckte sie sich auf dem Handtuch aus und drehte sich auf die Seite, das Gesicht zum Meer. Der Schirm spendete ihr genug Schatten. Ein Schläfchen war allzu verlockend. Sie würde einfach hier am Strand auf Ryan warten.

Kurz nach Mittag betrat Ryan die Hotelsuite und sah sich nach Kelly um. Sie war nirgends zu sehen!

Er seufzte. Ihm war klar, dass sie, gegen seinen Willen, an den Strand gegangen war. Er hatte nicht wirklich Angst, dass ihr etwas passieren würde, aber ihr Gesundheitszustand machte ihm Sorge. Ja, es war wahrscheinlich ein wenig übertrieben, aber bei Kelly neigte er eben – schon immer – zu übertriebener Fürsorge.

Er trat auf die Terrasse und ließ den Blick über den Strand wandern. Als er Kelly nicht gleich erblickte, machte er sich auf den Weg zu den Sonnenschirmen im Sand.

Unter dem dritten sah er sie mit geschlossenen Augen auf der Seite liegen, und sie sah so verdammt hübsch – und verletzlich – aus, dass es ihm einen Stich versetzte.

Er beobachtete, wie sich ihre Brust sacht hob und senkte. Ihr Babybauch war unter dem blumengemusterten Sarong, den sie trug, verborgen. Sie war barfuß, und er stellte fest, dass ihre Knöchel noch leicht geschwollen waren.

Es war nicht mehr so schlimm wie vorher, trotzdem beunruhigte es ihn.

Er setzte sich neben sie auf das Handtuch und strich liebevoll über ihr seidiges blondes Haar. Dann ließ er seine Hand über ihren Arm gleiten, über ihre Hüfte bis zu ihrem Bauch.

Sie seufzte leise im Schlaf. Sein Wunsch, Kelly in die Arme zu schließen, war so übermächtig, dass er seine Hand wegriss, um der Versuchung nicht nachzugeben.

Wenn er nur die letzten sechs Monate auslöschen könnte! Wenn alles so sein könnte, wie es damals war. Aber jetzt musste er sich nicht bloß mit Kellys Verrat auseinandersetzen, sondern auch mit der Tatsache, dass sie von ihm schwanger war. Ob sie es zugab oder nicht, er war sich ganz sicher, dass es *sein* Baby war. Etwas anderes wollte er nicht einmal denken.

Er rüttelte sie sanft wach, weil er nicht wollte, dass sie sich den Strahlen der Mittagssonne aussetzte, mit oder ohne Sonnenschirm. Schläfrig blinzelte sie ihn an. Ihr erfreutes Lächeln ging ihm durch und durch.

„Wann bist du zurückgekommen?"

„Vor ein paar Minuten." Er lächelte sie an. „Bist du bereit fürs Mittagessen?"

Sie nickte und machte Anstalten, aufzustehen. Er reichte ihr die Hand, um ihr zu helfen, und sie ließ sich von ihm auf die Füße ziehen. Einen Arm um ihre Schultern gelegt, geleitete er sie zurück in die Suite. Er genoss die wenigen Minuten von Vertrautheit.

Während Kelly duschte und sich umzog, rief er Devon an, um ihn über den aktuellen Stand der Bauarbeiten zu informieren. Dev erwähnte Kelly kein einziges Mal, und darüber war Ryan froh.

Egal, ob seine Freunde und seine Familie glaubten, er sei verrückt, er musste einfach so handeln. In all den Monaten seit dem Ende ihrer Beziehung hatte er nicht aufhören können, an Kelly zu denken. Vielleicht war er ja der größte Narr auf Erden, aber er war fest entschlossen, diese Sache zwischen ihnen zu klären. Selbst wenn das hieß, dass sie schließlich doch getrennte Wege gingen.

Als Kelly aus ihrem Zimmer kam, sah sie so unbeschwert aus, wie er sie seit dem Tag, an dem er sie in dem Café in Houston aufgespürt hatte, nicht erlebt hatte. Sie wirkte fast wie die alte Kelly. Die Kelly, nach der er verrückt war. Die, die immer gern lächelte, die fröhlich war und bereitwillig ihre Zuneigung zeigte.

Die reservierte, wütende Kelly kannte er gar nicht.

Sie schien ein wenig nervös und unsicher zu sein, und er fand es schrecklich, dass die Barriere zwischen ihnen fast greifbar war. Früher hätte sie nicht gezögert, sich ihm in die Arme zu werfen und ihn überschwänglich an sich zu drücken.

„Bist du fertig?"

Sie nickte. Als er ihr eine Hand auf den Rücken legte, merkte er, dass das Sommerkleid viel nackte Haut freigab. Jansen hatte gut gewählt. Das Kleid sah traumhaft an ihr aus, betonte ihre Kurven. Das Oberteil wurde von Trägern gehalten, die im Nacken verknotet waren, doch der Rücken war praktisch bis zum Po unbedeckt.

Am liebsten hätte Ryan ihre nackte Haut gestreichelt, bis Kelly darauf reagierte. Bis er den Beweis hatte, dass es die einzigartige Anziehung zwischen ihnen immer noch gab.

Im Restaurant bekamen sie einen Tisch in einer Nische, durch deren hohes Fenster sie einen herrlichen Blick auf das Meer hatten.

Während sie in ihre Speisekarten vertieft waren, betrachtete Ryan seine Begleiterin verstohlen. Als sie es bemerkte, lächelte sie ihn zögernd an. Er erwiderte ihr Lächeln, hingerissen von dem Funkeln in ihren blauen Augen.

Sie war … bildschön. Und diesmal war nichts von der grenzenlosen Wut in ihrem Blick, die er so oft seit ihrem Wiedersehen darin entdeckt hatte.

Doch der Moment der Harmonie nahm eine Sekunde später ein jähes Ende.

„Ryan! Was machst du denn hier?"

Er verzog das Gesicht, als er die Frauenstimme vernahm, die bis in ihre Nische vordrang, und Kelly fuhr überrascht zusammen. Es war Roberta Maxwell, die da zielstrebig auf ihren Tisch zukam, und er fluchte leise.

Er stand auf, um sie zu begrüßen. Höflich küsste er sie auf die Wange, als sie sie ihm hinhielt, und entzog ihr rasch wieder seine Hand.

„Ich bin geschäftlich hier. Die Frage ist: Was machst *du* hier?"

Sie lachte. „Oh, das Hotel hier ist eins meiner Lieblingshotels. Das Essen ist einfach göttlich und die Unterkunft unübertrefflich." Sie wandte sich Kelly zu, die Roberta misstrauisch betrachtete. „Ryan, wer ist das?"

Ausgeschlossen, dass sie nicht wusste, wer Kelly war, und dass sie rein zufällig hier war. Er hätte gewettet, dass Roberta Maxwell noch nie in ihrem Leben auf St. Angelo gewesen war. Allerdings schien es ihr egal zu sein, ob er ihr glaubte oder nicht. Das konnte nur heißen, dass sie hier war, um Ärger zu machen. Dahinter steckte garantiert seine Mutter, und das machte ihn so wütend, dass er Roberta am liebsten den Hals umgedreht hätte. Und dann seiner Mutter. Er hätte ihr auf keinen Fall sagen sollen, dass er verreisen würde, und erst recht nicht wohin. Wie auch immer, Roberta war hier, und es war offensichtlich, dass das kein Zufall war.

„Darf ich vorstellen, Roberta, das ist Kelly Christian. Kelly, das ist Roberta Maxwell, eine Bekannte von mir."

Roberta strahlte ihn an und streichelte spielerisch seine Wange. „O, là, là! Darling. Ich bin doch sicher mehr als eine Bekannte."

Kellys Augen wurden schmal, und Ryan entschied, dass Höflichkeit ihre Grenzen hatte.

„Wir wollen gern zu zweit essen, Roberta. Würdest du uns bitte entschuldigen?"

Unbeeindruckt hakte sich Roberta bei ihm ein und raunte ihm zu: „Wir müssen uns unbedingt treffen, solange du hier bist. Vielleicht essen wir auch einmal zusammen. Ich fand es so schade, dass wir uns verpasst haben, als ich das letzte Mal bei deiner Mutter zum Dinner war. Ich mag sie unglaublich gern."

Ryan löste sich von ihr. „Ich fürchte, meine Zeit hier ist vergeben. Vielleicht können Kelly und ich dich einmal zum Essen einladen, wenn wir wieder in New York sind." Auch wenn er nicht davon ausging, dass Roberta sich davon bremsen ließ: Er musste es einfach sagen.

In ihren Augen blitzte es verärgert auf, und sie verzog ihre sorgfältig geschminkten Lippen zu einem Schmollmund. „Mal ehrlich, Darling: Wann hast du beschlossen, die kleine Betrügerin zurückzunehmen?"

Kelly wurde blass, und sie warf ihre Serviette auf den Tisch. Ryan hob beschwichtigend die Hand. „Roberta, es reicht. Es ist Zeit, dass du gehst. Grüß meine Mutter schön und sag ihr, dass sie sich verdammt noch mal aus meinen Angelegenheiten heraushalten soll. Ein Rat, den auch du beherzigen solltest."

Roberta strich mit ihren perfekt manikürten Nägeln über das Revers seines Sakkos. „Du musst nicht gleich beleidigt sein,

Darling. Ich weiß ja, dass du höflich zu ihr sein musst, weil du nicht sicher bist, von wem sie schwanger ist."

Sie winkte nachlässig und ging. Ryan war unglaublich wütend. Doch seine Wut war nichts im Vergleich zu Kellys Wut. Als er sich zu ihr umdrehte, sah er, wie sie, die geballten Fäuste auf dem Tisch, dastand und ihr zornig hinterhersah.

7. KAPITEL

*R*yan strich sich mit einer Hand durchs Haar. „Es tut mir leid."

„Ich habe keinen Hunger mehr", erklärte Kelly rundheraus und schob ihren Stuhl weg.

„Kelly, bitte nicht. Du musst essen. Lass diese Tante nicht unser Essen ruinieren."

Zornig presste sie die Lippen zusammen. „Diese *Tante* scheint wahnsinnig viel über unsere Situation zu wissen, meinst du nicht auch?"

Sie verließ das Restaurant und kehrte in ihre Suite zurück.

Nachdem sie die Tür der Suite verriegelt hatte, ging sie dort geradewegs in ihr Zimmer. Sie setzte sich aufs Bett, und einen Moment später hörte sie Ryan an die Tür der Suite klopfen und rufen.

Aber sie war so wütend, dass es ihr egal war, dass er den Umweg über die Terrasse nehmen musste, um in die Suite zu kommen.

Sie hatte genug von dieser Farce. Jetzt wollte sie nur noch weg.

Reichte es nicht, dass sie von Ryan und seinem Bruder gedemütigt worden war? Sollte sie sich jetzt auch noch mit einer dämlichen, überkandidelten Tussi abgeben? Sie konnten sich alle zum Teufel scheren.

Als ihre Schlafzimmertür auffog und Ryan hereinstürmte, fuhr sie hoch. Ja, er war nicht der Einzige, der außer sich war, und sie würde nicht klein beigeben. Sie stand auf.

„Kelly, was ist los mit dir, verdammt noch mal? Es passt überhaupt nicht zu dir, so extrem zu reagieren. Was willst du damit erreichen, wenn du mich aussperrst? Unsere Probleme zu ignorieren, schafft sie nicht aus der Welt."

„Woher willst du wissen, was zu mir passt und was nicht? Anscheinend kennst du mich überhaupt nicht."

„Da hast du sicher recht."

Sie sah ihn kalt an. „Ich will weg von hier. Mit dem ersten Flieger, den ich kriegen kann. Das hier ist lächerlich. Es ist reine Zeitverschwendung. Ryan, mit uns beiden wird es nie funktionieren."

Fluchend baute er sich direkt vor ihr auf und packte sie an den Schultern. „Wir hatten eine Vereinbarung. Wir wollten eine Woche miteinander verbringen, und so lange die Vergangenheit vergessen."

Ungläubig starrte sie ihn an. „Hast du das Fiasko im Restaurant eben nicht miterlebt? Woher, um alles in der Welt, sollte sie so viel über uns und unsere Beziehung wissen, wenn nicht *du* es ihr erzählt hast? Wie sollen wir bitte schön die Vergangenheit vergessen, wenn dein kleines Flittchen sie mir unter die Nase reibt? Ich mag es nicht, wenn man mich für dumm verkauft. Und ich mag es erst recht nicht, wenn man hinter meinem Rücken über mich spricht, als ob ich der letzte Dreck wäre."

„Ich habe nie mit ihr über dich gesprochen."

„Erstaunlich, dass sie dann so gut Bescheid weiß."

„Warum hast du so wenig Vertrauen zu mir, Kelly? *Ich* habe *dich* nicht betrogen."

Sie zuckte zusammen. Es lief immer auf das Gleiche hinaus. Nämlich dass er glaubte, sie habe ihn betrogen, und dass er sich weigerte, eine andere Möglichkeit auch nur in Betracht zu ziehen.

Sie wandte sich von ihm ab, bemüht, ihre Wut im Zaum zu halten.

Plötzlich wurde sie wieder zu ihm herumgewirbelt, und ohne Vorwarnung eroberte er ihren Mund. Sie versuchte, sich gegen seine Brust zu stemmen, doch er zog sie nur noch fester in seine Arme.

Leise stöhnte sie auf, als sein Kuss sanfter wurde. Dann drängte Ryan sie langsam auf die Matratze, ohne auch nur eine Sekunde aufzuhören, ihre Lippen zu liebkosen. „Verdammt, Kelly, sag mal eine Weile gar nichts. Anscheinend können wir uns nicht unterhalten, ohne einander zu verletzen. Lass uns also zur Abwechslung kommunizieren, ohne zu reden."

Sie blickte ihm fest in die Augen, als er sich ein wenig von ihr löste, und betrachtete ihn eindringlich. Wie konnte sie ihn nach all dem Misstrauen und den Verletzungen so sehr begehren? Als er ihr mit den Fingerspitzen zart über die Wange strich, schloss sie die Augen und schmiegte sich an seine Hand.

Was, wenn sie ihm erlauben würde, mit ihr zu schlafen? Wäre das so schlimm? Oder würde das seine schlechte Meinung von ihr nur bestätigen?

Dieser Gedanke dämpfte ihre Sehnsucht, seinem Werben nachzugeben, schlagartig. Ryan musste ihren Stimmungsumschwung gespürt haben, denn er sah sie irritiert an.

„Ich kann das nicht." Hastig setzte sie sich auf dem Bett auf. „Denn ich weiß ja, was du von mir denkst."

Während sie das sagte, schlang sie schützend die Arme um sich und musterte Ryan argwöhnisch.

„Hör auf, mich anzustarren, als würdest du erwarten, dass ich über dich herfalle. Ich stehe nicht auf Frauen, die nicht wollen."

Damit verließ er ihr Schlafzimmer und warf die Tür hinter sich ins Schloss.

Kelly stand auf und ging ins Bad, um ihr erhitztes Gesicht mit kaltem Wasser zu kühlen. Sie fühlte sich unendlich einsam.

Als sie ihre tieftraurigen Augen im Spiegel sah, kamen ihr die Tränen. Sie spürte Stiche in der Brust. In ihrem Herzen. Wie sollte sie so nur weiterleben?

Sie würde Ryan nicht anflehen, ihr zu glauben. Das hatte sie schon getan. Sogar auf Knien. Und was hatte es genützt? Gar nichts, er glaubte ihr nicht. Diese Beziehung hatte absolut keine Zukunft.

Sie stützte die Ellbogen auf das Waschbecken und vergrub schluchzend das Gesicht in den Händen.

In den vergangenen sechs Monaten war sie nicht glücklich gewesen, aber jetzt war ihr Kummer noch viel größer. Ihre

Lebensumstände in Houston waren nicht die besten gewesen. Aber immerhin hatte sie dort nicht den Mann, den sie liebte, ansehen müssen in dem Bewusstsein, dass er das Schlechteste von ihr dachte.

Blind vor Tränen, kehrte sie ins Schlafzimmer zurück und legte sich aufs Bett. Die Tränen, die sie so lange zurückgehalten hatte, strömten unablässig über ihre Wangen.

Nach ein paar Minuten setzte sich Ryan zu ihr aufs Bett und streichelte ihre Wange. „Kell, es tut mir leid", sagte er rau. „Weine nicht. Bitte weine nicht."

Sanft zog er sie in die Arme. Sie schmiegte sich an ihn und vergrub das Gesicht an seinem Hals. Ihre Tränen durchnässten sein Hemd.

„Es tut mir leid. Ich wollte nicht, dass es so läuft. Ich wollte nicht, dass du dich aufregst oder dich wertlos fühlst. Ich schwöre es."

In seiner Stimme klangen tiefes Bedauern und Mitgefühl mit, während er ihr zärtlich übers Haar strich.

„Du musst wissen, dass Roberta nur hier aufgetaucht ist, um Ärger zu machen."

Kelly hörte auf zu weinen. Das, was sie zu sagen hatte, würde Ryan wahrscheinlich noch mehr aufregen, aber sie hatte sich lange genug zurückgehalten.

„Bist du bereit, zuzugeben, dass deine Mutter mich hasst und alles tun würde, um mich loszuwerden? Wenn nicht du mit Roberta über uns gesprochen hast, wer soll es dann schon gewesen sein?"

„Ich weiß. Es wird aber nicht funktionieren. Sobald wir wieder zu Hause sind, werde ich dem ganzen Spuk ein Ende machen. Versprochen. Ich werde ihr nicht gestatten, dich auf diese Weise zu verletzen."

Kelly sank an seine Brust. Sie wollte ihm diesmal schon fast verzweifelt Glauben schenken. Allmählich wurden ihm die Augen geöffnet. Hieß das, er würde schließlich ihre Version der Vorkommnisse vor sechs Monaten akzeptieren?

Er drückte ihr einen Kuss ins Haar und flüsterte: „Bleib bei mir, Kelly. Wir haben so vieles zu klären. Aber dazu musst du hier bei mir sein und nicht tausend Meilen entfernt in einer schäbigen Absteige, wo ich mich nicht um dich und unser Baby kümmern kann."

Zärtlich wischte er die letzten Tränenspuren auf ihren Wangen mit den Daumen weg. Sein Blick war intensiv und dunkel vor Emotionen. Himmel, Ryan sah aus, als würde er genauso sehr leiden wie sie selbst.

Eigentlich hatte sie wieder abstreiten wollen, dass er der Vater war, doch sie tat es nicht. Es war sinnlos, mit ihm darüber zu streiten, zumal er der Vater war.

Weil sie es nicht abstritt und schwieg, blitzte Hoffnung in seinen Augen auf.

„Gib uns eine Chance, Kell. Lass mich für dich und das Baby sorgen. Was auch immer zwischen uns nicht stimmt, wir können es aus der Welt schaffen."

„Ich wünschte, ich hätte deinen Optimismus." Wie sollte sie ihm erklären, dass ihre Probleme angesichts seines Mangels an Vertrauen unüberwindlich waren?

Er neigte den Kopf und küsste sie so liebevoll, dass ihr erneut die Tränen kamen. Sie schmiegte die Wange an seine Brust. Es war so schön, wieder in seinen Armen zu liegen und für einen Moment all den Schmerz und die Wut zu vergessen.

„Kell, wir müssen über das Baby reden. Aber zuerst müssen wir unser Verhältnis klären."

„Wirst du mir glauben, wenn ich dir sage, dass das Baby von dir ist?"

Er hörte auf, sie zu streicheln, und zog sie fest an sich.

„Ich werde dir glauben, Kell."

Langsam entzog sie sich ihm, bis sie ihm in die Augen blicken konnte. Es tat weh, dass er bereit war, ihr jetzt in Bezug auf ihr Kind zu glauben, damals, als es um seinen Bruder gegangen war, aber nicht.

„Es ist von dir", sagte sie leise.

Zutiefst erleichtert nahm er ihr Gesicht in beide Hände und eroberte ihren Mund mit einem besitzergreifenden, leidenschaftlichen Kuss.

Als Kelly es schaffte, sich von Ryan zu lösen, raste ihr Puls. Schweigend sahen sie einander an. Sie hatte Angst, ihm zu glauben. So große Angst, dass sie wie gelähmt war.

„Glaubst du mir? Ryan, ich muss es wissen. Sonst können wir nicht weitermachen."

Da legte er eine Hand auf ihren Babybauch und umrundete ihn mit gespreizten Fingern.

„Ich glaube dir."

Sie biss sich auf die Lippe, um ihn nicht zu fragen, ob er ihr auch in Bezug auf alles andere glauben würde. Sie wusste, dass er es nicht tat, genau wie damals. Und vielleicht war es zu spät. Oder nicht?

„Kelly?" Zärtlich strich er mit einer Fingerspitze über ihre Wange. „Ich glaube dir. Okay? Jarrod hat gesagt, dass er ein Kondom benutzt hat, und zeitlich passt es genau zu uns. Ich nehme nicht an, dass du noch mit jemand anderem geschlafen hast. Mit Jarrod war es doch nur dieses eine Mal, oder?"

Diese flehentliche Frage ließ sie erstarren. Es zerriss ihr das Herz – ein Herz, das sie längst zerbrochen glaubte. Sie hatte sich geirrt. Sie hätte nicht gedacht, dass Ryan sie noch mehr verletzen könnte. Aber das konnte er.

„Warum musst du deshalb weinen?"

Völlig verwirrt wischte Ryan ihre Tränen weg. Dann beugte er sich vor, um sie wegzuküssen.

Sie entzog sich ihm. In ihr kämpften Wut und tiefer Schmerz miteinander. Es war ein einziges Chaos. Mit allergrößter Mühe fasste sie sich und redete mit Ryan. Obwohl sie am liebsten die Flucht ergriffen hätte.

„Falls das Ganze auch nur die kleinste Aussicht auf Erfolg haben soll, solltest du seinen Namen nicht mehr erwähnen.

Du warst doch derjenige, der wollte, dass wir eine Woche miteinander verbringen und die Vergangenheit ausblenden. Ich erwarte, dass du Wort hältst. Falls du also noch ein einziges Mal auf ihn zu sprechen kommst, bin ich weg. Haben wir uns verstanden?"

Offenbar schockierte ihn ihre heftige Reaktion. Er schien etwas sagen zu wollen, doch sie schüttelte den Kopf und glitt von seinem Schoß.

Erneut zog er sie in die Arme. „In Ordnung. Keine Vergangenheit mehr. Versprochen. Wirst du also bleiben, Kelly? Wirst du mit mir an unserer Beziehung arbeiten?"

Sie schloss noch einmal die Augen, denn plötzlich fühlte sie sich völlig erschöpft.

„Du bedeutest mir immer noch etwas, Kelly."

Da lehnte sie die Stirn gegen seine. Sein Eingeständnis traf sie, und sie fand es nicht fair von Ryan.

„Ich habe Angst", flüsterte sie.

„Ich auch."

Das überraschte sie, und sie löste sich etwas, um ihn prüfend zu betrachten.

„Schau mich nicht so an. Nicht nur du bist verletzt. Ich … verdammt, ich wollte ja nicht wieder von der Vergangenheit anfangen. Aber du bist nicht die Einzige, die bei der ganzen Geschichte verletzt wurde. Du hast mir etwas bedeutet. Ich wollte dich heiraten. Ich …"

Er fuhr sich mit einer Hand durchs Haar. Auf einmal sah er sehr müde aus, ausgelaugt von den unergründlichen Gefühlen, die sie beide gefangen hielten.

„Ich will dich immer noch heiraten", bekannte er leise.

*R*yans Bekenntnis klang so simpel und doch irgendwie so, als sei er nicht glücklich darüber. Er blickte Kelly unverwandt an, und sein Unbehagen war ihm deutlich anzumerken.

Sie erwiderte seinen Blick, höchst erstaunt und unfähig zu antworten.

Er liebte sie nicht, vertraute ihr nicht. Er dachte das Allerschlechteste von ihr. Das Einzige, was er anscheinend akzeptierte, war, dass sie von ihm schwanger war – und auch das nur, weil sein Bruder behauptet hatte, er hätte ein Kondom benutzt.

Aber er wollte sie heiraten.

Sie brach in Gelächter aus.

In hysterisches, schrilles, unangenehmes Gelächter.

„Das ist nicht gerade die Reaktion, auf die ich gehofft hatte."

„War das denn ein Antrag?"

Sie hörte auf zu lachen, denn seine Miene war ausgesprochen finster.

„Nein, ja, vielleicht. Ich möchte gern, dass wir an diesem Punkt anlangen. Aber bis dahin ist es noch ein weiter Weg. Im Moment möchte ich nur, dass du sagst, dass ich dir auch noch etwas bedeute. Genug, um zu bleiben und zu versuchen, die Dinge zu klären. Wir werden uns langsam vortasten. Und ich werde nicht zulassen, dass noch mal etwas Ähnliches passiert wie vorhin beim Lunch."

„Und wie willst du das machen? Wie willst du deine Familie oder deine Bekannten dazu bringen, mich zu akzeptieren? Sie werden es nicht tun, Ryan. Sehen wir der Wahrheit ins Auge: Deine Mutter konnte mich nicht leiden. Deine Freunde haben nie verstanden, was du an mir gefunden hast. Und dein Bruder dachte offensichtlich, ich sei dir nicht treu. Eine Meinung, die du übernommen hast."

Ryan stand abrupt auf und blieb neben dem Bett stehen.

„Du wolltest doch nicht über die Vergangenheit reden. Entweder tun wir es doch, oder wir lassen es. Aber es bringt nichts, hier und da wahllos Behauptungen in den Raum zu werfen."

Dann beugte er sich zu Kelly hinunter und stützte die Arme neben ihren Beinen auf. „Bleibst du hier, Kelly? Willst du überhaupt versuchen, die Dinge zu klären, damit wir vielleicht wieder glücklich miteinander sein können?"

Das hörte sich an, als könne sie sofort darauf antworten. Aber so einfach war das nicht. Denn egal was sie sagte, sie würde verletzt werden.

Ihr Herz schrie, dass sie eine Närrin war, sich wieder mit Ryan einzulassen. Ihr Verstand sagte ihr, dass ihre Beziehung ohne Vertrauen von Anfang an zum Scheitern verurteilt war. Und er hatte ja schon bewiesen, dass er absolut kein Vertrauen zu ihr hatte.

Wollte sie sich wirklich in eine Lage bringen, in der das Wort aller anderen mehr zählte als ihres?

Doch unter all dem Schmerz, der Wut und der Enttäuschung regte sich noch ein Gefühl in ihr, wenn sie sich vorstellte, wieder mit Ryan zusammen zu sein.

Es konnte eigentlich nicht falsch sein, bei ihm zu bleiben, bis ihr Kind geboren war. Sie hätte einen sicheren Platz zum Leben, genug zu essen, einen gewissen Komfort. All die Dinge, die sie in den letzten sechs Monaten entbehrt hatte.

Aber ihr war auch bewusst, dass sie nicht bei ihm bleiben konnte, ohne ihr Herz wieder zu öffnen. Sie musste also entscheiden, ob sie vergeben und vergessen und mit ihm weiterleben wollte, oder ob sie eine klare, dauerhafte Trennung wollte, um ihren eigenen Weg zu gehen, wohin auch immer.

Oder vielleicht sollte sie sich für ein paar schöne Tage mit dem Mann entscheiden, den sie liebte und gleichzeitig hasste.

Je länger sie schwieg, desto mehr schwand die Hoffnung aus Ryans Blick. Kelly konnte nicht anders, als einen Vergleich zwischen jetzt und damals zu ziehen, als sie so verletzbar vor ihm gestanden hatte und um sein Vertrauen, seine Liebe und Unterstützung gebettelt hatte.

Es reizte sie nicht, sich zu rächen. Es machte sie nicht glücklich und brachte ihr erst recht keinen Frieden.

Sie war eine Närrin. Und auch das brachte ihr keinen Frieden.

„Ich bleibe." Das klang alles andere als begeistert.

Trotzdem blitzte in Ryans Augen erneut Hoffnung auf, und er küsste Kelly zärtlich auf den Mund.

Erst als er nun mehrmals tief durchatmete, merkte sie, wie sehr er ihre Zurückweisung gefürchtet hatte.

Zwar glaubte sie eigentlich nicht an ein Karma. Aber nun fragte sie sich, ob es vielleicht seine Strafe war, sich zu fühlen, wie sie sich vor Monaten gefühlt hatte.

Doch auch dieser Gedanke befriedigte sie nicht. Niemandem wünschte sie diese Erfahrung.

Liebevoll strich er ihr das Haar aus dem Gesicht.

„Verbring den Nachmittag mit mir, Kell. Du musst essen. Ich werde uns etwas bestellen, und wir können am Strand essen, uns dort später den Sonnenuntergang ansehen. Ich habe Jansen einen Badeanzug für dich kaufen lassen, falls du ins Wasser möchtest."

Sie nahm seine Hand und hielt sie eine Weile gegen ihre Wange.

„Ja, das würde mir gefallen", sagte sie schließlich.

Kelly und Ryan schlenderten zu dem gleichen Sonnenschirm am Strand, unter dem sie am Vormittag ein wenig geschlafen hatte. Ryan breitete eine Decke darunter aus und half ihr, sich darauf niederzulassen. Dann packte er den Picknickkorb aus, den das Restaurant vorbereitet hatte.

Gleich darauf begannen sie zu essen.

Gedankenverloren schaute Kelly aufs Meer hinaus.

Die letzten Monate hatten sie mehr Kraft gekostet als ihr ganzes Leben davor. Wenigstens für eine Weile wollte sie sich einmal entspannen. Sie wollte all die Nächte vergessen, in denen sie weinend wach gelegen hatte und ihre Seelenqual so groß gewesen war, dass sie sich gefragt hatte, ob sie je vergehen würde.

Hier konnte sie zumindest so tun, als hätte es das letzte halbe Jahr nicht gegeben. Das hier hätten sehr gut ihre Flitterwochen sein können. Eine Insel als romantischer Zufluchtsort.

Jedenfalls ging Ryan ganz in der Rolle des besorgten Ehemanns auf.

„Woran denkst du gerade?"

„Ich habe gedacht, dass es hier leicht ist, so zu tun, als ob."

Das Blau seiner Augen wurde noch dunkler. „Wir könnten so tun, als ob, aber wir müssen nicht."

„Hast du denn auf der Baustelle alles regeln können?", erkundigte sie sich, weil sie das Thema Beziehung lieber nicht vertiefen wollte.

„Es war nur ein Missverständnis. Ich sollte es bis morgen aus der Welt geschafft haben. Morgen früh habe ich hier eine Besprechung mit den Bauunternehmern und dem Projektleiter. Wenn alles gut geht, bin ich danach fertig, und wir haben ein paar Tage für uns."

„Wann musst du zurück in New York sein?" Kelly war vollkommen klar, dass das Märchen dann abrupt enden würde.

„Das weiß ich noch nicht. Ich habe es nicht eilig. Im Moment würde ich mich jedenfalls lieber ganz auf unseren gemeinsamen Kurzurlaub hier konzentrieren."

Sie nickte. Es fiel ihr inzwischen etwas leichter, sich darauf einzulassen. Sie hatte ja Zeit gehabt, sich an die Dinge zu gewöhnen.

„Wirst du heute Nacht mit mir schlafen, Kelly?"

Sie riss die Augen auf.

„Das habe ich völlig falsch ausgedrückt. Ich meine, bei mir schlafen. Im gleichen Bett. Ich möchte dich so gern wieder in den Armen halten. Mehr nicht. Bitte lass mich dich halten."

Die Vorstellung, in seinen Armen zu liegen, sich an ihn zu kuscheln ... Es war so verlockend, dass sie plötzlich nichts mehr ersehnte als genau das.

Sie atmete tief durch und nickte.

Da ergriff er ihre Hand und hielt sie einfach nur fest. Dann lehnte er sich zurück und zog Kelly an sich, sodass sie bequem an seiner Brust lehnen konnte.

So blieben sie sitzen, bis Mitarbeiter des Hotels bei Anbruch der Dämmerung am Strand entlang Fackeln entzündeten und die ersten Sterne am Himmel erschienen.

Von einer Terrasse wehte sanfte Musik herüber, die zusammen mit dem leisen Rauschen des Meeres unglaublich schön klang.

Kelly lehnte den Kopf gegen Ryans Hals und schaute verträumt in den Sternenhimmel. Zärtlich küsste Ryan ihre Wange, ehe auch er in den Himmel blickte.

„Wünsch dir was", sagte sie leise.

„Ich habe mir etwas gewünscht. Jetzt du."

Sie schloss die Augen und wünschte sich etwas. Dabei wurde sie von einer leichten Traurigkeit ergriffen. Denn sie wusste, dass manche Wünsche nicht in Erfüllung gehen konnten.

Als Ryan einen Moment später aufstand und dann ihr aufhalf, dachte Kelly, er wolle zurück ins Hotel gehen. Stattdessen führte er sie näher ans Meer.

Das Mondlicht glitzerte wie Silber auf der Wasseroberfläche, und inzwischen war der Himmel mit funkelnden Sternen übersät.

Eine märchenhafte Kulisse, wie Kelly fand. Vielleicht würde sie am Morgen aufwachen und feststellen, dass alles nur ein Traum gewesen war.

Deshalb war sie umso entschlossener, ihren Traum so lange wie möglich auszukosten.

Wortlos nahm Ryan sie in die Arme und begann, sich im Takt der fernen Musik zu bewegen. Kelly schmiegte sich an ihn, und sie wiegten sich im Rhythmus der Wellen und der sanften Melodie.

Immer mehr verschmolzen sie miteinander, bis sie sich kaum noch bewegten.

Schließlich hörten sie ganz auf zu tanzen und standen eng umschlungen am nächtlichen Strand. Ryan fuhr mit den Fingern durch ihr Haar und drückte einen zärtlichen Kuss hinein.

Sie hob den Kopf, um ihm in die Augen zu blicken, und sie entdeckte tiefe Sehnsucht, aber auch Hoffnung darin.

Ihre Lider wurden schwer, als er langsam den Kopf senkte und sein Mund ihrem Mund immer näherkam, ohne ihn zu berühren. So verharrten sie fast endlos und sahen sich dabei tief in die Augen.

Als die leise Musik verstummte, küsste Ryan sie.

Es war der romantischste, süßeste Kuss, den Kelly je bekommen hatte. Ein Kuss, der ihr deutlicher sagte als Worte, dass dieser Mann ihr liebevoll zugetan war. Er begehrte sie. Er würde sie bekommen.

Und als er den Kuss schließlich beendete, zog er sie erneut in die Arme und hielt sie ganz fest, während der Mond sie beide in sein fahles Licht tauchte.

9. KAPITEL

*K*elly zog das Nachthemd an und sah skeptisch an sich hinunter. Es war hübsch, keine Frage. Eine gelungene Kombination aus Spitze und Satin, und es passte perfekt.

Aber irgendwie fühlte sie sich darin nicht wohl. Ihre Brüste wirkten zu … groß. Ihr Babybauch wirkte gigantisch.

Sie schaute zur Tür, denn eigentlich sollte sie in Ryans Zimmer gehen, nachdem sie sich umgezogen hatte. Aber sie fühlte sich unfähig, die paar Schritte zu machen.

Nicht, weil sie Ryan nicht traute. Nein, sich selbst traute sie nicht. Diesem Mann gegenüber hatte sie sich einfach schon dumm genug benommen. Wenn sie erst wieder in seinen Armen lag, sich an ihn schmiegte, würde sie wahrscheinlich den letzten Rest Verstand verlieren, der ihr geblieben war.

Seufzend setzte sie sich auf ihre Bettkante. Dass sie so zögerte, war nur ein weiterer trauriger Beweis für den Riss in ihrer Beziehung. In Ryans Gegenwart hatte sie nie Hemmungen gehabt.

Er hatte abends oft mit seinem Laptop im Bett gesessen und noch konzentriert gearbeitet. Sie war splitternackt zu ihm gekommen und hatte ihn so lange geneckt und gereizt, bis sein Laptop und die Arbeit vergessen waren.

Lachend hatte er dann immer gesagt, es sei ganz schön dumm von ihm, Arbeit mit nach Hause zu bringen, weil sie ihm das nie durchgehen ließ.

Und jetzt brachte sie es nicht einmal über sich, in sein Schlafzimmer zu gehen.

Es klopfte, und Ryan steckte den Kopf zur Tür herein.

„Alles okay?"

Kelly nickte.

Da kam er zu ihr und setzte sich neben sie auf die Bettkante. Er sagte nichts. Er legte nur die Hand in ihren Schoß und wartete darauf, dass sie sie ergriff.

Als sie es nach einem Augenblick tat, drückte er sie liebevoll. Dann erhob er sich und zog sie auf die Füße.

„Wir sind beide müde. Lass uns ins Bett gehen, und über morgen machen wir uns Gedanken, wenn er da ist."

Das klang so gar nicht nach dem Ryan, den sie kannte. Er war jemand, der alles bis ins kleinste Detail plante. Er machte sich nicht nur Gedanken um den nächsten Tag, sondern auch ums nächste Jahr.

Er führte sie in sein Zimmer und bedeutete ihr, ins Bett zu steigen. Sie atmete tief durch, schlüpfte unter die Decke und drehte sich zur Seite, damit sie ihn nicht ansehen musste, wenn er ins Bett kam.

Gleich darauf spürte sie seine Wärme, und ehe sie sich versah, lag er direkt hinter ihrem Rücken.

Er schlang einen Arm um sie und zog sie an sich. Dann strich er ihr übers Haar und schmiegte die Wange an ihr Ohr.

Es hätte nicht viel gefehlt, und Kelly wäre schwach geworden. Es war so lange her, dass sie das Bett mit Ryan geteilt hatte, und es fühlte sich so wunderbar an. Wie früher. Sie hatte ihn vermisst. Unglaublich, aber das hatte sie wirklich.

„Keine Vergangenheit", raunte er ihr ins Ohr. „Nur wir beide. Hier und jetzt."

Sie schloss die Augen. Es war idiotisch gewesen, zuzustimmen, dass sie die Vergangenheit ausblendeten. Auch wenn sie nicht darüber redeten, hing sie wie ein Damoklesschwert über ihnen. Sie stand einfach zwischen ihnen. Sie entkamen ihr nicht.

Das, was sie taten, nannte man Leugnen. Und es funktionierte nicht besonders gut.

Sanft küsste Ryan ihren Nacken und rückte noch ein bisschen näher. Dann legte er liebevoll eine Hand auf ihren Bauch. Doch der Augenblick hatte etwas Bittersüßes. So innig, wie sie im Moment kuschelten, hätte ihre Beziehung die ganze Zeit sein sollen.

„Entspann dich und schlaf ein, Kell. Ich möchte dich bloß halten."

Und seltsamerweise wollte auch sie genau das.

Als Kelly die Augen aufschlug, fiel ihr als Erstes auf, wie wohl sie sich fühlte. Dann merkte sie, dass sie auf Ryan lag.

Ihre Wange ruhte an seiner Schulter, ihre Stirn war seitlich gegen seinen Hals gepresst.

Genau so war sie jeden Morgen aufgewacht, als sie zusammen gelebt hatten.

Entsetzt, dass sie sich dermaßen verraten konnte, wollte sie sich zurückziehen, doch Ryan hinderte sie daran.

„Bleib. Es ist schön so."

Er sah ihr dabei fest in die Augen, und ihr ging auf, dass er anscheinend schon eine Weile wach war. Und vollkommen zufrieden damit, dass sie in ganzer Länge auf ihm lag.

„Eins hat sich nicht geändert", sagte er leise, während er ihre Wange streichelte. „Du bist immer noch bildhübsch, wenn du aufwachst."

Sie saugte das Kompliment förmlich auf, und ehe ihr bewusst war, was sie tat, senkte sie langsam den Mund auf Ryans Mund und küsste ihn zögernd.

Es schien ihn zu überraschen und gleichzeitig zu freuen, dass sie die Initiative ergriff. Ganz still lag er da, während sie behutsam den Kuss vertiefte.

Mit der Zungenspitze fuhr sie über seine geschlossenen Lippen, und als er sie öffnete, strich sie mit der Zunge erst federleicht über seine Unterlippe, bevor sie in seinen Mund eindrang.

Nach einem Moment erwiderte Ryan den Kuss. Zunächst sanft und zärtlich, als umwerbe er sie, dann leidenschaftlicher.

Ehe sie wusste, wie ihr geschah, lag Kelly auf dem Rücken, und Ryan hatte sich über sie geschoben, ein Knie zwischen ihren Beinen, während er ihren Mund nach allen Regeln der Kunst erforschte.

Heiß. Atemlos. Drängend und hart, dann wieder träge und spielerisch.

Mit einer Hand öffnete er die beiden kleinen Knöpfe ihres Nachthemds. Weil der Satinstoff an ihren harten Brustspitzen hängen blieb, zog Ryan ihn ungeduldig beiseite, bis ihre Brüste völlig entblößt waren.

Er umfasste eine mit beiden Händen und begann, an der Knospe zu saugen.

Wilde Lust durchzuckte Kelly. Unruhig wand sie sich unter Ryan hin und her, während er nicht aufhörte, sie zu liebkosen. Sie wühlte mit den Fingern in seinen kurzen Haaren und hielt dann seinen Kopf fest, bat so stumm um mehr.

Da suchte Ryan ihren Blick. Kelly wurde ganz anders, als sie den Ausdruck in seinen Augen sah.

„Ich möchte dich lieben, Kell. Ich brauche dich so sehr. Aber nicht, wenn es die Dinge nur noch schlimmer macht. Du musst es genauso sehr wollen wie ich."

„Ich will es auch." Sie hatte ihn meistens noch mehr gewollt als er sie. Hatte sich nach ihm verzehrt, ihn vermisst, wenn er nicht bei ihr war.

Jetzt, wo sie mit ihm im Bett lag und von ihm liebkost wurde, erinnerte sie sich wieder an die glückliche gemeinsame Zeit. An die Zeit, als ihre Beziehung perfekt gewesen war.

Aber war sie das wirklich je gewesen?

Sie schüttelte den dunklen Schatten der Vergangenheit ab und strich Ryan zärtlich über die Wange.

„Ich brauche dich auch."

Da leuchtete es in seinen Augen auf. Triumphierend eroberte er erneut ihren Mund.

Schließlich legte er sich neben sie und zog sie in die Arme. Ganz behutsam hielt er sie fest, als fürchte er, sie könne zerbrechen wie kostbares Glas.

Eingehend betrachtete er sie von oben bis unten, wie um ihren Körper neu zu entdecken. Dann schob er ihr langsam einen Träger des Nachthemds über die Schulter.

Anschließend zog er das Hemd am zweiten Träger bis zu ihrem Bauch hinunter.

Auf einen Ellbogen gestützt, bedeutete er ihr, die Hüften ein wenig anzuheben, damit er ihr das Nachthemd ganz ausziehen konnte. Achtlos warf er es über das Fußende des Betts.

Jetzt hatte sie nur noch ihre Unterwäsche an, und die schien weder als Schutz vor seinen Blicken noch seinen Berührungen zu taugen.

Liebevoll strich er mit einer Hand über ihren gerundeten Bauch.

„Unser Baby", flüsterte er rau.

Dann beugte er sich über sie und drückte ihr einen zarten Kuss mitten auf den Bauch.

Die Geste trieb Kelly die Tränen in die Augen, und sie musste schlucken, weil sie einen dicken Kloß im Hals hatte.

„Wunderschön", murmelte er. „Wie schade, dass ich verpasst habe, sie wachsen zu sehen, zu erleben, wie du langsam zunimmst und deine Figur sich verändert. Du bist unglaublich sexy."

„Sie? Du glaubst auch, dass es ein Mädchen ist?"

Ryan lächelte. „Du sagst immer ‚sie'. Wahrscheinlich habe ich das einfach übernommen. Es ist mir wirklich egal, ob es ein Mädchen oder ein Junge ist. Hauptsache, euch beiden geht's gut."

Kelly wurde ganz schwindelig.

Langsam bewegte Ryan die Finger abwärts, an ihre intimste Stelle, die feucht war und bereit für die Liebe. Sie zuckte zusammen, als er über ihren Lustpunkt strich, und stöhnte wohlig, als er vorsichtig in sie hineintastete.

„Ich mag es, wie offen du bist. Immer warst du offen für mich."

Erregt wand sie sich hin und her, als er sie weiter behutsam erkundete. Sie war schon kurz vor dem Höhepunkt, und dabei hatte er gerade erst angefangen, sie zu verwöhnen.

Ungeduldig, wie sie war, wollte sie ihn am liebsten sofort, doch gleichzeitig wollte sie dieses Hochgefühl auskosten. Nach all den Monaten zählte jeder Augenblick. Sie hatten so viel verpasst, was es aufzuholen galt.

„Spreiz die Beine für mich", murmelte er.

Ohne zu zögern, tat sie, was er sagte, und er rutschte zwischen ihre Oberschenkel. Gespannt hielt sie den Atem an, als er den Kopf vorbeugte. Er küsste ihre zarte, rosige Haut, und Kelly verging fast vor Verlangen.

Sie spürte wieder seine Finger, die langsam in sie hineinglitten. Dann küsste er sie erneut, diesmal direkt auf ihren empfindsamsten Punkt. Ungeduldig bog Kelly sich ihm entgegen. Und er küsste sie weiter, noch stürmischer, ganz wie sie es wünschte.

Genüsslich schloss sie die Augen. Mit den Fingern krallte sie sich am Laken fest, und in der nächsten Sekunde schien ihr Körper in alle Himmelsrichtungen zu fliegen.

Ihr Höhepunkt war intensiv. Herrlich, unbeschreiblich schön.

Irgendetwas in ihr schien zu bersten. Welle um Welle höchster Lust rollte über sie hinweg, riss sie mit, trug sie hoch hinauf.

Keuchend rang sie nach Atem, während Ryan sanft zwischen ihre Schenkel blies, um sie abzukühlen.

Als sie sich beruhigt hatte und zu ihm hinuntersah, fing sie den zufriedenen Blick in seinen blauen Augen auf, mit dem er sie fixierte. Sie fröstelte, als ihr klar wurde, wie stark er für sie empfand. Es war, als sage er ihr ganz ohne Worte: Du gehörst zu mir.

Dann richtete er sich auf und schob sich zwischen ihre Beine.

Kelly stöhnte auf, als er heiß und hart in sie drängte. Und dann versank er mit einem einzigen Stoß in seiner ganzen Länge in ihr.

Es reichte, um sie sofort zu einem weiteren atemberaubenden Höhepunkt zu bringen. Als er sich zurückzog, bebte sie immer noch. Ihr Körper hieß ihn verzweifelt willkommen, umfing ihn fest.

Sie stöhnte laut auf, als er ihren Po entschlossen umfasste und sie hochhob, damit er noch tiefer in sie hineingleiten konnte.

„Ich kann nicht warten", keuchte er. „Es ist zu gut. Und es ist zu lange her. Tut mir leid, Baby."

Da umfasste sie ihn an den Schultern und zog ihn an sich. Dennoch stützte er sich mit den Armen auf beiden Seiten von ihr ab, um ihren Bauch nicht mit seinem Gewicht zu belasten.

Er wurde immer schneller, und bald spürte sie, wie sein Körper bebte, während er tief in ihr verharrte.

Dann küsste er sie. Begierig. Leidenschaftlich. Mit mehr Leidenschaft, als sie je von ihm erlebt hatte. Ihr Liebesspiel war immer fantastisch gewesen. Aber noch nie hatte er so schnell die Beherrschung verloren.

Sie erwiderte seine Küsse mit dem gleichen Hunger, ließ die Hände über seinen Rücken abwärts und wieder aufwärts wandern, um seinen Kopf festzuhalten.

Miteinander verbunden, blieben sie liegen, auch wenn Ryan sich vor Erschöpfung kaum noch abstützen konnte. Weil sie ihm nah sein wollte – besonders jetzt –, rollte sie sich mit ihm auf die Seite.

Ihre Beine waren ineinander verschlungen, sie umfingen sich fest, und er pulsierte immer noch tief in ihr.

Sie schmiegte den Kopf unter sein Kinn und atmete tief seinen Duft ein, spürte sein klopfendes Herz an ihrer Wange.

Es war leicht, alles, was zwischen ihnen geschehen war, zu vergessen. Es war leicht, die Monate voller Schmerz und Einsamkeit zu vergessen. Sich vorzustellen, dass sie nie getrennt gewesen waren und zu Hause im Bett lagen, eben in Ryans Wohnung aufgewacht – ihrer gemeinsamen Wohnung.

Und für einen kurzen Moment gab sich Kelly diesem traumhaften Zustand hin, ließ der Euphorie freien Lauf, egal wie wenig sie mit der Wirklichkeit zu tun hatte.

*D*ie Arme um Kelly geschlungen, lag Ryan da und versuchte zu verstehen, was eben passiert war. Oberflächlich betrachtet war es sehr schneller, sehr heißer Sex gewesen. Womöglich der beste, den er je gehabt hatte.

Aber es war mehr als nur Sex. Sonst würde es ihm nicht vorkommen, als würde sein Herz gleich zerspringen. Er würde nicht so überwältigt davon sein, dass er keine Ahnung hatte, wie er aus dem, was er fühlte, schlau werden sollte.

Es war … Es war intensiver, als Sex zwischen ihnen je gewesen war. Obwohl sie sich im Bett immer gut verstanden hatten.

Aber das Intermezzo eben hatte ihm fast … das Herz gebrochen, und seitdem war er bedrückt. So bedrückt, dass er nicht wusste, wie er da wieder herauskommen sollte.

Er streichelte Kelly den Rücken und gab ihr einen liebevollen Kuss ins Haar, um den Kloß, der ihm im Hals saß, loszuwerden.

Dann schob er sie ein wenig von sich, damit er ihr in die Augen schauen konnte.

In ihnen spiegelten sich heftige Gefühle. Das versetzte ihm einen Stich. Sie sah so unglaublich verletzlich aus. Zerbrechlich. Und in Panik.

Hatte sie Angst vor ihm? Vor dem, was passiert war? Er könnte es nicht ertragen, wenn sie sich dafür hasste, dass sie es zugelassen hatte, dass sich die Spannung, die sich seit ihrer Rückkehr nach New York zwischen ihnen aufgebaut hatte, entlud.

„Was denkst du? Kell, sag mir, dass du es nicht bereust. Alles, nur keine Reue."

Langsam schüttelte sie den Kopf, und er war unendlich erleichtert. Aber das war bloß ein erster Schritt.

Zärtlich streichelte er ihre Wange, genoss, wie weich sich ihre Haut anfühlte. Egal wie oft er sich gesagt hatte, dass es ihm ohne Kelly besser ging, dass er froh sein konnte, sie los zu sein, er konnte sich nicht länger selbst belügen.

Er wollte sie. Er wollte sie zurück, ganz egal was sie getan hatte. Nachdem er ihre Verlobung gelöst und Kelly vor die Tür gesetzt hatte, war er gezwungen gewesen, über ihre Beziehung nachzudenken. Vielleicht traf ihn eine gewisse Teilschuld. Vielleicht hatte er zu viel gearbeitet und sie vernachlässigt.

Wie auch immer, irgendetwas war schrecklich schiefgegangen, und er war entschlossen, dem auf den Grund zu gehen, damit es nicht wieder passieren konnte.

Wie sie so dalag, war sie unwiderstehlich. Er küsste ihre Stirn, dann ihre Augenlider, ehe er sich ihrem Mund widmete.

Erstaunt spürte er, tief in ihrem Schoß versunken, wie er noch war, wie seine Erregung erneut wuchs. Als Kelly leise aufstöhnte, drängte er sich näher an sie.

Mühelos bewegte er sich im Rhythmus der Liebe vor und zurück und schob dabei ihr Bein etwas höher, um noch tiefer einzudringen.

„Gefällt es dir auf der Seite?", raunte er ihr zu. „Ist das bequem? Oder willst du lieber oben liegen?"

Als sie errötete, musste er über ihre plötzliche Scheu lächeln. Früher hatte sie sich nie geniert, die Initiative zu ergreifen. Und plötzlich wollte er sie wieder so erleben wie damals. So direkt, so gierig, so unbeschwert.

Ohne ihre Antwort abzuwarten, rollte er sich auf den Rücken, sodass Kelly rittlings auf ihm saß.

Er spürte, wie sie ihn heiß und eng umschloss, und er biss die Zähne zusammen, atmete tief durch, um sich zu fassen. Schon beim ersten Mal hatte er die Kontrolle verloren. Diesmal wollte er sie so lange wie möglich lieben.

Sie hob die Hüften ein wenig an und sank dann wieder auf ihn herab. Deutlich spürte er ihre süße, geschmeidige Hitze, und ihm trat Schweiß auf die Stirn.

Anscheinend war Kelly immer noch ein bisschen unsicher. Und irgendwie fand er diese neue Scheu an ihr wirklich sehr liebenswert. Er begann, sie zu streicheln, um ihr Zuversicht zu geben. Doch als er die Hände über ihren Babybauch und ihre wundervollen Brüste gleiten ließ, die üppiger als früher waren, genoss er es einfach nur noch, sie zu berühren.

Behutsam reizte er ihre Knospen, bis sie hart und prall waren. Kelly sog scharf den Atem ein und begann, sich auf ihm zu bewegen, auf und ab, auf und ab. Fast wäre er jetzt schon gekommen.

„Ich mag deinen Körper. Kelly, schwanger bist du wunderschön. Ich kann einfach nicht genug von dir bekommen. Du machst mich verrückt!"

Da lächelte sie ihn an, und dieses Lächeln ging ihm durch und durch. Sie strahlte, und Ryan kam es vor, als habe sie ihm die Welt zu Füßen gelegt.

Himmel, wenn es nicht mehr brauchte, damit sie so strahlend lächelte, wollte er ihr gern jeden Tag sagen, wie wunderschön sie war.

Sie ergriff seine Hände und verschlang die Finger fest mit seinen. Dann begann sie wieder, sich im Rhythmus der Liebe auf ihm auf und ab zu bewegen.

„Du raubst mir den Verstand", stöhnte er.

Sie lächelte, offensichtlich höchst zufrieden.

Ihre Blicke versanken ineinander. Und blieben ineinander versunken, während sie ihn langsam und genüsslich liebte und damit fast in den Wahnsinn trieb.

Ihre Brüste hoben und senkten sich immer schneller. Ihr Gesicht errötete immer mehr, und ihre Muskeln umschlossen ihn immer fester in ihr. Sie war kurz vor dem Höhepunkt. Genau wie er. Aber er war wild entschlossen, nach ihr zu kommen.

Er musste sich konzentrieren. Sich zusammenreißen. Denn sein Körper war so gespannt, dass es fast wehtat. Und dann erbebte sie und wurde noch feuchter. Ihr Beben wollte kein Ende nehmen.

Er zog sie in die Arme. Nun gab er den Rhythmus vor. Zärtlich streichelte er sie, küsste sie, raunte ihr zu, wie schön sie war.

Als ihr Orgasmus schließlich verebbte, erreichte er seinen. Währenddessen hatten sie die Hände die ganze Zeit ineinander verschränkt und hielten sich fest.

Mit ihrer beider Hände auf der Brust, über ihren Herzen, bäumte Ryan sich auf. Ihm war, als schwänden ihm die Sinne. Ekstatisch schüttelte es ihn, sein ganzer Körper war in Aufruhr.

Kelly sank auf ihn und küsste sein Ohrläppchen. Ryan lächelte. Wie süß sie war!

Er vermisste ihre Zuneigung. Vermisste, dass sie, wie früher, immer bereit war, ihn zu berühren oder zu küssen oder einfach nur anzulächeln.

Er vermisste *sie*.

Und jetzt musste er dafür sorgen, dass sie nicht wieder ging, sondern blieb. Nur glaubte er nicht eine Sekunde, dass Sex das Allheilmittel für eine Beziehung war. Es war nicht einmal ein guter Kitt.

Es würde nicht leicht werden. Zwischen ihnen standen zu viel Misstrauen und Schmerz. Aber irgendwie mussten sie ihren Weg zurück zueinanderfinden.

Kelly gehörte zu ihm. Sie war von ihm schwanger. Das machte es einfacher für ihn: Sie brauchte ihn, damit er sich um sie kümmerte. Und er wollte sich um sie kümmern.

Wenn er bereit war, die Vergangenheit zu vergessen, sollte sie dann nicht auch bereit sein, ihrer Beziehung noch eine Chance zu geben? Schließlich war er ja nicht derjenige, der Kelly betrogen hatte.

Aber sie war so verletzt und wütend. Irgendetwas in ihr war zerbrochen. Hatte er das angerichtet, als er sie vor die Tür gesetzt hatte? Was hatte sie erwartet?

Er strich Kelly übers Haar. Nein, ihre Vergangenheit durfte sie einfach nicht einholen. Das hatte er sich – und Kelly – fest versprochen.

Und wenn er dazu bereit war, sah er keinen Grund, warum nicht auch sie die Vergangenheit ruhen lassen sollte.

„Wie wär's mit Frühstück im Bett?"

„Hm, das klingt wunderbar. Ich glaube, ich kann mich gar nicht bewegen. Auf einmal bin ich richtig faul."

Er lächelte, weil er sich nichts Schöneres vorstellen konnte als eine kuschlige Mahlzeit zu zweit im Bett. Wenn er die Wahl hätte, würden sie den ganzen Tag das Schlafzimmer nicht verlassen.

„Dann werde ich eben den Zimmerservice bestellen. Du bleibst hier und machst es dir gemütlich. Ich bin gleich zurück."

Liebevoll küsste er ihre Nasenspitze, dann zog er sich behutsam aus der Wärme ihres Körpers zurück. Er drehte sie auf die Seite und deckte sie mit dem zerwühlten Laken zu. Lachte auf, als sie sofort sein Kissen beschlagnahmte. Denn genau das hatte sie früher auch immer getan.

Nachdem er telefonisch Frühstück für sie beide bestellt hatte, legte er sich wieder zu ihr.

„Du kannst dein Kissen nicht zurückhaben."

Er schob eine Hand unter seinen Kopf. „Niemand soll mir nachsagen, ich hätte nicht alles dafür getan, dass meine Frau es bequem hat."

Eine Weile betrachtete Kelly ihn schweigend. Ryan konnte förmlich sehen, wie es in ihr arbeitete, und deshalb wartete er einfach ab.

„Und bin ich das?"

„Bist du was?"

„Deine Frau. Ryan, ich muss wissen, was das vorhin war. Sind wir wieder zusammen? Ich habe keine Ahnung, was ich hier soll, und ich habe nicht vor, irgendetwas als selbstverständlich anzunehmen."

Er atmete tief durch, weil es so wichtig war, alles richtig zu machen. Auf keinen Fall wollte er jetzt wieder alles zerstören. Jetzt, wo Kelly ihm so nah gewesen war. So nah, wie er sie haben wollte.

„Ich glaube, das ist deine Entscheidung", sagte er vorsichtig.

„Ich habe dir offen gesagt, was ich möchte. An welchem Punkt ich unsere Beziehung gern sehen möchte. Es ist Zeit, dass du entscheidest, ob du mit mir zusammen sein willst. Wir müssen nichts überstürzen; versteh mich nicht falsch. Aber wir können zumindest beschließen, zusammen zu sein, damit wir die Dinge endgültig klären können."

Sie schluckte schwer, und erneut entdeckte er Angst in ihrem Blick. Er hatte wirklich keine Ahnung, was sie dermaßen ängstigte. War er ein solcher Unmensch? Hielt sie ihm wirklich seine Reaktion auf ihre Untreue vor?

„Mein Verstand sagt mir, dass ich verrückt bin, über deinen Vorschlag auch nur eine Sekunde nachzudenken."

„Und was sagt dir dein Herz?"

Seufzend suchte sie seinen Blick. In ihren blauen Augen spiegelten sich widerstrebende Gefühle wider.

„Mein Herz sagt mir, dass ich es will. Egal wie sehr mir bewusst ist, dass ich es nicht wollen *sollte*. Vielleicht ist das hier der falsche Zeitpunkt für eine Diskussion über unsere Beziehung, weil wir nach dem Sex noch ganz benommen sind."

Er legte ihr einen Finger auf die Lippen. „Im Gegenteil. Ich glaube, es ist der perfekte Zeitpunkt, weil wir nicht auf der Hut voreinander sind. Keine Schranken zwischen uns stehen. Keine Schutzwälle. Nur wir und unsere Gefühle."

„Welche *Gefühle* hast du denn, Ryan? Möchtest du wirklich, dass ich bleibe?"

„Ja, das möchte ich, Kell. Ich möchte es so sehr, dass sich mir bei dem Gedanken, dass du mich wieder verlässt, der Magen umdreht."

Sie riss die Augen auf. „Aber ich habe dich nie verlassen."

Er atmete tief aus. „Lass uns nicht davon reden, okay? Was damals auch passiert ist, der springende Punkt ist, dass ich nicht möchte, dass du mich *jetzt* verlässt. Ich ertrage den Gedanken einfach nicht."

„Okay", sagte sie so leise, dass er es kaum hörte.

Deshalb hob er ihr Kinn an, damit sie ihn anschaute. „Okay?"

„Ich möchte bleiben. Ich habe keine Ahnung, wie wir die ganze Geschichte klären sollen, aber ich möchte es versuchen."

Über diese Antwort war Ryan so froh, dass es ihm für einen Moment den Atem verschlug. Am liebsten hätte er Kelly in die Arme gerissen und so fest gehalten, dass sie ihm nie mehr entfliehen konnte.

„Wir werden mehr tun, als es nur versuchen", schwor er. „Wir werden unsere Beziehung kitten, Kell. Diesmal werden wir es schaffen. Es wird funktionieren."

11. KAPITEL

*S*ie gibt nicht auf, oder?", murmelte Kelly, als Roberta mit entschlossener Miene auf ihren Tisch zukam.

Ryan sah hoch und seufzte. Offensichtlich war er sehr wütend darüber, dass sie schon wieder gestört wurden. Nachdem sie den Morgen und fast den ganzen Nachmittag im Bett verbracht hatten, waren sie zum Dinner ins Restaurant gegangen. Und jetzt das.

Nicht, dass Kelly eifersüchtig gewesen wäre. Nein, Roberta war nicht Ryans Typ, es sei denn, er hatte seinen Geschmack nach dem Ende ihrer Verlobung geändert.

Was sie störte, war, dass andere offenbar gut über ihre Beziehung Bescheid wussten. Das bestätigte, dass seine Familie und auch seine Freunde sie nicht ausstehen konnten. Eine Tatsache, vor der Ryan langsam nicht länger die Augen verschließen konnte. Was die Sache nicht unbedingt einfacher machte.

Liebe mochte „alles" sein, aber Kelly war nicht so naiv, zu glauben, dass eine Beziehung nicht durch Verwandte, die einen hassten, unerträglich belastet wurde. Wer konnte schon glücklich sein, wenn die angeheiratete Familie keine Gelegenheit ausließ, um zu zeigen, wie wenig ihnen die Verbindung gefiel?

Vielleicht waren sie beide beim ersten Mal zu naiv gewesen. Vielleicht konnten sie jetzt gemeinsam stärker sein. Doch was würde passieren, wenn Ryan schließlich die Wahrheit über Jarrod erfuhr? Und vor allem über die Rolle seiner Mutter bei der ganzen Geschichte?

Wieder würde Kelly zwischen ihm und seiner Familie stehen. Es war durchaus möglich, dass ihre Beziehung einen zweiten Versuch nicht überlebte.

An ihrem Tisch angekommen, beugte sich Roberta zu Ryan hinunter und küsste ihn auf die Wange. Weil er sich wegdrehte, landete ihr Kuss auf seinem Mund. Ihr Lippenstift hinterließ Schmierspuren.

Seufzend lehnte Kelly sich zurück, auf eine weitere unangenehme Szene gefasst.

„Roberta, was soll das, verdammt noch mal?"

Diesmal bemühte er sich gar nicht erst, höflich zu sein.

„Oh, ich wollte mich nur verabschieden. Ich fliege morgen früh zurück und dachte, wir könnten uns zu einem Treffen in New York verabreden, wenn du wieder zurück bist. Deine Mutter würde gern mit uns zu Abend essen."

Dabei bedachte sie Kelly mit einem verachtenden – und herausfordernden – Blick. Doch Kelly gähnte demonstrativ gelangweilt.

„Was meinst du, vielleicht dieses Wochenende? Kelly hat sicher nichts dagegen. Schließlich sind wir beide alte Freunde."

„Ich habe etwas dagegen", erwiderte Ryan knapp. „Wenn das alles ist, würden wir uns jetzt gern wieder unserem Essen widmen."

„Ich rufe dich an", murmelte Roberta. „Wir unterhalten uns … später." Also wenn Kelly nicht dabei war. War die Frau nicht ganz dicht?

Am liebsten hätte Kelly ihr ordentlich die Meinung gesagt, aber das war ihr viel zu anstrengend, und so beobachtete sie sie nur schweigend.

Roberta strich Ryan vertraulich über die Wange und winkte ihm dann im Weggehen kurz zu. Kelly drehte es fast den Magen um.

Mit zusammengepressten Lippen drehte Ryan sich um. „Mein Gott, das tut mir leid, Kell. Bitte glaub mir: Ich habe sie nie ermutigt."

Lächelnd reichte Kelly ihm eine Serviette, damit er sich den Lippenstiftfleck vom Mund wischen konnte. „Das dachte ich mir schon. Sie ist … sie ist interessant. Und ganz schön blöd. Du hast ihr ja ganz klar einen Korb gegeben. Ich frage mich, was deine Mutter ihr versprochen hat."

Über den Tisch hinweg ergriff Ryan Kellys Hand. „Lassen wir uns von ihr nicht einen wunderbaren Tag verderben."

Kelly verdrehte die Augen. „Das sagst du bloß, weil wir Sex hatten. Geh mit einem Mann ins Bett, und schon ist es der wunderbarste Tag, den er je erlebt hat."

Er grinste frech. „Na ja, wenn du es so siehst ... Aber mit dir ist es nicht bloß Sex, Kell. Es ist ... mehr."

Sein ernster Unterton ließ sie vor Freude erröten. So wie Ryan redete, fing sie fast an zu glauben, dass sie die Probleme, denen sie sich gegenübersahen, tatsächlich aus der Welt schaffen könnten.

„Was möchtest du nach dem Essen machen?", fragte sie leichthin.

„Wie wär's mit noch einem Strandspaziergang? Vielleicht könnten wir im Club am Meer ein bisschen tanzen."

„Unser Tänzchen gestern Abend hat mir gefallen. Nur du und ich am Strand. Es war richtig romantisch."

Er betrachtete sie eine Weile schweigend. „Ja, das war es." Dann hob er ihre Hand an den Mund und küsste zärtlich jede einzelne Fingerspitze. „Vielleicht könnten wir uns morgen die Insel ansehen. Weil ich nicht möchte, dass du zu Fuß gehst, habe ich uns ein Cabrio gemietet. Ein Ausflug mit offenem Verdeck und zerzaustem Haar."

„Das hört sich nach viel Spaß an." Und es war so lange her, dass sie etwas nur zum Spaß gemacht hatte. Lächelnd drückte sie Ryans Hand.

„Ich bin so froh, dass du wieder lächelst. Ich möchte, dass du glücklich bist, Kell. Dafür werde ich alles tun."

Bei dieser Bemerkung verblassten ihr Schmerz und ihre Wut ein wenig. Vielleicht konnten sie ja doch die Vergangenheit überwinden und eine gemeinsame Zukunft aufbauen.

Ryan schien es ernst zu meinen. Egal welches Urteil er damals über sie gefällt hatte – anscheinend war er bereit, es beiseitezuschieben und neu anzufangen. Warum sollte er sich so anstrengen, wenn sie ihm nichts bedeutete?

„Ich möchte, dass das mit uns klappt", sagte sie ernst. Und

zum ersten Mal glaubte sie fest daran, dass es nicht nur ein unerfüllbarer Traum war, den Weg zurück zueinanderzufinden. Sie würden einander vergeben müssen. Sie würden Opfer bringen müssen. Aber das war es ihr wert.

„Lass mich deine Füße ansehen", sagte Ryan, als er sich neben Kelly auf die Couch setzte.

Er zog ihre Füße auf seinen Schoß und begann, sie gründlich nach Schwellungen zu untersuchen, bevor er anfing, sie sanft zu massieren.

„Sie sehen besser aus. Viel weniger geschwollen." Einen Moment hielt er inne. „Du siehst überhaupt besser aus, Kell."

„Danke für die Blumen."

„Doch, du hast müde und erschöpft ausgesehen, als ich dich in Houston aufgespürt habe."

„Das war ich auch. Aber darüber möchte ich lieber nicht reden."

„Noch ein Thema, das tabu ist?"

„Dabei kommt nichts Gutes heraus."

„Ich hatte schon Angst, ich hätte dich heute Abend überanstrengt." Er fuhr fort, sie zu massieren. „Aber es hat mir gefallen, mit dir am Strand zu tanzen. Ein guter Vorwand, um dich im Arm zu halten."

Lächelnd lehnte Kelly sich zurück und genoss es, dass Ryan sie berührte. „Mir geht's gut. Wirklich. Ich bin nicht mehr so müde. Ich habe jetzt mehr Energie als am Anfang meiner Schwangerschaft. Den ganzen Tag auf den Beinen zu sein hat mich einfach fix und fertig gemacht."

Eine Weile widmete er sich nachdenklich ganz ihren Fußsohlen. Doch dann suchte er Kellys Blick. „Warum hast du den Scheck nicht eingelöst, Kelly? Schließlich habe ich ihn dir gegeben, damit du versorgt bist, egal was du getan hattest oder wie wütend ich war. Hast du eine Ahnung, wie schrecklich ich es fand, dass du in diesem miesen Café gearbeitet und in diesem

Loch gelebt hast? Mensch, du hattest dort nicht einmal anstän-
dig zu essen in den Schränken."

„Ich habe im Diner gegessen."

„Soll ich das etwa toll finden? Warum hast du das Geld nicht
benutzt? Du hättest dein Studium beenden können. Du hättest
ziemlich lange davon leben können, ohne arbeiten zu müssen."

„Ich habe meinen Stolz. Der wurde damals zwar gekränkt,
aber er ist noch da. Wenn ich keinen Job gefunden und die Wahl
gehabt hätte, entweder zu hungern oder Geld anzunehmen,
durch das ich mich billig und schmutzig gefühlt habe, dann hätte
ich wohl gehungert."

„Hast du mich so sehr gehasst? Dass du lieber unter so er-
bärmlichen Umständen geschuftet hast, als etwas von mir anzunehmen?"

Sie blickte ihn unverwandt an. „Stell lieber keine Fragen, auf
deren Antwort du nicht vorbereitet bist."

Er schloss die Augen. „Ich glaube, das ist Antwort genug."

Kelly hob die Schultern. „Du hast mich auch gehasst."

Als er den Kopf schüttelte, riss sie die Augen auf. „Nein?
Ryan, du hast Schreckliches gesagt und getan. Nicht zuletzt
hast du diesen Scheck mit so viel Verachtung auf den Tisch ge-
knallt, dass ich immer noch genau weiß, wie ich mich dabei gefühlt habe."

„Was hast du erwartet? Mein Gott, Kelly, ich hatte gerade herausgefunden, dass du mit meinem Bruder geschlafen hast. Du
hast meinen Ring getragen, wir haben unsere Hochzeit geplant,
und du warst mit meinem *Bruder* im Bett."

„Und natürlich trifft ihn bei der ganzen Geschichte überhaupt keine Schuld", erwiderte sie spöttisch. „Ryan, sag mal,
wie lange hast du gebraucht, um ihm zu verzeihen? Wie lange,
bis er dich wieder besuchen kam und ihr zusammen bei deiner
Mutter essen wart?"

Verlegen strich er sich mit einer Hand durchs Haar. „Eine
ganze Weile, okay? Ich war wütend auf ihn – und dich. Ich

musste entscheiden, ob ich zulassen wollte, dass das, was war, unsere Beziehung zerstörte. Er gehört zu meiner Familie. Er ist mein Bruder."

Kelly vergaß, dass sie eigentlich die Vergangenheit nicht ans Licht zerren wollten. „Und ich war die Frau, die du heiraten wolltest, Ryan. Hatte ich überhaupt nichts verdient? Außer einer Abfindung und einem Rauswurf?"

„Ich bin jetzt hier. Ich war wütend und hatte jedes Recht dazu. Ich werde mich nicht dafür entschuldigen. Aber jetzt bin ich bei dir und möchte, dass wir es noch einmal versuchen. Wir haben beide Fehler gemacht."

Sie musste die Wut überwinden, die sie immer noch jedes Mal packte, wenn sie von der Vergangenheit redeten. Denn damit gewann sie gar nichts.

Sie lehnte sich wieder zurück und bewegte ihren Fuß hin und her. Ein Wink, dass Ryan seine Massage fortsetzen sollte.

„Also, wohin fahren wir morgen? Soll ich einen langen Schal umbinden und eine große Sonnenbrille aufsetzen, damit ich schick aussehe?"

Er entspannte sich. Offenbar war er sehr erleichtert, dass sie das Thema Vergangenheit auf sich beruhen ließ.

„Zieh das sexy Sommerkleid an, das Jansen für dich gekauft hat."

„Welches denn? Er hat mehrere gekauft."

„Dann hast du das, das ich meine, wohl noch nicht gesehen. Sonst wüsstest du, wovon ich rede. Es ist rot, schulterfrei und figurbetont und steht dir bestimmt perfekt. Setz dir nur etwas auf, damit dein Kopf vor der Sonne geschützt ist."

„Ich freu mich auf die Ausfahrt. Sie wird sicher viel Spaß machen."

„Ich möchte, dass wir beide wieder jede Menge Spaß zusammen haben, Kell. Früher war das so. Wir waren glücklich."

Da das wirklich einmal so war, nickte sie, und er lächelte.

„Bist du bereit, ins Bett zu gehen?"

„Das kommt drauf an, was du dort vorhast."

Da leuchtete es in seinen Augen auf, und er fuhr mit seinen Händen ihre Beine hinauf und streichelte sie sanft.

„Also, schlafen wollte ich eigentlich nicht. Noch eine ganze Weile nicht."

„Wenn das so ist, dann bring mich bitte ins Bett."

Er stand auf und hob Kelly unvermittelt auf seine Arme.

„Ryan, setz mich ab. Ich bin viel zu schwer!"

Er brachte sie mit einem zärtlichen Kuss zum Schweigen. „Erstens – du bist immer noch ein zierliches Ding. Und zweitens – willst du etwa andeuten, dass ich nicht Manns genug bin, um meine Frau zu tragen?"

Sie lachte auf. „Vergiss es. Und geh los."

12. KAPITEL

Es war nicht mit Worten zu beschreiben, wie viel Angst Kelly davor hatte, an Bord zu gehen und nach New York zurückzufliegen. Die letzten beiden Tage waren wie ein Traum gewesen, unglaublich schön und ohne unangenehme Zwischenfälle.

Und jetzt kehrten sie in die Realität zurück.

In das kalte, düstere New York.

So hatte sie die Stadt nicht immer gesehen, doch jetzt barg sie nur schlechte Erinnerungen für sie. Sie war nicht so optimistisch wie Ryan, dass sie bei den vielen Hindernissen, die ihnen im Weg standen, ihre Beziehung auf Dauer kitten konnten.

Als spüre er ihr Bedauern, legte Ryan einen Arm um sie und geleitete sie ins Flugzeug.

Ein paar Minuten später saßen sie auf ihren Plätzen.

„Es wird alles gut werden, Kell. Vertrau mir."

Sie wünschte, es wäre so einfach.

Trotzdem lächelte sie ihm beruhigend zu und lehnte sich zurück.

Aber je näher sie ihrem Ziel kamen, desto nervöser schien Ryan zu werden. Er berührte sie immer wieder, ganz so, als wolle er sich selbst beruhigen.

Dachte er, sie würde auf und davon rennen, sobald sie gelandet waren? Sie hatte ihm schließlich versprochen, zu bleiben, und daran würde sie sich halten. Und wenn es sie umbrachte.

Bisher hatten sie nicht darüber geredet, was nach ihrer Rückkehr nach New York passieren würde. Vielleicht weil sie beide fest entschlossen gewesen waren, ihre gemeinsame Zeit auf der Insel nicht zu ruinieren.

Wieder wartete nach der Landung ein Wagen auf sie, der sie abholte.

Der Schneeregen und der graue Himmel ließen Kelly frösteln. Es war ein Schock, die sonnigen Sandstrände gegen das kalte Wetter in New York tauschen zu müssen, und Kelly war deprimiert.

Ryan zog sie an sich und küsste ihre Schläfe. „Ich lasse uns heute Abend unser Dinner ins Haus bringen. Wir essen gemütlich vor dem Kamin und gehen dann gleich ins Bett, um uns zu lieben."

Sie seufzte und kuschelte sich an ihn, weil er genau das Richtige gesagt hatte, um sie aus ihrer gedrückten Stimmung zu reißen.

„Die letzten Tage mit dir haben Spaß gemacht."

„Das freut mich. Ich hatte auch Spaß. Es war wie früher, nur … schöner."

Kelly nickte, denn das fand sie auch. Es war ehrlicher gewesen. Oder vielleicht war für sie beide kein einziger Moment selbstverständlich gewesen, nicht so wie früher. Sie hatten jede gemeinsame Minute genossen, das Beste daraus gemacht.

Sie hatten miteinander gelacht und sich ausgiebig geliebt. Am letzten Tag hatten sie ihr Hotelzimmer überhaupt nicht verlassen. Sie hatten im Bett gegessen und es nur für eine genüssliche gemeinsame Dusche verlassen.

Sie wünschte, es hätte so bleiben können.

Aber früher oder später mussten sie sich der Realität stellen.

„Ich habe Jansen morgen einen Termin beim Arzt für dich machen lassen. Ich möchte sichergehen, dass mit dir und dem Baby alles in Ordnung ist."

Sie lächelte, erfreut, dass er sich um sie sorgte. „Der kleine Urlaub mit dir hat mir mehr geholfen, als der beste Arzt es je könnte."

Anscheinend freute es ihn, dass sie das zugab. Er küsste sie noch einmal, während der Wagen vor Ryans Apartmenthaus vorfuhr.

Ryan half Kelly beim Aussteigen, und als sie kurz darauf im Aufzug nach oben fuhren, wurde Kelly noch deutlicher bewusst, wie sehr sie sich fürchtete, in diese Wohnung zurückzukehren. In diese Stadt.

„Der Chauffeur bringt das Gepäck gleich rauf. Warum machst du es dir inzwischen nicht auf der Couch bequem? Ich zünde das Feuer im Kamin an und hole uns etwas zu trinken. Bist du schon hungrig?"

„Noch nicht. Aber später würde ich gern Thailändisch essen. Im Moment möchte ich nur einen Saft."

„Thailändisch klingt gut. Aber zieh erst mal die Schuhe aus und leg die Beine hoch. Sicher sind deine Knöchel vom langen Sitzen im Flieger wieder geschwollen."

Kelly lachte leise, weil er sie umsorgte wie eine Glucke, aber sie folgte seinem Rat und nahm auf der luxuriösen Ledercouch Platz. Ihre Knöchel waren tatsächlich angeschwollen.

Ryan hatte gerade ihre Getränke auf den Couchtisch gestellt und sich neben sie gesetzt, als sein Handy klingelte. Nachdem er so lange nicht im Büro gewesen war, war das nicht anders zu erwarten gewesen. Es war ja nichts Neues, dass er ein viel beschäftigter Mann war.

Aber es war nicht das Büro, sondern seine Mutter.

Kelly seufzte. Das war schnell gegangen.

Ryan war zwar kein Muttersöhnchen, aber er respektierte seine Mutter, wie jeder Sohn das tun sollte, und wie die meisten Kinder hatte er wohl auch eine gewisse Schwäche für sie.

Oder vielleicht wollte er sie einfach nicht als die hinterhältige, intrigante Hexe sehen, als die Kelly sie erlebt hatte. Sie war sicher, dass seine Mutter auch ihre guten Seiten hatte. Ihre Söhne liebte sie offensichtlich sehr. Aber Kelly würde nie und nimmer mit ihr warm werden.

„Ja, wir sind zurück. Hör zu, Mom, warum hast du Roberta auf die Insel geschickt? Es gefällt mir nicht, dass du dich einmischst. Ich werde nicht mehr dulden, dass Kelly respektlos behandelt wird. Du wirst akzeptieren müssen, dass sie mit mir zusammen ist. Wenn du das nicht kannst, werden wir beide ein ernsthaftes Problem haben."

Kelly machte große Augen. Ryan klang wütend, und sein Blick war hart.

„Wir werden sehen", fuhr er fort. „Im Moment brauchen Kelly und ich Zeit für uns, ohne dass jemand sich einmischt, egal wie gut du es vielleicht meinst. Ich rufe dich an, wenn wir bereit für ein gemeinsames Abendessen sind."

Oje. Kelly musste sich zusammennehmen, um keine Grimasse zu schneiden. Aber es ging um Ryans Mutter. Die Großmutter ihres Kindes.

„Ich hab dich auch lieb, Mom. Ich mache jetzt Schluss. Wir sind eben angekommen und beide sehr müde."

Er warf sein Blackberry auf die Couch. Kelly schaute ihn neugierig an.

„Mom möchte sich für Robertas Verhalten entschuldigen. Und ihr eigenes. Sie will mal mit uns zu Abend essen. Ich habe ihr gesagt, dass ich mich melde, wenn wir bereit dafür sind. Du hast es ja gehört."

Da Kelly dazu nichts einfiel, trank sie einen Schluck von ihrem Orangensaft.

Stirnrunzelnd betrachtete Ryan ihre hochgelegten Füße. „Deine Füße sind ganz schön geschwollen. Soll ich sie massieren?"

„Nein, nicht nötig. Ich werde sie den ganzen Abend über hochlegen und viel trinken. Das Kalium im Orangensaft wird helfen."

Im nächsten Moment klingelte es.

„Das wird unser Gepäck sein. Bin gleich zurück."

Weil Kelly nach dem langen Flug nicht mehr sitzen wollte, drehte sie sich einfach auf die Seite. Das fand sie wesentlich bequemer.

Dann beobachtete sie durch die Glasschiebetüren, die auf den Balkon führten, wie vereinzelt Schneeflocken vom Himmel fielen. Anscheinend konnte sich das Wetter nicht entscheiden, ob es Regen, Schneeregen oder Schnee geben sollte. Zumindest jetzt fielen ein paar dicke Schneeflocken.

Das Feuer im Kamin gab dem Wohnzimmer etwas Gemütliches, Heimeliges, und während Kelly in die Flammen schaute, wurde sie langsam schläfrig.

Sie nahm die Decke, die über der Rückenlehne der Couch lag, und breitete sie über sich aus. Dann seufzte sie tief. Nach der langen Reise fühlte sie sich endlich wohl und geborgen.

Ihr fielen die Augen zu, und sie hatte nichts dagegen, ein wenig zu schlafen. Ryan würde sie wecken, wenn es Zeit fürs Abendessen war.

Als Ryan ins Wohnzimmer zurückkehrte, merkte er, dass Kelly auf der Couch eingeschlafen war. Eine Hand hatte sie unter ihre Wange geschoben. Er fasste es nicht, wie jung und unschuldig sie aussah. Überhaupt nicht wie eine Frau, die einen Bruder gegen den anderen ausspielte.

Wahrscheinlich war es unfair, so etwas zu denken, nachdem sie sich beide bemüht hatten, die Vergangenheit zu überwinden. Doch die düsteren Gedanken suchten ihn immer wieder heim.

Was war verkehrt an ihm, dass Kelly Trost bei seinem Bruder gesucht hatte? Und warum war sie so rachsüchtig, dass sie seine Beziehung zu seinem einzigen Bruder zerstören wollte, als Jarrod ihr gesagt hatte, er würde Ryan ihre Affäre gestehen?

Ryan hegte für Jarrod eher väterliche Gefühle als brüderliche. Er war acht Jahre älter als Jarrod, und ihr Vater war gestorben, als Ryan gerade ein Teenager war. Er hatte gegenüber Jarrod, der damals noch ein kleiner Junge war, praktisch die Rolle des Vaters übernommen.

Er hatte sich all seine Baseballspiele angesehen, war mit ihm zu Sportveranstaltungen und ins Kino gegangen. Er war bei seiner Highschool-Abschlussfeier, er hatte ihm beim Umzug geholfen, als er aufs College wechselte, und er hatte seine Entscheidung unterstützt, nach Hause zurückzukehren und als Banker zu arbeiten.

Nichts und niemand sollte zwischen Brüder treten. Schon gar nicht eine Frau. Aber genau das war passiert. Kelly war zwischen sie getreten. Das hatte nicht nur seiner Beziehung zu Jarrod einen Schlag versetzt, von dem er sich immer noch nicht erholt hatte. Es hatte auch seine Beziehung zu Kelly selbst zerstört.

Eine Beziehung, die er unbedingt wieder aufbauen wollte.

Um aber nach vorn zu blicken, musste er herausbekommen, was damals schiefgelaufen war.

Egal was sie sich geschworen hatten, irgendwann musste die Vergangenheit zur Sprache kommen. Sie konnte nicht ewig ignoriert werden.

Er nahm sein Handy und ging leise nach nebenan, um Devon und Cameron anzurufen.

13. KAPITEL

Am nächsten Tag begleitete Ryan Kelly zum Arzt. Sie war davon ausgegangen, dass sie alleine hingehen würde, während Ryan ins Büro ging. Immerhin war er fast eine Woche nicht dort gewesen.

Stattdessen wich er während des ganzen Termins nicht von ihrer Seite.

Der Arzt war nicht begeistert davon, dass ihre Füße immer noch geschwollen waren, und erklärte, dass sich außerdem immer noch Eiweißspuren in ihrem Urin befanden. Er stellte ihr jede Menge Fragen zu ihrem Befinden und riet ihr dringend, sich zu schonen.

Ryan hörte aufmerksam zu, und als sie sich verabschiedeten, war Kelly überzeugt, dass er sie in ihrem Zimmer einschließen und ihr bis nach der Geburt verbieten würde, auch nur einen Schritt vor die Tür zu setzen.

Sie war darauf gefasst, dass er mehr als besorgt sein würde, doch er sagte nichts. Als sie zurück in der Wohnung waren, bestand er nicht darauf, dass sie die Füße hochlegte. Doch genau das tat sie, kaum dass sie da waren.

„Ich finde, solange du es nicht übertreibst, gibt es keinen Grund, warum du nicht auf den Beinen sein solltest. Wie der Arzt sagte, sollen wir nur genau auf Veränderungen achten und nicht verharmlosen, wenn es dir nicht gut geht, damit nichts Ernsteres daraus wird."

Ihr fiel ein Stein vom Herzen. Ryan wollte also vernünftig sein.

„Vielleicht könnten wir heute Abend zum Essen ausgehen, falls du dich gut fühlst. Es ist zwar kalt, aber es soll weder Schnee noch Schneeregen geben. Ich weiß ja, dass du gern ausgehst."

Gerührt, dass er sich daran erinnerte – aber warum auch nicht –, nickte sie begeistert. Sie liebte New York bei Nacht. Liebte die Lichter, die gemütlichen Restaurants und die winzigen Cafés.

„Ich habe Jansen wärmere Kleidung und einen Mantel für dich besorgen lassen. Aber falls du mal selbst shoppen gehen möchtest, komme ich natürlich mit. Sag einfach Bescheid."

Da sie wusste, wie sehr Ryan Einkaufsbummel verabscheute, war sie geradezu überwältigt, dass er anbot, sie zu begleiten.

„Wir sollten auch daran denken, dass wir bald für das Baby einkaufen gehen müssen."

Kelly blinzelte überrascht. Doch dann wurde ihr klar, dass ihnen nur noch wenig Zeit blieb, bis das Baby auf die Welt kam. Ein paar Wochen. Sechs? Aber Babys kamen oft früher. Und sie war absolut unvorbereitet.

In Houston hatte sie von einem Gehaltsscheck zum nächsten gelebt, immer darauf bedacht, etwas für die Zeit nach der Geburt zu sparen, wenn sie nicht arbeiten würde. Es war kein Geld für eine Babyausstattung übrig geblieben, und deshalb hatte sie nicht mal daran gedacht.

Bestürzt schaute sie Ryan an.

„Keine Panik", sagte er und setzte sich neben sie. „Ich wollte dir keinen Stress machen. Ich dachte, du würdest dich darauf freuen, für das Baby einzukaufen."

„Bisher habe ich absolut nichts", gestand sie. „Keine Babykleidung. Kein Bettchen. Keine Windeln. Mein Gott, ich weiß nicht mal, was ich alles brauche. In Houston war ich einfach immer froh, wenn ich einen weiteren Tag durchgestanden hatte. Ich habe mir nie Gedanken um die Zukunft gemacht. Irgendwie war das alles zu viel für mich."

Da schloss Ryan Kelly in die Arme und strich ihr liebevoll übers Haar. „Es besteht kein Grund zur Eile, okay? Ich werde ein paar Bücher und Zeitschriften für werdende Eltern besorgen lassen, und in den nächsten Tagen kannst du dich dann ausruhen, die Füße hochlegen und alles gründlich studieren. Mach eine Liste. Wir sehen uns die Babysachen zusammen an. Das macht bestimmt Spaß. Wir haben noch jede Menge Zeit, bevor sie zu uns kommt."

Sie umarmte ihn fest. „Danke. Du hast eben einen Nervenzusammenbruch verhindert. Ich fühle mich schrecklich. Ich habe noch nicht mal niedliche Babyschühchen. Was werde ich bloß für eine Mutter sein?"

Auch er drückte sie fest an sich. „Du wirst eine wundervolle Mom sein. Du musstest dich um so vieles kümmern. Also sei nicht zu streng mit dir selbst, okay? Wie wär's, wenn du jetzt ein ausgiebiges Vollbad nimmst und dich dann zum Ausgehen fertig machst?"

Statt einer Antwort küsste Kelly Ryan liebevoll. Sie war kurz davor, ihm ihre Liebe zu gestehen, doch sie bremste sich und küsste ihn stattdessen noch inniger.

Es hätte sie nicht so traurig machen sollen, dass sie ihn immer noch liebte. Deshalb stand sie auf und ging ins Bad.

„Heute hat mich Rafael angerufen", sagte Ryan beim Essen.

Kelly runzelte die Stirn. „Wie geht es ihm? Ich fasse es immer noch nicht, dass er mit dem Flugzeug abgestürzt ist, das Gedächtnis verloren und sich dann in eine Frau verliebt hat, mit der er sich wegen eines Grundstücks völlig zerstritten hat."

„Du sagst das so …"

„Abwertend? Ich weiß, er ist dein Freund. Aber er war schon immer arrogant und ein bisschen fies. Besonders Frauen gegenüber. Er hat mich nie gemocht."

„Rafe hat sich geändert. Auch wenn das vielleicht seltsam klingt: Nach seinem Unfall hat er sich um hundertachtzig Grad gedreht. Jedenfalls sind er und Bryony aus den Flitterwochen zurück und kommen in ein paar Tagen in die Stadt, um seine Wohnung zu verkaufen."

„Er zieht weg?"

Kelly war schockiert. Rafael war ein richtiger Stadtmensch.

„Ja, er und Bryony werden auf Moon Island wohnen bleiben."

„Wow. Dann muss Rafael ja wirklich verliebt sein."

„Erstaunlich, was Männer alles für die Frauen tun, die sie lieben."

Kelly mied Ryans Blick und konzentrierte sich stattdessen auf ihre Suppe. Eine Hummercremesuppe. Nach sechs Monaten Essen in Imbissqualität genoss sie jeden Löffel ausgiebig.

In der letzten Woche hatte sie mehr gegessen als in der ganzen Zeit in Houston, und sie würde aufgehen wie ein Hefekuchen, wenn sie so weitermachte.

„Er möchte, dass wir uns mal treffen."

„Wer genau ist ‚wir'?"

„Ich, du, Dev und Cam und natürlich Rafael und Bryony. Vielleicht sollten wir auch noch Mom einladen. Dann hättest du sozusagen die anderen als Puffer. Wir hätten zwei Fliegen mit einer Klappe geschlagen."

Das klang nach einem grauenhaften Abend, aber das würde sie ihm nicht sagen. Kelly konnte sich nichts Schlimmeres vorstellen, als von Ryans engsten Freunden umgeben zu sein, denen man natürlich erzählt hatte, dass sie Ryan mit Jarrod betrogen hatte. Bei der Vorstellung wurde sie wütend. Sehr wütend. Und dann noch seine liebe Mutter. Es fehlte nur noch … Jarrod.

„Und Jarrod?"

„Der wird nicht eingeladen. Kell, das würde ich dir nicht antun."

„Wann soll das Essen denn stattfinden?"

„Nächste Woche. Wahrscheinlich Ende der Woche. Vorher sind sie damit beschäftigt, sein Apartment aufzulösen. Wir essen bei Tony. Das wird dir gefallen, ein kleines, gemütliches Restaurant. Wir müssen nicht bleiben, bis alle gehen, sondern können jederzeit aufbrechen."

Sie seufzte. Eins musste sie Ryan lassen: Er tat alles, um es ihr so leicht wie möglich zu machen. Also sollte sie ihm entgegenkommen. Denn seine Freunde waren ihm wichtig, genauso wie seine Mutter.

„In Ordnung", sagte sie leise. „Natürlich gehen wir hin." Sie zwang sich zu einem Lächeln. „Es ist bestimmt nett, alle wiederzusehen." Die Lüge blieb ihr fast im Hals stecken, aber Ryans Erleichterung war sie ihr wert.

Er nahm ihre Hände. „Kell, diesmal werden wir es schaffen."

Sie erwiderte seinen Händedruck. „Ich bin froh, dass du das so siehst."

„Hast du Zweifel?"

„Ich müsste lügen, wenn ich sagen würde, ich hätte keine. Ich habe schreckliche Angst. Ich habe sogar Angst, dein Apartment zu verlassen. Ich habe mich verändert und bin jetzt ganz anders als die Kelly von damals. Vorsichtiger und … härter. Das musste ich notgedrungen werden, auch wenn es mir nicht gefällt."

Da nahm er ihre Hand fest in seine beiden Hände und sah Kelly über den Tisch hinweg ernst an.

„Heirate mich."

Schockiert entriss sie ihm ihre Hand. „Was?" Wieso zum Teufel sagte er das?

„Heirate mich."

Er zog eine kleine Schachtel vom Juwelier aus der Hosentasche. Als er sie mit dem Daumen öffnete, kam ein wunderschöner, auf Samt gebetteter Diamantring zum Vorschein.

Er hielt ihn ihr entgegen, und Kelly starrte Ryan an, als habe er den Verstand verloren.

„Ich konnte mich nicht entscheiden, ob ich dir deinen alten zurückgeben oder dir einen neuen kaufen sollte. Ich habe den alten Ring behalten. Ich hatte ihn die ganze Zeit, die du weg warst, bei mir. Aber dann fand ich, dass wir ganz frisch anfangen sollten. Deshalb habe ich dir einen neuen Ring für unseren Neuanfang gekauft."

Sie sah ihn immer noch sprachlos an.

„Ich weiß, dass das nicht gerade ein romantischer Antrag ist. Und die Umstände sind nicht unbedingt die besten. Eigentlich wollte ich warten, bis alles zwischen uns geklärt ist. Aber ich habe es nicht mehr ausgehalten. Und wenn meine Freunde und Mutter dich wiedersehen, sollen sie wissen, dass wir zusammen sind. Dass du die Frau bist, die ich heiraten werde, und dass du meine Unterstützung hast."

Kelly traten Tränen in die Augen. Ryan machte keine Anstalten, ihr den Ring an den Finger zu stecken. Er hielt ihn ihr einfach hin und wartete auf ihre Entscheidung.

„Aber Ryan, es gibt so vieles … Was damals passiert ist …"

„Ich weiß schon, was du meinst. Wir müssen so vieles besprechen und klären. Aber ich wollte dir den Antrag schon vorher machen. Damit du weißt, dass ich dich heiraten möchte, egal was dabei herauskommt, wenn wir unsere Vergangenheit aufarbeiten. Vielleicht hilft das. Vielleicht macht es die Dinge einfacher, wenn du weißt, dass sich an unserer *jetzigen* Beziehung nichts ändern wird."

Hastig wischte sie ihre Tränen weg. Sie wollte den Moment nicht durch einen Anfall von Traurigkeit ruinieren. „In diesem Fall, ja. Ich werde dich heiraten."

Er sah überwältigt aus. Fast so, als habe er eigentlich nicht mit ihrer Zustimmung gerechnet. Und dann lächelte er, und die Freude, die sich auf seinem Gesicht widerspiegelte, nahm Kelly den Atem.

Er nahm den Ring aus der kleinen Box und steckte ihn ihr an den Finger.

Danach beugte er sich über den Tisch und küsste sie zärtlich. Er stand auf und zog Kelly auf die Füße.

„Lass uns gehen", sagte er rau. „Lass uns nach Hause gehen, wo wir ungestört sind. Ich möchte dich ganz fest in den Armen halten."

Bereitwillig ließ sie sich von ihm an den anderen Gästen vorbei in Richtung Ausgang führen, ohne sich um die neugierige Blicke zu kümmern. Als sie gleich darauf das Restaurant verließen und zu Ryans Wagen gingen, spürte sie nichts von dem kalten Wind, der durch die Straßen wehte.

Endlich einmal war ihr innerlich warm. Nachdem sie so lange wie erstarrt und mutterseelenallein gewesen war, hatte sie das Gefühl, als würde durch ihre Adern wärmender Sonnenschein fluten.

14. KAPITEL

Als Kelly aufwachte, lag sie allein im Bett. Bei einem Blick auf den Wecker stellte sie fest, dass es schon nach neun war. Ryan war also sicher längst im Büro. Nachdem sie von St. Angelo zurückgekehrt waren, war Kelly in Ryans Schlafzimmer umgezogen. Ohne lange darüber zu diskutieren, hatte er ihr Gepäck einfach in sein Zimmer gebracht, und als es Zeit gewesen war, schlafen zu gehen, hatte er sie zu seinem Bett getragen.

Und sie war geblieben.

Wie leicht sie zu einem angenehmen Zusammenleben zurückgefunden hatten! Es war wie damals.

Nur war es damals leicht gewesen, ihr enges Verhältnis als selbstverständlich hinzunehmen. Die Behaglichkeit und das Vertrauen. Sie hatte keine Ahnung gehabt, wie schnell das alles zerbrechen konnte.

Selbst jetzt fragte sie sich, wie es hatte geschehen können.

Es gab immer einen Grund. Er hatte sie nicht genügend geliebt, ihr nicht vertraut. Ihre Beziehung war zu neu, um eine so schwierige Situation zu überstehen.

Wie auch immer, das Ergebnis blieb dasselbe. Als es schwierig wurde, war ihre Beziehung zerbröselt wie altes Brot.

Das war kein gutes Vorzeichen für ihre gemeinsame Zukunft.

Aber darüber würde sie jetzt nicht nachdenken. Ja, es war dumm, so viel Vertrauen zu ihm zu haben. Aber die Hoffnung war eine starke Macht. Sie brachte einen dazu, bereitwillig die Augen vor der Wahrheit zu verschließen.

Doch vielleicht würden sie es diesmal wirklich schaffen. Selbst wenn das bedeutete, dass sie für immer mit der Bürde würde leben müssen, dass der Mann, den sie liebte, glaubte, sie habe ihn mit einem anderen betrogen. Mit seinem Bruder.

Sie hatte ihn schon so oft damit konfrontieren wollen. Sie wollte noch einmal versuchen, ihn dazu zu bringen, ihr zuzuhören und die Wahrheit zu erfahren. Aber jedes Mal biss sie sich auf die Lippe. Denn was hätte das für einen Sinn?

Womöglich glaubte Ryan ihr nicht. Womöglich doch. Aber würde es die Vergangenheit ändern? Oder ihre Zukunft?

Nicht einmal sie selbst würde sich besser fühlen, denn sie kannte die Wahrheit ja. Ryan glaubte, sie habe ihn belogen. Doch er wollte das vergessen und nach vorn schauen. War sie verrückt, mehr zu wollen, ihm vor Augen zu führen, wie sehr er sich geirrt hatte?

Dieses Dilemma quälte sie jeden Tag, seit sie und Ryan wieder zusammen waren. Einerseits wollte sie, dass er seinen Irrtum einsah, wenn er von ihr erwartete, dass sie ihrer Beziehung eine zweite Chance gab.

Andererseits sagte sie sich, dass ihr Stolz und ihr Zorn ihrem eigenen Glück im Weg standen.

War ein Leben mit Ryan nicht das, was sie letzten Endes wollte? War es da wichtig, wie sie dieses Ziel erreichte?

Gedankenverloren starrte Kelly an die Decke über ihrem Bett.

Ja, es war wichtig. Sie konnte nicht in dem Bewusstsein mit Ryan leben, dass er irgendwo im Hinterkopf hatte, dass sie trotz ihres Versprechens, ihm treu zu sein, mit einem anderen geschlafen hatte.

Sie musste der Wahrheit ins Auge sehen: Ihre größte Angst war, dass Ryan sie noch einmal zurückweisen würde, wenn sie ihn zur Rede stellte. Und falls das passierte, wäre es aus. Sie konnte auf keinen Fall mit jemandem leben, der ihr nicht vertraute.

Sie mochte feige sein, aber es war die nackte Wahrheit: Das, was sie von einer Aussprache abhielt, war ihre Angst. Nicht Stolz. Nicht etwas anderes. Denn falls er ihr diesmal nicht glaubte, gäbe es keine gemeinsame Zukunft.

Weil sie sich heute von ihren Ängsten nicht unterkriegen lassen wollte, stand Kelly auf. Sie ging ins Wohnzimmer, wo Ryan den Kamin für sie angezündet hatte.

Zu ihrer Überraschung wartete auf einem Tablett auf dem Tisch ein Frühstück auf sie: Bagels, Käse und Obst.

Und daneben lag ein winziges Paar Babyschuhe in Gelb.

Sie nahm sie in die Hand. Als sie das Begleitkärtchen las, spürte sie einen Kloß im Hals.

Weil Du gesagt hast, Du hättest noch keine. In Liebe, Ryan.

Mit Tränen in den Augen ließ sie sich auf einen Sessel fallen. Sie drückte die weichen Schühchen an ihre Wange und fuhr mit dem Zeigefinger Ryans Namen nach.

„Ich sollte dich nicht so sehr lieben", flüsterte sie. Aber sie konnte es nicht ändern. Sie verzehrte sich nach ihm. Er war ihre andere Hälfte. Ohne ihn fühlte sie sich nicht ganz.

Und nun fing er an, ihr den Hof zu machen, und das ging ihr sehr ans Herz.

Jeden Morgen wartete ein neues Geschenk von Ryan auf sie.

Einmal war es ein Babybuch, das einen Überblick über die Geburt und das erste Lebensjahr gab. Ein andermal waren es zwei Strampelhöschen. Eins für einen Jungen, eins für ein Mädchen. *Für alle Fälle* hatte er dazu geschrieben.

Am fünften Morgen hatte er ihr nur eine Notiz hinterlassen, dass im Gästezimmer ein Geschenk auf sie warte.

Als sie gleich darauf in ihr ehemaliges Zimmer stürmte, fand sie nicht nur ein Geschenk, sondern das ganze Zimmer voller Babyutensilien.

Ein Kinderwagen. Eine Wiege. Verschiedene Spielsachen. Ein Wickeltisch. Sie konnte es gar nicht fassen. Staunend stand sie in der Tür.

Wie hatte Ryan es bloß geschafft, das alles in die Wohnung zu schmuggeln, ohne dass sie etwas mitbekommen hatte?

Und vor dem Fenster stand ein Schaukelstuhl mit einer gelben Decke über einer Armlehne. Sie ging hinüber und strich ehrfurchtsvoll über das Holz, ehe sie dem Stuhl einen Schubs gab.

Zuerst knarrte er. Dann schaukelte er sanft hin und her.

Da schob sie die Wolldecke beiseite und setzte sich.

In den letzten Tagen war sie ziemlich müde gewesen, hatte sich aber nichts anmerken lassen, um Ryan nicht zu beunruhigen. Er hatte sich solche Mühe gegeben, um jeden Tag zu etwas Besonderem für sie zu machen.

Falls das überhaupt möglich war, hatte sie sich noch mehr in ihn verliebt.

Heute Abend war das Essen mit seinen Freunden und seiner Mutter, doch selbst das konnte ihr Glück nicht trüben. Und womöglich hatte er genau das beabsichtigt: ihr durch besondere Aufmerksamkeiten klarzumachen, dass er sie gegen jede Anfeindung oder Geringschätzung, die kommen mochte, in Schutz nehmen würde.

Es hatte funktioniert, denn sie konnte sich nicht vorstellen, dass sie irgendetwas tun oder sagen könnten, das die Wolke, auf der sie schwebte, vertrieb.

Sie bedeutete Ryan etwas. Er wollte sie heiraten. Was sonst war wichtig?

Das sagte sich Kelly immer wieder, während sie später ihre Garderobe nach dem passenden Outfit für das große Dinner durchsuchte.

Bisher war sie nicht einmal auf die Idee gekommen, dass ein Kleid zu sexy oder aufreizend sein könnte. Wenn es ihr stand und sie wusste, dass es Ryan gefallen würde, war das der einzige Maßstab für ihre Wahl.

Aber jetzt befürchtete sie, dass sie, da man sie sowieso schon für eine … Schlampe … hielt, diese Meinung nur bestärken würde, wenn sie etwas trug, was nicht ausgesprochen konservativ war. Und das ärgerte sie. Es sollte ihr egal sein, was diese Leute von ihr dachten. Aber so einfach war das nicht. Sie waren Ryan wichtig, und Ryan wiederum war ihr wichtig.

Plötzlich spürte sie warme Hände auf ihrem Körper, die nach vorn auf ihren Bauch wanderten. Sie wurde an eine breite Brust gezogen und ihr Nacken mit zärtlichen Küsschen bedeckt.

Seufzend schmiegte sie sich an Ryan.

„Gibt es einen besonderen Grund, warum du in deinem Schrank stehst und deine Garderobe anschaust?"

Sie drehte sich um und schlang ihm die Arme um den Nacken. Dann küsste sie ihn. „Du bist früh zu Hause."

„Konnte es nicht abwarten, dich wiederzusehen. Also, warum stehst du in deinem Schrank herum?"

„Ich versuche, ein passendes Kleid für heute Abend zu finden. Eins, in dem ich nicht aussehe wie das Flittchen, für das sie mich halten."

Da strich Ryan Kelly liebevoll über die Wange und führte sie zum Bett.

Er setzte sich und zog sie neben sich auf die Matratze.

„Du siehst immer hübsch aus, egal was du trägst. Hör auf, dir so viele Gedanken zu machen."

„Ja, es ist albern. Aber ich bin einfach nervös."

„Kell, ich möchte nicht, dass du dir Gedanken machst. Die Vergangenheit ist vergangen. Ich bin mir nicht sicher, ob ich es je ausgesprochen habe, aber ich verzeihe dir. Und wenn ich dir verzeihen kann, sollten sie das auch können."

Kelly wurde ganz still. Ein heftiger Schmerz durchzuckte ihre Brust, als habe jemand sie mit einem Messer attackiert.

Er verzieh ihr.

Etwas, was sie gar nicht getan hatte. Etwas, was er ihr einfach nicht abnahm, nicht getan zu haben.

Es kostete sie größte Mühe, ihm keine Ohrfeige zu verpassen. Er hatte es ja nicht gesagt, um sie zu verletzen. Aber er konnte sich unmöglich vorstellen, wie sehr seine Bemerkung sie schmerzte.

Im Gegenteil. Er versuchte, sich großzügig zu verhalten und ihr ihre Nervosität zu nehmen.

Liebevoll küsste er sie auf die Stirn. „Wir haben beide Fehler gemacht. Ich bin nicht völlig schuldlos. Wichtig ist doch, dass sich das, was damals passiert ist, nicht wiederholt."

Kelly nickte benommen. Sie wagte nicht zu sprechen. Was hätte sie auch sagen sollen?

Mit geschlossenen Augen lehnte sie sich an Ryan. Er zog sie in die Arme und strich mit einer Hand beruhigend ihren Rücken hinauf und hinunter. Er dachte, sie sei aufgeregt, weil das Abendessen bevorstand. Wie hätte er wissen sollen, dass sein „Verzeihen" schuld daran war, dass sie am liebsten gestorben wäre?

Gleich darauf stand er auf und holte ein wunderschönes nachtblaues Kleid aus dem Kleiderschrank. Lächelnd hielt er es hoch.

„Das hier würde fantastisch an dir aussehen."

Kelly fiel es schwer, sich zusammenzunehmen und so zu tun, als sei alles in Ordnung.

„Es ist ziemlich … eng. Darin würde ich aussehen, als wäre ich im elften Monat schwanger."

„Ich mag deinen Babybauch", sagte er mit einem unglaublich erotischen Unterton, der Kelly wohlige Schauer über den Rücken jagte. „Ich mag es, dass dieses Kleid aller Welt zeigt, dass du mit meinem Baby schwanger bist. Du wirst darin hinreißend aussehen. Trag es für mich."

Keine Frau könnte so eine Bitte ablehnen. Deshalb nickte Kelly stumm, während ihr das Herz blutete.

Ryan legte das Kleid sorgfältig aufs Bett. Dann beugte er sich zu Kelly hinunter, um sie noch einmal zu küssen.

„Ich lasse dich jetzt allein, damit du dich fertig machen kannst. Der Chauffeur wird uns in einer Stunde abholen."

Sie hielt ihn etwas länger fest als nötig, doch anscheinend fand er nichts dabei. Dann ging er ins Bad.

Stirnrunzelnd betrachtete Kelly das Kleid, das sie zum Dinner anziehen sollte. Es war wirklich wunderschön. Und es würde ihre Schwangerschaft ganz sicher betonen. Was Ryan offenbar unbedingt wollte.

Sie schloss die Augen. Er verzieh ihr. Am liebsten wäre sie in Tränen ausgebrochen.

Sie war diejenige, die vergeben musste. Nicht er.

15. KAPITEL

Kelly bezwang ihr wachsendes Unbehagen, als sie und Ryan das Restaurant betraten. Ryan wechselte ein paar Worte mit dem Oberkellner, dann wurden sie an einen Tisch im hinteren Teil des Restaurants geleitet.

Ryan strahlte, als er Rafael am Tisch sitzen sah, neben sich eine Frau, die wahrscheinlich seine Ehefrau Bryony war. Auch Ryans Mutter und Devon und Cameron hatten schon Platz genommen. Na wunderbar. Sie kamen als Letzte und hatten damit einen „Auftritt".

Kelly blieb an Ryans Seite, während er alle begrüßte. „Natürlich erinnert ihr euch alle an Kelly. Außer dir, Bryony."

Er wandte sich zu Kelly um. „Kelly, das ist Bryony de Luca, Rafaels Frau. Bryony, meine Verlobte, Kelly Christian."

Nach dieser Vorstellung wurde es im Raum vollkommen still. Auf dem Gesicht seiner Mutter spiegelte sich kaum verhohlenes Entsetzen wider, auf denen seiner Freunde Fassungslosigkeit.

Selbst Bryony wirkte skeptisch, als sie aufstand, um Kelly die Hand zu schütteln. In diesem Augenblick merkte Kelly, dass Bryony wohl im gleichen Monat schwanger war wie sie.

„Nett, Sie kennenzulernen", sagte Bryony mit gezwungenem Lächeln.

Mein Gott, was konnte sie denn schon über Kelly wissen? Sie war ja wohl noch nicht allzu lange mit Rafael zusammen. Aber genau wie die anderen schien sie Kelly nicht gerade herzlich willkommen zu heißen.

Kelly erwiderte Bryonys Lächeln nervös und ließ sich von Ryan helfen, Platz zu nehmen. Es würde ein langer Abend werden.

„Wie geht es dir, Kelly?", erkundigte sich Devon höflich.

Er saß neben ihr, und Kelly nahm seine Frage als reine Höflichkeitsfloskel.

„Danke, gut, obwohl ich ein bisschen nervös bin."

Ihre Ehrlichkeit schien ihn zu überraschen.

Ryan unterhielt sich mit seinen Freunden und seiner Mutter. Kelly saß still neben ihm und beobachtete, was um sie herum vor sich ging. Niemand versuchte, sie in die Unterhaltung miteinzubeziehen, und als sie einmal eine Bemerkung machte, sagte ihr das betretene Schweigen, das folgte, alles.

Sie tolerierten sie Ryan zuliebe. Aber ihr entgingen die Blicke nicht, die sie ihm zuwarfen, wenn sie dachten, sie merke es nicht. Blicke, die ganz klar besagten: Bist du verrückt?

Als das Essen serviert wurde, war sie sehr erleichtert. Endlich etwas, worauf sie sich konzentrieren konnte. Sie fühlte sich fehl am Platz. Wie auf dem Präsentierteller. Dieser Abend war einer der schlimmsten in ihrem Leben, und sie konnte es kaum abwarten, mit Ryan aufzubrechen.

Das Essen fühlte sich wie Stroh in ihrem Mund an, und nach ein paar Bissen gab sie es auf. Sie wollte sich nicht dazu zwingen, es zu verzehren. Stattdessen nippte sie an ihrem Wasser und stellte sich vor, sie wäre wieder mit Ryan am Strand, wo sie im Mondschein tanzten.

Genau das war ihr Problem. Sie lebte in einer Fantasiewelt und mied die Wirklichkeit. Ihre Realität war, dass sie hier beim Essen am Tisch saß, während fünf andere Leute über sie urteilten. Ihre Realität war, dass sie mit einem Mann lebte – einem Mann, den sie heiraten wollte –, der glaubte, ihr Sünden vergeben zu müssen, die sie nicht begangen hatte.

An welchem Punkt in ihrem Leben hatte sie entschieden, dass sie nichts Besseres als das verdient hatte?

Es war eine erstaunliche Erkenntnis. Die Scheuklappen waren weg.

Warum fand sie sich mit all dem ab?

Spätestens als sie sah, dass Jarrod auf den Tisch zukam, war sie bereit, die ganze Farce zu beenden. Er begrüßte seine Mom mit einem Küsschen. Dann winkte er den anderen zu, ehe sein Blick zu ihr und Ryan wanderte.

Kelly brach der kalte Schweiß aus. Ryan versteifte sich, und die anderen verfielen in Schweigen.

Es war, als warteten alle auf das unvermeidliche Feuergefecht. Kellys Herz raste. Ihr krampfte sich der Magen zusammen, und am liebsten wäre sie im Erdboden versunken. Aber diese Scham wurde überflügelt von einer unglaublichen Wut.

„Entschuldigung, dass ich zu spät komme", sagte er. „Ich stand im Stau."

Als er sich neben seine Mutter setzte, wurde Kelly ganz übel. Sie war so verletzt, so am Boden zerstört, dass sie nur noch sterben wollte. Sie weigerte sich, Ryan anzusehen. Wie konnte er ihr das antun? Sie glaubte zwar keine Sekunde, dass er seinen Bruder selbst eingeladen hatte ... oder? Aber warum hatte er nicht klar und deutlich gesagt, dass er nicht willkommen war?

Alle starrten sie an. Wahrscheinlich dachten sie, dass sie jede Demütigung verdiente, die ihr heute Abend widerfuhr. Aber sie erwiderte keinen der Blicke. Sie würde niemandem die Befriedigung geben, sie dermaßen erschüttert zu sehen.

Stattdessen blickte sie Jarrod Beardsley und seine Mutter fest an.

Wie die beiden sie hassen mussten! Die Kälte in Ramona Beardsleys Augen traf Kelly. Sie signalisierten ihr: Du wirst nicht gewinnen. Ich werde es niemals zulassen.

Was hatte sie getan, außer Ryan zu lieben? Es reichte.

Sie verdiente etwas Besseres.

Sie hatte es satt, den Sündenbock abzugeben.

Sie hatte genug davon, dass sie von oben herab angesehen und verurteilt wurde, dass ihr *vergeben* wurde.

Mit einem gezwungenen Lächeln in Ryans Richtung schob Kelly ihren Stuhl zurück und erhob sich langsam. Dann warf sie Jarrod und seiner Mutter über den Tisch hinweg einen hasserfüllten Blick zu. Es war ihr egal, ob die beiden sie jemals akzeptieren würden. Sie akzeptierte die beiden nicht. Im Gegenteil. Sie konnten sich zum Teufel scheren.

Dann wandte sie sich an die Tischrunde. „Ich habe die Nase voll. Ihr sitzt alle die ganze Zeit da und starrt mich missbilligend an. Ihr habt Ryan mitleidige Blicke zugeworfen. Ihr habt mich beurteilt und entschieden, dass ich nicht gut genug für euch bin. Ihr könnt mir alle gestohlen bleiben."

Als sie Jarrod direkt ansprach, bebte ihre Stimme vor Zorn, obwohl sie leise sprach. „Du widerwärtiger Mistkerl. Halte dich von mir und meinem Kind fern. Ich will verdammt sein, bevor ich dich noch mal in meiner Nähe dulde."

Ryan machte Anstalten, aufzustehen, doch sie bremste ihn. „Bleib sitzen. Du wirst doch deine Familie und deine Freunde nicht enttäuschen wollen."

Ehe er etwas sagen konnte, ging sie.

Als sie gleich darauf aus dem Restaurant stürmte, fröstelte sie, denn sie hatte sich nicht die Mühe gemacht, ihren Mantel zu holen. Aber die Kälte im Gesicht tat ihr gut.

Sie hatte den ganzen Nachmittag über Kopfschmerzen gehabt, und die waren durch die Anspannung in der letzten Stunde regelrecht explodiert.

Nachdem sie ein Stück gegangen war, wurde ihr richtig kalt, denn sie hatte ja nur ein dünnes Kleid an. Sie winkte einem vorbeifahrenden Taxi. Aber erst nach zwei weiteren Versuchen hielt endlich eins für sie.

Sie brachte gerade noch Ryans Adresse heraus, ehe ihr die Tränen kamen.

Ryans erster Impuls war, Kelly hinterherzueilen. Doch er war außer sich vor Wut, und das Ganze musste jetzt ein Ende haben. Verdammt noch mal, er würde nicht dulden, dass irgendjemand dafür sorgte, dass Kelly sich so fühlte, wie sie sich offenbar heute Abend gefühlt hatte. Er sprang auf, schlug mit der flachen Hand auf den Tisch und beugte sich aufgebracht zu seinem Bruder hinüber.

„Was zum Teufel war das?"

Er starrte alle wütend an, auch seine Mutter. Auch als sie ihn erschrocken ansah. Nichts würde ihn jetzt noch bremsen.

Jarrod wirkte überrascht. Er sah blass aus, fast krank, aber das war Ryan egal. Er hatte genug. Es gab ein Riesenproblem, und diesmal würde er es nicht einfach auf sich beruhen lassen. Das hätte er nie tun sollen. Er hätte nie die offensichtliche Disharmonie zwischen Kelly und seiner Familie herunterspielen sollen.

Ihre Mutter ergriff das Wort. Dabei wirkte sie sehr angespannt. „Sei nicht wütend auf ihn, Ryan. Ich habe ihn eingeladen. Wenn du unbedingt mit dieser Frau liiert sein willst, müssen wir drei uns irgendwann zusammensetzen. Oder hast du vor, deine Familie nie wiederzusehen? Hat sie uns nicht genug Kummer bereitet?"

Der Fluch, den Ryan ausstieß, ließ seine Mutter zusammenzucken. „Habt ihr sie nicht genug verletzt? Das hört ab sofort auf. Ich habe die Nase voll. Ich werde Kelly nicht länger eurer Kaltherzigkeit aussetzen. Und euren unverfrorenen Versuchen, uns zu entzweien."

Dann wandte er sich an seine Freunde. „Rafael, es war schön, dich und Bryony wiederzusehen. Ich hoffe, wir sehen uns noch mal, bevor ihr abreist."

Devon und Cameron, die ausgesprochen unbehaglich dreinschauten, nickte er kurz zu.

„Mann, tut mir leid", murmelte Devon.

Ohne seine Mutter oder seinen Bruder eines weiteren Blickes zu würdigen, ging Ryan, um Kelly zu suchen. Er hoffte, dass sie das Restaurant noch nicht verlassen hatte. Er würde sie nach Hause bringen, sich vielmals bei ihr entschuldigen und versprechen, ihr nie wieder ein Treffen mit seinen Freunden und seiner Familie zuzumuten.

An der Garderobe stellte er fest, dass Kellys Mantel noch am Haken hing. Als er sie auch nicht am Eingang sah, bekam er Angst.

Vom Oberkellner erfuhr er, dass eine schwangere Frau in

einem blauen Kleid das Restaurant vor wenigen Minuten verlassen hatte. In welche Richtung sie gegangen war, konnte er aber nicht sagen.

Ryan eilte nach draußen. Er hoffte inständig, dass sie mit einem Taxi nach Hause gefahren war. Nur: Was, wenn sie das nicht getan hatte? Was, wenn sie endgültig von ihm und allen anderen die Nase voll hatte?

Als ihm jemand sagte, Kelly sei die Straße hinuntergegangen, rannte er in die angegebene Richtung. Bei der Vorstellung, dass sie allein in der Nacht herumspazierte, außer sich und in einem Zustand, der ihr verbot, eine längere Strecke zu Fuß zurückzulegen, geriet er in Panik.

Schließlich sah er, wie sie, ein Stück von ihm entfernt, in ein Taxi einstieg. Er rief ihren Namen, doch da war das Taxi schon weggefahren – und er blieb auf dem Gehsteig zurück. Sein Herz klopfte wie wild.

Als er kurz darauf selbst in einem Taxi saß, betete er auf der ganzen Rückfahrt zu seiner Wohnung, dass Kelly dort sein würde.

Nachdem er vom Portier erfahren hatte, dass Kelly tatsächlich vor wenigen Minuten nach Hause gekommen war, war er sehr erleichtert. Er eilte zum Fahrstuhl und kurz darauf in sein Apartment.

„Kelly? Kelly, Süße, wo bist du?"

Ohne eine Antwort abzuwarten, ging er ins Schlafzimmer, wo sie auf der Bettkante saß. Sie sah bleich aus, ihr Gesicht vor Schmerz verzogen. Als sie hochsah, erschrak er über ihren traurigen Blick.

Sie hatte geweint.

„Ich dachte, ich könnte es", sagte sie heiser, bevor er sie um Verzeihung hätte bitten können. „Ich dachte, ich könnte einfach weiterleben und vergessen. Akzeptieren, dass andere das Schlimmste von mir denken, solange du und ich uns wieder verstehen. Ich habe mich gründlich geirrt."

„Kelly …"

Irgendetwas in ihrem Blick ließ ihn verstummen, und er blieb stehen. Er fühlte sich vollkommen hilflos, als er mit ansah, wie sie um Fassung rang.

„Beim Essen heute Abend haben mich deine Freunde und deine Mutter empört angesehen, und dich mit einer Mischung aus Mitleid und Unverständnis. Und das alles nur, weil du wieder mit mir zusammen bist. Mit der Schlampe, die dich auf die schlimmste Art und Weise betrogen hat. Diese Behandlung verdiene ich nicht. Ich habe sie zu *keiner Zeit* verdient. Ich verdiene etwas Besseres."

Ryan zuckte zusammen, als ihm klar wurde, wie tief sie verletzt war. Der Schmerz stand in ihren Augen. Dann lachte sie auf. Es hörte sich schrecklich an.

„Und früher am Abend hast du mir verziehen. Du hast dagestanden und mir erklärt, das, was damals passiert ist, sei nicht mehr wichtig, weil du mir verzeihst und nach vorn blicken möchtest."

Wütend ballte sie die Hände zu Fäusten. Sie stand auf und sah ihm fest in die Augen, obwohl ihr die Tränen unaufhaltsam über die Wangen liefen.

„Wie auch immer, ich verzeihe *dir* nicht. Und ich kann auch nicht vergessen, dass du mich auf die schlimmste Art und Weise verraten hast, wie ein Mann die Frau, die er lieben und beschützen sollte, nur verraten kann."

Ryan wich zurück, erschüttert von ihrem Zorn. „Du verzeihst *mir* nicht?"

„Ich habe dir damals die Wahrheit gesagt", sagte sie mit tränenerstickter Stimme. „Ich habe dich angefleht, mir zu glauben. Auf Knien habe ich dich angefleht. Und was hast du getan? Du hast mir einen verdammten Scheck ausgestellt und mich vor die Tür gesetzt."

Er wich noch weiter zurück und fuhr sich mit einer Hand durchs Haar. Irgendetwas stimmte nicht, stimmte überhaupt nicht. Viele Erinnerungen an jenen schrecklichen Tag hatte er verdrängt. Aber er sah Kelly noch auf den Knien vor sich, das Gesicht tränenüberströmt, und sie hatte geflüstert: „Bitte tu das nicht."

Eigentlich hatte er sich nie wieder fühlen wollen wie damals, aber irgendwie war es heute noch schlimmer, weil Kellys Blick und Unterton ihm signalisierten, dass hier etwas völlig aus dem Ruder lief.

„Dein Bruder ist über mich *hergefallen*. Er hat sich mir *aufgezwungen*. Ich habe ihn nicht ermutigt, sich mir zu nähern. Ich hatte zwei Wochen lang blaue Flecken, so brutal war er. *Zwei Wochen*. Ich war so schockiert von dem, was er getan hatte, dass ich nur so schnell wie möglich zu dir wollte. Ich wusste, du würdest alles in Ordnung bringen. Du würdest mich beschützen. Ich konnte an nichts anderes mehr denken, als dass ich unbedingt zu dir musste. Und als ich dann bei dir war, hast du einfach durch mich hindurchgesehen."

Ryan wurde noch elender zumute, und er konnte kaum noch atmen.

„Du wolltest mir nicht zuhören. Du wolltest absolut nicht hören, was ich zu sagen hatte. Du hattest dir deine Meinung schon gebildet."

Er schluckte und wollte Kelly dazu bewegen, sich wieder hinzusetzen. Aber sie schüttelte ihn ab und wandte ihm den Rücken zu, während sie leise schluchzte.

„Jetzt höre ich dir zu, Kelly. Erzähl mir, was damals passiert ist. Ich schwöre, dass ich dir glauben werde."

Aber er wusste es schon. Die Ereignisse jenes Tages liefen immer wieder in seinem Kopf ab, und plötzlich sah er ganz klar, was er sich damals zu sehen geweigert hatte.

Und es brachte ihn fast um.

Sein Bruder hatte ihn belogen. Nicht nur das, er hatte die Wahrheit so geschickt verdreht, dass Ryan sich hatte vollkommen täuschen lassen.

Dann drehte Kelly sich um. Sie war offensichtlich am Boden zerstört. „Es spielt keine Rolle mehr, ob du mir glaubst. Denn als es wirklich darauf ankam, hast du mir nicht geglaubt. Er hat versucht, mich zu vergewaltigen. Er hat mich angefasst. Er hat mich verletzt. Und als ich mich gegen ihn gewehrt und ihm gesagt habe, dass ich dir von seiner Schandtat erzählen würde, meinte er nur, er würde schon dafür sorgen, dass du mir kein einziges Wort glauben würdest.

Und weißt du, was das Komische ist? Ich habe ihm geantwortet, dass er sich irrt. Dass du mich liebst und ihn dafür büßen lassen würdest, dass er mich verletzt hat."

Schluchzend brach Kelly ab.

Um Himmels willen, was hatte er getan? Er erinnerte sich ganz genau an den Anruf seines Bruders. Er hatte ihm nicht geglaubt. Zuerst. Nicht bis Kelly in heller Aufregung in seinem Büro aufgetaucht war und genau das berichtet hatte, was Jarrod ihm kurz vorher am Telefon erzählt hatte.

„Ja, er hat dir die Wahrheit gesagt", bestätigte Kelly spöttisch, als könne sie Gedanken lesen. „Er hat dir *genau* geschildert, was passiert war, nur dass er es als *Lüge* hinstellte, dass ich alles erfunden habe, weil du nicht erfahren solltest, was angeblich wirklich passierte. Er wollte sicher sein, dass du mir kein Wort glauben würdest, wenn ich mit meiner Schilderung zu dir gerannt kam. Und was wäre da besser gewesen, als dir zu sagen, ich würde *behaupten*, dass er mich attackiert hätte, er hätte versucht, mich zu vergewaltigen."

Entsetzt starrte Ryan Kelly an, als ihm klar wurde, was an jenem Tag tatsächlich passiert war.

„Und genau so ist es gekommen. Als ich dir berichtet habe, dass dein werter Bruder mich vergewaltigen wollte, hast du mich nur kalt angesehen und mich eine Lügnerin genannt. Alles nur, weil er dir vorher gesagt hatte, was ich dir erzählen würde."

„Stimmt es?", hakte Ryan kaum hörbar nach. „Hat er dich vergewaltigt, Kelly?"

„Er hat mich *angefasst*. Er hat mich angefasst, wie nur du mich anfassen durftest. Er hat mich geschlagen, mir blaue Flecken beigebracht. Reicht das nicht?", fragte sie fast hysterisch. „Die Ironie des Ganzen ist, dass du so besorgt warst, ich sei womöglich von ihm schwanger. Wir hatten keinen Sex, auch wenn er es versucht hat."

Sie vergrub das Gesicht in beiden Händen. Ryan hätte sie so gern in die Arme geschlossen, doch er fürchtete, dass sie ihn zurückweisen würde, wie damals er sie.

„Es hätte mir möglich sein müssen, damals mit meinem Kummer zu dir zu kommen", flüsterte sie schmerzerfüllt. „Von allen Menschen auf der Welt hättest du derjenige sein müssen, der mir glaubt. Und darüber komme ich einfach nicht hinweg. Du hättest mich in den Arm nehmen und trösten müssen. Ich war damals so aufgeregt. Ich hatte morgens einen Schwangerschaftstest gemacht und herausgefunden, dass ich schwanger war. Ich war nervös und besorgt, wie du reagieren würdest, aber gleichzeitig so begeistert, von dir ein Kind zu bekommen."

Schluchzend brach sie wieder ab.

„Kelly, es tut mir so leid. Ich dachte … Er ist mein Bruder. Ich wäre nie auf die Idee gekommen, dass er so etwas tun würde. Er hat sich dir gegenüber nie feindselig verhalten. Im Gegenteil, er hat dich vollkommen akzeptiert. Ich hatte den Eindruck, dass ihr beide euch gut versteht. Nicht im Traum hätte ich ihm zugetraut, dass er so etwas Widerwärtiges tun würde."

Sie hob den Kopf. „Aber mir hättest du es zugetraut."

Das plötzliche Schweigen war schrecklich. Wie gebannt starrte er sie an. Er hatte nichts zu seiner Rechtfertigung zu sagen, denn damals hatte er Jarrod geglaubt, nicht ihr. Sie hatte ihm die Wahrheit gesagt. Sie war zu ihm gekommen, damit er sie beschützte. Sie war verletzt und in Panik gewesen. Und er hatte sie rausgeworfen, nachdem er sie wie eine Hure bezahlt hatte. All das nur, weil er sich nicht vorstellen konnte, dass sein leiblicher Bruder zu so einer Grausamkeit fähig war. Er hatte das

Ganze für genau das gehalten, was Jarrod daraus gemacht hatte: eine lächerliche Beschuldigung, um ihre Untreue zu kaschieren.

Ryan brannten die Augen. Ihm war die Kehle wie zugeschnürt. Zum ersten Mal in seinem Leben wusste er nicht, was er tun sollte. Kelly hatte jedes Recht, ihn zu hassen.

Sie fasste sich an den Kopf und rieb ihre Schläfen. Dann schwankte sie, und es sah aus, als würde sie gleich umfallen.

„Kelly!"

Er eilte zu ihr, doch sie fing sich und wehrte ihn ab.

„Komm mir nicht zu nah."

„Kelly, bitte."

Jetzt war es an ihm, zu flehen. Ja, er würde alles tun, damit sie blieb und er sich mit ihr versöhnen konnte.

„Ich liebe dich. Ich habe nie aufgehört, dich zu lieben."

Sie hob erneut den Blick, und in ihren Augen standen Tränen – und tiefer Schmerz. „Liebe sollte eigentlich nicht so wehtun. Das ist keine Liebe. Liebe bedeutet Vertrauen."

Ryan machte wieder einige Schritte auf sie zu. Er wollte sie unbedingt in den Armen halten und trösten. Er wollte genau das tun, was er ihr verweigert hatte, als sie ihn am meisten gebraucht hatte. Sein Schmerz zerriss ihm fast das Herz. Und gleichzeitig war er unheimlich wütend.

Wieder griff sie sich an den Kopf und ging dann an ihm vorbei. Er fasste sie am Ellbogen, weil er ahnte, dass sie für immer gehen wollte. Er verdiente keine zweite Chance. Er verdiente ihre Liebe nicht. Aber er wollte, dass sie ihn liebte. Mehr als alles auf der Welt.

„Bitte geh nicht."

Sie wandte sich zu ihm um, und die tiefe Traurigkeit in ihrem Blick erschütterte ihn. „Verstehst du denn nicht, Ryan? Mit uns kann es niemals funktionieren. Du vertraust mir nicht. Deine Familie und deine Freunde hassen mich. Was für ein Leben wäre das für mich? Ich verdiene mehr. Es hat lange genug gedauert, bis ich das begriffen habe. Ich bin erneut bei dir eingezogen, obwohl ich mir geschworen hatte, das nie wieder zu tun. Ich habe noch einmal deinen Antrag angenommen. Weil ich so in dich verliebt war und daran geglaubt habe, dass wir eine Zukunft haben könnten. Ein Riesenirrtum. Manche Hindernisse sind unüberwindlich."

Sie schloss die Augen, als ein neuer Anflug von Schmerz über ihr Gesicht huschte. Und sie schwankte, musste sich mit einer Hand an der Kommode festhalten.

„Kelly, was ist los?"

Sie rieb sich die Stirn, und als sie ihn anschaute, irrte ihr Blick umher. „Mein Kopf." Sie gab ein Wimmern von sich, und da war Ryan klar, dass etwas nicht in Ordnung war. Etwas, was über ihren momentanen seelischen Stress hinausging.

Alarmiert beobachtete er, wie ihr Gesicht aschgrau wurde. In ihren Augen blitzte Panik auf, und für einen Moment sah sie ihn Hilfe suchend an.

Bevor er reagieren konnte, versagten ihr die Beine, und sie glitt lautlos zu Boden.

16. KAPITEL

*K*elly!"

Ryan kniete sich neben Kelly auf den Fußboden. Instinktiv zog er sie in die Arme, doch sie war ganz steif, und ihr Körper zuckte wie im Krampf. Auf ihren Lippen bildete sich leichter Schaum. Panisch griff er nach seinem Handy und wählte die Notfallnummer.

„Ich brauche einen Krankenwagen", erklärte er knapp. „Meine Verlobte. Sie ist schwanger. Ich glaube, sie hat einen Krampfanfall." Ihm war klar, dass das ziemlich konfus klang, obwohl er sich bemühte, ruhig zu bleiben. Mechanisch beantwortete er die Fragen der Notrufzentrale.

Plötzlich entspannte sich Kellys Körper, und ihr Kopf sackte auf die Seite. Ryan suchte ihren Puls. Dann beugte er sich über sie und prüfte, ob sie atmete.

„Verlass mich nicht, Kelly", flüsterte er verzweifelt. „Bitte halte durch. Ich liebe dich so wahnsinnig."

Er hob ihre schlaffe Hand an – die, an der sein Ring steckte – und drückte sie an seine Wange. Dann küsste er sie, während er leise schluchzte. Noch nie im Leben hatte er solche Angst gehabt.

Die Minuten zogen sich endlos hin. Die Dame in der Zentrale stellte ihm immer noch Fragen und sprach ihm Mut zu. Aber Kelly blieb bewusstlos, und je länger sie leblos auf dem Boden lag, umso größer wurden seine Panik und seine Hilflosigkeit.

Nach einer halben Ewigkeit erschienen endlich die Rettungssanitäter, die sich sofort um Kelly kümmerten. Die ganze Zeit stand Ryan wie betäubt daneben.

Als sie mit ihr auf einer Trage zum Fahrstuhl eilten, lief er hinterher und stieg hinter Kelly in den Rettungswagen.

Auf halbem Weg zum Krankenhaus zog er sein Handy aus der Tasche. Doch wen sollte er schon anrufen? Kalte Wut packte ihn. Genau die Menschen, denen er bedingungslos vertraut hatte, hatten sich unverzeihlich verhalten, allen voran sein Bruder. Bis jetzt hatte er nicht gewusst, wie sich richtiger Hass anfühlte.

Er vergrub das Gesicht in den Händen und zwang sich, nicht die Fassung zu verlieren. Nicht jetzt. Kelly brauchte ihn. Er hatte sie schon einmal im Stich gelassen, als sie ihn dringend gebraucht hatte.

Jetzt würde er eher sterben, als sie glauben zu lassen, sie sei nicht das Allerwichtigste auf der Welt für ihn.

Ryan stand still da, als der Arzt ihm erklärte, dass Kellys Zustand wirklich ernst sei. Gerade bekam sie eine Magnesiumsulfat-Infusion, die ihren Blutdruck senken und weiteren Krämpfen vorbeugen sollte. Aber wenn sich in den nächsten Stunden keine Wirkung zeigte, würde man einen Kaiserschnitt vornehmen müssen.

„Und wie hoch ist das Risiko für das Kind?", brachte Ryan mühsam heraus. „Eigentlich ist es noch zu früh, oder?"

„Wir haben leider keine andere Wahl. Wenn wir nichts unternehmen, könnten beide sterben, Mutter und Kind. Das Einzige, was bei Eklampsie hilft, ist, das Baby auf die Welt zu holen. Wir untersuchen gerade, wie weit seine Lunge ausgereift ist. In der vierunddreißigsten Woche hat das Kind sehr gute Chancen, ohne Komplikationen zu überleben."

Ryan fuhr sich mit einer Hand durchs Haar. Das alles hatte er Kelly angetan. Sie hätte während ihrer ganzen Schwangerschaft umsorgt und verwöhnt werden sollen. Stattdessen war sie gezwungen gewesen, in einem körperlich anstrengenden und unglaublich stressigen Job zu arbeiten. Und nachdem er sie nach New York zurückgeholt hatte, war sie Verachtung, Feindseligkeit und endlosem psychischen Stress ausgesetzt gewesen.

War es da verwunderlich, dass sie nichts mehr mit ihm und seiner Familie zu tun haben wollte?

„Wird ... wird mit Kelly alles in Ordnung kommen? Wird sie sich von diesen Anfällen erholen?"

„Sie ist ernsthaft erkrankt. Ihr Blutdruck ist extrem hoch, und sie könnte wieder Krämpfe oder einen Schlaganfall bekommen. Wir tun alles, um ihren Blutdruck zu senken, und wir beobachten das Baby, überprüfen, ob es Anzeichen von Stress zeigt. Wir sind bereit, es auf die Welt zu holen, falls sich der Zustand von Mutter oder Kind verschlechtert. Es ist sehr wichtig, dass sie Ruhe hat und sich auf keinen Fall aufregt. Aber selbst wenn wir den Blutdruck senken und die Geburt verschieben können, muss sie bis zum Ende ihrer Schwangerschaft strikte Bettruhe einhalten."

„Verstehe. Darf ich sie jetzt sehen?"

„Sie können zu ihr gehen. Aber tun oder sagen Sie nichts, was sie aufregen könnte."

Ryan nickte und ging die wenigen Schritte zu Kellys Zimmer. An der Tür zögerte er. Was, wenn allein seine Anwesenheit sie aufregte?

Schließlich betrat er leise das Zimmer. Es war dunkel, nur vom angrenzenden Bad fiel ein Lichtschein hinein. Kelly lag auf dem Bett, auf beiden Seiten von medizinischen Geräten umgeben.

Vorsichtig trat er näher. Sie war blass und hatte die Augen geschlossen, runzelte aber die Stirn. Weil sie besorgt war oder weil sie Schmerzen hatte? Womöglich beides.

Ihre Brust hob und senkte sich kaum merklich. Plötzlich wurden ihm die Ereignisse des Abends schmerzlich bewusst.

Niemals würde er vergessen, wie tief verletzt Kelly ihn anblickte, als sie ihm voller Bitterkeit die Untaten seines Bruders aufzählte, die sie ihm schon vor Monaten zu erklären versucht hatte. Aber damals hatte er nichts davon hören wollen. Er war überzeugt gewesen, dass sie log.

Er zog sich einen Stuhl heran, damit er so nah wie möglich bei ihr sein konnte, während sie schlief. Behutsam nahm er die Hand von ihr, in der keine Infusionsnadel steckte, und küsste sie zärtlich.

„Kell, es tut mir leid", sagte er mit gebrochener Stimme. „Es tut mir so schrecklich leid."

„Ryan. Ryan, Mann, wach auf!"

Das eindringliche Flüstern ließ Ryan langsam zu sich kommen. Er stöhnte auf, weil sein Nacken höllisch schmerzte und ihn das Tageslicht blendete, das durch die Jalousien fiel.

Sein Blick ging sofort zu Kelly, die immer noch schlief. Ihr Bett war leicht schräg gestellt, und vor Kurzem musste ihre Infusion erneuert worden sein, denn der Beutel war jetzt voll.

Dann drehte er sich um und rieb sich seinen verspannten Nacken. Mit besorgter Miene stand Devon neben dem Stuhl, auf dem Ryan die Nacht verbracht hatte.

„Mensch, was ist passiert?", fragte Devon leise.

Vorsichtig erhob sich Ryan, bedacht darauf, Kelly nicht zu wecken. Er bedeutete Devon, ihm nach draußen zu folgen. Vor dem Krankenzimmer lehnte Cameron an der Wand.

„Was macht ihr beiden denn hier?"

„Wir wollten dich gestern Abend anrufen", sagte Devon. „Aber weil du nicht zu erreichen warst, sind wir zu deiner Wohnung gefahren. Vom Portier haben wir erfahren, dass Kelly mit dem Rettungswagen ins Krankenhaus gebracht worden war. Und jetzt sind wir hier, um zu sehen, wie es ihr geht."

Ryan schloss die Augen. Er spürte wieder einen dicken Kloß im Hals.

„Willst du uns nicht erzählen, was los ist?", ermutigte ihn Cam.

Ryan lachte heiser auf. „Wie soll man denn erklären, dass man den größten Fehler seines Lebens gemacht hat und nicht sicher ist, ob man ihn je wiedergutmachen kann?"

„Wird mit Kelly alles in Ordnung kommen?", wollte Dev wissen. „Und was ist mit dem Baby?"

„Ich wünschte, ich wüsste es. Wenn ihr Blutdruck nicht sinkt, muss das Baby vielleicht frühzeitig auf die Welt geholt werden. Ich habe ihr das angetan. Sie liegt hier im Krankenhaus, weil ich nicht für sie oder mein Kind da war. Was bin ich bloß für ein Mistkerl!"

Cam und Dev tauschten Blicke.

„Hör mal, auch wenn ich nicht die ganze Geschichte kenne, würde ich doch sagen, dass du nicht allein an der Misere schuld bist", sagte Devon vorsichtig.

„Mein Bruder hat sie *angegriffen.*" Ryan wurde auf einmal wieder furchtbar wütend. „Er hat versucht, sie zu vergewaltigen, und als sie ihn abgewehrt hat, hat er mich angerufen und mir eine ausgeklügelte Geschichte erzählt. Er hat behauptet, sie habe ihn verführt. Und als er es bereute, habe sie gedroht, mir zu erzählen, er habe sie vergewaltigen wollen, damit ich mich nicht wegen ihrer Untreue von ihr trenne. Und als Kelly dann keine halbe Stunde später bei mir im Büro erschienen ist und mir haargenau das erzählt hat, was mein Bruder vorhergesagt hatte, habe ich ihr natürlich kein Wort geglaubt. Weil ich mir nicht vorstellen konnte, dass mein Bruder, den ich praktisch großgezogen habe, etwas so Abscheuliches tun könnte. Und als sie mich auf Knien angefleht hat, ihr zu glauben, habe ich ihr einen Scheck ausgeschrieben und sie vor die Tür gesetzt."

Devon und Cameron waren sprachlos.

„Wie soll ich denn je über so eine Ungeheuerlichkeit hinwegkommen? Vor allem: Wie soll *sie* darüber hinwegkommen? Der Clou ist ja, dass ich ihr gestern Abend kurz vor dem Dinner auch noch großmütig *verziehen* habe, dass sie mir untreu war!"

Ryan lachte gequält auf.

„Die ganze Zeit habe ich davon geredet, dass wir neu anfangen sollten, und dabei habe ich sie vollkommen unverzeihlich behandelt. Sie ist damals vertrauensvoll zu mir gekommen, weil ich ihr helfen und sie beschützen sollte. Und ich habe mich von ihr abgewandt."

Ryan drehte sich um, weil er kaum noch an sich halten konnte. Am liebsten hätte er vor Wut mit der Faust gegen die Wand geschlagen.

Seine Freunde kamen zu ihm und legten ihm eine Hand auf die Schulter.

„Ich weiß nicht, was ich sagen soll", bekannte Devon. „Auf jeden Fall liebst du sie."

„Ja, schon immer, und trotzdem habe ich ihr das alles angetan. Wie soll sie je wieder Vertrauen zu mir fassen können?"

„Jemand sollte diesen Mistkerl ordentlich verprügeln", brummte Cam.

Langsam hob Ryan den Kopf. „Er wird sich nie wieder in ihrer Nähe blicken lassen. Ich bringe ihn um."

Daraufhin beschwor Devon ihn, bloß keine Dummheiten zu machen. Kelly brauche ihn, und hinter Gittern wäre er ihr keine große Hilfe.

„Ich kann ihm das nicht durchgehen lassen. Er hat sie angefasst. Er hat ihr die Ehre genommen. Er hat sie *verletzt*."

„Ich komme mit", erklärte Cam knapp.

Ryan schüttelte den Kopf.

Nach einigem Hin und Her schlug Cam ihm schließlich vor: „Hör zu, Devon kann hier bei Kelly bleiben, und ich gehe mit dir zu Jarrod, um ihn zur Rede zu stellen. Dann bewegst du deinen Hintern schnellstens hierher zurück und schaffst diesen ganzen Schlamassel aus der Welt."

Das hörte sich so einfach an, aber Ryan wusste es besser. Kelly verzieh ihm womöglich nicht, und das könnte er ihr nicht einmal verdenken. Aber falls sie ihm verzieh und sie zusammenblieben, würde er dafür sorgen, dass seine Familie nie wieder ein Problem für sie war.

„Würdest du das tun, Dev? Würdest du eine Weile bei ihr bleiben? Wenn sie aufwacht, sag ihr …"

„Ich mach das schon. Geh du nur, damit du wieder einen klaren Kopf bekommst. Und verpass ihm auch von mir eine Tracht Prügel. Der Dreckskerl hat es verdient."

17. KAPITEL

*M*it resignierter Miene öffnete Jarrod die Tür, nachdem Ryan eine ganze Weile hartnäckig geklopft hatte. Ohne ihm Zeit zu geben, etwas zu sagen, packte Ryan seinen Bruder am Kragen und beförderte ihn zurück in das kleine Einzimmerapartment, in dem Jarrod wohnte.

„Was soll …?"

Ryan brachte ihn mit einem Fausthieb zum Schweigen. Jarrod ging zu Boden und Ryan und Cam warteten, dass er sich wieder erhob.

Als er aufstand, wischte Jarrod sich Blut vom Mund. „Was soll das, Ryan?"

„Warum hast du es getan?", fragte Ryan gefährlich leise. „Warum?"

Ein Anflug von Unbehagen huschte über Jarrods Gesicht. Wenigstens tat er nicht so, als wisse er nicht, wovon sein älterer Bruder redete.

Jarrod fuhr sich noch einmal mit der Hand über seine blutende Lippe. „Wahrscheinlich ist es dir egal, aber es tut mir leid."

Ryan fiel über ihn her. Jarrod versuchte nicht einmal, sich zu wehren. Er ging erneut zu Boden.

„Leid? Es tut dir *leid*? Du hast versucht, sie zu vergewaltigen. Du hast mir Lügen über sie erzählt. Was ist los mit dir, du Dreckskerl? Sie war die Frau, die ich heiraten wollte. Warum hast du so etwas Schreckliches getan?"

„Mom", sagte Jarrod matt.

Fassungslos wich Ryan zurück. „Mom? *Mom* hat dich dazu angestiftet?"

Jarrod richtete sich ein bisschen auf, um sich an die Wohnzimmerwand zu lehnen, und fuhr sich mit einer Hand durchs Haar. Er wirkte müde.

„Genau. Sie ist total ausgerastet, als sie rausgefunden hat, dass du Kelly einen Antrag gemacht hast. Sie war wild entschlossen, zu verhindern, dass du eine mittellose Aufsteigerin heiratest. Ihre Worte, nicht meine. Erst dachte ich, sie sei übergeschnappt und würde sich schon wieder einkriegen. Aber dann wollte sie, dass ich Kelly kaufe. Falls sie das Angebot ablehnte, sollte ich ihr die erfundene Vergewaltigungsstory anhängen. Ich schwöre dir, Ryan, ich hätte sie nicht vergewaltigt. Ich wollte das nur vortäuschen, damit du glaubst, wir hätten miteinander geschlafen."

„Mein Gott", murmelte Cam. „Das ist absolut irre."

Ryan war wie betäubt. Seine eigene Mutter hatte so etwas Krankes getan? Das war einfach unvorstellbar. Wie konnte jemand einen anderen Menschen derart hassen, dass er vor nichts zurückschreckte, um ihn loszuwerden?

„Sie hat mich zu dem Essen gestern Abend eingeladen. Aber sie hat mir gesagt, dass *du* mich dabeihaben wolltest, Ryan, ehrlich. Du und Kelly, ihr wolltet die Vergangenheit begraben und neu anfangen, hat sie behauptet. Ich wollte nicht kommen, weil ich Angst hatte, dass Kelly sich aufregt und dass du wütend bist. Aber Mom hat beteuert, dass du ausdrücklich darum gebeten hast, dass ich komme. Und ich habe gehofft, dass du und Kelly … dass ihr mir vielleicht verzeihen könnt und wir wieder eine Familie sein können. Wie früher."

Ryan war auf einmal so elend zumute, dass er nur noch weg wollte. „Du bist nicht mehr meine Familie. Das sind jetzt Kelly und unser Kind. Ich will dich *nie* wieder sehen. Falls ich dich jemals in Kellys Nähe erwische, wirst du es bereuen, das schwöre ich dir."

„Ryan, tu das nicht. Bitte."

Schon an der Tür drehte Ryan sich langsam um. „Hat sie dich so angefleht wie du mich jetzt, Jarrod? Hat sie dich angefleht, aufzuhören?"

Jarrod wurde puterrot, und dann senkte er den Blick, weil er seinem Bruder nicht länger in die Augen sehen konnte.

„Komm", sagte Cam leise. „Lass uns gehen."

Vor dem Haus bedeutete Ryan Cam, in den Wagen einzusteigen. „Fahr zurück. Ich nehme mir ein Taxi. Ich muss erst noch zu meiner Mutter."

Cam zögerte. „Bist du sicher, dass ich dich nicht begleiten soll?"

„Ja. Das ist etwas, was ich allein erledigen muss."

Nachdem Ryan an die Haustür seiner Mutter geklopft hatte, öffnete ihm eine Hausangestellte, und er verlangte knapp, seine Mutter zu sprechen.

Einen Augenblick später erschien diese mit besorgter Miene im Foyer.

„Ryan? Ist etwas passiert? Du hast gar nicht angerufen, um zu sagen, dass du kommst."

Er sah sie unverwandt an und fragte sich, wie er die Frau, die ihn zur Welt gebracht hatte, so falsch hatte einschätzen können. Sie war zwar schon immer egozentrisch gewesen, aber bisher hatte er sie nicht für boshaft genug gehalten, um einer unschuldigen Frau Schaden zuzufügen.

Selbst jetzt, nach allem, was geschehen war, fehlten ihm die Worte. Er hasste sie abgrundtief. Seine Familie. Die Menschen, auf die er sich eigentlich verlassen können sollte, waren … schlecht.

Die Ironie des Ganzen entging ihm nicht. Auch Kelly hätte sich auf ihn verlassen können sollen. Aber genau, wie seine Familie ihn verraten hatte, hatte er Kelly verraten. Vielleicht war er seiner Mutter und seinem Bruder ähnlicher, als er wahrhaben wollte.

„Ryan?"

Seine Mutter blieb vor ihm stehen und legte ihm eine Hand auf die Schulter.

Er stieß sie weg und wich angewidert einen Schritt zurück.

„Fass mich nicht an! Ich weiß, was du getan hast. Oder vielmehr, was ihr getan habt, du und Jarrod. Das werde ich euch nie verzeihen."

Bestürzt wandte sie sich ab und verschränkte die Arme vor der Brust.

„Sie ist nicht die Richtige für dich, Ryan. Du solltest nicht mit ihr zusammen sein. Wenn du dich nicht so in sie verguckt hättest, so geblendet wärst vor … Begierde, würdest du das genauso sehen."

„Du streitest es nicht einmal ab. Mein Gott. Was hat Kelly denn getan, um so von dir behandelt zu werden? Sie liegt jetzt im Krankenhaus. Sie ist mit meinem Kind schwanger, deinem Enkelkind. Und sie war schon schwanger, als du Jarrod zu ihr geschickt hast, um über sie herzufallen. Wie irre muss man sein, um so was zu tun?"

„Ich schäme mich nicht dafür, dass ich meine Söhne beschützen will", sagte sie steif. „Ich würde es wieder tun. Wenn dein Sohn oder deine Tochter geboren ist, wirst du es verstehen. Du wirst verstehen, warum ich es getan habe. Wenn du erst Vater bist, wirst du absolut alles für dein Kind tun. Du wirst es beschützen mit allen Mitteln, die dir zur Verfügung stehen. Du kannst nicht einfach danebenstehen und zusehen, wie dein Kind den größten Fehler seines Lebens macht, ohne etwas dagegen zu unternehmen. Warte ein paar Jahre ab. Wir werden sehen, ob du mich immer noch so sehr hasst."

Es machte Ryan sprachlos, wie ausführlich sie sich für das, was sie getan hatte, rechtfertigte. Es war nicht nur moralisch verwerflich. Es war richtiggehend kriminell!

„Ich hoffe sehr, dass ich mich niemals so verhalte, wie du dich verhalten hast. Dass ich niemals eine unschuldige Frau verletze, bloß weil ich meine, sie sei nicht gut genug. Du wirst es nie begreifen, Mutter. Sie ist ein besserer Mensch, als du es je sein wirst. Nicht gut genug? Wir sind nicht gut genug für sie. Ich hoffe nur, dass sie mich nimmt und mir verzeiht, obwohl ich eine Familie habe, die keinen Pfifferling wert ist."

Seine Mutter war empört. „Du bist ein typischer Mann. Hörst nur auf den unteren Teil deiner Anatomie. Jetzt bist du vollkommen triebgesteuert. Aber in ein paar Jahren wirst du sie nicht mehr mit liebestollen Hundeaugen ansehen. Dann wirst du mir dankbar sein, dass ich versucht habe, dich zu beschützen. Du hast was Besseres verdient als sie, Ryan. Warum begreifst du das nicht?"

Ryan schüttelte den Kopf, so tieftraurig und verletzt, dass er kaum atmen konnte. „Ich werde dir niemals für deine Untaten danken. Du bedeutest mir nichts mehr. Ich werde weder meine Frau noch meine Kinder je wieder deinem Gift aussetzen."

Sie wurde bleich. „Das meinst du nicht ernst!"

„Doch. Du bist nicht meine Mutter. Ich habe keine Mutter mehr. Meine Familie sind nur noch Kelly und unser Kind. Ich werde dir nie verzeihen, was du getan hast. Bleib mir aus den Augen. Und Kelly auch. Falls du auch nur in die Nähe meiner Familie kommen solltest, werde ich vergessen, dass du mich geboren hast, und dich in Handschellen abführen lassen. Haben wir uns verstanden?"

Wortlos starrte sie ihn an, und plötzlich sah man ihr jedes einzelne ihrer sechzig Jahre an. Wenn sie nicht derart herzlos versucht hätte, die Frau, die er liebte, zu zerstören, hätte sie Ryan leidgetan. Aber sie zeigte keine Reue. Kein Bedauern.

„Ich habe dir nichts mehr zu sagen", stieß er hervor.

Damit ging er, und es war ihm egal, dass seine Mutter immer wieder hinter ihm herrief, er solle bleiben.

Ohne sich noch einmal umzudrehen, stieg er in das Taxi, das vor ihrem Haus wartete, um zurück ins Krankenhaus zu fahren. Kelly brauchte ihn. Ihr gemeinsames Kind brauchte ihn.

Es war durchaus möglich, dass sie ihm nicht verzieh, aber er würde für sie und ihr Kind sorgen. Er würde für den Rest seines Lebens alles tun, um sie für das Leid, das ihr widerfahren war, zu entschädigen, wenn sie es ihm nur gestatten würde.

Als Kelly aufwachte, war alles still. Sie war unendlich erleichtert, dass sie kein Klingeln mehr in ihren Ohren hörte und auch ihre schrecklichen Kopfschmerzen weg waren. Sie hatte nicht mehr das Gefühl, dass ihr Kopf gleich explodieren würde.

Sie brauchte einen Moment, bis sie merkte, dass sie in einem Krankenzimmer lag.

Dann fiel ihr schlagartig wieder ein, wie es zu ihrem Zusammenbruch gekommen war. Hastig legte sie die Hände auf ihren Bauch, doch der beruhigte sie nicht wirklich. War alles in Ordnung mit ihrem Baby? Und mit ihr selbst?

Nachdem sie festgestellt hatte, dass Licht vom Bad ins Zimmer fiel und es draußen dunkel war, blieb ihr Blick an Ryan hängen, der neben ihrem Bett auf einem Stuhl saß und sie anschaute. Die tiefen Gefühle in seinen blauen Augen erschreckten sie.

„He", sagte er leise. „Wie fühlst du dich?"

„Ganz benommen", erwiderte sie, ohne zu überlegen. „Irgendwie leer. Mein Kopf schmerzt nicht mehr. Sind meine Füße noch geschwollen?"

Behutsam hob er das Laken an, um nachzusehen. „Vielleicht ein bisschen. Aber nicht so schlimm wie vorher. Sie haben dir Medikamente gegeben und beobachten das Baby."

„Wie geht es ihr?", fragte Kelly ängstlich.

„Im Moment gut; dein Blutdruck ist stabilisiert. Aber wenn er wieder steigt oder das Baby Anzeichen von Stress zeigt, müssen sie einen Kaiserschnitt machen."

Kelly schloss die Augen. Da legte Ryan die Arme um sie und küsste sie zärtlich auf die Stirn.

„Mach dir keine Sorgen, Liebes. Bleib ruhig. Ich habe dafür gesorgt, dass du die bestmögliche Behandlung bekommst. Sie beobachten dich rund um die Uhr. Und der Arzt sagte, in der vierunddreißigsten Woche habe das Baby gute Chancen."

Kelly war sehr erleichtert, dass mit ihrem Kind alles in Ordnung war.

„Ich werde mich um dich kümmern, Kell", flüsterte Ryan.

„Um dich und unser Baby. Nichts und niemand wird dich je wieder verletzen. Das schwöre ich."

In ihren Augen brannten Tränen. Seelisch und körperlich erschöpft, wie sie war, hatte sie nicht die Kraft, zu diskutieren. Etwas in ihr war zerbrochen, und sie hatte keine Ahnung, wie sie es kitten sollte. Sie fühlte sich so ... isoliert.

Ryan löste sich von ihr. In seinem Blick spiegelte sich Sorge wider ... und Liebe. Aber reichte das? Was war Liebe ohne Vertrauen? Er begehrte sie. Er fühlte sich schuldig. Er war kein Mistkerl. Er hatte Gefühle, und jetzt, wo er die Wahrheit kannte, würde es ihn umbringen. Aber er hatte ihr nicht vertraut. Kelly war sich nicht sicher, ob sie auf so viel Schmerz und Verrat überhaupt eine Beziehung aufbauen konnten. Vielleicht war allein der Versuch einfach nur naiv.

„Was passiert jetzt?", fragte sie leise. „Muss ich hierbleiben? Oder kann ich nach Hause?" Sie biss sich auf die Lippe. Auch wenn ihre Beziehung zu Ryan ein einziges Fragezeichen war, wusste sie nicht, wohin sie gehen sollte außer mit ihm nach Hause. Und die Gesundheit ihres Babys stand an erster Stelle.

Er nahm ihre Hand – die, an der sie seinen Ring trug.

„Du wirst hierbleiben, bis sie eine Diagnose gestellt haben. Aber falls du nach Hause darfst, hat dir der Arzt bis zum Ende deiner Schwangerschaft strikte Bettruhe verordnet."

Er musste ihr angesehen haben, wie entsetzt und verängstigt sie war, denn Ryan küsste erneut zärtlich ihre Stirn.

„Mach dir keine Sorgen, Süße, okay? Ich kümmere mich um alles. Wir werden irgendwohin fahren, wo es wunderschön und warm ist, und du musst einfach nur am Strand oder auf einer bequemen Liege liegen und kannst beobachten, wie die Sonne untergeht. Ich werde einen Arzt engagieren, der dich beobachtet und im Zweifelsfall medizinisch versorgt."

„Ryan, wir können doch nicht einfach in irgendein Inselparadies fliehen. Dadurch, dass wir unsere Probleme ignorieren, lösen wir sie nicht."

Behutsam strich er ihr das Haar aus der Stirn. „Das Einzige, was im Moment zählt, ist, dass du dich besser fühlst und unser Kind so lange austrägst, wie du kannst. Und meine Aufgabe ist es, möglichst jeden Stress von dir fernzuhalten."

Sie wollte etwas erwidern, doch mit einem Kuss hinderte er sie daran.

„Kell, ich weiß, dass wir viel zu klären haben. Aber lass uns unsere Differenzen fürs Erste vergessen und uns ganz auf unser Baby und deine Gesundheit konzentrieren. Meinst du, wir schaffen das?"

Sie gab ihren Widerstand auf und nickte langsam. Ihre Hand ließ sie in seiner.

Trotz allem, was passiert war, bezweifelte sie nicht eine Sekunde, dass sie und das Baby Ryan sehr viel bedeuteten. Und er hatte recht. Egal was sie sonst noch zu klären hatten, ihr gemeinsames Kind kam an erster Stelle.

18. KAPITEL

*I*ch würde Miss Christian nur ungern entlassen", erklärte Kellys Arzt Ryan auf dem Flur vor ihrem Zimmer. „Ihr Zustand hat sich zwar deutlich gebessert. Ihr Blutdruck ist normal. Das Baby zeigt keine Anzeichen von Stress. Ich würde sagen, die Chancen stehen gut, dass sie das Kind die vierzig Wochen voll austragen kann. Trotzdem zögere ich, sie jetzt schon zu entlassen."

„Was kann ich tun, um es trotzdem zu ermöglichen? Sie ist unglücklich hier im Krankenhaus, nicht sie selbst."

„Genau deshalb zögere ich ja, sie zu entlassen. Hier kann ich wenigstens sicherstellen, dass sie die Betreuung bekommt, die sie braucht. Ihre seelische Verfassung macht mir große Sorge. Sie darf auf keinen Fall in eine Situation kommen, die ihr weiteren Stress bereitet."

„Wenn Sie Ihr Okay geben, dass sie reisen darf, würde ich mit ihr in den Süden fliegen, wo es warm ist und sie keinen Finger zu rühren braucht. Auf dem Flug würde ich uns von einem medizinischen Team begleiten lassen und auf der Insel dann einen Arzt engagieren, der ihre Gesundheit überwacht. Außerdem würde ich das örtliche Krankenhaus über ihren Zustand und ihre Bedürfnisse informieren."

Der Arzt schien über Ryans Vorschlag nachzudenken. „Ja, vielleicht ist das das Beste. Hier in New York ist es im Moment kalt und grau. Vielleicht hebt besseres Wetter ihre Stimmung, und sie kommt wieder zu Kräften. Es wäre weder gut für sie noch für das Baby, es jetzt zur Welt zu bringen, wo sie drauf und dran ist, eine Depression zu bekommen."

Dass Kelly traurig und deprimiert war, schmerzte Ryan. Er würde alles tun, damit sie wieder lachen konnte.

„Geben Sie mir Ihr Einverständnis, und ich werde sofort alles Nötige für unsere Abreise veranlassen. Ich möchte nur das Beste für sie und werde alles tun, damit sie wieder gesund wird."

Der Arzt sah ihn einen Moment prüfend an. „Ich glaube Ihnen, Mr Beardsley. Wissen Sie was? Informieren Sie mich darüber, welchen Arzt Sie engagieren und welches Krankenhaus ihre Behandlung überwacht, und ich lasse ihre medizinischen Unterlagen dorthin schicken. Ich möchte persönlich mit ihrem Arzt vor Ort reden und sicherstellen, dass er den Ernst der Lage begreift. Außerdem will ich mich versichern, dass das Krankenhaus darauf vorbereitet ist, das Baby beim ersten Anzeichen von Stress zu entbinden. Und dass sie qualifiziertes Personal für einen Kaiserschnitt haben."

„Ich danke Ihnen. Kelly und ich wissen Ihre Unterstützung sehr zu schätzen."

„Passen Sie nur gut auf sie auf. Es gefällt mir gar nicht, dass die junge Lady so traurig ist."

Ryan nickte beklommen. Er würde sie zwar umsorgen, aber es blieb abzuwarten, ob er sie auch wieder glücklich machen konnte. Doch er würde nicht so schnell aufgeben. Sie würde nie wieder Grund haben, an ihm zu zweifeln. Und wenn er eine Ewigkeit brauchte, bis sie wusste, dass sie sich auf ihn verlassen konnte.

Kelly saß in ihrem Krankenzimmer im Sessel vor dem Fenster und sah in das Schneetreiben hinaus. Obwohl es warm im Zimmer war, fröstelte sie.

„Möchtest du eine Decke?", fragte Ryan.

Überrascht wandte sie sich um. Sie hatte ihn noch nicht zurück erwartet, auch wenn sie hätte wissen müssen, dass er nicht lange weg sein würde. In den letzten Tagen war er immer bei ihr gewesen, hatte sich um alles gekümmert.

„Entschuldige, habe ich dich erschreckt?"

„Nein. Ich habe dich nur nicht hereinkommen hören."

Er setzte sich aufs Fensterbrett und betrachtete sie nachdenklich.

„Ich habe eben mit deinem Arzt gesprochen. Er ist bereit, dich zu entlassen."

Das schien sie zu überraschen.

„Natürlich gibt es Auflagen. Er ist sehr um deine Gesundheit besorgt."

„Was für Auflagen?"

„Ich habe schon alle Vorbereitungen getroffen. Du brauchst dir um nichts Sorgen zu machen. Konzentriere dich ganz darauf, gesund zu werden und wieder zu Kräften zu kommen."

Kelly schüttelte den Kopf, bemüht, einen klaren Gedanken zu fassen. Seit ihrem Zusammenbruch hatte sie das Gefühl, als sei sie von Nebel umgeben. Was aber noch schlimmer war: Sie war erschöpft. Und die Erschöpfung wuchs von Tag zu Tag. In diesem Zustand brachte sie einfach nicht die Energie auf, Ryan zu widersprechen.

„Wir verreisen. Ein Krankenwagen wird dich zum Flughafen bringen und ein medizinisches Team mit uns nach St. Angelo fliegen."

Wieder schüttelte sie den Kopf, und endlich schaffte sie es, zu widersprechen.

„Ryan, du kannst nicht einfach weg von hier. Es kann Wochen dauern, bis das Baby auf die Welt kommt. Du kannst nicht die ganze Zeit bei mir sein. Du musst zur Arbeit. Dein Leben findet hier statt."

Er kniete sich vor sie hin und nahm ihre Hände in seine. „Mein Leben findet an deiner Seite statt. Du und unser Baby, ihr seid mir das absolut Wichtigste. Ich habe Mitarbeiter, die im Büro alles am Laufen halten können, solange ich weg bin, und Geschäftspartner, die gern einspringen und dringende Angelegenheiten erledigen können. Wir werden nicht weit von der Baustelle des Ferienhotels entfernt wohnen. Ich kann mich also leicht um jedes Problem kümmern, das dort auftaucht."

Kein Wort über den Abend, an dem sie seelisch zusammengebrochen war. Das Thema wurde sorgsam gemieden, genau wie eine gemeinsame Zukunft … und sein Bruder. Kelly entging nicht, dass Ryan ein schrecklich schlechtes Gewissen hatte, doch genau wie sie sprach er die Probleme nicht an. Sie würde sich nur wieder aufregen, und sie konnte sich keinen weiteren seelischen Stress leisten.

Deshalb hatte sie sich hinter einer Wand aus Gleichgültigkeit verschanzt. Jedes Mal, wenn ihre Emotionen hochkamen, verdrängte sie sie. Weder widersprach sie Ryan noch leistete sie Widerstand.

Und genau so würde sie sich jetzt verhalten. Ihr Herz sagte ihr, dass sie ihm nicht ganz das Kommando überlassen sollte. Aber es war einfach zu anstrengend, sich seinen Reiseplänen nun zu widersetzen. Sie hatte keine Energie mehr.

„Kelly? Woran denkst du, Süße?"

„Ich bin müde." Und sie war schwach. Unglücklich. Unsicher, was sie wollte. Und noch unsicherer, was das Beste für ihr Baby war. Aber das alles zu erklären war viel zu anstrengend.

Zärtlich streichelte er ihre Wange. „Ich weiß, Schatz. Ich habe kein Recht, dich zu bitten, aber ich bitte dich trotzdem, mir zu vertrauen. Lass mich dich umsorgen. Lass mich dich aus New York wegbringen. Du warst so gern auf St. Angelo."

Wie leicht er es ihr machte, ihm alles zu überlassen! Er bot ihr alles an, was sie je gewollt hatte. Seine Liebe. Seine Fürsorge. Einen Traum. Ja, er bot ihr einen Traum an. Aber Träume waren vergänglich. Sie waren der Realität schon einmal für ein paar idyllische Tage auf der Insel entflohen. Doch anschließend hatten sie in die kalte Realität ihres Lebens zurückkehren müssen.

„Ich möchte bis zur Geburt des Babys dortbleiben", sagte sie leise. Ihr Kind sollte nicht hier auf die Welt kommen, wo es von Menschen umgeben war, die sie verachteten. Es sollte nicht der Feindseligkeit ausgesetzt sein, deren Opfer sie selbst geworden war.

„Ist schon arrangiert."

Das erstaunte sie sehr.

„Komm mit, Kell. Vertrau mir. Wenigstens fürs Erste."

Vielleicht konnte sie nach der Geburt des Babys auf der Insel bleiben. Sicher sah Ryan inzwischen ein, dass sie unmöglich zusammenleben konnten. Aber sie und das Kind könnten dort leben. Sie bräuchten nicht viel. Ein kleines Cottage oder auch nur eine Wohnung. Sobald sie wieder auf den Beinen war, würde sie sich einen Job suchen. Sie hatte gekellnert. Sie scheute harte Arbeit nicht.

Und wenn Ryan ihr Kind sehen wollte, konnte er auf die Insel kommen. Für einen Mann mit eigenem Jet und einer Ferienanlage, die in einem Jahr fertig sein würde, wäre es nicht schwierig, sein Kind oft zu besuchen.

Bestärkt dadurch, dass sie ein Ziel hatte, nickte Kelly.

Ryans Erleichterung war fast greifbar. Er beugte sich vor, um sie zu küssen, doch weil sie den Kopf wegdrehte, landete sein Kuss auf ihrer Wange.

„Ich muss für eine Weile weg. Ich muss die letzten Vorbereitungen für unsere Abreise treffen und sicherstellen, dass du die ganze Zeit auf der Insel gut versorgt bist. Ich bin zurück, so schnell ich kann. Kann ich dir irgendetwas mitbringen?"

Als sie den Kopf schüttelte, erhob er sich. Doch bevor er ging, strich er ihr liebevoll übers Haar. „Ich werde alles tun, damit du wieder lächelst, Kell."

Ehe sie etwas erwidern konnte, verließ er das Zimmer, und Kelly sah wieder unverwandt in das Schneetreiben hinaus.

Der Flug und der anschließende Krankentransport in die Villa am Strand verliefen problemlos. Ryan hatte dafür gesorgt, dass es Kelly an nichts fehlte. Gleich nach der Landung waren sie nicht nur von dem Arzt begrüßt worden, der über ihr Wohlbefinden wachen würde, sondern auch von einer persönlichen Krankenschwester, die mit ihr und Ryan in der Villa wohnen würde.

Als Kelly die weitläufige Villa zum ersten Mal sah, nahm es ihr den Atem. Sie fuhren durch ein Tor, dann eine gewundene

Auffahrt entlang, die von üppigen Blumen gesäumt war. Kurz vor dem Haupthaus verlief der Weg parallel zum Strand.

Das Haus war offenbar nur wenige Schritte vom Strand entfernt. Die Vorstellung, dass sie direkt am Sandstrand war, wenn sie zur Hintertür hinausging, begeisterte Kelly.

Ryan bestand darauf, sie ins Haus zu tragen.

Doch statt sie herumzuführen, brachte er sie auf die große hintere Terrasse. Wie Kelly vermutet hatte, war der Weg von der Terrasse zum Sandstrand sehr kurz.

Als die Meeresbrise Kelly das Haar zerzauste, atmete sie tief ein, genoss die salzige Luft und die Wärme, die sie umgab.

„Es ist wunderschön hier."

„Freut mich, dass es dir gefällt – denn das alles gehört dir."

Sie suchte seinen Blick. Einen Moment lang war sie vor Überraschung sprachlos. „Wie meinst du das?", brachte sie schließlich heraus.

Ryan setzte sie auf der Treppe ab, die zum Strand führte. Dann nahm er neben ihr Platz, und sie schauten beide auf das schimmernde blaue Meer hinaus.

„Ich habe es für dich gekauft. Für uns. Es ist dein Haus."

Kelly war sprachlos. Die Benommenheit, an der sie so lange gelitten hatte, verschwand langsam. Es war, als würde die wärmende Sonne ihre Erstarrung wegtauen und neue Erkenntnisse bringen. Kelly sah plötzlich einiges klarer. Sie sah, dass Ryan sich wahnsinnig anstrengte, um sie glücklich zu machen. Ein Funken Hoffnung keimte in ihr auf, doch sie verdrängte ihn, weil sie Angst hatte, ihn wachsen zu lassen. Sie wagte es nicht, Vermutungen anzustellen.

„Aber Ryan, du lebst in New York. Deine Familie lebt dort. Du hast dort deine Arbeit, deine Firma, deine Freunde. Du kannst nicht einfach hierherziehen, nur weil wir hier ein paar glückliche Tage verbracht haben."

„Kann ich das nicht?"

Er nahm ihre Hand. „Es gibt vieles, was du nicht weißt, Kelly.

Ich habe es dir noch nicht erzählt, weil du im Krankenhaus genug Stress hattest: Ich habe meinen Bruder und meine Mutter aus meinem Leben verbannt. Aus unserem gemeinsamen Leben."

„Oh, Ryan …" Ihr traten Tränen in die Augen. Egal, wie sehr sie die beiden verabscheute, dass er mit ihnen brach, hatte sie nicht gewollt.

Er wischte eine Träne mit dem Daumen weg. „Vergieß ihretwegen bloß keine Tränen, oder meinetwegen. Die beiden sind es nicht wert. Ich bedaure nicht, dass ich mich von ihnen getrennt habe. Ich bedaure nur, dass ich ihnen erlaubt habe, dich zu verletzen, dass ich sie so lange nicht durchschaut habe."

„Aber du hast nur wegen mir mit ihnen gebrochen", sagte sie gequält. „Ryan, sie sind deine Familie. Gerade bist du vielleicht wütend auf sie. Aber was ist in einem Jahr oder in ein paar Jahren? Wirst du dann böse auf mich sein, weil ich einen Keil zwischen euch drei getrieben habe?"

„Du bist nicht verantwortlich für das, was sie getan haben. Das sind ganz allein die beiden selbst. Ich hasse sie für das, was sie getan haben. Sie sind mehr als verachtenswert. Sie verdienen es nicht, dass du dir Gedanken um sie machst oder ich mir. Unser Kind soll nie diesem Gift ausgesetzt sein. Glaubst du wirklich, ich würde den beiden erlauben, Teil unseres Lebens zu sein? Nach allem, was sie dir angetan haben?"

Kelly liefen die Tränen über die Wangen. Auch wenn sie selbst nichts mehr mit seinen Verwandten zu tun haben wollte, wollte sie auf keinen Fall, dass Ryan litt.

„Lass uns nicht mehr über sie reden", sagte er leise. „Sie sind kein Thema mehr. Ich möchte lieber über uns reden. Kannst du mir je verzeihen, Kell? Kannst du mich vielleicht wieder lieben?"

Er erhob sich von der Treppenstufe und sank vor Kelly auf die Knie. Dann ergriff er ihre beiden Hände.

„Damals hast du vor mir gekniet und mich angefleht, dir zu glauben und dich nicht vor die Tür zu setzen. Jetzt bin ich mit

Flehen dran, Kelly. Ich verdiene nicht, dass du mir vergibst, aber ich bitte dich trotzdem flehentlich darum. Ich liebe dich. Ich möchte, dass wir eine gemeinsame Zukunft haben. Hier. Auf dieser Insel. Weit weg von allem Unglück der Vergangenheit."

„Du möchtest, dass wir hierbleiben?"

Er nickte. „Ich habe dieses Haus gekauft. Das Krankenhaus steht für alle Eventualitäten für dich bereit. Ich habe dafür gesorgt, dass unser Kind, falls nötig, die bestmögliche Betreuung bekommt. Ich möchte, dass wir neu anfangen, diesmal *wirklich* neu. Ich bitte dich um diese Chance. Gib mir die Chance, alles zu tun, damit du mich wieder lieben kannst."

Kellys Herz machte einen Sprung, und der tiefe Schmerz, der so lange auf ihrer Seele gelastet hatte, verschwand und machte neuer Hoffnung Platz – und Liebe. Diesmal verdrängte sie die Hoffnung nicht, die in ihr aufkeimte. Sie ließ ihr freien Lauf.

Sie nahm Ryans Gesicht in ihre Hände. Sie konnte es nicht fassen, dass auch ihm ein paar Tränen über die Wangen liefen. In seinen Augen las sie Verzweiflung – und Angst –, aber auch Hoffnung.

„Ich liebe dich so sehr", gestand sie leise. „Ich war so lange wütend auf dich, habe mir eingeredet, dass ich dich hasse. Meine Wut hat mich ganz unglücklich gemacht. Sie hat ständig auf mir gelastet und mich niedergedrückt. Mit diesem Gift im Herzen kann ich nicht mehr leben. So *will* ich nicht mehr leben."

Ryan schloss die Augen, und als er sie wieder öffnete, spiegelten sie so tiefe Erleichterung und Verletzlichkeit wider, dass Kelly ohne jeden Zweifel wusste, dass sie richtig entschieden hatte.

„Wenn du mir all die kränkenden, gehässigen Vorwürfe verzeihen kannst, die ich dir gemacht habe, kann ich dir auch verzeihen, dass du mir nicht vertraut hast."

„Oh, Kelly. Ich habe alle deine Vorwürfe verdient. Was ich dir angetan habe, ist unverzeihlich. Wie kannst du mir nur verzeihen, wenn ich es selbst nicht kann?"

Da beugte sie sich vor und küsste ihn. Dann streichelte sie seine Wangen, und dabei lächelte sie ihn zärtlich an.

„Wir haben beide Fehler gemacht. Aber ich bin froh, dass wir nicht kapituliert haben. Es tut mir nur leid, dass du wegen mir so viel aufgegeben hast. Deine Familie. Deine Freunde. Die Stadt, in der du aufgewachsen bist. Dafür hast du hier ein wunderschönes Haus gekauft, und das alles, weil du mich liebst. Wenn ich dir jetzt nicht verzeihe, verweigere ich mir selbst deine Liebe. Und ohne dich und deine Liebe will ich nicht leben, Ryan. Nicht mehr. Die letzten Monate waren die schlimmsten meines Lebens, und ich will so etwas nie wieder durchmachen."

Ryan zog sie in die Arme. Er hielt sie so fest umschlungen, dass sie kaum atmen konnte, aber das war ihr egal. Sie waren zusammen. Endlich. Ohne all den Schmerz der Vergangenheit, ohne Vorbehalte oder Hindernisse.

Sobald sie ihm ihre Liebe gestanden und ihm verziehen hatte, war ihr ein Stein vom Herzen gefallen. Sie fühlte sich so leicht und frei wie nie zuvor. Sie war … glücklich. Überglücklich.

„Ich liebe dich wahnsinnig, Kell. Ich habe dich immer geliebt und nie damit aufgehört. Wenn ich abends ins Bett ging, habe ich an dich gedacht, mir Sorgen gemacht, mich gefragt, wo du wohl warst, ob es dir gut ging. Ich hatte alle möglichen Ausreden, um einen Privatdetektiv nach dir suchen zu lassen, aber in Wirklichkeit konnte ich einfach nicht ohne dich leben."

Lächelnd lehnte sie die Stirn an seine. „Meinst du, wir könnten aufhören, uns über Dinge aufzuregen, die wir nicht ändern können, und uns versprechen, uns für den Rest unseres Lebens zu lieben und jeden einzelnen Tag glücklich zu sein?"

Nun nahm Ryan Kellys Gesicht in beide Hände. „Ja, das kann ich dir versprechen."

Dann löste er sich von ihr und sah ihr tief in die Augen. „Heirate mich, Kell. Jetzt sofort. Ich will keinen Tag länger warten. Werde hier an unserem Strand meine Frau. Nur du und ich und unser Baby."

„Unser Strand", wiederholte sie leise. „Das klingt gut. Und ja, ich werde deine Frau. Heute, morgen, auf immer und ewig."

Aneinandergeschmiegt saßen sie auf den Stufen, die zu ihrem Strand führten. Dem Strand, wo ihre Kinder aufwachsen würden. Wo sie lachen und sich lieben und sich erinnern würden, wie sie sich ihre Liebe gestanden und sich geschworen hatten, zusammenzubleiben, egal welche Prüfungen das Leben noch für sie bereithielt.

Sie blieben sitzen, bis die Sonne am Horizont versank und die Dämmerung in sanften Farben über dem Meer aufzog. Und als dann der Mond aufging und sich silbern im Wasser spiegelte, trug Ryan Kelly zum Strand hinunter, und sie tanzten zur sanften Melodie der plätschernden Wellen.

– ENDE –

Julie Kenner
Nights of Passion

Hot Revenge –
Lustvolle Rache

Früher war Belinda ein hässliches Entlein und wurde von ihren Mitschülern ausgegrenzt. Jahre später kehrt sie als sexy Schwan an den Ort ihrer Kindheit zurück. Sie hat nur noch ein Ziel: Rache. Jeden Typ, der sie damals ausgelacht hat, wird sie anmachen und dann genüsslich abblitzen lassen. Ein guter Plan – der sich leider nicht in die Tat umsetzen lässt. Denn schon ihr erstes „Opfer" ist so verführerisch, dass Belinda alles andere vergisst …

Band-Nr. 35066
9,99 € (D)
ISBN: 978-3-95649-114-6
eBook 978-3-95649-428-4
352 Seiten

Lessons In Lust – Sündige Lektionen

Mattie ist in allem die Beste – bis sie ausgerechnet bei einem Sex-Test im Internet versagt. Nun braucht sie dringend Erfahrung in Sachen Lust. Ganz klar: Ein Macho muss her, ein echter Womanizer – aber leider ist grade nur ihr zurückhaltender Nachbar Mike verfügbar. Beim sinnlichen Flirt-Unterricht sprühen trotzdem bald die Funken …